Tage in Vitopia in der Presse:

»Auf Klimawandel und Massentierhaltung reagiert Ulla Hahn mit einem herrlich utopischen Roman, der sich als Buch der Stunde liest.« *Frankfurter Rundschau*

»Ulla Hahn erzählt dies alles mit einer Leichtigkeit und dringt dabei trotzdem zu existenziellen Fragen vor.« *Rheinische Post*

»Selten liest man Vorschläge für gutes Zusammenleben, Respekt vor der Schöpfung und Verantwortung im eigenen Handeln so konstruktiv und locker.« *Kölnische Rundschau*

»Mit skurrilem Witz, charmanter Fabulierlust und tiefgründiger Leichtigkeit.« *Hamburger Morgenpost*

Außerdem u. a. von Ulla Hahn lieferbar:

www.penguin-verlag.de

ULLA HAHN

TAGE IN VITOPIA

ROMAN

Penguin Random House Verlagsgruppe FSC® N001967

1. Auflage 2024
Copyright © 2022 by Penguin Verlag
in der Penguin Random House Verlagsgruppe GmbH,
Neumarkter Straße 28, 81673 München
Umschlaggestaltung: Sabine Kwauka
Umschlagabbildung: © shutterstock/Aditya Firman
Satz: Greiner & Reichel, Köln
Druck und Bindung: GGP Media GmbH, Pößneck
Printed in Germany 2024
ISBN 978-3-328-11101-6
www.penguin-verlag.de

Ihr lacht wohl über den Träumer,
der Blumen im Winter sah

Wilhelm Müller, *Frühlingstraum.*
In: *Die Winterreise*

Für KvD, mein Vitopia.

1.

Eine traurige Geschichte

Sunt lacrimae rerum et mentem mortalia tangunt.
Tränen sind in allen Dingen, und menschliches
Leiden ergreift stets das Herz.

Vergil, *Aeneis*

Kein Tag verging in diesem Sommer ohne Warnung: mal vor Gluthitze, mal vor anhaltendem Starkregen, vor allem aber vor stürmischen bis orkanartigen Winden. Sogar der Flugverkehr war vorübergehend eingeschränkt. Doch der Stammsitz meiner Familie in der Cäcilienstraße nahe dem Buchenpark an der Alster, den ich heute allein bewohne, ist hinreichend geschützt. Im 15. Jahrhundert stand dort ein Nonnenkloster, hatten die Eltern immer wieder hervorgehoben. Cäcilie war der Name der ersten Äbtissin. Auch die umliegenden Straßennamen verweisen auf die frommen Frauen: Klosterhof und Klostergang, Nonnenblick und Stiftsallee.

Andere, bescheidenere Liegenschaften unserer Familie im Birken-, Linden- und Ulmenweg sind ebenfalls gut zu erreichen; den Ahornbuckel bewohnen seit den Märzwochen unsere Verwandten aus Übersee, ein wenig aufschneiderische Gestalten, und recht sonderbar gekleidet in ihren schwarzgrauen Tarnanzügen, aber Verwandtschaft kann man sich schließlich nicht aussuchen.

Aus dem Penthouse meines Stammsitzes habe ich einen phantastischen (ja, ich weiß, eigentlich f, nein, ich liebe das ph) Blick auf meine Umgebung. Ich sehe Dinge, die

Menschen gemeinhin lieber voreinander verbergen, manchmal sogar vor sich selbst. Ihr glaubt gar nicht, was sich hinter den Bäumen und Gebüschen alles tut. Da könnte ich euch so manche Geschichte erzählen. Dazu kommt: Die Menschen vertrauen mir. Also, nicht alle natürlich. Ich suche sie mir genau aus. Das ist die Hauptsache. Die Grundlage: Vertrauen. Dann liebe ich sie, und sie lieben mich.

Aber ich wollte euch ja so einiges erzählen. Eine Geschichte, in der sich die Ereignisse wie Glieder einer Kette zusammenfügen. Ja, ich weiß, kein sehr origineller Vergleich, aber doch anschaulich und zutreffend. Von einem zum anderen führte, was geschah, ohne dass ich mich dagegen hätte verwahren können. Ihm hätte ausweichen können. Schicksal nennt man das. Und das Aufschreiben ist dann der Mühe wert. Und das Lesen auch. Hoffe ich.

Die Villa aus der Gründerzeit, meinem Habitat gegenüber, bewohnte ein reizendes junges Paar. Die Frau war Sängerin, der Mann, die Frau rief ihn Hannes, ein Maler. Ach, wie liebte ich seine kühnen Farbkombinationen, die kraftvollen, gleichwohl mühelos wirkenden Pinselschwünge, die vor meinen Augen Welten, Universen erschufen – ein Extremrealismus, der jeden Surrealismus kindlich erscheinen ließ. Ich belauschte sein Tun sozusagen mit den Augen, feuerte ihn an mit verborgenen Blicken, führte ihm augen-blicks die Hand, so etwas ist mir durchaus gegeben, das kann ich, das könnt ihr mir glauben. Auch ein wahrer Künstler braucht das: einen, der ihm die Hand führt, eine unsichtbare Hand an der seinen. Und die war ich. – Bildete ich mir jedenfalls ein.

Und dann erst sie. Seine Frau. Sängerin war sie, hier an der Oper. Ach, diese Stimme! Wie sie die Wörter aus den Tönen erweckte, sie miteinander – vermählte – würde ich gern schreiben, aber ich trau mich nicht. Kitschklatsch! Höre ich die Hochformwächter schreien. Bleib ich lieber brav und schreib – verband – egal, sie sang so, wie der Vogel singt, *der in den Zweigen wohnet. Der Lohn, der aus der Kehle dringt, ist Lohn, der reichlich lohnet.*

Ja, so sang sie, dass es mir in meine dichterische Ader fuhr, von der ihr noch so einiges zu hören kriegt. Schadet ja nicht, so 'n bisschen Dichtung ab und zu. Gehörte in alten Zeiten sogar zur Bildung.

Ganz so war das. Und manchmal sangen die beiden auch zusammen. Das heißt, er brummte und knurrte, und sie brillierte und zwitscherte, und die Amseln und Stare, Spatzen und Tauben (Letztere unterstützten die Bassbegleitung) taten das Ihrige. Wobei die Krähen und Elstern für die parodistische Note sorgten, wenn der schluchzende Bass und der Mezzosopran des Muzzli, so rief der Maler die Sängerin, allzu tief ins Sentimentale rutschten. Aber das, wisst ihr so gut wie ich, ist Geschmackssache. Gestehen möchte ich noch, dass auch ich mitunter in den großen Gesang einstimmte bzw. dazwischenging; Melodien gelingen mir nur selten. Wie eine alte Schreibmaschine aus dem mechanischen Zeitalter klinge meine Wuh-wuh-Stimme, erklärte man mir einmal, als ich allzu enthusiastisch ein »Laudate Dominum« der Gartenkantorei unterstützte.

Aber zurück zur Geschichte. Ihr seht, ich drücke mich davor, weiterzuerzählen. *Verweile doch.* Die schönen Augenblicke.

Diese beiden jungen Menschen also lebten einträchtig ihrer Kunst und sich selbst und der Vogelwelt. Die versorgten sie, besonders im Winter, mit artgerechter Nahrung, durchaus wohlschmeckend auch für ungefiederte Lebewesen; und ich gestehe, dass auch ich im Vorübergehen mitunter eine Nuss stibitzte und mir schmecken ließ. Was die Sängerin, als sie mich einmal – peinlich, peinlich – dabei erwischte, derart entzückte, dass Nüsse seither die Vogelspeise dauerhaft veredelten.

9

So kamen wir uns, besonders in der Winterzeit, näher, sie nickte mir, ich winkte ihr zu, wenn wir uns begegneten, gute Nachbarn eben. Im Frühjahr bemerkte ich, dass ihr schmaler Bauch sich gerundet hatte und die Frau immer wieder die Hand des Mannes ergriff, zärtlich über die Wölbung führte und dort ruhen ließ, worauf der Mann seine Liebste behutsam mit dem anderen Arm an sich zog und liebkoste. So ging das vom Mai in den Juni, und dann kamen plötzlich viele Leute in ihr großes weißes Haus, alle schwarz gekleidet mit tieftraurigen Gesichtern, und am traurigsten war der Maler. Da war niemand mehr, der ihn, den Hannes, Karli rief. Und kein Muzzli mehr, die er rufen konnte. Muzzli, ein Name, der mir so außerordentlich gefallen hatte, fasste er doch den ganzen spielerischen Ernst ihrer Liebe zueinander in diesen beiden unschuldig-übermütigen Lauten zusammen. Zusammen zueinander.

Muzzli – das klang mir gleich beim ersten Hören so vertraut, als gehörte es zu mir.

Nun war sie also nicht mehr da, in der Villa an der Cäcilienstraße. Ein Autounfall, erfuhr ich später. Der Mann verfiel zusehends. Magerte ab, als verweigerte er jegliche Nahrung. Fütterte die Vögel nicht mehr. Nur zu malen begann er nach einigen Wochen wieder, aber was er da in düsteren Farben auf die Leinwand zwang, krampfte mir das Herz zusammen, je weiter die Erzählung aus Farben und Formen fortschritt.

Mit den selbstgewissen Pinselstrichen, den frohen Farbschwüngen von einst, hatte diese zögerlich penible Figurengestaltung kaum noch etwas zu tun, wandelte sich vielmehr in eine geradezu zwanghafte Pinselführung, als ringe ihm eine fremde Hand dieses Handeln ab. Als malte er wie unter einer Gewalt, der er sich verpflichtet fühlte.

Dabei wirkte er müde, abwesend; als strebte er danach, immer inniger in diesem Bild zu leben, wiedergeboren zu werden in dieses Bild, das zu vollenden er sich quälte. Nur flüchtig konnte ich die Arbeit des Malers verfolgen. Allzu bemüht war er, den Inhalt geheim zu halten. In der hellen Gestalt, die aus der Dunkelheit einem lichten Horizont entgegenschritt, schälte der Pinsel wie aus einer ungefügen Materie etwas heraus, in dem ich eine weibliche Figur zu erkennen glaubte. Dieser folgte nach Tagen und Wochen ein düsteres Gebilde, das nach zahllosen Übermalungen als Mann bildfest gemacht wurde. Ein Mann, der ihr in den hellen Horizont folgte. Unbemerkt von ihr, die schon eins war mit der Helligkeit jenseits der Finsternis, die den Mann noch gefangen hielt. Aufragend zwischen der Frau und dem Mann unser aller mächtiger Eichbaum. Kahl.

Ich sah den Fortgang der Malerei mit einem wachsenden Unbehagen, das ich mir nicht recht erklären konnte. War es nicht heilsam, den Maler wieder in seinem Metier, in einem Gemälde aufgehen zu sehen? Doch dann war ich an einem Abend im September Zeuge, wie er mit ein paar heftigen schwarzen Pinselstrichen das so mühsam vollendete Werk zerstörte. Im Garten sah ich ihn danach nicht mehr. Stattdessen standen Tage später Nachbarn und Polizisten unter dem Baum, der den Mittelpunkt des Gemäldes gebildet hatte. Er trug eine traurige Last. Der Maler hatte sich erhängt.

2

Das Leben geht weiter

Gute Ernährung lässt die Hormone kreisen.
Josef H. Reichholf

Es dauerte einen ganzen Winter, bis ich den Tod der beiden Menschen verwunden hatte. Versuchte, mich durch unmäßiges Essen zu trösten. So ein wunderbares Paar! Nicht zuletzt um ihretwillen, im Gedenken an ihren liebevollen Umgang miteinander, machte ich mich im Frühjahr daran, nun meinerseits auf Freiersfüßen zu wandeln. Voller Verlangen hatte ich wieder und wieder gesehen, wie der Maler seine schöne Sängerin auf ihren warmen Mund geküsst hatte, diese Lippen, noch bebend von innigen Tönen – so oder so ähnlich wollte auch ich die eine, meine Allerliebste küssen. Ich musste sie finden.

Mit Kraft, Können und guten Umgangsformen schwang ich mich in die Brautschau, per Dating-App und analoger Recherchen in meiner Umgebung. Sagte ich schon, dass mein Domizil nahe der Alster und unfern eines kleinen Wäldchens liegt? Mischwald aus jahrhundertealtem Bestand eines klösterlichen Anwesens und seit einigen Jahren dank engagierter Bürgerinitiativen vor einer weiteren Dezimierung sicher. Noch. Dort also schweifte ich umher, immer eingedenk der Worte meines seligen Vaters: Stark muss sie sein, klug und behende. Treu. Denk auch an deine Vorfahren.

Damit ihr diesen Rat recht versteht, muss ich ein wenig ausholen. Ich entstamme einer ungemein weit verzweigten Familie. Was wären wir ohne Stamm, ohne Verzweigung. Ohne Stammbaum. Ja, der Stamm-Baum: meiner Sippe Stab und Stecken, unser Halt, unser Stolz. Der Baum unser Haus, unser Hausbaum. Ein Habitat ohne einen Baum in fußläufiger Nähe? Unvorstellbar für mich und jede°n von uns.° Das ist so seit Urzeiten, seit Yggdrasil° im Garten Eden grünte. Dokumente belegen, dass unser Stamm dort schon ansässig war. Das aber nur nebenbei. Nun könnt ihr mich bei meiner Brautschau und -werbung begleiten. Lange, da ich den Rat meines Vaters befolgen werde: Es prüfe, wer sich ewig bindet.

Ich verabredete mich, wie gesagt per Dating-App – zum Joggen. Nirgends besser, so der Vater, könne ich über die Fitness der potenziellen Bräute deren Fruchtbarkeit feststellen. Ja, so drückte mein Erzieher sich aus, und ich denke, so dumm ist das nicht. Natürlich muss meine »bessere Hälfte«, wie er Mutter zu nennen pflegte, auch eine gewisse kulturelle Bildung und Interesse an gesellschaftlichen und philosophischen Belangen mitbringen, schließlich kann man nicht rund um die Uhr joggen und, na ihr wisst schon, nennen wir es »fortpflanzen«. Vögeln scheint mir doch zu eng gefasst, zu speziell.

Es ging ein paar Tage zur Sache, Tage, an denen ich feine Gurrelieder probte, an der Alster herumtobte, das Wäldchen unsicher machte. Städtische Bereiche hatten mich noch nie sonderlich interessiert. Ich bevorzuge urban gepflegte, naturbelassene Umgebungen. Und hier nach langem Jagen, Joggen fand ich sie, versunken in wollüstige Dehnungen ihres gut durchtrainierten Körpers an einer Parkbank. Nie werde ich vergessen, was dann folgte: Wie ich sie zu einem gemeinsamen Lauf um die Alster einlud, diesem Lauf, aus dem eine Jagd wurde, ein spielerisches, gleichwohl unterschwellig ernsthaftes Kräftemessen, einem Wettlauf der Ebenbürtigkeit.

Schatzhauser, stieß ich schließlich hervor, als wir wieder zu Atem kamen und uns den Schweiß von der Stirn wischten.

Schatzhauser im grünen Tannenwald, wiederholte ich lächelnd und sah sie erwartungsvoll an.

Bist schon viele tausend Jahre alt, erwiderte sie, so selbstverständlich, als hätte ich ihr Guten Morgen gewünscht.

13

Dir gehört all Land, ergänzte ich, und sie fiel ein: *Wo Tannen stehen*, und wir fuhren gemeinsam fort: *Lässt dich nur Sonntagskindern sehen.**

Da hättet ihr ihre Augen sehen sollen, diese kugelrunden, schwarzen Kugelblitze in ihrem munteren klugen Gesicht. Wie sie ihre Hände vor der Brust faltete und sich über den gar nicht vorhandenen Bauch strich, als hätte sie etwas Gutes gegessen. Dieses In-sich-Ruhen und in der nächsten Sekunde Aus-sich-Herausgehen in tollen (Gedanken-)Sprüngen und pfeilschnellen Sprints. Meine Süße. Mein Muzzli. Der Name gefiel ihr auf Anhieb. Wir gingen gleich zu mir nach Hause. Ins Eichenbaumhaus. Und da blieben wir auch. Und da sind wir noch heute.

3.

Das Outing

> *Es gehört Mut dazu, sich so zeigen zu wollen, wie man in Wahrheit ist.*
> Søren Kierkegaard

Danke, dass ihr mir bis hierher gefolgt seid. Durchgehalten habt, obwohl in meiner Geschichte kein Mord geschah, kein Raub, kein Betrug, kein Verrat, kurz, keinerlei Katastrophen sich anbahnten. Und so wird es weitergehen. Meine Geschichte spielt unter lauter guten Wesen, und ich versichere euch, wie es schon vor mir wahre Dichter getan haben, dass es gar nicht leicht ist, eine Geschichte zu schreiben, deren Handlung ausschließlich von guten Wesen getragen ist. Gehört zum Grundwissen großer Dichter.

Vor allem aber danke ich euch, weil ihr mir vertrautet, ohne zu wissen, mit wem ihr es zu tun hattet. Wem ihr eure Lesezeit schenktet. Lesezeit ist Lebenszeit. Und die ist, wie die Geschichte von Maler und Sängerin zeigt, begrenzt. Drum prüfe, wer sich lesend bindet.

Also mach ich jetzt endlich reinen Tisch. Ehe ich noch länger hin und her überlege, wie ich euch weiterhin erfolgreich hinters Licht führe, gestehe ich lieber gleich auf der Stelle, mit wem ihr es zu tun hattet und zukünftig haben werdet – wenn ihr so neugierig bleibt, wie ich es bin – sagt man mir jedenfalls nach –, und mir die Freude macht weiterzulesen. Denn dann werdet ihr noch allerlei erfahren, über mich und die Meinen, Gott und die Welt. Ihr seht, ich mache schon wieder viele Worte, um nicht zur Sache zu kommen, meinem Outing. Ist mir irgendwie peinlich. Und womöglich glaubt ihr dann, erst recht: fake news, was der die das da verzapft.

Kurz gesagt: Ich bin ein Eichhörnchen. Sciurus vulgaris. Ein gemeiner Schatten-Schwanz. Alles bisher Erzählte habe ich wirklich selbst erlebt, beziehungsweise beobachtet, aus meiner Eichhörnchenperspektive eben.°

Und da möchte ich gleich einiges nachtragen. Natürlich habe ich einen Namen: Wendelin Kretzschnuss. Und mein Muzzli ist eine geborene Coco von Hazelpusch; der Dompfaff hat uns getraut. Nun ist euch sicher auch klar, dass wir oben in der alten Eiche wohnen, im Penthouse sozusagen, einem Kobel in einer gut abgedichteten Astgabel. Auch unsere übrigen Wohnungen sind ähnlich gelegen, immer in den oberen Stockwerken. Herrlich unsere duftenden Sommerwohnungen: direkt vorm Haus in der hohen Linde, dem Baum der Venus und der Liebe, und im exotischen Trompetenbaum an der Alster.

Vor allem aber merkt euch unsere Namen. Einen eigenen Namen muss ein jedes haben, das lebt, so hatte ich es von dem neuen Paar gelernt, das nun in der Villa wohnte.

Mit riesigen Büchermengen. Von der Nachbarstaube erfuhren wir, dass die beiden diese Beschäftigung, das Lesen, zu ihrem Beruf gemacht haben. Sie lehren das Philosophieren an der Universität. Schnell kamen Muzzli und ich mit ihnen gut aus. Und liebten es, nach leckeren Snacks, die sie uns servierten, nahe bei ihnen zu sitzen und ihren Gesprächen zu lauschen. Das ist Bildung, wusste Muzzli. Die tut jedem gut.

Und wenn man den ganzen Tag unterwegs ist, um fürs Essen und Trinken zu sorgen, macht man sich ohnehin so seine Gedanken. Und durch die Nähe zu den Menschen wird diese Neigung noch mächtig verstärkt. Denn was die sich für Gedanken machen! Oh, là, là! So sagen die Franzosen, sehr gebildet, so wie unsere beiden Menschen. Das berichten immer wieder die Schwalben, die ja weit herumkommen und dann im Frühling ihre Neuigkeiten präsentieren. Jedes Mal ein Ereignis. Auch dass Blitze ganze Bäume spalten, also ein Habitat wie das unsere einfach vernichten können, hatten sie mit eigenen Augen gesehen. Und dann erst die Menschen. Die schaffen das genauso gut, wenn nicht besser. Wenn sie gemütliche Kleinfamiliensiedlungen abreißen, um lukrativ zu vermietende Luxuswohnungen zu bauen. Gesunde alte Bäume in den Gärten niedermachen. Dann fällt auch für Tiere aller Arten ein Habitat nach dem anderen. Immer mehr Behausungen werden dadurch zerstört oder zurechtgestutzt, verkleinert oder ummantelt. Ganze Sippen vertrieben. Nicht selten getötet.

Ahnt ihr jetzt vielleicht, warum ich gleich zu Beginn eine so traurige Geschichte vom Tod erzählt habe? *Ich* weiß es nicht. Es drängte sich mir auf die Zunge. Warum? Mag sein, weil der liebevolle Umgang dieses Paares mich ganz unerwartet auf meine Freierspfoten verlockt hatte und schließlich meinem Muzzli ans Herz. Vielleicht, um dem verstorbenen Paar damit Danke zu sagen? In meiner Geschichte leben sie ja jetzt wieder auf und weiter. Irgendwie jedenfalls. Oder aber, auch das ist möglich, weil ich gerade bei meinen toll-kühnen Sprüngen immer irgendwie spüre, wie nah wir in jeder Sekunde am Tod leben; mit jedem gelungenen Sprung am Tod vorbeispringen, ins Weiter-Leben. »Dem Tod von der Schippe springen« sagen die Menschen dazu. Wir Sciuri lernen mit jedem Sprung, wie nah Tod und Leben beieinanderliegen. Wir lieben das Leben in jedem Atemzug. Verlieren den Tod nie aus den Augen und lieben das Leben daher umso mehr. Seht uns nur einmal beim Knabbern zu. Mit welch unbeirrbarer Lust machen wir uns da fit für das Leben. Mit welcher leidenschaftlichen Leichtigkeit jagen wir uns durch die Bäume, um den Mann, die Frau fürs Leben zu finden. Und wir Männer? Immer wieder, mehrmals am Tag begehren wir unsere Auserwählte, das macht eine Ausstattung möglich, um die uns wohl mancher Mensch beneidet: ein standhafter Knochen im Penis. Und die Liebste? Wenn die keine Lust hat, rollt sie sich einfach zusammen, und ich strolche noch ein bisschen durchs Gebüsch, bis ich wieder willkommen bin.

Aber zurück zu unserem philosophischen Menschenpaar, mit dem, sagte ich das schon – entschuldigt, aber wir Sprünglis machen auch mit dem Hin und Her in unserem Kopf unserem Namen alle Ehre. Ich verspreche, mich eurer linearen Raum-Zeit-Vorstellung anzupassen, so gut mir das eben gelingt.

Also: Zunächst ein paar Notizen zu dem, was ich über die beiden schon herausgekriegt habe … Oder … Wartet noch einen Augenblick. Hier erst einmal die Geschichte unseres ungewöhnlichen Kennenlernens. Sie waren ja die ersten Bewohner, denen Muzzli und ich gemeinsam näherkamen. Sängerin und Maler hatte die Liebste nie kennengelernt, und die Bekanntschaft des Künstlerpaars mit mir war nachbarlich distanziert geblieben.

Das war mit den beiden Neuen anders. Sie tollten mitunter durch den Garten wie die Kinder, dann wieder saßen sie stundenlang mit Büchern unter unserem Baum, ohne aufzusehen, und manchmal tanzten sie auf ihrer Veranda so wunderbar verliebt, dass auch ich einmal versuchte, Muzzli in meine Pfoten zu locken und im Kreis zu schwenken, was auf wenig Zustimmung traf. Ihr glaubt gar nicht, wie selbstständig so eine Eichhörnchenfrau durchs Leben tobt und das ihrem Mann auch in jedem Augenblick zu verstehen gibt. Unser Philosophenpaar gestand uns später einmal, sie hätten anfangs Mühe gehabt, uns nach Männlein und Weiblein zu unterscheiden, wenn wir so durch die Äste fegten. Das Wort »Emanzipation«, das ich von ihnen lernte, schien mir daher lange völlig absurd. Wieder so ein Fall, der mich zweifeln ließ am Anspruch des Menschen als »Krone der Schöpfung«. Da hinkt die Menschheit uns Eichhörnchen doch Jahrmillionen hinterher. Hut ab vor den Menschenfrauen, die seit einiger Zeit das Blatt zu wenden versuchen.

Gute Kost hatte es, sagte ich bereits, in der Villa schon immer gegeben. Und auch unsere Philosophen ließen sich nicht lumpen. Auf dem Holztisch ihrer Veranda suchten wir nie vergebens, was das Sciurusherz begehrte: Wal- und Haselnüsse, meist ungeschält, dachten wohl, das sei besser für die Zähne, wussten wohl nicht, dass die uns ständig nachwachsen, ab und zu legten sie aber auch halbe nackte Kerne dazu – eine Gaumenfreude! Erdnüsse gab es keine, nix für unsereins, das wussten sie wohl, mochten wir sowieso nicht, aber ein Cousin von Muzzli hatte sich daran mal gewaltig den Magen verdorben. Also, wenn ihr das hier lest: Hände weg von Erdnüssen für den Sciurus vulgaris. Gilt auch für ein paar andere aus unserer näheren und auch der fernen Verwandtschaft.

Also, was zog uns, außer der guten Verpflegung – wer schließt schon gern Bekanntschaft mit Wesen, wenn man nach

jedem Essen bei ihnen einen doppelten Kräutersud braucht –
immer wieder auf die Veranda der beiden?

4.

Unbezähmbare Leselust

Als Einbruch ist zunächst der Hausfriedens-
bruch im Sinne des § 123 StGB zu verstehen,
der das Schutzgut des individuellen Rechts-
friedens und der Privatsphäre innehat und
vor dem Eindringen unbefugter Personen in
befriedete Besitztümer schützen soll.

Im Anfang war der Klang. Das war nun doch etwas anderes,
als ich jemals im Stadtpark gehört hatte! Schubert war das,
wusste Muzzli und versuchte mitzusingen, was – ich bedaure,
das sagen zu müssen – schauerlich klang, nach alter mecha-
nischer Schreibmaschine, also ähnlich wie bei mir. In die
Musik des jungen Paares aber ließen wir uns sinken, treiben,
tranken Ton um Ton, und mitunter reckten und streckten wir
uns dazu, so weit die Glieder reichten.

Was wir hier hörten, machte die Menschen wirklich zur
Krone der Schöpfung. Ähnliches hatten wir von anderen
Lebewesen noch niemals gehört.

Da war dieser Abend im Spätsommer. In den Gärten glüh-
ten die Dahlien, Rosen öffneten Bienen und Hummeln ihre
Kelche zum zweiten Mal, Sommerflieder ließ die Dolden

schleifen, die uns den Weg zur Veranda der Villa wiesen. Als ein paar lang gezogene dunkle Töne erklangen, ein einzelnes Instrument, Solo heißt das, lernten wir später. Ein Klang, der uns traf, als sei er vor allem für uns bestimmt. Wir saßen beieinander und guckten durch die Scheiben, hopsten noch näher und drückten uns die Schnauzen platt. Es war schön, was wir nach diesen ersten lang gezogenen Tönen hörten, doch diese eine Melodie, die allein uns gehörte, kehrte nicht wieder. Die junge Frau sah uns, winkte ihren Mann herbei. Dann redeten sie durch einen Fensterspalt mit freundlich einladenden Stimmen zu uns, und wir schauten sie hochgemut und vertrauensvoll an und strichen uns übers weiße Bauchfell, als hätten wir etwas besonders Gutes gegessen. Da erklärten sie uns, ein Horn sei es, ein Waldhorn, das uns am Anfang so fasziniert hätte, der Anfang einer berühmten Sinfonie von Franz Schubert. Ein Horn, ein Musikinstrument, habe unserer Art den deutschen Namen Eichhorn gegeben, da wir im Sitzen ähnlich gebaut seien wie dieses Klanghorn. Morgen Abend hätten sie noch etwas ganz Besonderes für uns.

Es war Mozarts 1. Hornkonzert. Drei weitere folgten. Wir wurden süchtig. Und stolz auf unseren Art-Namen, der eine so innige Verbindung schafft zu diesem faszinierenden Instrument. Seither gab es kaum einen Abend ohne einen Besuch auf der musikalischen Veranda. Gefiel uns nicht, was wir da hörten, was selten vorkam, nahmen wir den Nusssnack zwischen die Zähne und zogen uns ins Amselgebüsch zurück.

Auch beobachteten wir voller Anteilnahme, wie das Paar miteinander umging. Oft diskutierten sie lange und lebhaft, mal mit entspannten, mal mit aufgebrachten Mienen, doch nie, nicht ein Mal, ging eines dieser Gespräche, die mitunter durchaus die Bezeichnung »Auseinandersetzung« verdienten, zu Ende, ohne dass sich die beiden in die Arme nahmen und gemeinsam hinter einer der Türen verschwanden, die von der Veranda ins Hausinnere führten.

Besonders die Frau, Maria Schön, hatte es mir angetan. Obwohl sie eine hochgelehrte Frau Professor war, strahlte sie etwas Herzensgutes, Frohgemutes aus. Ihre Augen leuchteten, und ihr rotblondes Haar blitzte wie der Sommerpelz meines Muzzli, und wenn sie aus dem Haus auf die Veranda trat, sagte Josef nicht selten: Die Sonne geht auf. Auch wenn es stockfinster war.

In den philosophischen Diskussionen betonte sie gern den naturwissenschaftlichen Aspekt, während der Mann, Josef Regen, eher Argumente aus Kultur und Kunst vertrat, so jedenfalls schien es mir.

Josef war ein gut gebauter Mann, hätte einen stattlichen Sciurus abgegeben, und er redete gern und viel, oftmals ein wenig blumig, was mir durchaus behagte, denn ich sagte ja schon, Lernen ist meine Leidenschaft, wie für andere, sagen wir, Bergsteigen oder Schwimmen. Sein Schweiß roch nach Mandeln. Das gefiel meinem Muzzli, und mitunter schmiegte sie sich in seine Achselhöhle, als wollte sie sich dort ein Nest bauen.

Schön und Regen hießen die beiden also. Wie auf einem Barometer, lachte Muzzli: Links steht da »Regen«, rechts »Schön« und in der Mitte »Veränderlich«. Ob die auch so ein Barometer haben? Schade, dass man so gar nicht wisse, wie es bei denen da drinnen aussehe.

Das ließ ich mir nicht zweimal sagen. Und so tat ich, um meinem Muzzli zu gefallen, zu imponieren wohl auch, ich tat etwas Unerhörtes. Ich drang in das Haus der Schönregens ein. Fenster und Verandatür standen offen, zum ersten Stock lief bequem eine Dachrinne, die von der alten Eibe an der Hauskante leicht zu erreichen war. Auf der Veranda sprang ich durchs Fenster ins Zimmer, rannte ein wenig wirr an den Wänden entlang, inspizierte sozusagen Tisch und Bänke und blieb schließlich in der riesigen Bücherwand hängen. Verfing mich in alten, holzig riechenden Folianten, meterlangen gleichförmigen und gleichfarbigen Buchreihen, suchte auch in einen der nussig riechenden Papierblöcke einzudringen, machte mich aber, kaum dass ich Schritte im Flur hörte, durchs Fenster aus dem Staube.

Haarklein berichtete ich Muzzli, die nicht müde wurde, mich auszufragen, von meinem Abenteuer, nichts war ihr zu nebensächlich. Und bei der nächsten Gelegenheit machte sie sich selbst auf. Vor allem die Bücherfelsen hatten es ihr angetan. Und die Karteikarten in zig Holzkästen, alle, wie sich später herausstellte, mit Marias Handschrift. Tolle Sätze, die ihr wichtig waren, von den schlauesten Menschen der Welt. War noch mal was ganz anderes als Lexika, Apps und googeln.

Nur gut, dass die weltweiten digitalen Errungenschaften inzwischen nicht nur Haus- und Nutztieren, sondern auch unserer Spezies einen mühelosen Zugang zur menschlichen Sprache erlauben. Zur gesprochenen Sprache wohlgemerkt. Mit dem Lesen ist es bei den meisten meiner Art nicht weit her. Aber Muzzli, mein gelehrtes Muzzli, wäre nicht mein Muzzli, wenn sie nicht wie für so vieles andere auch für meine Leseförderung gesorgt hätte.

Seither gipfelte beinah jeder Tag in Lektürefreuden. Buchstäblich: Denn der Weg zum guten Buch war steil und oft uneben, voller Ecken und Kanten. Meist versuchten wir, das erwählte Buch aus seinem Habitat in einem der Regale herauszuzerren, zu Fall zu bringen und in Bodennähe gemeinsam zu studieren. Besonders die mit vielen Bildern.

So verging eine geraume Zeit, in der wir uns immer sorgloser der Schönregen'schen Bibliothek bedienten.

Es war an einem Freitagvormittag. Maria und Josef an der Uni mit Vorlesungen und Seminaren beschäftigt bis in den späten Nachmittag. Dachten wir. Muzzli und ich unterm Flügel, sein Name war Bechstein, vertieft in eine Biografie unserer Gaia. Bis uns Tritte aufscheuchten, in die Glieder fuhren und uns dahin jagten, wo wir hergekommen waren, zur Verandatür, die hatte der Wind aber zugeworfen, die Fenster waren geschlossen, wir rannten die Bücher hoch und wieder runter, rauf, Panik im Nacken, und da waren sie auch schon: Maria und Josef. Sie hatten uns gesehen!

Marias sonst so friedliche Stimme jetzt ein empörtes, beinah verängstigtes Schimpfen, als hätte sie einen Marder, Habicht oder Schlimmeres gesehen: Ist denn so was möglich? Das ist doch die Höhe! (Womit sie recht hatte, denn wir krümmten uns kopfüber, kopfunter zitternd im Kronleuchter zusammen.) Und Josefs amüsiert anerkennendes Grinsen in unsere Richtung brachte sie offensichtlich nur ärger auf die Palme. Fenster und Tür rissen sie auf, Maria stocherte mit einem Besen nach uns, völlig konfus rasten wir noch ein paarmal die Bücherwände entlang, ehe wir begriffen: Da war er, der Ausgang, die Tür weit offen.

Aus sicherem Abstand vom Verandageländer aus konnten wir dann beobachten, wie Maria schon kurz darauf kopfschüttelnd über sich selbst lachen musste: Alles wieder gut, ihr beiden, lockte sie uns mit ihrer vertrauten lieben Stimme. Doch als wir die Schwelle wieder überwitschen wollten, vertrat sie uns freundlich, aber bestimmt den Weg. Ihr bleibt draußen. Wir klettern ja auch nicht in euern Kobel. Aber hier draußen seid ihr uns immer willkommen. Zur Bekräftigung legte sie uns ein paar geschälte! Nüsse auf den Tisch.

Frieden?

Frieden.

Aus dem Gespräch der beiden erfuhren wir nun auch den Grund der frühen Heimkehr. Die Studierenden hatten an einer Demo teilgenommen. Fridays for Future. Worte wie »Klimaschutz« und »Zukunft« fielen immer wieder. Klang irgendwie ein bisschen übertrieben alles, meinten unsere Gastgeber, aber im Kern vernünftig. Sie würden in Zukunft mitgehen. Und wir kreuzten reuig unsere Pfoten vor der weißen

Brust, als sie uns noch einmal baten, nie, nie wieder ungebeten ihr Habitat zu betreten.

Abends fanden wir wie immer unseren Abendsnack. Daneben die Gaia-Biografie. Dort aufgeschlagen, wo wir unsere Lektüre abgebrochen hatten.

Später erfuhr ich auch den Grund unserer Ausweisung, als ich Josef und Maria wieder einmal belauschte.

Verboten ist es, hörte ich Josef, die beiden, damit meinte er uns, ins Haus zu lassen. Sie sind wild. Sie haben keine Kultur, sagen sie. Sie? Damit meinte er wohl die Verbieter.

Keine Kultur! Unverschämtheit! Wütend fuhr ich einmal die Dachrinne runter und via Eibe wieder rauf. Und hörte, wie Maria widersprach: Was wissen die denn schon. Und was heißt das: Kultur? Nur, weil die sie nicht verstehen, glauben sie, die – damit meinte sie uns – verstünden diese Verbieter auch nicht. Wenn die – diesmal die Verbieter – wüssten!

Muzzli erzählte ich von diesem Gespräch lieber nichts. Es hätte ihre ungnädige Meinung über die Menschen nur noch verstärkt.

Maria und Josef machten da eine Ausnahme. So verlockend, dass sich mein Muzzli – hinter meinem Rücken! – noch einmal in ihr Habitat hineinwagte und damit unsere Freundschaft mit den Schönregens erneut gefährdete. Sie habe wissen wollen, wo die Schönregens im Kobel ihre Kuschelzone hätten, da wo … na, ich wüsste schon. Und da hatten Maria und Josef mein Muzzli auf ihrem Bett erwischt. Ein Kopfkissen in fliegende Federn zerfetzt, Muzzli hoch vom Kleiderschrank zum weiß ich wievielten Sprung runter ins kuschelweiche Plumeau.

Vor lauter Schreck und schlechtem Gewissen habe sie, Muzzli, dagesessen wie erstarrt, sich zusammengerollt, ganz klein in dem großen Federbett, das nach Mandeln und feuchter Borke gerochen habe, daran werde sie sich ein Lebtag erinnern. Hier also lagen Maria und Josef zusammengerollt wie

24

mein Wendelin und ich, habe sie sehnsüchtig geschnuppert. Wortlos habe Maria auf sie herabgesehen und mehr traurig als empört gesagt, dass sie sich davonmachen solle. Sie, Muzzli, habe sich daraufhin aus der knautschigen Kuhle gewühlt und sei zur Tür gewitscht. Dort habe sie gewartet, bis Maria gekommen sei, um zu prüfen, ob sie auch wirklich weg war, und da habe sie sich auf die Hinterbeine gestellt und die Pfoten, nein, nicht wie üblich vor der Brust gekreuzt, was die Menschen ja gern als drollige Ehrerbietung deuten, nein, gestreckt zusammengepresst habe sie ihre beiden Vorderpfoten und nach oben gen Himmel gekehrt, so wie die Menschen auf dem wunderschönen Bild, das bei den Schönregens in der Bibliothek hänge. Darauf falte eine Frau mit einem kleinen Kind in einer Krippe im Stall ihre Hände genau so gespitzt in die Höhe, wie sie es jetzt bei den Schönregens getan hätte. Die Schönregens liebten dieses Bild und hielten mitunter morgens und abends die Hände genauso. Und, das sei doch das Tollste: Die Frau auf dem Bild heiße genau wie sie: Maria. Und der ältere Herr an ihrer Seite: Josef.

Das habe gewirkt. Maria habe laut gelacht, ihr noch einmal scherzhaft gedroht und eine Haselnuss auf den Kopf fallen lassen. Was sie geduldig, ohne abzuhauen, auf sich genommen hätte. Die Strafe hätte sie verdient.

Ich war, ich gestehe es, während Muzzli erzählte, durchaus ein wenig eifersüchtig geworden. Einen solchen Kobel, wie sie ihn mir schilderte, hätte ich zu gerne auch einmal ausprobiert. Mich in warmen weichen Eiderentendaunen gewühlt, gewälzt, gefläzt, in den Kuhlen gesuhlt. Mit Muzzli natürlich. Oh, là, là, wie die Franzosen sagen!

5.

Aus Kindern werden Leute

Tut mir leid, ich bin wieder einmal abgeschweift, das Bild von Muzzli im Kobel der Schönregens wollte ich euch nicht vorenthalten.

Aber ihr werdet euch vielleicht schon ungeduldig gefragt haben, was uns ausgerechnet zu der Biografie dieser Gaia zog. Gaia: schon mal gehört, den Namen?

Voilà, ein paar Stichwörter: Wir Sciuri vulgares und mit uns alle Lebewesen der weltweit vernetzten Fauna und Flora verehren unsere Mutter. Mutter Natur. Mutter Erde. Ihr Name: Gaia. Geboren als erste Gottheit aus dem Chaos: so lehrt es das Buch, das wir bei den Schönregens fanden, geschrieben von einem alten griechischen Philosophen, der ja wissen musste, wie es wahr war: Hesiod. Am Anfang also eine Göttin, ein weibliches Wesen. Das hätte Muzzli im Buch der Schönregens am liebsten grün unterstrichen. Traute sie sich aber doch nicht.

So wie wir Faunas und Floras unsere Mutter Gaia, verehren die Menschen, in einigen Variationen, ihren Gott, der laut ihren Dokumenten »Himmel und Erde erschaffen hat«. Die Menschen haben einen Vater, einige sogar einen strengen Herrn Vater. Wir haben eine Mutter. Denn schließlich: Wer nimmt die Mühen der Geburt und Aufzucht auf sich? Die Mutter. Also sollte sie auch an erster Stelle der Verehrung stehen.

Genug philosophiert, zurück ins pralle Leben, unser Leben

im Eichenheim. Im Sommer gab es ersten Nachwuchs, ein Sohn und zwei Töchter, Willi, Milli und Lilli. Lilli musste ihr junges Leben noch als Nesthockerin im Schnabel einer Elster beenden. Willi und Milli aber wuchsen heran zu starken Persönlichkeiten. Willi wurde ein kräftiger Kerl, kam ganz nach seinem Patenonkel Billi, der schon seinen Eltern mit andauernden Raubzügen das Leben nicht leicht gemacht hat. Diese sind nun beide tot, doch Billi, jetzt in meinem Alter, übt einen Einfluss auf unseren Willi aus, dem ich nur schwer etwas entgegenzusetzen habe. Mach, was du willst, sage ich dann oft, wenn ich nicht mehr weiterkomme mit meinen gut gemeinten Erziehungsabsichten. Genau, entgegnet darauf mein Willi, das sagt Onkel Billi auch immer. Genau so: Mach, was du willst. Was blieb mir da noch übrig.

Unsere Worte fielen auf fruchtbaren Boden. Willi machte sich früh aus unserem Penthouse davon und tat sich um in der Welt. In meiner Jugend hatte es noch genügt, die Sprache der Menschen und Vögel zu verstehen. Jetzt kam man ohne Windisch und Wolkisch nicht mehr weit. Den Umgang mit Smart-Wischs und Cloud-Tops lernten die Kinder schon in der Schule. Und ich lernte es, als Willi gen Süden zog, auch. So machte der Wind, luftig wie bei den Menschen eine SMS, den Boten zwischen Sohn und Familie, Wolken schickten Smileys, Emojis, das Programm für Hintergrundfotos ist noch in der Entwicklung. Im Novalis-Tal wird daran, so hört man, auf Hochtouren gearbeitet. Der blonde Eckbert, Heinrich von Ofterdingen und Peter Schlemihl haben dort in Tieck Town angeblich bereits ihr zweites Start-up gegründet, und in Chamisso Valley ziehen sie schon längst im Hintergrund die Strippen.

Auch der Translator, die neueste Errungenschaft aus der digitalen Welt, kam dorther. Muss ich euch erklären. Sicher habt ihr euch schon eure Gedanken gemacht, wieso die Kommunikation zwischen uns und unseren Freunden so gut klappt. Anfangs von Menschen für Menschen zum besseren Verstehen ihrer eigenen unterschiedlichen Sprachen, dann der ihrer Haustiere entwickelt. Weiterentwickelt zum Verstehen der Sprachen auch autarker Tiere, die mithilfe des Translators allerdings erlernt werden mussten. Und schließlich gab es dann den Translator mit Dialogfunktion; d. h., Mensch und Tier konnten nun wechselseitig via Translator einen gediegenen Gedankenaustausch pflegen, wie Josef es formulierte.

Zurück zu Willi. Zurzeit hält er sich in einer Gegend namens Ruhrgebiet auf. Wir haben lange nichts mehr von ihm gehört.

Milli aber wuchs heran zu einem anmutigen jungen Mädchen, dessen Pelz in früheren brutalen Zeiten längst Kragen oder Kappen wohlhabender Bürgerinnen geziert hätte. So aber beflirtete sie in der alten Eiche, dem Dating-Treffpunkt der Umgegend, die paarungsbereiten Junghörner, ohne sich im mindesten für einen zu entscheiden, was meinem Muzzli, die auf Großmutterfreuden hoffte, gar nicht gefiel. Doch dann machten wir einen Besuch im Zoo.

Gleich am Eingang unseres Zoos werden Besucherinnen und Besucher von Erdmännchen begrüßt. Ihr kennt Erdmännchen? Dacht ich mir. Und ihr liebt sie? Dacht ich mir auch. Sie haben eine gewisse Ähnlichkeit mit unserer Familie, sind aber größer und – ja, ich muss es sagen: plumper. Stehen rum und gucken dumm und niedlich. Na ja, vielleicht bin ich ungerecht. Jedenfalls, von selbstbewusster Eleganz, wie sie meiner Sippe eigen ist, keine Spur.

Attraktiv sind die Erdmännchen auf ihre Art aber trotzdem. Auf ihre Art eben. Stellt euch vor, wir sähen alle gleich aus: so wie Bauklötze oder Heftzwecken. Ist doch einfach wunderbar, dass nichts, aber auch nicht der kleinste Grashalm, auf unserer großen Heimat Erde zweimal gleich vorkommt. 1 x 1 bleibt immer 1. Ähnlich können sich Grashalme,

Hasen, Menschen, Flöhe, Hyänen, Rosen, Quallen, was auch immer, sein. Gleich nie. Dieselben nie.

Aber zurück in den Zoo. Dort war meine Tochter Milli in diesem Jahr von den Erdmännchen gar nicht mehr wegzukriegen. Schon als kleines Mädchen hatte sie sich in diese putzigen Wesen verliebt, und mit dem Älterwerden verlor sich diese kindliche Zuneigung nicht etwa – sie wuchs. Über deren Geschichte wusste sie beinah mehr als über die ihrer eigenen Sippe. Es war nicht ungewöhnlich, dass sie meist auf den Rundgang verzichtete und bei den Erdmännchen stehen blieb, sie fütterte, neckte oder einfach nur verlangend betrachtete, während Willi gar nicht schnell genug zu den Elefanten, Giraffen und Orang-Utans kommen konnte.

Und so ließen wir auch heute Milli bei ihren Lieblingen zurück und brachen auf zu den Störchen, Kranichen, Fischreihern, Muzzlis guten Bekannten. Mit Fridolin, dem Fischreiher an der Alster, war sie seit langem befreundet. Leider war er in der letzten Zeit nicht mehr so häufig anzutreffen wie vor Jahren; zu viel Rummel auf dem Wasser, besonders im Sommer, mit diesem Andrang der SUPs.

Als wir nach etwa einer Stunde von den Elefanten zurückkamen, um Milli zu den Buchen, die herrliche Eckern versprachen, abzuholen, war unsere Tochter verschwunden.

Bis wir nicht mehr das Blatt vor Augen sehen konnten, fuhren wir in den Bäumen auf und nieder, suchten Büsche und Beete ab, riefen nach ihr, so schrill es unsere Kehlen hergaben. Vergeblich. Wir jagten nach Hause. Im Kopf die schaurigen Berichte von diesen menschengemachten Killermaschinen, Autos genannt, denen Freunde und Bekannte immer wieder zum Opfer fielen. Vielleicht war sie längst schon zurück.

War sie nicht. In dieser Nacht nicht und nicht am nächsten Morgen. Gegen Mittag sprang sie herunter vom Verandageländer der Schönregens, rauschte die Regenrinne runter und suchte unbemerkt ihre Penthouse-Ecke zu erreichen. Sie sah zerzaust und matt, doch hochentspannt aus, was ich auf das gute Futter der Schönregens zurückführte. Also ließ ich sie erst einmal schlafen. Schließlich wusste ich selbst, dass man in holder Jugendzeit auch mal über die Stränge schlagen kann.

Doch diese Nacht hatte für Milli, wie sich bald herausstellte, Folgen. Milli war schwanger. Von einem Erdmännchen. Eine von Beginn an so heftige wie unmögliche Liebe, fürchtete ich. Denn wie sollten ein Eichhorn (Sciurus vulgaris) und ein Erdmann (Suricata suricatta), ein Nagetier und ein Raubtier, jemals auf die Dauer glücklich zusammenleben? Was würde Milli auf die Welt bringen? Ein Erdomilli? Ein Millerdo?

In den philosophischen Wälzern der Schönregens hatte ich Zeichnungen gefunden, aus dem uralten, antik heißt das, Griechenland. Darstellungen sonderbarer Wesen, Mischwesen. Chimären nannten die Griechen die. Nach dem mittleren Wesen des Dreiteilers aus Löwe (vorn) Ziege (Mitte) und Drachen (hinten). Es war ein Feuer schnaubendes Ungeheuer, und ich sagte meinem Muzzli zu Hause kein Wort von meiner Exkursion. Doch die wusste, wie sich bald herausstellte, schon längst weit besser Bescheid, was uns erwartete. Sie las, was ihr in die Klaue fiel, und wusste, was Bildung für das Fortkommen einer Spezies und jedes Einzelnen bedeutet. Angst, was die Geburt unseres Enkels anbetraf, hatte sie keine. In der Natur, belehrte sie mich, kommen solche Mischungen bei Pflanzen dauernd vor. Da nennt man das Kreuzungen. Und nun gehen wir mal einen Schritt weiter. Bei den Menschen, habe ich in einem der Magazine von den Schönregens gelesen, kreuzen Wissenschaftler ganz gewollt Menschen mit Affen. Für ihre Zwecke natürlich. Wollen mit künstlich gezüchteten Organen Geschäfte machen! Bei Milli und Erderich ist es Liebe! Und wir wollen mal sehen, ob sie überhaupt wissen, ob sie Männchen oder Weibchen sind oder sein wollen. Bei den Menschen gerade eine große Diskussion. Da können Männchen Männchen lieben und Weibchen Weibchen. Manche auch beides hin und her. Manche haben einen Männchenkörper und wären lieber Weibchen, manche Weibchen lieber Männchen. So weit sind wir da bei uns noch nicht. Muzzli wischte den Schwanz übers Tischtuch. Egal. Liebe ist doch das Einzige, was zählt.

Und Liebe war es tatsächlich. Kein Tag verging, ohne dass Erdo aus seinem Zoogehege ausbüxte und seiner Liebsten einen Leckerbissen zusteckte. Mühelos erklomm er nach einer Zeit den rauen Eichenstamm, was ihm anfangs schwerfiel, da er glatte Flächen, Felsen und Geröll gewohnt war. Doch was vermag Liebe nicht! Nur hinein in Millis Kobel durfte er nicht, dafür war er zu schwer. Und unsere Elternherzen schlugen jedes Mal höher, wenn er unsere zarte Milli mit ihrem hochgewölbten weißbepelzten Bäuchlein zärtlich und behutsam in seine Pfoten nahm, deren scharfe Nägel den unseren in nichts nachstanden. Nur weit größer waren sie. Schließlich war Erderichs Familie verwandt mit unserem Feind, dem Marder. Aber das machten wir bei uns nicht zum Thema.

Wie fieberten wir der Geburt entgegen! Ultraschall, wie bei den Menschen gang und gäbe, kannten wir bei uns noch nicht, doch Maria nahm Milli und Erdo eines Morgens mit in die Praxis einer befreundeten Ärztin. Freudestrahlend kehrte das junge Paar zurück: Auf dem Foto des Ultraschallgerätes waren drei ineinander verknäulte Geschöpfe zu sehen. Muzzli und mir kullerten die Freudentränen.

Und dann war es so weit. Ich hatte Willi zuvor noch eine Windmail geschickt. Er sei unabkömmlich, war die ganz gegen seine Gepflogenheiten sofortige Antwort. Er küsse und umarme seine Neffen und Nichten und ihren Vater Erdo. Das war's. Wirklich warm sind die beiden nie miteinander geworden.

Wie die Gene sich in den Lebewesen verteilt hatten, war auf dem Foto nicht auszumachen, und so blieb es spannend. Muzzli, und ich standen um Milli herum, Erdo hockte auf dem Ast beim Kobel, Maria und Josef hielten Wache unterm Baum, für alle Fälle.

Glaubt mir: Ruckzuck ging das Ganze. Drei winzige Lebewesen waren es, jedes für sich in einer schlierigen Blase, genaue Gestalten waren nicht zu erkennen. Das wird noch, wusste Muzzli, Milli sah anfangs nicht anders aus. Sie hatte wieder einmal recht. Wir warfen den Schönregens drei Walnüsse runter, so hatten wir es vereinbart für den Fall, dass alles gut gegangen war, und Erdo traf Josef mitten auf den Kopf, worauf der lachend Rache schwor, die aus einem Wurstzipfel bestand. Aus Nüssen machte sich der starke Erdmann nicht viel.

Nie niemals, das kann ich euch versichern, werde ich vergessen, wie sich innerhalb von ein paar Tagen aus den drei undefinierbaren schleimigen Häufchen drei wundervoll geformte Lebewesen herausschälten. Direkt zuschauen konnten wir, wie sie vor unseren Augen eins nach dem anderen hinaus ins Leben wuchsen.

Als Erster sprengte Pauli die Blase, machte sich lang länger, dick dicker, streckte die Beine, die Pfoten, hämmerte sich auf die männliche erdmännchengraue Brust und sah uns aus schwarz umrundeten Kugelaugen neugierig und hilflos an.

Pauli, seufzte Milli, küsste ihn mit ihrem spitzen Mäulchen auf die Schnauze und legte das erste Erstgeborene ihrem Erdo ans Herz. Der gab ihm den Vaterkuss und reichte es weiter an mein Muzzli und die an mich.

Auf Pauli folgte Polli, ein strammes Weibchen, oben zart und vornehm in rostrot samtigen Pelz gehüllt, ungefähr ab der Mitte mit einem stattlichen grau-schwarz gestreiften Suricata-suricatta-Bauch und einem Hinterteil, das wiederum ein für ein Eichhörnchen überdimensional großer, üppig gebauschter tiefroter Schwanz zierte. Auch ein vornehm weißer Pelz, der uns Eichhörnchen die ganze Bauchseite bedeckt, war Polli ein Stück weit mitgegeben.

Kaum ausmalen kann ich euch, wie später einmal Eichhörnchen und Erdmännchen beiderlei Geschlechts hinter ihr her sein werden!

Pilli, ihrem Schwesterchen, sah man die Kreuzung der beiden Arten auf den ersten Blick kaum an. Nur wenig größer als eine unserer Art war sie, vielleicht ein wenig stämmiger, und statt der weißen Bauchdecke trug sie dort einen schwarzgrauen Flaum, und ihr Schwanz wies etwas auf, was ich meiner Lebtag noch nie gesehen und auch nirgends dokumentiert gefunden hatte: Pillis Schweif war rot und schwarz gestreift und höchst anmutig gekräuselt. Ein allerliebstes Geschöpf. Was hatte Mutter Natur uns da beschert! Drei Enkelkinder, eines liebreizender als das andere. Ob Wesen wie Maria und Josef jemals etwas so Einmaliges zustande bringen würden?

Auch die beiden waren von unserem aparten Nachwuchs entzückt. Doch wir kannten die Gepflogenheiten der Menschen schon zur Genüge, um jedes Foto zu verbieten. Nicht einmal unserer Verwandtschaft ließen wir Fotos zukommen, und Erdo hatte den Kontakt zu seiner Familie schon längst verloren. Sie lebten teils in Zoos, teils noch immer in Namibia.

Sobald unser Nachwuchs aus dem Gröbsten heraus war, schickten wir die drei in die Eichhörnchenlernanstalt, eine Mischung aus dem, was die Menschen Kita und Schule nennen, eine Errungenschaft neuesten Datums. Gab's zu meiner Zeit noch nicht. Wohlgemerkt: Lern-, nicht Lehranstalt. Lernen statt Pauken. Pauken gehören ins Orchester. Lernen war fragen. Neugierig sein. Wissen *wollen*. Nicht müssen. Die Neugier stillen – für neue Fragen. Lernen hieß wachsen wie in der Natur. Der Lehrer wie ein guter Bauer oder Gärtner.

Ihr seht: Wir Sciuri gehen eben auch mit der Zeit. Auch wenn wir mitunter etwas hinterherzuhinken scheinen. Bisher brauchten wir diese sogenannten Errungenschaften, die analogen wie die digitalen, nicht. Denn wir müssen ja nur für uns sorgen, unbeeinträchtigt von jeglichem Gewinnstreben, das den Menschen das Leben so sauer macht. Je näher ich sie kennenlerne, je mehr ich von ihnen weiß, desto sicherer bin ich mir: Niemals möchte ich werden wie sie, die sich für »die Krone der Schöpfung« halten.

Manches, was für uns längst selbstverständlich ist, entdecken sie gerade erst. Zum Beispiel Lernanstalten für alle Kinder, egal wie sie aussehen, woher sie kommen, ob sie dumm sind oder schlau. Inklusion nennen die Menschen das. Und bilden sich seit Neuestem darauf mächtig was ein. Für uns gang und gäbe.

Andere Wesenszüge der Menschen machen uns zunehmend Angst. Schon in früheren Zeiten hatte es hin und wieder Unstimmigkeiten mit ihnen gegeben, etwa, wenn sie uns eines unserer Habitate beraubten, das heißt einen Baum, aus welchen Gründen auch immer, fällten. Meist war so ein Baum krank und gefährdete das Heim der Menschen, etwa bei einem Sturm oder Blitzeinschlag.

Heute aber sehen wir, sobald wir unser idyllisches Habitat verlassen, beinah jeden Tag, wie gesunde Bäume gefällt werden. Bisher sind unsere Kobel in dieser Gegend noch weitgehend geschützt. Und wem sein Geäst verloren geht, der kann sich immer noch ein neues Domizil in der Umgebung aufbauen. Diese Abholzerei ist gemein, aber zu ertragen. Nun jedoch mehren sich die Meldungen von Verwandten und Bekannten, dass immer öfter ganze Wohnsiedlungen verschwänden, um für riesige menschliche Nistkästen Platz zu machen. Und auch innerhalb unserer Ansiedlungen, wenn sie diese bestehen lassen, werden die menschlichen Herrscher immer unerträglicher. Sie stellen taghelle mannshohe Laternen auf und legen künstliche Bäche an, es plätschert Tag und Nacht aus beleuchteten! Fontänen, die sie nach Lust und Laune lauter und greller einstellen können, ganz durcheinander komme man mit den Tageszeiten, klagte eine Nachbarsamsel aus einer noblen Villenstraße. Ähnliches hatten wir schon mehrfach gehört; es übersteigt jede Phantasie, was Menschen sich einfallen lassen, um zu prahlen, wenn sie nicht wissen, wohin mit dem Geld, das meist andere für sie verdienen.

Oder, das habe ich bei den Schönregens mal aufgeschnappt, wenn sie das Geld für sich arbeiten lassen. Worunter ich mir nichts, aber auch gar nichts vorstellen kann. Arbeitendes Geld! So wie der Nachbarmensch, wenn er die Hecke schneidet? Oder Herr Müller, wenn er unseren Garten wieder auf Vordermann bringt? Dafür gibt ihm Herr Schönregen dann bedruckte kleine Scheine: Das ist Geld. Das kann Herr Müller jemandem geben, der dafür Herrn Müller gibt, was der gern hätte. Und der Empfänger von Herrn Müllers Geld kann dann wiederum einer dritten Person abnehmen, was er, der Empfänger, gern hätte. Kaufen und Verkaufen nennt man das. Klingt erst mal kompliziert, ist dann aber einleuchtend. Nur gut aufpassen muss man dabei, sonst geht es einem wie Hans im Glück, der nach sieben Jahren harter Arbeit mit einem kopfgroßen Klumpen Gold (Gold ist für Menschen das Höchste, wisst ihr ja) bezahlt wird. Den tauscht er auf seinem Weg nach Hause gegen ein Pferd ein, das Pferd gegen eine Kuh, die Kuh gegen ein Schwein, das Schwein gegen eine Gans, und die Gans gibt er für einen Schleifstein mitsamt einem einfachen Feldstein her. Und jedes Mal scheint ihm, er hätte den Deal seines Lebens gemacht.

Bis er schließlich bei seiner Mutter ankommt. Mit leeren Händen, aber froh und zufrieden. Oh, ich merke, ich gerate wieder ins Philosophieren; wisst ihr ja, ich flüchte mich nun mal gern ins Abstrakte oder ins Fabulieren, da schwebt man so angenehm über dem wirklichen Leben. Das ist nämlich wahnsinnig kompliziert, schon ein Philosophenkopf kommt da kaum noch mit, wie soll das dann einem gemeinen Eichhornhirn gelingen? Das geht nicht einmal in *meinen* Kopf. Obwohl das der Kopf eines gereiften dreifachen Großvaters ist.

6.

Dichtung und Wahrheit

Aut prodesse volunt aut delectare poetae
aut simul et iucunda et idonea dicere vitae.

Sowohl nützen als auch erfreuen wollen die Dichter
oder beides, was dem Leben gut tut.

Horaz, *Ars Poetica*

Die Kinder waren nun aus dem Haus. Willi noch immer im Ruhrgebiet, so genau wussten Muzzli und ich das nicht mehr, seine Windmails und Wolken-SMS kamen unregelmäßig und gingen über: Mir geht es gut. Wie geht es euch? kaum hinaus. Ostern, hatte er versprochen, würde er wieder bei uns vorbeischauen.

Milli war mit ihrer Familie in die Harburger Berge gezogen. Dort gab es beides: gesunde alte Bäume zum Herumtoben für die Sciuri und feinen Humus für die in Erdhöhlen verliebten Suricatae.

Und wir beiden? Mein Muzzli und ihr treuer Wendelin? Tage gab es, da flitzten wir durch die Bäume im Eichenpark wie in holder Jugendzeit, schaukelten auf den Mastspitzen der Boote im Segelhafen mit Blick auf die Elbphilharmonie, schauten im Geäst des alten Ginkgobaums, der in unseren Freierstagen gerade gepflanzt worden war, in den Mond, kurz, wir ließen die neue Zeit in die alte gleiten und umgekehrt, verdoppelten sozusagen unsere Lebenszeit, paarten unsere Gegenwart mit unserer Vergangenheit: Wir waren uns genug. *Verweile doch.* Hatte ein großer Menschendichter geschrieben. *Du bist so schön.* Und: *Dass ich eins und doppelt bin.*

Weit öfter aber zogen wir die beschaulichen und anregenden Abende mit Schönregens auf deren Veranda vor. Saßen still, knabberten mitunter ein paar Sonnenblumenkerne und hörten zu. Meist ging es um philosophische oder politische Themen, immer öfter auch um beide.

Doch manchmal, leider viel zu selten, war alles anders. Wir hörten es an Josefs Stimme. Dann war sie weich, dunkel, getragen von melodischen Schwingungen, Gesang und kein Gesang, Sinn-Gesang könnte man sagen. Jedenfalls ein Sprechen zwischen Singen und Schweigen, Singen und Sinnen. Oft fielen, kurz bevor Josef eine Atem-Pause machte, ähnlich lautende Wörter zusammen, sangen ihre eigene Weise, reimen hieß das, lernte ich, so wie Herz und Schmerz, Träume und Schäume und Bäume. Dichtung hieß das, lernte ich.

Wie ging uns beiden, Muzzli und mir, da das Herz auf. Hatten wir uns nicht gleich auf Anhieb mit Versen aus unserer Kinderzeit, Versen vom Schatzhauser, füreinander bestimmt gefühlt? Ohne überhaupt zu wissen, dass wir da Verse sprachen?

Auch wenn wir längst nicht immer verstanden, was uns der Dichter durch Josefs Mund, mit seinen Zeilen in seinen Strophen denn nun sagen wollte: Es war doch so schön! So schön, dass es mein Muzzli oftmals zu Tränen rührte, die sie sich mit ihrer Pfote verstohlen ins Fell wischte. Und Maria nickte Muzzli zu und nutzte ihr Taschentuch.

Das wollte ich auch können. Muzzli mit Wörtern Tränen

entlocken. Und ein andermal, auch das konnten die Dichter, zum Lachen bringen. Sie konnten trösten, aufwiegeln, nachdenklich, neugierig machen. Oder einfach nur erfreuen. Mein Muzzli erfreuen: Das vor allem wollte ich. Das sollte geübt sein.

Anfangs machte ich einfach Quatsch Platsch Matsch Klatsch, es musste knallen schmatzen knacken wie eine harte Winternuss Kuss Bus plus muss, das wurde mir bald zu dumm schrumm bumm. Kaum fing ich auf diese Art zu dichten an, fing nach den ersten zwei drei Reimen der ganze Garten an zu keimen schleimen beimen seimen ... erst meine Verwandten mit ihrem Gekecker, Gemecker, Versecker, dann alles, was einen Schnabel, Kabel, Nabel, Abel hatte, die Amseln allen voran – eine, wie Dompfaff Patricos angeekelt bemerkte, unerträgliche atonale Krakophronie. Eine waas? Kra Kra Kra Kra froh froh nie nie nie! buchstabierte Patricos. Das gefiel mir. Doch ich wollte keinen Chorgesang. Ich wollte dichten. Erst einmal ganz für mich allein. Ich musste Zeilen bilden binden schinden, Sätze machen krachen lachen, Strofen Pofen Kofen lofen. Ich kam einfach nicht dahinter Winter Sprinter Kinter wie die Menschen dichten Gelichte Gedichte Wichte zustande brachten krachten machten. Hilfe kam von Josef, dem ich unter vier Ohren meine ersten Texte, sexte, flexte vortrug in reinem Keckmeckheck.

Du nimmst dir zu viel vor, sagte er. Das macht so manche*r am Anfang, wenn er oder sie es besonders gut machen will. Viel zu lang alles. Leg jedes Wort auf die Goldwaage. Würzen ist Kürzen ist Würzen. Schreib auf, was dir am Herzen liegt. Was dir auf der Zunge brennt. Lösche es mit deinen Worten. Nur das zählt.

Also durfte ich nicht so an den einzelnen Wörtern kleben. Statt zu weben, vorwärtsstreben. Schweben.

Konnte er haben. Ich legte los. Laut und deutlich. Kurz und knapp.

hol der di pol der
hol s i d i hol
d e baum mel
o di son
n eg eta uf
mon dge tun
te rä tä tä tä°

Da gehst du nun zu weit, meinte Josef, kürzen meint ja nicht, dass du dir die Wörter zurechtstutzt, wie es dir passt. Gedichte sind keine Silbenrätsel.

Also: noch eins. Vielleicht mal mit ein bisschen Stimmung. Gefühl. Denk an Muzzli.

Das tat ich.

gedankenblitz
für muzzli

du denkst an mich
also bin ich

Reichte mir aber nicht. Zu viel WürzeKürze. Und so setzte ich noch eines drauf:

wir gondeln durch die eiche nach venedig
canale grande und ein eis am stiel
wir tanzen eine bärlauchsarabande
. . .

Und? Weiter?, drängte Josef. Zeig's mal Muzzli. Vielleicht fällt der noch eine letzte Zeile ein, soll sich ja wohl reimen. Ohne schleimen. Du willst immer noch zu viel. Bärlauchsarabande! Kunst ist nicht künstlich. Einfache Bilder: das ist Kunst. Schreib auf, was du hörst und siehst.

Also noch einmal. Ich schloss die Augen und atmete tief durch:

für muzzli

wenn du dein weiches fell
um mich schlingst
und mit mir
durch die dunklen
bäume flingst
im traum im baum im traum

Ja, was dann? drängte Josef. Wie weiter? Vielleicht … geht die sonne um mitternacht auf?

Allmählich reichte es mir. Ich stellte mich noch einmal auf die Hinterpfoten:

josef philosophiert über das leben

josef macht ein streichholz an
will sehen wo er ist
eh er was erkennen kann
geht das streichholz aus.

fragt man die flügel
antwortet der engel:
ja ich kann fliegen

Bisschen fies, meinte Josef. Ironie, was? Meist ein Treffer. Aber pass auf damit. Mach's nicht zu oft. Bei Dauernutzung leiert die Seele aus.

Ich würdigte Josef keines Blickes und antwortete:

andere zeiten andere räume
gesunde bäume blütenschäume
grüner mond grüne sonne in
spiegelndem gras glas maß
los und form voll endend
behände den waldsaum
hinan und hinab trapp knapp
schlapp
in die siedende flut
mut tut gut tututut

Ich gab mir alle Mühe, aber immer wieder verfiel ich in mein altes Keckmeckheck, meine Muttersprache, die alles mit allem verbindet. In Pegasus' Namen gab Josef schließlich auf: Wird dann eben dein Markenzeichen. Immerhin bist du der Erste, der Keckmeckheck als Dialekt in der Dichtung genutzt hat.

Keckmeckheck ein Dialekt? Eine Sprache, die von Milliarden Wesen gesprochen wird, von nahen wie entfernten Artverwandten? Dagegen die Menschensprache! Was für ein Wirrwarr. Bei meiner Inspektion der Schönregen'schen Bibliothek hatte ich die vielen verschiedenen Sprachen der Menschen entdeckt. Und Josef hatte erklärt, welche Sprache ein Mensch spreche, hänge in erster Linie davon ab, wo er geboren und aufgewachsen sei. Und die Erde sei nun mal groß und rund. So unterschiedlich seien die Sprachen, dass die Menschen verschiedener Kontinente und Länder einander nicht verstünden. Ohne Translator Agata Babalaba sei das noch bis vor kurzem sehr mühsam gewesen. Also noch so ein Fehlschlag, hatte ich gedacht. Da war doch etwas schiefgelaufen, als die ersten Menschen zu sprechen begannen, reines Tohuwabohu. Jeder Sciurus hingegen, egal ob er aus China, Amerika oder Afrika kam, sprach meine Sprache. Eine Sprache für alle: Das hätte vieles erleichtert.

Manchen Irrtum, womöglich Streit und Schlimmeres vermieden.

Aber das alles hatte ich nur gedacht. Und geschwiegen. Und ich schwieg auch heute zu Josefs Einschätzung meines Keckmeckheck als Dialekt. Ich hatte gelernt, dass man der Krone der Schöpfung ihr Gehirn, d. h. ihr kostbarstes Geschmeide, niemals trüben, vielmehr nach Kräften bei jeder Gelegenheit polieren sollte. Vor allem: niemals etwas kritisieren, was ein realer Mangel ist; zum Beispiel niemals dicke Menschen, und das sind sehr viele, dick nennen oder verlogene Menschen Lügner. Dann sagt man besser voll schlank oder krass clever.

Und dann versuchte ich es noch einmal. Schlicht. Ernsthaft. Das hatte ich nämlich selbst gehört, das Gespräch zwischen den beiden. Fakt.

sprach die amsel
zum pudel ich
versteh dich nicht
bitte ein
bisschen lauter
miauen

Aber ob das ein Gedicht ist? Ich glaube, ich lasse die Pfoten davon und lese lieber weiter in den dicken Büchern der Schönregens. Bei Muzzli aber hatte ich meinen Spitznamen weg: Keckmeck.

7.

Verheerende Neuigkeiten

Was in der heutigen Welt so verwirrt, ist,
dass die politischen Führer nicht in der Lage
zu sein scheinen, Dinge zu verstehen, die jeder
einfache Mensch begreifen kann.
José Francisco Sucre, *Welche Zivilisation,*
welche Ideologie?

Ohnehin war jetzt erst mal Schluss mit Dichten. Willi hatte sich angekündigt mit einer Mail voller dunkler Andeutungen. Muzzli schwankte zwischen Besorgnis – wenn ihm bloß nichts passiert war – und Vorfreude – vielleicht brachte der Junge endlich eine Braut ins Haus. Mit eindeutiger Gestik und Mimik bewegte sie die Schönregens zu doppelten Rationen feinster Nusssnacks, die sie für ihr Herzenskind hinter den Johannisbeeren hortete. Dabei war Willi, wisst ihr ja schon, alles andere als ein Muttersöhnchen. Doch als er dann wirklich den Stamm hinaufflitzte, hätte Mutter Muzzli in dem zerrupften, staubigen Irrwisch den stattlichen rotbraunen Jüngling, als der er den Kobel verlassen hatte, fast nicht erkannt. Erst seine dunkle, durchdringende Stimme, einzigartig in unserem Umfeld, ließ keinen Zweifel: Willi war zurück. Was ein auseinanderstiebender Krähenschwarm krächzend bestätigte. Wo Willi auftauchte, war eben immer was los, wer wüsste das nicht besser als sein Erzeuger. Als dann auch noch Milli mit Mann und Nachwuchs anrückte, ging es in unserer alten Eiche hoch her.

So hoch, dass Maria gelaufen kam. So lange zu euch hinaufzuschauen, lachte sie, das hält mein Nacken nicht aus, kommt mal alle mit zu uns auf die Veranda. Winkte uns, ihr zu folgen, und steckte sich ihren Translator ins Ohr.

Unsere Freundschaft mit den Schönregens hatte dieses Gerät zweifellos zur beiderseitigen Freude vertieft. Doch längst nicht allen Tieren gefiel dieser »neumodische Kram«, wie besonders die Älteren schimpften. Besonders denjenigen nicht, die viel mit Menschen zu tun hatten. Ihnen werde jetzt noch mehr aufgehalst. Nirgends habe man mehr seine Ruhe. Nirgends könne man sich seine eigenen Gedanken machen, einfach mal unter sich sein, ständig auf der Hut sein müsse man, wenn man mal seinen Schnabel riskierte. Blödsinn, oder? Könnten doch einfach Schnabel, Schnute, Klappe, Maul etc. halten und sich ihr Teil denken!

Zweifellos aber förderte dieser Translator die Gemeinschaft aller Lebewesen und unser Bewusstsein, einem gemeinsamen Organismus, Mutter Erde, anzugehören, von ihr gezeugt und wieder zurückgenommen zu werden – aus Staub bist du, und zu Staub kehrst du zurück, hatte ich in einem der wichtigsten Bücher Josefs, die in der ersten Reihe in der Mitte stehen, gelesen und nie mehr vergessen.

Kaum hatten wir Sciuri vulgares et alii auf der Veranda unsere Plätze gefunden – Willi hockte auf dem Geländer, was ihm irgendwie eine Überlebensgröße verlieh –, da nutzte er diese Position auch schon zu seiner gut geplanten Aktion: einer Rede zur Lage der Silva Hambachis. *Et terra et cetera.*

Ich traute meinen Ohren nicht! Mein Sohn, der mit digitalen Geräten umging wie unsereins, wenn's sein musste, mit Nussknacker und Zange, dieser Junge, der hier erschienen war wie ein verjagter Penner, sprach Latein. Hoffentlich nicht noch mehr!

Josef aber nickte Willi, der sich hoch aufgereckt in die Brust warf, ermutigend zu. Silva Hambachis, Hambacher Forst, wiederholte er. Kommst du wirklich da her?

Willi nickte. Zwei Tage war ich unterwegs, immer irgendwie im Kofferraum oder auf dem Rücksitz, einmal auch im Beiwagen von einem Motorrad. Na ja, egal, jetzt bin ich hier.

Wir brauchen eure Hilfe. Die Menschen allein schaffen das nicht. Ihr wisst, worum es geht?

Ich wusste, was nun drohte. Muzzli auch. Und Milli erst. Wenn der Bruder so anfing, war kein Ende in Sicht. Pauli, Polli und Pilli, das sah ich ihnen an, hätten sich am liebsten zusammengekugelt, wenn der Onkel diesen Ton anschlug. Aber das wagten sie in Gegenwart von Josef und Maria nicht. Sie ahnten, wenn sogar die Menschen zuhörten, ging es um mehr als um eine seiner endlosen Abenteuergeschichten.

Und so war es auch. Willi brauchte eine gute Stunde, um uns in groben Zügen auseinanderzusetzen, was auf dem Spiel stand. Das meiste wussten wir, Muzzli und ich, schon von den Schönregens, und die wiederum aus den Medien.

Keine Sorge, ich mache es nicht wie mein Sohn. Ich fasse mich kurz. Wer mehr wissen will – Wikipedia for everybody: Hambacher Forst.

Hier ein paar Stichworte: Im Hambacher Forst wachsen jahrhundertealte Hainbuchen und Stieleichen. Vor der Rodung seit den Siebzigerjahren war er einmal 4100 Hektar groß. 3900 Hektar wurden für den Tagebau von Kohle abgeholzt. Der Umweltverband BUND klagt seit Jahrzehnten gegen den Tagebau Hambach. Doch erst die Menschen, die jetzt dort in und unter den Bäumen sitzen, so Willi, machten die Öffentlichkeit munter. Und nun sollten noch einmal 200 Hektar vernichtet werden.

Was Willi berichtete, drückte uns das Herz ab. Er ließ Maiglöckchen duften unter uralten Eichen und Buchen, Bulldozer auffahren, Kreissägen kreischen, Tiere verjagen, töten: Menschen wurden aus ihren Häuschen und Wohnungen vertrieben – ganze Dörfer einfach plattgemacht für das »größte Loch der Welt«, wie er sich ausdrückte. Sogar eine alte Kirche und eine Kapelle würden abgerissen.

Nun sei er hier, sozusagen als Abgesandter der betroffenen Tiere. Die hätten sich vor Ort zusammengetan, um die Menschen zu unterstützen. Hätten sich in Erdhöhlen verbuddelt und in Baumhäusern eingerichtet, ihr Monkey Town. Bald drohe wieder eine Räumung. Menschen aus der Umgebung und von noch viel weiter her würden den Wald besetzen. Da sollten wir dabei sein. Uns etwas einfallen lassen. So wie er seien auch andere Abgesandte, besonders die aus der Flugbranche, in allen Teilen Deutschlands auf Werbetour unterwegs.

Als Willi geendet hatte und erst einmal einen Schluck Wasser schlabberte, verteilte Maria eine Runde Walnüsse. Da saßen wir und knabberten und ließen das Ganze erst einmal sacken. Derlei Rodungen waren uns nichts Neues. Hab ich ja schon weiter vorn berichtet. Die Menschen sprangen oft wenig solidarisch mit uns um. Aber das hier war etwas noch nie Dagewesenes. Ein jahrtausendealter Wald war doch etwas anderes als ein paar Hektar Ackerland mit ein paar Bäumen und Hecken. Da hatte mein Willi recht. Und verdutzt bemerkte ich, dass ich – seit wie langer Zeit! – wieder einmal »mein Willi« gedacht hatte. Ja, ich war stolz auf meinen Sohn. Und auch von den anderen blieb die Zustimmung nicht aus. Josef, angespornt von Willi, hielt uns einen Grundsatzvortrag zum Thema der Gemeinsamkeit aller Lebewesen. Bislang habe der Mensch sich hauptsächlich durch die Sprache an die Spitze setzen können. Das sei ja nun vorbei, Translator sei Dank. Er habe gute Verbindungen zu Software-Entwicklern und den Kognitionswissenschaften und werde alles tun, interessierten Lebewesen, ganz gleich welcher Art, bei ihrer Entwicklung weiterzuhelfen.

Wie sagen die Engländer zum Tier?, rief Josef in die Runde.

Animal, wusste Pauli, der gespannt zugehört hatte.

Darauf Josef: Und was steckt darin? Anima. Die Seele. Und die Franzosen, Italiener, Spanier: alle sagen sie: animal.

Ich musste ein Grinsen verbergen. Josef wollte sich offenbar von Willi nicht den wissenschaftlichen Rang ablaufen lassen.

Wir waren uns einig. Wir waren dabei. Ich will euch nun nicht mit dem Hin und Her der Planerei langweilen. Wir hatten Glück, der Sommer stand vor der Tür, Schul- und Semesterferien; Erdo, Teilhaber eines Start-ups zur global vernetzten Bionuss-Förderung, überließ das Büro ein paar Tage seinem Teilhaber.

Zwei Tage vor der angekündigten Räumung fuhren wir los. Locker verteilt auf dem Rücksitz des alten Saab, der Josef mittlerweile mehr an Reparaturen gekostet haben mochte als ein neues Auto. Aber Menschenmänner hängen offenbar an ihren Autos wie unsereins an altgedienten Schwingästen.

8.

Alle Vögel sind schon da

Andre Zeiten, andre Vögel!
Andre Vögel, andre Lieder!
Heinrich Heine, *Atta Troll*

Unsere Tage im Hambacher Forst werde ich, wie mit mir viele andere, nie vergessen. Willi zeigte uns die Eiche, auf der wir morgen, zusammen mit unseren Artgenossen aus ganz Deutschland und den nachbarlichen Beneluxländern, Posten beziehen sollten, und machte sich dann mit Maria und Josef auf zu seinen Kumpels bei der Organisationsbuche. Familie Erdhorn suchte gleich in den Eichen das Weite, Pauli, Polli und Pilli erkundeten den Wald wie Menschenkinder einen unendlichen Abenteuerspielplatz. Muzzli und ich aber tauchten ein in den Wald wie durch einen Spiegel in unsere Jugendzeit.

Schatzhauser im grünen Tannenwald, sagte ich
Bist schon viel tausend Jahre alt, sang Muzzli
Dir gehört all Land, wo Tannen stehn, sagte ich
Lässt dich nur Sonntagskindern sehn, sangen wir, Sonntagskinder beide. Und ich drückte meine Schnauze auf Muzzlis süßes Mäulchen wie schon lange nicht mehr, und sie war wieder Muzzli, mein Muzzli wie seit jenem Tag und an jedem Tag. Mein Muzzli. Der Wald roch nach warmer Erde, Tannennadeln und trockenem Laub, raschelnd im Sommerwind. Er roch nach Fülle, nach verlässlichen Versprechen. Im Herbst würde er sein Blätterkleid abstreifen und seine wahre Baumform enthüllen im Winter, bis im Frühling die schlummernden Knospen zu schimmern beginnen, aus den Knospen die jungen zarten Blätter sprießen. Ja, dachte ich, das hier ist ein Wald, in dem man das Leben spürt. Fühlt, was Leben ausmacht. Den Ursprung des Lebens, bevor der Mensch seine Hand anlegte, nutzen und gestalten wollte, was er vorfand. Glaubte, es verbessern zu müssen.

Lässt dich nur Sonntagskindern sehn, murmelte ich noch einmal vor mich hin, und da war mir, als schaute hinter einer dicken Tanne eine winzige sonderbare Gestalt hervor, angetan mit einem schwarzen Wämschen, roten Strümpfchen, spitzigem Hütchen und einem blassen, feinen und klugen Gesichtchen.

Da, schau mal, hielt ich Muzzli fest, dieser kleine Mann!

Ach, was, erwiderte Muzzli, kleiner Mann. Siehst du denn nicht, das ist einer von uns.

Sie hatte recht. Als ich genau hinsah, jagte ein zierliches Eichhörnchen den Baum hinauf. Dort saß es auf den untersten Ästen der Tanne und schien uns zu begrüßen. Oder zu verspotten? Es putzte sich, rollte seinen schönen Schweif und schaute uns aus klugen Augen an; bald schien es mir einen Menschenkopf zu tragen mit einem dreispitzigen Hut, mal sah es aus wie du und ich, ein Eichhörnchen eben. Nur trug es an den Füßen rote Strümpfe und schwarze Stiefel, um die ich es auf der Stelle heftig beneidete.

Muzzli schien von all dem nichts zu bemerken. Sie stand gebannt und beobachtete zwei Pfauenaugen, die sich auf fein ziselierten Farnblättern am Wegrand sonnten. Kohlweißlinge saugten an einer platt gefahrenen Kröte. Wie lange hatten wir keine Schmetterlinge mehr gesehen. Verirrte sich in unseren Garten einmal ein Zitronenfalter, twitterten unsere Amseln gleich frohe Botschaft. Mückenschwärme, auch die im Garten und an der Alster, waren seit den letzten Jahren fast völlig verschwunden. Hier würden sie Maria und Josef ganz gemein zu schaffen machen, dachte ich. Doch die beiden erzählten später auf der Heimfahrt, gefreut hätten sie sich, endlich wieder auf Mücken, echte Mücken zu treffen. Dabei hatten die Mücken ja eher sie getroffen, hatte ich mir eins gegrinst und gedacht: Was waren das für Zeiten, in denen Menschen sich freuen, dass es noch Mücken gibt.

Doch zurück in den Hambacher Forst.

Muzzli schien tief in sich versunken. In sich? Nein, in alles, was hier im Unterholz, das sie so, in dieser selbstverständlichen frei gewachsenen Fülle noch nie erfahren hatte, das hier aber ungestört ruhig lebte und atmete, war sie versunken. Versunken in die Sternmieren und Knoblauchsrauken, in Waldminze und schmalblättrige Weidenröschen, in die Flechten an den Stämmen uralter Stieleichen, in Moospelze, Farnwälder, echtes Barbarakraut.

Aufgepasst!, schrie ich. Ein Eichelhäher flog vorüber. In Deckung! Mit diesem Vogel hatten Verwandte schon tödliche Erfahrungen gemacht. Und so flanierten wir noch ein wenig durch die Bäume, stießen irgendwo auf unsere Erdhornfamilie und bezogen bald unsere schnell zusammengebauten

49

Kobel in der Eiche, von wo es morgen losgehen sollte. Ließen uns fallen unter das grüne Schutzdach der Blätter ins waldweiche warme Moos.

Am nächsten Morgen weckte mich ein ohrenbetäubender Lärm.

Was ist das?, rüttelte ich Muzzli wach.

Muzzli reckte sich senkrecht neben mir in den Tag und kicherte: Vögel sind das, mein lieber Keckmeck, viele, viele Vögel.

Vorsichtig schob ich meinen Kopf aus dem Kobel. Tatsächlich. Die Besetzung der Bäume gegen Abholzung und Räumung der Baumhäuser war in vollem Gange. Aber was sage ich: Besetzung.

Das hier war ein vollgepfropfter Paradiesgarten, überquellend von Faunas aller Art und Spezies, die sich hier in nie da gewesener märchenhafter Harmonie miteinander gegen die Zerstörung ihres gemeinsamen Wohnraums zur Wehr setzten.

Muzzli und ich, Milli, Erdo, Pauli, Polli und Pilli hatten uns geschworen zusammenzubleiben, was nicht leicht war in dem Getümmel. Doch wir hatten uns einen Platz in der Kronenspitze einer alten Stieleiche verschafft. Ihr Schwanken störte uns kaum, waren wir von norddeutschen Sturmattacken gewohnt, dafür hatten wir von hier einen sehr guten Überblick.

Nicht nur in unserem Baum, auch in Abständen von etwa zwanzig, dreißig Metern waren die Baumkronen kaum wiederzuerkennen. Unsere Spezies machte aus den grünen Laubhäuptern gespenstisch pulsierende haarige Kugeln in schillernden Schattierungen, von unserem edlen Rotbraun über Grau und Graugestreift bis ins dunkle Braun. Dazwischen immer wieder ein rein rotbrauner Eichhörnchenknäuel, hoch hinauf bis in die Spitzen hoher Tannen: glühende Lohe im dunklen Grün, Fanal des Protests.

In den übrigen Wipfeln hockte alles, was Pfoten mit Krallen hatte, um sich aufzuschwingen in die Bäume, die ihr Geäst bis ins kleinste Gezweig bereitwillig und stolz, so schien es mir, uns, den Besatzern, von denen sie nichts zu fürchten hatten, im Gegenteil, darboten. Eigentlich, schoss es mir durch den Kopf, bräuchte man so einen Translator auch für die Floras. Schließlich gehören Flora und Fauna doch zusammen. Und auch den Menschen könnte es nicht schaden, mit den Bewohnerinnen und Bewohnern der Pflanzenwelt, den Floras, ins Gespräch zu kommen.

Den Ton, im wahrsten Sinn des Wortes, aber gaben unsere gefiederten Freunde an. Ein herrliches Geschmetter, ein spektakulärer Lärm aus tausend und abertausend Vogelkehlen. Wer schon einmal in der Nähe einer Spatzenpopulation Ferien gemacht hat, weiß, wovon ich rede, wenn jeden Morgen um fünf *der Vögel froher Frühchoral / begrüßt des Lichtes Spur*, wie der Dichter° jauchzt. Hier, im Hambacher Forst, lief gleich eine Gruppe junger Menschen mit verzückten Mienen herbei, die Musikergruppe Atonali, wie wir später erfuhren. Mit modernsten Geräten zeichneten sie das Schnabel-Geprassel stundenlang auf. Fand man doch hier den untrüglichen Beweis, dass es auch in der Natur nicht immer mit der guten alten Harmonik und Melodik zugeht. Mich aber dünkte, die gefiederten Freunde hatten begriffen, dass auf einen groben Klotz – die drohende Vernichtung ihres Lebensraums – in höchster Not ein grober Keil nicht nur geduldet, sondern begrüßt und gefördert werden muss. Lärm statt Musik. Der Zweck heiligt die Mittel. Das gilt, könnt ihr mir glauben, nicht nur bei den Menschen.

Doch bald schienen die Aves, gönnen wir den Vögeln auch ein bisschen Latein, von ihrer eigenen Lautstärke überwältigt und wurden allmählich leiser. Die wirklichen Besatzer, die Zerstörer, waren noch nicht in Sicht.

Stattdessen erschienen zwei Ehrfurcht gebietende langbeinige weißgraue Vögel, ähnlich denen, die Muzzli und ich gelegentlich an der Außenalster trafen. Zwei Fischreiher. Konnte ich meinen Augen trauen? Der eine war tatsächlich Fridolin, Muzzlis Freund vom Alsterufer. Die beiden stelzten von einem der nahe gelegenen Teiche heran, die Kohlebagger schon vor Jahrzehnten ausgehoben hatten und die nun, wie man das nannte, renaturalisiert worden waren. Erst zerstören, dann wiederherstellen: Was für ein Unsinn!

Umgehend brachten die zwei eindrucksvollen Vögel das musikalische Chaos in den Bäumen in Reih und Glied. Dafür sorgte ihre Eskorte, ein halbes Dutzend Eichelhäher, in unseren Kreisen bekannt als Hüter oder Polizei des Waldes, je nach Blickwinkel. Hier aber sollten sie nur für musikalische Ordnung sorgen. Sprich: die Vogelwelt zu einem Orchester formieren.

So jedenfalls erschien es mir, als nun ein wirres Schwirren und Flirren anhob, bis nach einer guten Weile drei Bäume orchestergerecht bestückt waren: Links die Streicher: aus den weichen melodischen Kehlen der Lerchen, Rotkehlchen, Meisen, Zaunkönige. In der Mitte die Bläser: strahlende Flötentöne von Amsel und Mönchsgrasmücke; dahinter Horn, Fagott, Klarinetten, Trompeten von Auerhahn, Elster, Rabe und Kranich. Rechts fauchten die Tannenmeisen weich über die Celli; kleine und große Trommel bedienten Habicht und Specht, Störche klapperten am Xylophon, und am Triangel traf die Heckenbraunelle blitzhell den Ton. Die Eichelhäher flogen eine Kontrollrunde und zogen sich auf ihre Wächterposten zurück.

Muzzli packte meine Pfote. Ich legte meinen Vorderlauf um sie. Fischreiher Fridolin stelzte aus dem seitlichen Gebüsch vor die sirrenden Bäume. Im Publikumsgeäst wurde es still. Ein letzter Lerchentriller. Fridolin senkte seinen eleganten Hals. Dann hob er seinen Schnabel. Winkte nach links, gab den Einsatz den Geigen:

Das zirpte und fiepte, tirilierte, vibrierte. Mit Ruck und Zuck ging der Dirigentenschnabel nach rechts, und es begann ein sanftes stetiges Brummen und Summen, hörte gar nicht wieder auf, blieb einfach liegen, floss weiter, ein murmelndes Fließen, dazwischen Lichter aus verlorenen Trillern, die betörenden Gurreskalen der Tauben. Und Fischreiher stieß seinen Schnabel mittig, und ein klagender Eulenschrei trieb meinem Muzzli fast Tränen in die Augen, Schubert, flüsterte sie, und ich wusste, sie meinte die Hornmelodie, die uns Maria und Josef so nahegebracht hatte. Ihm folgte die Nachtigall, ach, diese verzehrenden Töne aus Beethovens Pastorale! Aber da war Fischreiher auch schon weiter, wiegte den Schnabel im Halbkreis nach rechts, nach links in die Luft, in den klingenden Blätterfall, links rechts und hierher und dorthin, drehte sich, wand sich im Bann der Musik, die er forderte, köderte, lockte, heraus, heraus: tausend Kehlen im Takt. Schließlich tanzte und schwatzte alles zusammen, pfiff und trompetete in allen Tonlagen, und der Kuckuck ließ sich nicht lumpen, und der Auerhahn blies die Posaune wie zum Jüngsten Tag.

Längst waren die menschlichen Bundesgenossen zu uns herbeigeeilt, herabgesprungen waren die Kinder von ihren Schaukeln, die an starken Ästen die Bäume besetzten, wo sie wie Schmetterlinge hin- und herschwangen.

Herbeigeeilt war auch Willi mit seinen Verbündeten. Dazu zwei Pfauen, die ihr Rad schlugen und dergestalt neben Willi verharrten, der nun eine Solidaritätserklärung nach der anderen verlas. Solidarisch erklärten sich via Möwenexpress die Bewohner des Wassers vom Bächlein bis zu den Ozeanen, aus Tunesien standen drei Störche stellvertretend für ganz Afrika an unserer Seite, und die russischen Freunde hatten ein Kranichpärchen mit einem Bündel Moorbeerenkraut aus der Tundra geschickt. Aus Übersee verlas Willi einen Tweet aller auf dem amerikanischen Kontinent lebenden Faunas – auch sämtliche Gattungen der Floras hatten sich angeschlossen, was mit einem extra Beifall bedacht wurde. Und aus China?

Von dort kam ein Tweet, den Zobel, Schneeleopard, Moschusochse und der Große Panda eigens gezeichnet hatten, um auf ihre gleichfalls vom Menschen bedrohte Lage aufmerksam zu machen. Und die Japaner hatten uns mit einem Tanka°, der ältesten Gedichtform Japans, bedacht, das zugleich deutscher Dichtkunst-Tradition die Ehre erwies.

wer hat dich du schö
ner wald aufgebaut so hoch
da droben wohl den
meister wollen wir loben
schützen den hambacher forst°

Willi war mit seinen Grußbotschaften noch längst nicht am Ende, als ein Fuchs, gefolgt von zwei Hasen – ja, das gab es hier, paradiesisch ging's zu, wie gesagt, jedenfalls an diesem Tag –, als Fuchs und Hasen Gefahr im Verzug meldeten. Das Räumkommando rückte an. Ihm vorneweg unsere größeren Schwestern und Brüder: prachtvolle Damhirsche, gefolgt von Rehen, Wildschweinen, Waschbären, Mardern, Dachsen, Füchsen und Hasen, Waldmäusen. Wobei die größeren Tiere kleinere auf ihrem Rücken trugen. So transportierten die Hirsche hocherhobenen Hauptes kleine Hasen, Rehe ließen Iltisse und Marder, Feuersalamander und Laubfrösche reiten, Wildschweine boten Fleder- und Waldmäusen freie Fahrt. Und eine Wildsau mit drei Frischlingen hatte sich sogar noch zwei Igel aufgepackt. Auch Wölfe liefen mit, nicht ganz ungefährlich, denn sie waren noch neu in diesem Wald und wurden misstrauisch beäugt.

Wir empfingen den Gegner mit einem furchterregenden Heidenlärm. Muzzli, die zwar selbst aus Leibeskräften mitquietschte, krallte sich panisch in mein Bauchfell. Das tat weh, aber was machte das schon. Die Kommandoschritte kamen näher, wirbelten Staub auf. Da ertönte aus der rot glühenden Eichhörnchen-Eiche ein markerschütternder, ein apokalyptischer, das endgültige Unheil verkündender Schrei. Die Vögel stürzten sich aus den Bäumen den Ordnungshütern entgegen, schissen ihnen gut verdaute Naturkost auf die Uniformen, Wolken von Stechmücken, Schnaken, Wespen und Hornissen suchten die Stiefeltreter am Vorwärtskommen zu hindern. Vergeblich. Die Stiefel dröhnten vorwärts. Da ertönte ein zweiter Schrei. Und die Vögel flogen auf ihre Plätze in den Bäumen, Mücken, Schnaken und Hornissen in die Büsche zurück. Die Tritte kamen näher.

Beim dritten Schrei hob Dirigent Fridolin Fischreiher den Schnabel und gab erneut den Einsatz. Aus der funkelnden Eiche fegte eines der Eichhörnchen den Stamm hinab – und landete neben Fridolins Stelzen. Unser Schatzhauser! Ein kleines Männchen im grünen Wams, roten Stiefelchen und dreispitzigem Hut. Das nun einen Zweig vom Waldboden aufklaubte, Fridolin auf den Rücken sprang und zusammen mit ihm dem Vogelorchester den Einsatz gab. Die ersten Akkorde erklangen. Die Stiefel standen still. Jedes Blatt am Baum, jeder Zapfen am Zweig, jede Beere am Strauch, jede Blüte, jeder Pilz, jeder Halm in den Wiesen, kurz: Jede Pflanzen-, Tier- und Menschenseele hielt den Atem an.

Fridolin ließ den Schnabel sinken. Stampfte ein paarmal mit der rechten Stelze auf: lang kurz lang lang lang kurz kurz lang, und noch einmal lang kurz lang lang lang kurz kurz lang. Dann gab er den Einsatz. *Aal le Vöö geel sinnd scho hon daa,* schmetterte das Orchester unisono, *aal le Vöö geel aal le.* Und dann die Solostimmen: *Amsel, Drossel, Fink und Star* – der

Dirigent vergaß seinen Schnabelstock, spreizte flatternd die Flügel in eine weite Umarmung: *alle Vögel alle*.

Nun hatten wir begriffen und sangen mit aus voller Brust: *Wünschen euch ein frohes Jahr, lauter Heil und Segen.* Wir sangen, das Herz auf der Zunge, sangen frei heraus in Tier- und Menschensprache, und drum sangen wir doch alle dasselbe. *Heil und Segen* sangen wir, *Wer hat dich du schöner Wald aufgebaut so hoch da droben*, sangen wir, so wie im Tanka von unserem deutschen Dichter, und die Polizei rückte näher und schloss einen Kreis um die Demonstranten, die hakten die Polizisten unter, und die Schutz-Männer knuffften die Demonstranten in die Rippen, die Besatzer sprangen aus ihren Baumhäusern, und wir sangen und sangen, und die Dachse knurrten, die Füchse bellten, und die Wildschweine grunzten, denn sie hielten nicht viel vom Singen, aber mitmachen wollten sie doch.

Wie lange wir sangen? Keiner wollte aufhören. Denn einer der Schutzleute, er musste so etwas wie ein Anführer sein – auf den Schultern seiner Uniformjacke blitzten silberne Sterne durch himbeerrosa Vogelscheiße –, hatte Fridolin abgelöst und das Dirigieren übernommen. Stand breitbeinig vor dem Dreieichen-Vogelorchester, wirbelte seinen Schlagstock als Taktstock und brüllte mit der ganzen Autorität staatlicher Ordnungsmacht seine tonangebenden Kommandos, denen wir aus tiefster Überzeugung folgten.

Und dann – plopp – saß auf seinem Schutzhelm plötzlich – ein Eichhörnchen. Unser Schatzhauser? Wischte seinen buschigen Schweif nonchalant ein paarmal über den Stahl der polizeilichen Kopfbedeckung, reckte sich hoch auf seine Hinterbeine und trommelte im Takt auf seine weiße Brust.

Die Menge jauchzte auf! Smartphones raus!

Zunächst schien der musikalische Ordnungshüter, gefangen von seiner neuen Rolle, nichts zu merken. Erst als ihn zahllose Smartphones umzingelten, fotografierende Kollegen wie Demonstrierende ihn gleicherweise umdrängten und ihm die Fotos zeigten, ließ er schließlich den Schlag-Takt-Stock sinken und griff sich auf den Kopf. Da war aber schon nichts mehr. Keiner mehr da.

Augenblicklich gingen die Fotos auf allen Kanälen der Social Media um die Welt. Millionenfach geliked.

Die Berichte überschlugen sich. Der mit dem Schlagstock Volkslieder dirigierende Polizist mit dem Eichhörnchen-Schutzhelm wurde zu einem Symbol friedlichen Miteinanders.

Willi, nun Sprecher der Fauna-Besetzer, und Josef und Maria als Vertretung des Homo sapiens gaben ein Interview nach dem anderen. Videos von ihnen gingen viral. Mal streckte sich Willi mit gereckter Pfote in kämpferischer Siegerpose auf Josefs Stoppelkopf, mal schmiegte er sich in Marias rotblonde Locken. Junge Männer rasierten sich die Haare ratzekahl ab, bis auf einen ovalen Wulst von der Stirn bis in den Nacken, den sie eichhörnchenrostrot färbten und dekorativ, naturgetreu, geradezu artgerecht zurechtzupften. Das ultimative Bekenntnis friedlich-fortschrittlich-ökologisch-nachhaltiger Gesinnung.

Der Tenor der Presse rund um den Globus euphorisch: So geht es auch. So soll es sein: Machen wir's den Hörnchen nach … Und der Hambacher Forst, an dessen Fortbestand nun aller Zweifel buchstäblich aus-geräumt war, wurde umgetauft in Hambacher Fest.* Hambacher Fest 2.0.

9.

Mutabor 2.0

Willi fuhr erst einmal mit uns, der Erdhornfamilie und den Schönregens in unser Habitat zurück. Josef und er waren im Wald Freunde geworden. Ein gemeinsames Erlebnis besonderer Art hatte das Seine dazu getan. Abwechselnd erzählten die beiden uns die Geschichte, der vor allem die Kinder, insbesondere Pauli, gebannt zuhörten.

Wir saßen, begann Willi, vor dem Organisationszelt der Waldbesetzer auf einem Baumstamm, diskutierten wieder einmal Strategien des Widerstands. Da kam ein junger Mann des Wegs geschlichen, schlank, doch mit einem sichtbar wohlgenährten Bauch und – was so gar nicht dazu passte – langen dünnen Beinen, die in engen roten Hosen steckten. Einen äußerst niedergeschlagenen Eindruck machte er, konnte sich kaum aufrecht halten.

Plötzlich sah er uns da sitzen. Einen Eichhorn- und einen Menschenmann. Blieb stehen und rieb sich die Augen. Sieht man ja auch nicht alle Tage, so ein Paar. Dazu noch in vertraulichem Austausch. Er sah uns, und plötzlich strahlte er wie Sonnenaufgang.

Josef räusperte sich.

Muzzli murmelte: Keckmeck.

Ich verstand. Vorsicht! Poesie!, warnte ich meinen Sohn.

Der seufzte und fuhr fort: Also, in aller KürzeWürze. Der junge Mann fragte, ob er sich zu uns setzen dürfe. Natürlich durfte er. Und erzählte eine unglaubliche Geschichte. Als er uns da so habe sitzen sehen, habe er wieder Mut geschöpft.

Zwei artfremde Lebewesen, die gleichwohl Freunde seien. Vielleicht finde er hier endlich Hilfe. Auch er, Caliph, habe eine solche Freundschaft gepflegt. Mit Bill. Dem jungen Mann traten Tränen in die Augen. Bill ist Programmierer und Evolutionsbiologe. Und was für einer! Maßgeblich beteiligt an der Entwicklung des Translators. Die tollsten Experimente haben wir zusammen ausgetüftelt. Ich war sozusagen sein Versuchskaninchen. Bis ich meine Frau kennenlernte. Da wollte ich nur noch ein normales Leben. Bill aber wollte mich behalten. So wie ich war.

Einmal noch, bat er mich, nur noch diesen einen Algorithmus, diese eine chemische Formel lass mich an dir erproben. Du bekommst das Passwort und das Elixier, die dir jederzeit deine alte Gestalt zurückgeben. An deinem inneren Wesen ändert sich nichts. Du bleibst ein freies Geschöpf.

Nun, diesen einen Gefallen würde ich ihm noch tun. Das Experiment gelang. Bill gefiel ich in meiner neuen Gestalt über die Maßen, und wir tranken ein leckeres Reissdorfer Kölsch. Dann hatte er, Bill, es plötzlich eilig und war weg. Und nun sehen Sie vor sich, was aus mir durch dieses Experiment geworden ist. Das hat er erzählt, der Mann.

Willi machte eine Pause.

Danke, Willi, fuhr Josef fort: Was war denn so schlimm an deiner Erscheinung, Caliph?, fragten wir. Und wenn sie dir nicht gefiel, warum hast du nicht Passwort und Elixier genutzt? Tat ich ja, erwiderte der junge Mann mit bebender Stimme. Ich nahm einen Schluck aus dem Fläschchen. Stellte mich, wie Billie geraten hatte, auf ein Bein und beugte mich, das Password auf der Zunge, Richtung Heimat, Richtung meiner lieben Frau. Das sollte ich drei Mal tun, so Billie, dann sei ich wieder in meiner alten Gestalt.

So stand ich also da auf einem Bein, das Gesicht gerichtet gen Köln am Rhein, die Pappeln in den Wiesen am Mülheimer Ufer, das Passwort aus der Kehle auf die Zunge zwischen die Zähne hinter den Lippen würgend. Mu- Mu- Mu- rief ich – aber *über* die Lippen wollte mehr nicht kommen. Das Password – ich hatte es vergessen. Antwort muhten nur ein paar Kühe vom anderen Ufer.

Nun ja, sagten wir, dann konntest du Billie doch fragen.

Caliph heulte auf. Ich rief ihn gleich an. Mailbox. Sein Festnetz: Nur der AB. Im Büro sagte man mir, er sei mit unbestimmtem Ziel verreist. Ein geheimer Forschungsauftrag. Der Schuft! Nach Hause traute ich mich nicht. Wie sollte meine Frau mich in dieser Gestalt erkennen? Kommt so eine Kreatur und behauptet, er sei ich. Immerhin hatte mir Billie Geld zugesteckt und mein Spezial-Smartphone. Ich faselte meiner Frau per SMS nun meinerseits etwas von einem aktuellen, ehrenvollen Forschungsauftrag vor und …

Weißt du noch, Josef gab Willi einen Rippenstoß, wie Caliph nicht mehr weiterreden konnte und seine Hände vors Gesicht schlug? Da hast du ihm ein paar possierliche Kapriolen in dem Haselstrauch vor unserem Zelt vorgeführt, weißt du noch? Und ich hab ihm per Handschlag versprochen: Das kriegen wir hin.

Ja, weiß ich noch, nickte Willi. Und die Lösung hatten wir auch parat. Unser Hackerspezialist, unser Mann für alle Fälle, war ja vor Ort. Und auf unseren Anruf gleich zur Stelle. Fragte den Unglücksraben als Erstes nach seinem Namen.

Laklack.*

Und auf einem Bein stehend und gen Heimat mit Verbeugung Mu– und so weiter solltest du rufen?

Ja.

Und vorher einen Schluck aus einem Fläschchen nehmen?

Ja. Woher weißt du das?

Der Hackerspezialist wischte die Frage lässig beiseite. An das Mu– erinnerst du dich sicher?

Ja.

Ganz schön raffiniert, dein Freund.

Genau erinnere ich mich, wie die Spannung stieg, knisterte, sich auflud. Wie unser Hackerspezialist ein winziges Gerät aus seinem Wams zog und murmelnd eine Art Zapfen-Tastatur bediente. Sicher jedenfalls erkannte ich einen Tannenzapfen.

Mu, murmelte er, Mu, Mu, Mu. Hm. Wie wär's mit Mutabor?

Kaum hatte Caliph dieses Wort vernommen, da stand er auch schon auf einem Bein, schrie, sich gen Kölle neigend, drei Mal Mutabor, und dann verbeugte er sich vor uns in seiner wahren Gestalt: Ein Laklack. Ein Storch. Caliph Laklack.

Wollte sich überschwenglich bei unserem Spezialisten bedanken. Doch der wehrte bescheiden ab. Keine Ursache, sagte der. Bedank dich bei meinem Lehrmeister Wilhelm. Wilhelm Hauff. Grüß ihn vom Schatzhauser.°

Uns aber, Josef und mir, versprach Caliph Laklack so bald wie möglich einen Besuch, zusammen mit Scheherazade, seiner Frau. Und jederzeit einen warmen Platz bei den Pappeln am Rhein, km 714.

10.

Vom Hambacher Fest zum Gilde Gebilde

*Gilde: Vereinigung, Zusammenschluss.
Seit dem 17. Jh. bezeugt. Eine frühere
Nebenbedeutung war auch Trinkgelage,
Festschmaus.*

Gerhard Wahrig, *Herkunftswörterbuch*

Nun sind wir zurück in unserer alten Eiche, zurück auf Marias und Josefs Veranda. War es nicht schön, wieder daheim zu sein? Muzzli trauerte den Tagen im Hambacher Forst, äh, Fest nach, das spürte ich. Nicht dem Rummel, der Aufregung, dem Trubel. Im Gegenteil. Es war der Wald. Den sie nur so kurz erlebt hatte. In seiner ganzen Lebensfülle. Wir haben das doch auch alles hier, versuchte ich Muzzli zu trösten, als es wieder nach Hause ging. Nur nicht so viel davon. Aber jeder einzelne Baum, denk nur an unsere Eiche, ist doch in sich vollkommen. Stell sie dir vor, wie du ihren uralten Stamm hochkletterst, was dir die Borke jedes Mal erzählt, und dann hinauf ins Geäst, wo im Winter in den Zweigen schon die Knospen schimmern, aus den Knospen im Frühling die jungen zarten Blätter sprießen, im Sommer die reine Laublust, unser verlässlich kühler Schattenschutz, und im Herbst dann der Eichelschmaus. So und so ähnlich versuchte ich Muzzli für die subtilen Schönheiten eines einzelnen Baumes, unseres Baumes, zu begeistern, und sie nickte zustimmend. Nur genau hinsehen musst du, schloss ich. Und hören. Hast du doch so gern: Wenn die Regentropfen auf unseren Kobel klopfen, wenn du an meinem Brustfell liegst und dein Herz an meines schmiegst …

Du hast ja recht, seufzte Muzzli, wohl auch, um weiteren Reimzwängen vorzubeugen. Aber der Wald ist doch mehr als eine Ansammlung von Bäumen. Er ist … Denk doch nur, wie es dort *in* der Erde aussehen muss. Dieses Miteinander. Umeinander. Dieses unsichtbare Umarmen. Umschlingen. Kann keines ohne das andere sein. Und dann diese lebendige Stille. Der Stille zuhören. Wie klingt der Wald? Am Morgen, am Mittag, des Nachts? Im Spiel mit dem Wind. Der Brise, dem Sturm … Im Blätterwald, Nadelwald, Sträuchern und Farnen; im Frühlingszittern, Sommerrauschen, dem trotzig bunt schillernden Herbstmoll, dem kahlen Winter … Ach Wendelin … Und hier? Die armen Bäume! die sich rund um die Uhr auf Straßen und Plätzen gegen Asphalt und Auspuffgase behaupten müssen und diesem feindlichen Lärm, diesem Krach und Dreck ausgeliefert sind. Ach, was soll's. Muzzli rollte sich an meiner Brust zusammen.

Ich schwieg. Ich glaubte mir ja selbst nicht. Oder doch nur zum Teil. Aber ich tat so, als ob. Und das tat Muzzli dann auch, und wir träumten zusammen vom Wald. Vom Leben im Wald. Zwar hatte Josef uns auf der Hinfahrt in den Hambacher Forst vor unseren Feinden, den Mardern und Eichelhähern, gewarnt. Doch während unseres Aufenthalts, angesichts unseres gemeinsamen Feinds, waren sie friedlich geblieben.

Wir konnten ihm ja zu Hause weiter nachhängen, unserem Traum vom Wald. Wo eins ins andere übergeht, wie überall auf der Welt. Und weder Muzzli und ich, noch Maria und Josef, noch irgendein anderes Lebewesen kann mehr als einen Bruchteil des Ganzen erfassen. Den letzten Satz hätte Muzzli womöglich schmunzelnd mit einem ihrer Keckmecks kommentiert.

Josef und Willi ließen uns nicht viel Zeit für melancholische Gedankenspiele. Tagelang taten sie sehr geheimnisvoll, hockten von früh bis spät zusammen. Erst Marias energisches Schluss jetzt! schickte Willi Abend für Abend zu uns in den

Kobel, wo er sich mit einem zufriedenen Grinsen gleich in seiner Ecke zusammenknäulte.

Maria, Muzzli und ich waren die Ersten, die es erfuhren. Mag sein, Maria wusste es schon, zumindest, worum es ging. Ich jedenfalls hätte bestimmt nicht dichtgehalten, wenn Muzzli mich gelöchert hätte. Na, egal. Ich ahnte es ohnehin.

Diesmal überließ Willi Josef das Wort. Prof. Dr. Josef Schönregen konnte hier schon einmal üben. Er brauchte ungefähr eine Dreiviertelstunde für das, was ich für euch nun in ein paar Sätzen zusammenfasse. Die Fakten und die Schlussfolgerungen, die Willi und Josef, Tierwelt und Menschheit, daraus abgeleitet hatten, sprechen für sich.

Die Verwandlung des Hambachers Forsts in ein Hambacher Fest, so Josef, hat gezeigt, was möglich ist, wenn Mensch und Tier zusammenstehen. Für ihr gemeinsames Interesse: den Schutz unsres Planeten. Mit neuen Mitteln. Friedlichen Mitteln. Den Frieden mit Kriegsgerät zu schützen, was für ein Unsinn! Ein Widersinn! Allein die Mittel, die weltweit für Waffen verschleudert werden! Nicht nur die Gelder, auch die Arbeitskraft der Menschen in den Fabriken und die Phantasie der Erfinder! Wenn die für friedliche Zwecke genutzt würden! Gegen die Armut in der Welt. Gegen die globale Umweltzerstörung. Für den Klimaschutz. Für den vor allem! Denn der Klimawandel bedroht nicht nur die armen Länder; der bedroht alle, Arme und Reiche, Pflanzen, Tier- und Menschenwelt gleichermaßen. Wir wollen nicht siegen! Wir wollen leben! Überleben! Beim Hambacher Fest haben wir den Wald gerettet. Wagen wir den nächsten Schritt! Lasst uns die Welt retten. Unsere Welt. Wir wollen nicht schuldig sprechen. Nicht die Sünder strafen, die diesen Zustand unserer Erde verursacht haben. Verbündete wollen wir aus ihnen machen, sie begeistern, sich uns anzuschließen, selbst zu Rettern zu werden. Nicht um Buße zu tun, sondern aus freudiger Überzeugung. Für unsere Zukunft. Die Zukunft der Menschheit.

Dafür wird Wendelin die rechten Verse finden. Und Karlchen Amsel pfeift uns unser Lied. Unsere Hymne.

Natürlich war Josefs Rede gespickt mit Fakten und Details. Wir billigten sie einstimmig und übergaben sie den Medien. Exklusiv. Ohne sie gleichzeitig auf sozialen Medien zu posten. Was der alten Schule sichtlich schmeichelte. In den nationalen und internationalen Printmedien, in Rundfunk und Fernsehen war man sich einig: Recht so. Wer mäkelte oder das Unterfangen für Träumerei hielt, wurde liebevoll ironisch mit einem Granat!apfel beschenkt. Den konnte er sie es sich schmecken lassen und die Kernkraft zwischen den Zähnen knacken.

Nun hatte unsere gemischte Truppe den ersten Schritt getan. Auch Pauli, Polli und Pilli waren als Vertretung der Jugend dabei. Jetzt brauchten wir einen Namen. Ein Motto. Die Vereine liefen uns die Türen ein, wie die Menschen zu sagen pflegen. Wir hatten einen Fehler gemacht: *Vor* der Veröffentlichung der packenden Rede Josefs hätten wir einen Gründungsnamen und ein paar eingängige Sätze prägen sollen. Das mussten wir schleunigst nachholen. Unsere Gruppe brauchte Unterstützung.

Maria und Josef luden Cäcilia und Isidor ein. Isidor Korngold, einen Biobauern, bei dem sie jeden Samstag auf dem Wochenmarkt einkauften. Von ihm erfuhren sie direkt aus erster Hand, wie übel es um die Landwirtschaft bestellt war. Jetzt planten sie gemeinsam eine Initiative zum Erhalt kleiner Betriebe und Ackerflächen. Motto: Bauer, lass die Hecken stehen!

Dazu kam Cäcilia, Cäcilia Liedlein, Sängerin und Professorin an der Musikhochschule. Ihr Gesang wie von einem Vöglein im Walde, es war eine Melodie und doch keine Melodie darin. Ein geheimnisvoller Duft umhüllte sie, »Waldgesang«, sagte Cäcilia, den stelle sie selbst aus Eicheln,

Nüssen, Kastanien, Bucheckern her und dem unwiderstehlichen Waldmeister. Cäcilias Duft war freigebig und überall gegenwärtig, und Isidor war ihm gleich verfallen. So wie
mein Freund Karlchen Amsel und meine verehrte Rosalia
Luscinia, die Nachtigall, die ich auf die Veranda komplimen-
tiert hatte. Und damit es nicht allzu liebreizend tönte, bestand Pauli auf seinem alten Freund Beat Specht, wobei er
Beat wie Biet aussprach, und Polli konnte Käte Krähe gewinnen. Nicht nur wegen der durchdringenden Stimme, so Polli,
Käte komme auch den menschlichen Abgründen bei ihrer
nachhaltigen Nahrungssuche näher als wir alle miteinander.
Nicht einmal vor Schmeißfliegen, Pizzaresten und Schnaken
schrecke sie zurück.

Wir brüteten. Aber wir brüteten nichts aus. Jedenfalls
nichts Rechtes.

Was tun? Die Zeit drängte. Was uns in den Sinn kam,
schien uns alles schon mal da gewesen. Abgenutzt. Doch an
abgewetzten Wörtern sollte unser Start nicht scheitern!

Endlich hatte Käte die zündende Idee: Wir! krächzte sie,
dass Meisen und Rotkehlchen, die auf dem Verandageländer
gehockt und zugehört hatten, auseinanderstoben. Wir schreiben einen Wettbewerb aus! Wir alle! Für alle! Weltweit! Der
Verein gehört allen! Die Erde gehört allen. Wir alle gehören
der Erde. Auch du. Zusammen kommen wir weiter.

Ausgezeichnet!, rief ich gleich. Mein Dichtergeist explo-
dierte. Was meint ihr? Und ich deklamierte Käte Krähes
Sätze in gehobenem Dichterton und gab der letzten Zeile
dazu noch den ultimativen poetischen Kick:

allen gehört
die erde
gehört allen
wir gehören der erde
auch du

und du
und du
zusammen weiter kommen

Beifälliges Gemurmel. Da war sie, unsere Hymne. Kurz und würzig. Käte war selig. Karlchen Amsel haute rein. Beat Specht haute mit. Polli trällerte *Mein Freund der Baum ist tot*, einen Schlager aus den Sechzigerjahren, und Cäcilia zog ein wenig spitz die Augenbrauen hoch. Der Komponist unserer Hymne würde es nicht leicht haben. Aber Karlchen Amsel, das wusste ich, schreckte vor nichts zurück. Er war auf direktem Weg zum ultimativen Gilde-Groove.

Nun fehlte unserer Organisation nur noch der Name. »Verein«: das klang so nach Mitgliedsbeitrag und verschwitzten Socken. »Gesellschaft« nach feinsinnigen Spendern und Klubabenden. »Bund« würde gut zu kurz und bündig passen, aber zu sehr um drei Ecken gedacht. Ein bisschen geheimnisvoll sollte es sein, etwas Auserwähltes, Verlockendes sollte der Name haben.

Gilde, jubilierte da plötzlich Rosalia Luscinia, Gil-de, Gil-de, Rhei-hei-ne-hes Gold. Und dann steckte sie ihren Schnabel unter den Flügel, beschämt über dieses Outing, wie mir schien. Sie war mit einem Pirol, einem unerbittlichen Wagner-Liebhaber liiert, seine Lieblingsoper, *Das Rheingold*, trug Rosalia Luscinia mittlerweile auf der Zunge.

Gilde? Was war das denn?

Josef hielt gleich einen angemessenen Vortrag zu diesem altehrwürdigen Zusammenschluss fleißiger Handwerker und Kaufleute, und wir stimmten einhellig dafür. Sogar Pauli, der für Klub, KK – Klima Klub – plädiert hatte, gab schließlich nach.

Gilde also. Aber wofür? Klima Gilde? Klang doch …Ja, wie? Zu milde? Wilde? Und wie sollte man den Begriff globalisieren? Wir prüften es mit Agata Babalaba nach: »Gilde«

gab es fast gleichlautend im Englischen, Französischen, Spanischen, Russischen, Chinesischen; nur für den großen arabischen Sprachraum war keine Ähnlichkeit zu entdecken.

Anders bei uns Faunas. Wir haben unsere Sprachen völlig unabhängig von unseren Geburtsorten, sagte ich ja weiter vorn schon. Wir, die Sciuri, sprechen Keckmeck von Island bis Südafrika; Hunde bellen, Katzen miauen, Pferde wiehern, Kühe muhen usw. vom Nordpol bis zum Äquator. Die japanische Nachtigall schlägt dieselben Töne an wie ihre Verwandten, die Nachtsängerinnen, weltweit; nur die chinesische Nachtigall singt mitunter ihr eigenes Lied, aber das ist eine andere Geschichte. Liegt wohl an dieser Kreuzung zwischen chinesischem und dänischem Erbgut.° Eine imponierende Ausnahme machen die gebildeten mehrsprachigen Hähne: vom tapfer-treuherzigen deutschen Kikeriki übers elegante französische Cocorico bis zum vollmundig-angelsächsischen Cock-a-doodle-doo! Chinesisch wòwò, japanisch kokekokko, russisch kükariako bringen es die stolzen Globetrotter zu so einigen Weltsprachen aus *einer* Kehle. Ähnlich wie die Menschen. Nur: Die gebildeten Hähne verstehen sich dennoch ohne Fisimatenten untereinander ohne Probleme.

Endlich schrieben wir dann doch den Wettbewerb aus. Und wurden mit Einsendungen überhäuft. Ohne unsere Agata Babalaba ein hoffnungsloses Unterfangen. Agata Babalaba übersetzte nun nicht nur gesprochene Menschen- und Tiersprachen, sondern auch schriftliche Äußerungen. Dazu kamen etliche Zusatzfunktionen. Diesmal nutzten wir die selection function, die Auswahl- und Ordnungsfunktion. Wie anders hätten wir mit den Millionen Einsendungen umgehen können?

Hier eine kleine Auswahl. Vielleicht habt ihr ja auch noch Vorschläge. Ihr wisst doch: Was gibt es schon, das nicht verbessert werden könnte?

Blue Planet Club BPC, Gaia Gilde Gagi, Gilde Gebilde Gilgeb, Grüne Gilde Grügi, Feine Gilde Feigi ... Fällt euch noch etwas ein?

Hier bitte eintragen. Interaktiv geht auch auf Papier.

Sodann arbeiteten wir für die weiteren Schritte Vorschläge aus. Vorschläge, keine Regeln. Wer sich wie, wo, wann zusammenschloss, stand allen überall frei. Aus kleinen freien Einheiten sollte das große Ganze erwachsen. Einzige Bedingung: das große Ziel: der Schutz unseres gemeinsamen Lebensraums. Die Gilde Gebilde schossen nur so aus dem Boden. Dabei blieben Menschen und Faunas weitgehend unter sich. Den Menschen schlossen sich vor allem Haustiere an. Oder Menschen den Haustieren. Wie man's nimmt. Cats and Dogs Communities, wie sie sich nannten, gingen bald allein hierzulande in die Zehntausende.

Doch die meisten Animalisten, Wesen, die ungeachtet ihrer Art, sprich Mensch oder Tier, die Gemeinsamkeit ihrer Beseeltheit, ihrer anima, in den Mittelpunkt stellten, schlossen sich zu Humanimal-Gilden zusammen: Zur Vereinigung von Humans, also Menschen, und Tieren, animals. Ergo: zu Humanimal-Gilden. Weltweit innerhalb eines Monats mehrere Millionen. Dieser vortreffliche Gildename machte die enge Verbindung, den Kern der beiden Arten, die anima, die gemeinsame Beseeltheit, umgehend klar.

Doch längst nicht alle Animals waren von dem Zusammenschluss mit Menschenwesen, den Humans, begeistert. Am wenigsten die sogenannten Nutztiere. Unzählige Mails erreichten uns, das Gildekomitee, immer mit demselben Tenor. Menschen? Die haben den Schlamassel, in dem sie stecken, doch selbst angerichtet. Und ziehen uns da mit rein. Und das, obwohl sie es längst besser gewusst haben. In vielen Briefen wurde detailliert – mit Quellenangaben, Seiten- und vor allem Jahreszahlen – nachgewiesen, seit wann

Wissenschaftlerinnen und Wissenschaftler vor den Folgen des Umgangs mit der Natur gewarnt hatten. Eines Umgangs, den die einen sorglos, die anderen gewissenlos nannten. Und warum? Weil diese Menschenwesen, diese Humans, den Hals nicht vollkriegen: so die Begründung der Animal-Stallisten. Da werden bunte Wildkräuterwiesen zu immer größeren faden Fressnäpfen für immer mehr von uns zusammengelegt. Wiesen können dressiert werden wie wilde Tiere zu Haustieren. Nutzen statt Schönheit. Weide nennen die das. Und wenn es ganz schlimm kommt, bleibt nur noch übrig, was die »Rasen« nennen. Mit Krach und Benzingestank getrimmt, sobald ein Gräslein sich untersteht, 3,3 mm zu überwachsen. Kaum noch von Plastik zu unterscheiden. Da ist die Verwandlung in Ackerland immerhin noch besser. Rüben, Getreide, alles zum Fressen, für die oder für uns. Aber die kleinen Büsche zwischen den einzelnen Äckern, Nischen für Vögel, Hasen, Insekten, alles abgeholzt, damit die mit ihren Klotzmaschinen die Riesenflächen noch schneller pflügen, besäen, abernten können. Schneller und mehr, als sie jemals selber essen können. Da kommt Schwung in den Futterhandel und Geld aufs Konto.

Und schließlich dann das ganze Giftzeugs gegen unser duftendes Futter. War doch ein ganz anderes Aroma, als unser Gras noch mit Kerbel, Minze, Majoran, wilder Möhre und Kümmel gewürzt war. Haben wir Kühe, Schafe, Pferde etwa keinen Geschmack?

Stellt ihr euch doch mal vor, mailte ein Stier, der mit Taurus Fortissimus unterzeichnet hatte und auf Facebook vor einem roten Tuch posierte, stellt euch vor, ihr hättet nichts anderes mehr zwischen den Zähnen als ungesalzen trocken Brot! Tag für Tag, ein Leben lang. Jaha, der Hunger treibt's rein. Aber hütet euch, ihr Menschlein! Wir sind viele! Und haben uns schon organisiert. Wir sind bei dem Kongress vor Ort. Rot Front!

Und die Pflanzen, maulte eine Häsin, die habt ihr wohl vergessen! An Kornblumen, Kerbel, Thymian und Mohn und wie sie alle heißen, an Bäume und Sträucher, an unsere Vorfahren und engsten Verwandten, die Floras, habt ihr Animals wohl nicht gedacht. Bloß weil die scheinbar keine Sprache sprechen. Scheinbar! Weil ihr sie nicht hören könnt mit euern lärmverstopften Löffeln. Dabei wird mit unseren Floras mindestens so rücksichtslos umgegangen wie mit uns Animals. Die armen Wurzler können ja noch nicht mal das Hasenpanier ergreifen! Aber ich werde meinen grünen Leidensgenossen auf dem Kongress schon gebührend Gehör verschaffen, so wahr ich Haselore Oster-Lampa heiße.

Am deftigsten aber zogen die Schweine vom Leder, auch im Namen der Kühe, Ziegen und Schafe und aller anderen StallistInnen, wobei Letztere auch noch den tagtäglichen Milchraub anprangerten.

Mit diesem Gesindel an einen Tisch? Grunzte ihr Sprecher, Eber Hart, ein ungeschlachter Bursche, der seinem Namen alle Ehre machte. Mit Mördern, Schlächtern, Kinderfressern? Deren delikate Körper sie als besondere Gaumenfreude betrachten! Die unsere Leichen zu Leckerbisssen zerfleddern und mit Genuss zwischen die Zähne schieben. Bei Cernunnos!° Sie fressen uns und rotten uns aus – fragt nur unsere wilden Verwandten im freien Leben, wo sie gejagt, erbeutet, getötet oder versklavt werden. Solange sie uns nutzen können, werden wir bei freier Unterkunft und Verpflegung gehegt, gepflegt. Bis an unser Lebensende. Im Schlachthaus. Wenn wir fett genug für den Topf oder kaputt genug für den Abdecker sind. Zusammen Weiter Kommen, sagt ihr, ist das Motto der Gilde. Der blanke Zynismus! Zusammen Weiter Kommen → Jawohl! Bis dass der Topf euch scheidet.

Dennoch wollen auch wir StallistInnen beim Kongress unsere Stimme erheben. Und hoffen, dass Gaia, unsere Göttin, dabei sein wird. Zumindest ein Grußwort spricht. Dann werden wir sie fragen, was sie sich damals dabei gedacht hat, als sie uns Säugetieren erlaubte, uns gegenseitig bei Bedarf zu fressen. Die Großen die Kleinen, die Starken die Schwachen. Kurz darauf fraß uns dann auch der Mensch. Ein Säugetier wie wir. Und macht unsere Leichen zudem meist noch zu Geld. Hat unsere Gaia da nicht einen Fehler gemacht? Ob unsere Göttin darauf eine Antwort weiß?

Verbitten wollen wir uns jedoch mit aller Schärfe jetzt schon, und zwar sofort, das Folgende, und das grundsätzlich. Ansonsten wird unsere Spezies den Kongress weltweit nach Kräften sabotieren. Wir verbitten uns umgehend jeglichen Gebrauch unserer Sippennamen im Zusammenhang mit herabsetzenden diffamierenden Eigenschaftswörtern! Begriffspaare wie: dumm, blöd, dämlich etc. Kuh, Kalb, Schaf, Gans, Huhn; dreckiges Schwein, fette Sau gehören per Gesetz verboten. Das ist Tierquälerei. Das ist in-ak-zep-ta-bel! Tierquälerei hat auch eine psychische Dimension. Wir fordern Respekt!

Wir vom Planungsteam, besonders unsere Humanfreunde, Maria, Josef, Isidor und Cäcilia, waren bestürzt. Daran hatten wir in unserem freudigen Überschwang nicht gedacht. Die sogenannten Nutztiere hatten ja recht. Man stelle sich vor, man selbst wäre in ein Schweine-, Schaf- oder Rinderleben hineingeboren, spätestens im besten Mannesalter mit dem sicheren Ende im Schlachthof vor Augen. Oder als Huhn in einer dieser Legehöllen; als Mastgans, die man dann auch noch Martin taufte, nach diesem reichen Offizier, der im bitterkalten Winter einem frierenden hungrigen Bettler seinen halben! Mantel vom Pferd zuwarf und sich alsdann aus dem Staub machte in sein warmes Bettchen nach 'nem leckeren Essen. Und so was wollte ein Heiliger sein! Sollte man da noch für die Interessen seiner Wärter kämpfen, für den Fortbestand derer angenehmen Leben auf diesem Planeten?

Da war was dran, an den Kritiken. Was hatten selbst wir vom Planungskomitee denn schließlich bisher für unsere Hausanimals getan? Besonders für die Stallisten? Sprüche vom faulen Schwein, dummen Schaf, der blöden Kuh waren auch uns geläufig. Und unsere Anerkennung? Wo blieb die? Ein hehres Ross war da nicht genug und sowieso ziemlich von gestern.

Lustige Zuschriften gab es aber auch. So beschwerte sich ein Maulwurf, dass es, soweit er wüsste, nur verächtliche, ja mitunter bösartige Gedichte über seine Spezies gebe; entweder werde ihnen tückisch der Garaus gemacht, oder sie stünden dumm wie Schippenstiel da. Dagegen wimmele es von Hymnen an Singvögel aller Art, an Vögel überhaupt, diesen präpotenten Flugobjekten. Einige von ihnen, vorzugsweise Adler, hätten es sogar auf Wappen und Flaggen gebracht. Liebreiche Bilder von Rehen, Hasen, Füchsen gebe es zuhauf – einem Fuchs namens Reineke verehre ein großer Dichter sogar ein ganzes Buch. Tiefsinnige Geschichten und Gedichte über Löwen, Tiger, Elefanten und so weiter aufzuzählen fehle ihm Zeit und Lust.

Sollte dieser Missstand nicht schleunigst beseitigt werden, könne der Kongress ihm gestohlen bleiben. Erderwärmung? Ihm egal. Im Winter sei es da unten ohnehin lausekalt, und Mutterboden gebe es auf absehbare Zeit genug.

Abend für Abend redeten wir uns die Köpfe heiß. Das große Ganze, unser gemeinsames Ziel, die Erhaltung unseres Lebensraums Erde, das teilten wir miteinander. Gar kein Thema. Doch auf dem Weg dahin die spezifischen Interessen so vieler verschiedener Lebewesen unter einen Hut zu bringen, war längst nicht so einfach, wie wir uns das vorgestellt hatten.

Zum Beispiel hätte ich Haselore gern gefragt, was wir denn essen sollten, wenn wir alle miteinander auf den gegenseitigen

Verzehr unserer leiblichen Hüllen verzichten würden. O.k., nur noch Pflanzen fressen würden wir, vegetarisch leben. Doch was, wenn Pflanzen, so wie Haselore es beschwor, auch litten, wenn man ihre Obergestalt von ihren Wurzeln trennte wie einen Kopf vom Körper; sie köpfte, kochte, kaute, ja, was dann? Mein Sciurus-Hirn reichte für eine Antwort nicht aus. Von irgendetwas musste doch jedes Lebe!-Wesen leben. Nun hatte auch ich auf dem Kongress eine Frage an Gaia.

Abends im Kobel fanden Muzzli und ich oftmals nicht gleich in den Schlaf. Gottlob (das Wort hatten wir von Maria und Josef, viele Menschen benutzen es, wenn sie etwas erfreut oder ihnen eine Last vom Herzen fällt, und uns gefiel der lautstarke Silbenball, der klang nach Kraft und Zuversicht) – Gottlob also war unser Willi zur Familie seiner Schwester Milli gezogen. Zusammen mit Erdo hatte er sich dort einen geräumigen Kobel gebaut, wo er mit seinen MitgildistInnen nächtelang ungestört weiterdiskutieren konnte. Die gemeinsame Aufgabe hatte die beiden einander nahegebracht.

Muzzli und ich lagen meist noch eine Weile in der Astgabel vor unserem Kobel, lauschten unserer Eiche, dem Rauschen des Laubes im Baum, das Trost versprach und Ermutigung. Einmal hatte ich gehört, wie Josef am Ende einer unserer abendlichen Sitzungen leise zu Maria gesagt hatte: Es ist doch schön, ein Mensch zu sein. Ich möchte mit keinem anderen Wesen tauschen. Und ich dachte: Ich auch nicht. Hatte gleich mein Muzzli vor Augen, mein Muzzli zuallererst, dann Willi und Milli, Pauli, Polli und Pilli. Lieber ein Mensch sein als das, was wir waren? Mit keinem anderen Wesen möchte ich tauschen. Wie froh war ich, ein Sciurus vulgaris zu sein. Gaiagottlob. Unsere Gaia war für alle da.

Muzzli hatte sich schon zusammengerollt, und ich schlang mich um ihren zarten Leib und grub meine Schnauze in ihr flaumiges Fell – ein Wunder auch dies. Dieses Mal und immer wieder. Und die Sterne schimmerten unfassbar nah über uns, so wie über Maria und Josef. Aber die Sterne können uns nicht helfen. Wir müssen uns selber helfen. Hier. Jetzt.

11.

Die neue Weltbewegung

Nomen est omen.
Der Name ist Programm.
Lateinisches Sprichwort

Die Wochen der Vorbereitung vergingen wie im Flug. So vieles war noch zu bedenken. Wir legten größten Wert darauf, möglichst alle Lebensräume einzubeziehen und gleichzeitig ihre Eigenständigkeit zu erhalten. Zum Beispiel bei der Wahl ihrer Delegierten. Bei sieben Kontinenten mit 195 anerkannten Ländern war ein gewaltiger Wirrwarr absehbar. Und so kam es auch. Es würde Bände füllen, wenn ich euch mit Einzelheiten aus den Diskussionen um die Teilnehmerlisten langweilen würde. Nur so viel: Die Diskussionen um die humanimalen Vertreter liefen weltweit gleich ab. Humanimal: Auf diesen inklusiven Sammelnamen aus Human und Animal für menschliche und tierische Teilnehmende, der niemanden ausschloss, hatte sich die Weltbewegung der Gilde Gebilde – auch dieser Name hatte sich schließlich etabliert – zu aller Zufriedenheit geeinigt.

Humanimals also waren wir nun alle. Wie einfach war es doch, das eine große Ziel, die lebenswerte Erde, in immer blumigeren Versionen heraufzubeschwören. Schreckensbilder zu malen von ihrer Zerstörung, Maßnahmen zum Schutz vor weiterer Verwüstung darzustellen. Doch wenn es dann konkret wurde, nämlich persönlich, traten, besonders bei den Humans, unschöne Eigenschaften hervor. Neid, Missgunst, üble Nachrede brachen sich Bahn, oft mit wissenschaftlichem Jargon maskiert, bis Uneingeweihte nur noch Bahnhof verstanden, wenn ihr wisst, was ich meine. Bahnhof verstehen ist nämlich immer noch besser, als das Geschwurbel etwa eines Medienwissenschaftlers zu teilen, der verkündete: »Die emphatische Standortbezogenheit, die Affirmation von Differenz und der dekonstruktivistische Blick, der explizite Traditionen und implizite Selbstverständlichkeiten als von Interessen gesteuert durchleuchtet, enthalten ein sozialrevolutionäres Potenzial, das auch für identitätspolitische Zwecke nutzbar gemacht werden kann.«[*]

Und so was will nun die Welt retten, seufzten wir auf unserer Veranda ein ums andere Mal. Da war uns, besonders den Humans, ein hand!fester Hand!werker, der zupacken konnte, wenn die Waschmaschine streikte, der Strom ausfiel, die Solaranlage aufs Dach gebracht werden sollte, weit mehr wert und lieber. Doch dann ließen Josef und Maria mit philosophischer Weisheit, Karlchen, Rosalia und Cäcilia mit lieblichen Liedern die Welt wieder leuchten, und wenn das alles nichts half, hauten Käte Krähe und Beat Specht ihren Krautrock 2.0 raus, und Willi, Pauli, Polli und Pilli kratzten dazu an Tannenzapfen den Groove.

Ich werde nun in meinem Bericht den internationalen Rundblick für eine Weile zurücknehmen und mich auf die Region konzentrieren, die unsere Humans durch ihre Sprache verbindet. Ein wenig altmodisch, ich weiß, aber ich möchte auch

Lesende erreichen, die noch nichts von Agata Babalaba und ähnlichen Geräten gehört haben.

Also zurück zur Auswahl der Abgesandten. Natürlich unter Berücksichtigung von Frauenquote und Inklusion. Zunächst ging es um die Berufe.

Hier die (vorläufige) Liste nach Häufigkeit der Nennungen:

Biobauern, Förster, Naturschützer, Pädagogen

Naturwissenschaftler: Astrophysiker, Physiker, Evolutionsbiologen, Chemiker, Mathematiker, Mediziner

Ingenieure, KI-Spezialisten (Programmierer, Software-Entwickler etc.)

Philosophen, Theologen

Künstler: Dichter, Musiker, bildende Künstler, Spiele-Entwickler

Humans, die sich in einem Ehrenamt hervorgetan hatten.

Ohne sie, so Maria und Josef, hätten insbesondere die westlichen Gesellschaften ein riesiges Problem. Ich, Wendelin Kretzschnuss, wäre als Human schon im Ruhestand. Ruhestand? Keine Sekunde hatte ich jemals daran gedacht. Neugierig bleiben. Etwas Sinnvolles tun. Für sich und andere: Das hält jünger als jedes Lifting, jede Bio-Optimierung. Das könnt ihr einem Sciurus vulgaris glauben.

Besonders freute uns Platz 1 für die Biobauern. Wer auf ihre Art gräbt und pflügt, sät und erntet, will die Erde nicht plündern. Pflanzen auf ihre Art heißt nicht nehmen, sondern erzeugen, heißt nehmen und geben. Ja, man könnte sogar sagen, dass der Bauer irgendwie selbst zur Pflanze wird: Er schlägt Wurzeln. So wurzelt der Bauer im Boden, den er bestellt. Die Erde wird zu Mutter Erde für ihn. So wie guter fruchtbarer Boden Mutterboden heißt.

So weit, so gut. Die Liste kam relativ problemlos zustande, vor allem, weil wir in weiser Voraussicht Ergänzungen erlaubt hatten.

Nun ging es um Namen. Von Personen. Von Humans und Animals. Wir, die Animals, konnten uns das einfach machen. Wir wählten aus den einzelnen Gattungen jeweils das älteste Wesen aus; mal war das ein männliches, mal ein weibliches. Unsere Begründung: Alter macht weise. Alter bringt Erfahrung mit. Hier hatten die Grönlandwale und die Riesenschildkröten die Nase, beziehungsweise Blaslöcher und Krötenschnorchel vorn.

Bei den Humans dagegen ging es hoch her, sagte ich ja schon. Wie innerhalb der einzelnen Gruppen vor Ort die Diskussionen abliefen, kann ich aus eigener Anschauung nicht berichten, und die Namen der ausgewählten Personen sagten uns nichts.

Anders war das bei den Ehrengästen. Hier wurde es wieder international. Und wieder einmal überdeutlich, dass nicht nur die Natur vom Werden und Vergehen lebt, vielmehr überall jedes Leben das Sterben voraussetzt. Auch die Humans und das, was sie in Nachahmung der Natur an Eigenem zu schaffen suchen, ihre Kultur, ist diesem Gesetz unterworfen. *Schafft Neues, Kinder!* Soll einer der Riesen auf dem Felde der Musik seinen Zeitgenossen zugerufen haben.* Was hätte er wohl zu *Erster Klang der Zukunft* gesagt. Davon später mehr, müsst ihr euch noch etwas gedulden.

Auffällig war, dass aus fast allen Erdteilen dieselben Personen genannt wurden.

Besonders bei den Naturwissenschaftlern, Philosophen, Theologen und Künstlern tauchten dieselben Namen immer wieder auf.

Biobauern, Förster und Naturschützer, Lehrkräfte hingegen schienen vor allem vor Ort, also in den kleinen Einheiten wichtig, wo sie im Kontakt mit den Humanimals den Grundstein für weltweites Umdenken legen. Graswurzelbewegung ist ein treffliches Sinnbild dafür, erklärte Maria.

Immer wieder priesen wir Agata Babalaba, die unsere Millionen Mails nicht nur übersetzen, sondern auch für uns erfassen, sortieren, registrieren konnte.

Wer stand am Ende nicht alles auf dieser Liste. Liste? Über hundert eng bedruckte Seiten könnte ich euch präsentieren; aber ich habe eine andere Idee. Machen wir doch zusammen unsere eigene Liste! Werden wir interaktiv. Geht auch auf Papier. Ich verrate euch ein paar Namen von der Gildeliste und lasse euch Platz, um sie mit euren Vorschlägen zu ergänzen. Ich bin gespannt!

Voilà:

Edgar Allan Poe E. T. A. Hoffmann Stanislaw Lem Erich Kästner George Orwell Jonathan Swift Brüder Grimm Hans Christian Andersen Isaac Asimov James Lovelock Kopernikus Einstein Newton Galilei Wilhelm Hauff Ada Lovelace Lukrez Darwin Johann Wolfgang v. Goethe Friedrich Schiller Friedrich Hölderlin Selma Lagerlöf Marie Curie Rosa Luxemburg Florence Nightingale Maria Montessori Christine de Pizan …

…

Nun mögt ihr, liebe Humans, einwenden: Viele, ja 99 % aller Ehrengäste sind ja schon lange tot. Nicht mehr unter uns. Wie bitte? Wieso denn das? Erst gestern Abend hat sich Cäcilia Hand in Hand mit ihrem Franzl, dem Schubert, von der Veranda hier, zum Brunnen vor dem Tore aufgemacht, dazu haben die Tauben ihre Gitarren gezupft, etwas Weiches, Solides, verlässliche Akkorde im Hintergrund. Karlchen hat mit Leonard Cohen das Halleluja geschmettert und Käte mit Elvis Tutti Frutti geschnäbelt.

Tot? Kommt doch nur auf uns an, die Toten ins Leben zu locken. Ihnen die Hand ins Leben zu reichen. Ihnen unsere Augen, Hirn und Herz, unsere Stimme, unsere Sinne zu leihen. *Reich mir die Hand, mein Leben.* Nun, wir Animals sind darin nicht so firm wie die Humans. Aber zusammen mit ihnen erleben doch auch wir, dass mit dem Verschwinden von Fleisch und Knochen nicht alles zu Ende ist. Lesen können immer mehr von uns mittlerweile auch: mit Legata Vokabúla, dieser Zusatzentwicklung zu Agata Babalaba. Und was ist denn lesen anderes als jedes Mal Wiederauferstehung feiern? Jede Autorin, jeder Autor bleibt in seinen Büchern lebendig. Mit jeder ihrer Silben, jedem seiner Sätze, die Herz und Verstand via Augen sich zu eigen machen.

Und die Humans, wie wir sie kennen, wären längst nicht so, wie sie sind, ohne die zahllosen Humans, die vor ihnen gelebt haben, gestorben sind und wieder leben, weiterleben bis heute und in Zukunft. In ihren Worten und Werken, ihren Hinterlasssenschaften. Und mit uns Animals ist es nicht viel anders. Stellt euch bloß mal einen Augenblick vor, alles, was ein Human – auch mit unserer Hilfe – geschaffen hat, wäre mit seinem Tod von der Erde verschwunden! Mehr sage ich nicht. Stellt es euch einfach mal vor.

Und dann lasst uns gemeinsam das Leben feiern, das Leben der Lebendigen von heute und der Lebenden von gestern. Holen wir sie in unsere Gegenwart, wann immer wir sie brauchen. Lernen wir von ihnen. Wandeln wir auch den Ballast der Vergangenheit in Proviant für die Zukunft. Und folgen dann dem Rat des alten Meisters: *Schafft Neues, Kinder!*

12.

Auf nach Vitopia!

*Vita: lateinisch: das Leben. Topos: grie-
chisch: die Stätte, die Heimat. Vitalismus:
kräftig, lebendig, Lebenskraft habend.*
Kluge, *Etymologisches Wörterbuch*

Neben unzähligen Einzelheiten war eine Frage noch immer
offen: Wo sollte der Kongress stattfinden? Nach stundenlan-
gen Diskussionen mit immer neuen Vorschlägen zu Tagungs-
orten rund um den Erdball platzte Muzzli heraus: Und wenn
wir Schatzhauser fragen?

Das hätte uns aber auch eher einfallen können! Josef und
Willi machten sich gleich auf in den Schwarzwald, eine solche Bitte musste man persönlich vorbringen, und ein bisschen Abenteuerlust lockte die beiden sicher auch.

Zwei Tage mussten wir warten, dann erhielt Maria eine
SMS von Josef: Gut angekommnen. SH angetroffen. Morgen
mehr.

Wir saßen bei Maria auf der Veranda, als ihr Smartphone
Freude schöner Götterfunken ein Gespräch ankündigte. Maria horchte, lachte und stellte laut: Kuckuck Kuckuck Kuckuck, acht Mal zählten wir. Das vertraute magische Wispern
Schatzhausers lud uns ein in sein Reich.

Noch ehe sich Maria in unser aller Namen bedanken konnte, hatte er schon aufgelegt. Und das Smartphone vermeldete
tagelang nichts Neues, bis Josef kurz vor seiner und Willis Ankunft in der Cäcilienstraße anzeigte: Wir sind gleich da.

Die Heimkehrer schienen erschöpft. Wir bestürmten die
beiden mit Fragen, die sie beinah widerstrebend beantwor-
teten, still und eher in sich gekehrt, wie wir es, besonders

von unserem redseligen Willi, nicht kannten. Als sei das, was sie in diesen wenigen Stunden im Tannenwald erlebt hatten, beinah über ihre Kräfte gegangen. Wir ließen sie erst einmal wieder zu sich kommen. Zu uns. In unsere reale Gegenwart. Wo der Jelängerjelieber vom Geländer der Veranda seinen betäubenden säuerlich-süßen Duft ausströmte, wo alles zur Ruhe kommt, damit alles beginnen, weitergehen kann.

Nach ein paar Tagen schienen sie wieder ganz die Alten. Verteilten die Geschenke, die Schatzhauser ihnen mitgegeben hatte: eine Kuckucksuhr für Maria und Josef und eine für Cäcilia und Isidor. Einen Tannenzapfen für jeden von uns Sciuri: einen unerschöpflichen Zapfen-deck-dich. Und zum Nachtisch für alle: Zapfen-schleck-mich. Mit allzeit frischer Schwarzwälder Kirschtorte satt.

Die wichtigste Gabe, die mächtige Wurzel einer Alraune, bekamen außer den Überbringern nur Maria, Muzzli und ich zu Gesicht. Diese Wurzel, der seit jeher magische Kräfte zugesprochen werden, war der Schlüssel zu unserem Tagungsort.

Wir hatten den Beginn des Kongresses in die ersten Herbsttage gelegt, wollten nach dem Erfolg des Hambacher Fests, dem weltweit einige ähnliche Aktionen gefolgt waren, keine Zeit verlieren. Gerade hatten im brasilianischen Regenwald, wo neben den Rodungen auch – künstlich gelegte? – Brände unvorstellbaren Ausmaßes uralten Baumbestand vernichteten, Gorillas und Orang-Utans, angeführt von Riesenspinnen, Kolibris und Papageien große Flächen ihrer Habitate erfolgreich verteidigt, sogar die Faultiere hatten sich aufgerafft. In den afrikanischen Regenwäldern, vor allem im Kongobecken und auf Madagaskar, kämpften Elefanten, Löwen, Hyänen, Nashörner, Zebras, Gorillas zusammen mit der indigenen Bevölkerung, den Baka-Pygmäen, um ihren Lebensraum.

Was lernten wir nicht alles bei unserer Vorbereitung. Die Gefahr, unsere Gefährdung, schien mit unserem Wissen um diese Katastrophen zu wachsen. *Der Lachende hat die furchtbare Nachricht nur noch nicht empfangen*, zitierte Josef ein ums andere Mal einen seiner Lieblingsdichter: Bertolt Brecht. Und mit dem Wissen wuchs die Angst, nicht nur unsere Angst. Immer mehr Menschen verging das Lachen. Die Katastrophen trafen Länder, Städte, Kontinente. Und lösten damit bei vielen Humanimals ein wachsendes Bewusstsein aus, dass es allerhöchste Zeit war, etwas Grundsätzliches zu unternehmen. Und den Willen dazu. Ohne politisches Hin und Her. Jetzt kam es auf rasches, einmütiges Handeln an.

Pünktlich zum astronomischen Herbstanfang* trafen wir an dem von Schatzhauser präzise bezeichneten Ort ein. Von einem für diese Jahreszeit äußerst unwahrscheinlichen Regenbogen unfehlbar markiert. Maria steckte die Alraune ins Erdreich, wo der Reif mit seinem tiefblauen Streifen in einem Eichensprössling versank, und wir folgten ihr durch den bunten Bogen in Schatzhausers Reich: Vitopia.

Zwei Männer reiferen Alters nahmen uns in Empfang. Der eine mit weißen, wirr zurückgekämmten Haaren und angestrengt gepflegtem Vollbart in einem Anzug aus dem vorvorigen Jahrhundert; der andere mit dunklen Locken unter einer geschwungenen Samtkappe im samtenen Mantel mit Puffärmeln und Pelzbesatz (Webpelz, wie wir später erfuhren; er habe den Hermelin seit einigen Jahren ersetzt). Um den Hals lief ein feiner roter Strich, eine Narbe, die das Henkersbeil hinterlassen hatte. Er stellte sich als Thomas Morus vor. Der andere begrüßte uns mit deutlich rheinischem Zungenschlag als Karl Marx und drückte Josef einen Flyer in die Hand.

Da draußen im Kapitalismus, las Josef uns später vor, ist der Mensch nur Entweder Oder. Er ist *Jäger, Fischer oder Hirt oder kritischer Kritiker und muss es bleiben, wenn er*

83

nicht die Mittel zum Leben verlieren will«, während hier in Vitopia, *wo Jeder nicht einen ausschließlichen Bereich seiner Tätigkeit hat, sondern sich in jedem beliebigen Zweige ausbilden kann, die Gesellschaft die allgemeine Produktion regelt und mir eben dadurch möglich macht, heute dies morgen, jenes zu tun, morgens zu jagen, nachmittags zu fischen, abends Viehzucht zu treiben, nach dem Essen zu kritisieren, wie ich gerade Lust habe, ohne je ein Jäger, Fischer oder Hirt oder Kritiker zu werden.* °

Aha, hatte Muzzli da gesagt. Und wer kocht ihm, dem Allrounder, das Essen?

Thermomicks, Schleckerando, Gemeinschaftsküche, hatte Maria trocken erwidert, und die beiden hatten sich in ein angeregtes Gespräch über Hausarbeit im Kommunismus der Zukunft verloren. Aber das steht auf einem anderen Blatt.

Auch Herr Morus hatte uns eine Auswahl seiner Schriften zusammengestellt, die er uns mit den Worten überreichte: *Tradition ist nicht das Halten der Asche, sondern das Weitergeben der Flamme.* Maria und Josef nahmen seine Werke mit höchster Ehrerbietung in Empfang und notierten sich den Satz gleich in ihre Notizbücher und auf Karteikarte. Wie ich sie um diese Möglichkeit der Gedankentransportation beneidete!

Auf dem Weg in unsere Habitate begrüßten uns dann noch Tommaso Campanella, Francis Bacon, H. G. Wells und Teilhard de Chardin. Ich muss gestehen, dass wir Sciuri uns, trotz bester Leistung unserer Agata Babalaba, ein wenig außen vor fühlten. Na ja, es würde bald wieder konkret werden, trösteten wir uns. Maria war hocherfreut, auf eine Person zu treffen, die sie kaum in dieser Männergruppe erwartet hatte: Christine de Pizan, hochgelehrte Autorin aus dem frühen Mittelalter, dazumal berühmt für ihr *Buch von der Stadt der Frauen*, das, wie Maria uns später erklärte, seit den

Siebzigerjahren des letzten Jahrhunderts wieder an Bedeutung gewonnen hatte.

Eine Stadt nur für Frauen hatte Christine geplant, wusste Maria. Einen symbolischen Raum, erschaffen von drei allegorischen Frauengestalten, der Vernunft, der Rechtschaffenheit und der Gerechtigkeit. Die Mauern und Wälle der Stadt errichtet aus Beispielen weiblicher Errungenschaften aus Christines Gegenwart und der Vergangenheit für zukünftige Bewohnerinnen. Zutritt für Männer streng verboten.

Mir kam diese Human höchst seltsam vor: Nur weil sie und ihre Artgenossinnen sich von den Artgenossen benachteiligt fühlten, womit sie recht hatten, war auch Muzzlis Ansicht, mussten sie die doch nicht gleich verbannen. Kein Wunder, dass das Buch dann jahrhundertelang kaum noch gelesen wurde. Und überhaupt: Wie sollte es denn dann mit der humanen Spezies weitergehen? Da sollte frau doch lieber nichts überstürzen! Würde ich zu Hause in aller Ruhe mit Josef diskutieren.

Für unsere Orientierung in Vitopia enthielten unsere Apps alles, was wir wissen mussten, um uns an diesem Ort wohlzufühlen. Angenehme Stimmen leiteten uns, wohin wir zu gehen wünschten, gaben Auskunft, Antworten auf unsere Fragen, führten uns an köstliche Futterplätze, Bäume, die wir nur aus den Büchern der Schönregens kannten. Das alles bei Temperaturen um die 20 Grad Celsius, die Flora in verheißungsvoller Jugendfrische, Frühsommerstimmung. Eine Atmosphäre der Selbstgenügsamkeit – ich würde Maria und Josef fragen, was sie von diesem Wort hielten – lag über allem, wie ich es zu Hause im Sommer spüre, wenn es nach langer Trockenheit endlich regnet und alle Wiesen wieder grasgrün, Raben rabenschwarz und Rosen rot strahlen. Alles, wie sich's gehört. Wie jedes sich selbst gehört. Eines mit Allem im Einklang verbunden.

Es gab hier keinen Luxus, keinen Reichtum, keine Überfülle, nichts, was die Sinne anstachelte oder erstickte. In allem, was uns umgab, lag eine wohltuende Angemessenheit.

Muzzli und ich begnügten uns mit einem Kobel in der blühenden Duftwolke eines Trompetenbaums. Größere Bäume würden sicher bald von anderen Kongressteilnehmern viel Zuspruch finden, und ich wollte wie gewohnt nachts mit meinem Muzzli allein sein.

Allein unter dem Regenbogen, der erst verblasste, wenn die Erde sich weiterdrehte, um Mond und Sterne zu empfangen. Und am Morgen mit der Sonne wieder aus Vitopias blauem Ozean stieg, sich am Himmelszelt über Wälder, Felder, Seen, Flüsse und Wiesen wölbte bis in die schneeweißen Gletscher der Berge.

Ein Ort wie im Märchen, ein Ort, an dem alles so war, wie es sein könnte, wenn ... Ja, wenn. Nicht ganz so märchenhaft würde es auf unserer Erde da draußen jemals zugehen, aber hier konnten wir lernen, wieder groß zu träumen, um dann zu Hause den großen Träumen in kleinen Schritten immer näher zu kommen. Wie? Das wollten wir in den nächsten Tagen herausfinden. Die Zeit drängte.

Bis auf das Begrüßungsduo hatten wir zu den wenigen einheimischen Humans, die uns auf unseren Erkundungsgängen begegneten, kaum Kontakt. Wo sie ihre Unterkünfte hatten, konnten sogar Maria und Josef nie herausfinden. Den Schönregens wiesen die Herren Marx und Morus ein bequemes Holzhaus unweit unseres Trompetenbaums zu, Isidor und Cäcilia gleich daneben. Milli, Erdo und Familie waren bei den Maulbeerbäumen untergebracht, wo Pauli, Polli und Pilli sich nach Herzenslust austoben konnten. Willi blieb in unserer Nähe bei den Stachelbeersträuchern, die konnte er hier ungestört plündern, und zum Schlafen zog er von einem Baum zum anderen, an einem Ort wie diesem hatte er keine hungrigen Feinde zu befürchten. Warum nicht? Fraß der Marder hier etwa auch Nüsse? Waren hier alle Animals Vegetarier, gar Veganer? Darauf erhielt ich in Vitopia leider selbst von Marx und Morus keine Antwort. Jedenfalls zunächst nicht.

Kaum hatten wir uns eingelebt, trafen auch die übrigen Kongressteilnehmer ein. Nur zu schade, dass die Bewohner Vitopias, Humans und Animals, jegliche Medienpräsenz sowie sämtliche privaten Aufzeichnungen mittels Social Media streng verboten hatten. Und das einstimmig. Eigentlich gebe es diesen Ort ja gar nicht, gar nicht oder überall, wie man's nehme, unterstrichen Marx und Morus dieses Verbot, und so solle es auch bleiben. Wie es draußen, in Realopia, wo wir herkämen, zugehe, wüssten wir selbst. Sobald ein noch weitgehend unbekanntes Fleckchen Erde entdeckt und in den Medien breitgetreten werde, kämen die analogen Breittreter, sprich Touristenschwärme, gleich hinterher, und aus sei es mit der Idylle. Das wolle man in Vitopia unbedingt vermeiden. Dass wir uns hier für einige Tage versammeln dürften, sei nur unserem hohen humanimalen Ziel zu verdanken – und unserem Fürsprecher, Schatzhauser natürlich. Und soll und werde eine einmalige Sache bleiben. Smartphones und Laptops wurden eingesammelt. Notizen seien selbstverständlich erlaubt.

Ha, maulte Willi, zurück zur Natur. Man kann aber auch alles übertreiben.

Der Einzug der Kongressteilnehmer verwandelte Vitopia in einen Paradiesesgarten 2.0. Die regionalen Konferenzen hatten ihre Vertreterinnen und Vertreter gewählt, diese wiederum waren den jeweiligen Erdteilen zugeordnet. Aus allen Himmelsrichtungen trafen sie ein, aus der Luft, zu Wasser und zu Lande. Höher und höher wölbte sich der Regenbogen, dehnte sich weiter und breiter aus, um sie alle zu umfangen. Sirrende Vogelschwärme, flirrend in allen Farben, verteilten sich in grün lodernden Wäldern und Wiesen, im Schilf; Füchse und Hasen, Rebhühner und Fasane jubelten einträchtig über die Felder, Kröten und Frösche bliesen den Störchen quakend die Fliegen vom Schnabel, Gepard und Hyäne spielten mit Löwe und Tiger Verstecken im graugrünen Zwielicht; die Luft erfüllt von vielstimmigen Gesängen, jeder Ton in den unzähligen Farben der Erde. Und der Gewässer. Fische haben keine Stimme? Habt ihr eine Ahnung! Nie ein Duett von Wal und Pottwal gehört? Der Wal mit seinem mächtigen Bass den Tenor des Pottwals begleitend? Dazu das Gurgel-Trio von Seestern, Seeigel und Muräne? Die Choräle der Delfine? Das Popgeplätscher von Garnele und Fliegendem Fisch?

So, dachte ich, muss sich Herr Moses den Garten Eden vorgestellt haben, allerdings mit nur zwei Humans, und nicht mit Humans in allen Farbnuancen von Weiß über Gelb Rot Braun bis Schwarz aus allen Erdteilen.

Bis sie von diesem verbotenen Apfel gegessen hatten, war das paradiesische Paar nackt gewesen, verrieten die Schönregen'schen Bücher. Damals hatte ich Maria und Josef gefragt, warum die beiden denn keine Kinder gehabt hätten, in dieser herrlichen Umgebung. Sie hatten doch den ganzen Tag nichts zu tun. Mit Kindern hätten sie eine sinnvolle Beschäftigung gehabt, und dieser blöde Apfelbaum hätte sie dann völlig kaltgelassen. Aber da hatte Josef nur gelacht und Maria hatte geseufzt und mich mit ein paar Nüssen abgespeist. Ich wusste dann: Sie wussten es auch nicht.

Ihre Gewänder hatten die Humans, auch Josef und Maria, Cäcilia und Isidor, abgeben müssen. Sie konnten nackt umhergehen, es war ja mollig warm, oder eine grüne oder blaue Tunika überstreifen, die jeder und jedem geschenkt wurde und die sich bei unserem Auszug zurück ins Kleiderland wieder in fruchtbare Muttererde zurückverwandelte. Kompost.

Die allermeisten der nackten Humans waren kein schöner Anblick, da sind wir Animals doch wirklich die ansehnlichere Gattung, und wir waren froh, als sich die meisten Humans für ein Gewand entschieden. So konnten sie unter uns Humanimals wenigstens ein paar Farbtupfer beisteuern. Denn im Vergleich mit uns Animals waren die Gestalten dieser Humans, Maria und Josef mögen mir verzeihen, an einfallsloser Langweiligkeit nicht zu übertreffen. Um zu wissen, dass ich recht habe, muss man nicht in den Zoo gehen, es reicht ein Besuch in einem Park oder an einem Teich, um auf eine beeindruckende »Artenvielfalt« zu stoßen, wie es in den Magazinen der Schönregens heißt, wenn man dem, was die Natur vorgesehen hat, freien Lauf lässt. Da kommen auf ein paar Quadratkilometern mehr verschiedene Animals zusammen als unterschiedliche Humangestalten in einer Millionenstadt. (Und die ohne Kleider! Das mag man sich wirklich nicht vorstellen.) Rein zahlenmäßig sind wir Animals den Humans ohnehin baumhoch überlegen. Und dann unsere Fähigkeiten! In der Luft, im Wasser, auf, unter und in der Erde. Wir können aus eigener Kraft fliegen, von Europa bis nach Afrika und zurück; mühelos den Himalaja in immerhin 10 000 Meter Höhe überqueren; mal eben 3000 Meter tief tauchen und dabei über gut zwei Stunden die Luft anhalten. Großartig, was unsere Art so alles kann! Jagen, fischen, klettern, rennen, schwimmen, tauchen, hüpfen, springen, singen, Räder schlagen …

Was hatten die Humans für so ein bisschen mehr Hirn alles drangeben müssen! Wobei Wale und Elefanten eine deutlich größere Hirnmasse haben. Aber darauf komme es nicht an, hatte Josef gesagt und einen umfänglichen Vortrag angeschlossen. Aber keine Antwort auf meine Frage gegeben: Und was hat euch Humans euer Hirn gebracht? Seit ich Maria und Josef immer besser kannte, scheiterte ich jedes Mal aufs Neue an der Frage, wieso diese Humans, die doch so viel wussten und so viel Schönes und Kluges auf den Feldern, die Schönregens und mit ihnen Millionen andere beackerten, den Feldern der schönen Künste, der Wissenschaften, Religion und Philosophie hervorbrachten; die seit Jahrtausenden die liebevollsten Menschenbilder entwarfen – wieso setzten sie nicht alles daran, diesen Entwürfen zu folgen? Lebten wir Animals im Einklang mit Mutter Natur da nicht das weitaus humanere Leben? Nein, fiel ich mir selbst ins Wort, ich musste ja nur an den Marder denken, der auch meine Mutter auf dem Gewissen hatte. Hatte das Gesetz der Animals: Fressen und gefressen werden, letztlich doch noch immer über die Humans Gewalt? Nein, musste ich mir daraufhin antworten: Die Humans waren weit schlimmer als wir Animals. Animals töten nur, wenn sie Hunger haben. Humans fraßen einander nicht auf, das nicht, und taten sich damit auch noch dicke. Fanden das human. Prahlten, das zeichne sie aus vor uns, den Animals. Warum töteten sie dann einander? Und zwar in Massen. Meist für nichts als ein Stück Land, das sie vorher verwüstet hatten. Oder, noch verrückter, für eine Idee, die erst mal nur im Gehirn existierte!

Wenn wir Animals daran interessiert wären, der Erde auf diese »humane« Art und Weise zu begegnen, wenn uns daran gelegen wäre, die Ersten auf der Erde zu sein, hätten wir die Humans, diese denkenden Tiere, längst ausrotten können.

(Doch ich kenne das Wort, mit dem mich Josef zum Schweigen bringt. Zwei Silben genügen: Waffen. Und daher hör ich auch schon auf mit meinen sinnlosen Spekulationen.)

Trotzdem: Allein die Zahlen unserer einzelnen Animalarten gehen in die Millionen, ihr weltweites Vorkommen wird in die Trillionen geschätzt. Da sieht die Humantruppe recht kläglich aus mit ihren knapp acht Milliarden. Warum kapierten die bei all ihrem Wissen und Immer-weiter-Forschen nicht endlich einmal, was wirklich nottat? Kamen ihren klugen Einsichten und guten Vorsätzen immer wieder wir, ihre ungehobelten Vorfahren, mit unseren Genen in die Quere? Würden auch wir uns ändern müssen?

Wie immer, wenn ich mit meinem Latein am Ende war, wie Josef zu sagen pflegte, wetzte ich meine Krallen am nächstbesten Baumstamm und joggte eine Runde durchs Geäst eines weit ausladenden Flussmandelbaums, ehe ich meinen roten Eichhörnchenkopf in Muzzlis rotem Eichhörnchenfell vergrub, bis mein Hören und Sehen, Denken und Fühlen wieder in artgerechten Bahnen lief.

13.

Von Patchworkfamilien, Sommerwiesen und blauen Blumen

Und ringsum sprossen weiche Wiesen von
Veilchen und Eppich,
Auch ein Unsterblicher, käm er des Weges,
könnte nur staunen,
wenn er es sähe, und sich in seinem
Herzen erfreuen …
Homer, *Die Insel der Kalypso*

Bevor der Kongress begann, hatten wir alle einen Tag zur freien Verfügung, einen Freiver-Tag, wie Marx und Morus, die Organisatoren der Tagung mit ihrer Vorliebe zur Verknappung, das nannten. Und so zogen wir los, das Gelände zu erforschen. Wir, das war einmal die Kerntruppe von der Schönregen'schen Veranda, die Verandisten, wie wir uns jetzt nannten. Dazugesellt hatte sich Hera, eine Schleiereule mit einer weißen Rose im Gefieder. Ausgerechnet eine Eule! Der man so manches nachsagt, von Weisheit bis Dummheit, von Hexerei bis Hilfsbereitschaft. Gaiagottlob war sie Athenerin, mithin als Nachfahrin der Begleiterinnen Athenes aus gutem Hause. In diese Hera – für meinen Geschmack viel zu alt für Willi – hatte der sich augenblicklich verliebt. Doch wenn er seinen stattlichen Schweif über ihr kluges Angesicht kitzeln ließ, war ihr kindliches Kichern aus ihrem eindrucksvollen Schnabel, ich geb's zu, einfach unwiderstehlich. Kein Wunder, erfuhr ich später, sie war schließlich eine Kusine von Schneeweißchen, einer Schnee-Eule aus der Tundra. Deren Sippe war bekannt für ihr herzhaftes Lachen, und Schneeweißchen hatte daraus sogar ein Geschäft gemacht: Sie bot Lachyoga-Kurse an, in denen man die heilende Kraft des Lachens erlernen konnte.

Muzzli allerdings sorgte sich verständlicherweise wieder einmal um den Nachwuchs; wie sollte der zustande kommen, zwischen einer Avis und einem Sciurus.

Hier, in Vitopia, sei dem Leben nichts unmöglich, versuchte ich sie zu beruhigen. Und ich verwies auf Milli und Erdo und deren gelungene Kinder.

Doch insgeheim dachte ich dasselbe, was ihr vermutlich auch denkt: nämlich, dass doch ein ziemlicher technischer Unterschied zwischen diesen beiden Paarungen besteht. Nun ja, wo die Liebe hinfällt. Wir werden sehen.

Unsere Truppe war noch nicht lange unterwegs, da stießen wir auf zwei Eichhörnchen, größer und kräftiger als wir, dazu von dunkelgelber, ins bräunliche spielender Farbe, die Hera gleich als Sciurus anomalus erkannte: Kaukasische Eichhörnchen, erklärte sie, davon wimmelt es bei uns nur so. Kluge Tiere: Eng mit euch verwandt. Die beiden hier kenne ich; kommen aus dem Athener Umland. Und ihre Namen habt ihr bestimmt auch schon mal gehört.

Hera nickte den beiden zu und stellte sie uns vor: Xanthippe: Gemahlin des Sokrates, Sokrates: Gemahl der Xanthippe. Höchste Ehrennamen. Damit macht man bei uns anonyme Animals zu Individuen. Sozusagen mit einem offiziellen Ehren-Taufnamen.

Sokrates und Xanthippe legten die Rechte auf die Brust und wir Sciuri taten desgleichen, Josef und Maria hatten mit »Chairete« – Seid gegrüßt! Freut euch! – ihr Altgriechisch parat. Schon Epikur habe mit diesem Wort seine Freunde beim Akanthus in seinem Sommerhaus empfangen. Was die beiden Geehrten allerdings zum Schmunzeln brachte.

Yassass, lachte Xanthippe, »Hallo« heißt das bei euch; das reicht uns heute auch.

Sokrates Sciurus anomalus hatte die Auszeichnung für seine Verschmelzung neurowissenschaftlicher Erkenntnisse mit Philosophie und Religion erhalten. Angewandt hatte er diesen neuen Denkansatz bei der Erforschung der »Gemeinsamkeiten der Hirnform diverser Säugetiere mit dem Kern einer Walnuss«. Dieser Forschungsansatz, diese biologisch verankerte Philosophie, so die Jury, hätte Sokrates, dem historischen Namensgeber der Auszeichnung, sicherlich gefallen.

Doch Sokrates Sciurus anomalus hatte sich geweigert, den Ehrennamen anzunehmen, wenn nicht gleichzeitig seine Frau den Namen der historischen Gattin des historischen Sokrates als Ehrenname erhalte. Der sei nämlich damals viel Unrecht geschehen von männlichen Humans, was sich bis auf den heutigen Tag in der Geschichtsschreibung festgefressen habe. Er und seine Frau würden alles daransetzen, diesen Machoblick in den Orkus zu treten, sprich, ein neues Geschichtsbild dieses einmaligen Paares zu etablieren: Wie denn sonst wäre aus Sokrates der große Philosoph geworden, hätte nicht Xanthippe ihm den Rücken freigehalten, damit er seiner Lebtage auf dem Markt hätte schlaue Gespräche führen können! Daher hätten sie zuallererst mal die alten Namen der beiden ins 21. Jahrhundert transponiert: Meine Schüler, so Sokrates Sciurus anomalus, sagen Krattes zu mir und …

Ich bin Hippie, fiel seine Frau ihm ins Wort und kicherte.

Maria gab Josef einen Rippenstoß: Ob wir es auch mal mit Mari und Jo versuchen?

Warum? Ist doch gar nicht nötig, spöttelte der. Die Maria aus Nazareth hatte doch ihren Josef perfekt unterm Daumen. Wie der sich hat manipulieren lassen! Wenn sich da jemand hätte emanzipieren müssen, dann der.

Kann man aber auch ganz anders sehen, entgegnete Maria. Dieser Josef, ich meine den an der Krippe, war doch ein cooler Typ. Wie der die Frohe Botschaft aufgenommen hat! Ein Kind, das nicht von ihm war! Wollte sich ja erst mal aus dem Staub machen. Die Verlobung lösen. Hat die schwangere Liebste dann aber doch nicht sitzen lassen. Die Vaterrolle akzeptiert. Irgendwie verdanken wir ihm die erste Patchworkfamilie.

Josef grinste. Kann Mann gerne so sehen. Und dass die Xanthippe endlich mal in ein anderes Licht gerückt wird: da mache ich gerne mit. Aber hier haben wir jetzt ganz andere Aufgaben. Was, Wendelin?

Ich keckmeckte Zustimmung. Aber auf die Schulter flog ich Maria. Das nennen die Humans Diplomatie.

Pauli, Polli und Pilli waren mit Isidor, Cäcilia, Milli und Erdo schon vorangegangen, wohl um unserem philosophischen Abstecher zu entweichen. Fasziniert standen sie vor einer blühenden Wiese, die sich bis an den Horizont erstreckte, wo sie in ein strahlendes Blau hinabtauchte.

So eine Sommerwiese! Mir gingen die Augen über vor so viel wunderbarer Schönheit. Ein natürliches Wunder. Eine der Wunder volle Natürlichkeit. Wann hatte ich, Wendelin, jemals eine solche Wiese gesehen, gerochen, gehört?

Sie gesehen, so grünbunte Teppichbilder aus Zyklamen und Mohn, Enzian und wilder Möhre, Storchschnabel und Kamille, Malwen und Augentrost, Natternkopf und Königskerzen, Färberwaid und Wiesenraute, Hornklee und Gilbweiderich, reines Sommergold, Lebensbilder im mittagheißen Staub, Sternenstaub, der uns alle geformt, flirrend im lila Weidenröschenlicht, an den Rändern blaue Wegwarte, kriechender Günsel …

Sie gerochen, vom tauigen Gras über lockend werbende Nelken und Lilien, Majoran, Minze, Kamille, Mädesüß, Ehrenpreis und bestrickend duftendes gelbes Labkraut, Oregano, die herben Blüten des Rainfarns, das erste sonnensatte Heu …

Sie gehört, ja gehört, diese Insektensinfonien, sirrende Hummelsoli, Gräser- und Staudengeigen, dirigiert vom Sommerwind und dem Flügelflimmern von Trauermantel und Admiral, Bläuling und Pfauenauge, dieses finstere Knistern der Disteln, das Knarren der Kohlkratzdisteln …

Und die Vögel sangen ihre hellen und dunkelgrünen Melodien, und manchmal funkte ein Kuckuck dazwischen, der saß wie bei uns zu Hause in der Blutbuche, und wir zählten alle mit; und der Kuckuck war uns gnädig, hörte gar nicht mehr auf mit seinem Zauberruf, Schicksalsruf: Ewig leben würden wir, versprach er uns mit jedem Kuckuck, Kuckuck …

Immer wieder kehrten meine Augen zu den Wegwarten, den blauen Blumen, zurück, darunter eine hohe lichtblaue Gestalt mit breiten glänzenden Blättern, auf ihrem Stängel eine Blüte, die sich wie ein blauer Kragen um ein Gesicht schmiegte: Muzzlis Gesicht. Ich rieb mir die Augen. Da war das Gesicht verschwunden, und es stand wieder eine wunderschöne Wegwarte da, wie man sie, Gottlob würden Maria und Josef sagen, wie man sie noch häufig an Wiesen- und Wegrändern findet. Auch in Realopia.

Verzauberung ist das einzige Wort für das, was mir, Wendelin Sciurus, hier geschah, gebannt von dieser Wiese, einer Sommerwiese wie am ersten Schöpfungstag. Und denen, die mit mir hier waren, ging es ebenso.

Gut, dass es sogar Josef die Sprache verschlagen hatte – die Sprache verschlagen: manchmal haben diese Humans richtig gute Einfälle. Denn normalerweise konnte der Philosoph und Flora-Liebhaber an keiner Pflanze vorbeigehen, ohne etwaigen Begleitern einen seiner berühmt-berüchtigten Vorträge zu halten. Maria verdrehte dann schon im Vorhinein die Augen, aber hielt durch. Und ich hörte meist bereitwillig zu. Trotzdem: Die Humans übertreiben gern mit ihrem Wissen. Und wohin hatte sie dieses Wissen und Immer-mehr-Wissen gebracht? Hierher auf diesen Kongress. So viel Mist hatten sie mit diesem Wissen gemacht, dass sie jetzt alles Wissen daransetzen mussten, von dem ganzen Mist, den sie gemacht hatten, nicht auch noch selbst zu Mist gemacht zu werden. Hoffentlich reichte ihr Wissen dazu. Es ging schließlich nicht nur um ein paar Humans, sondern um das gesamte Leben auf diesem Planeten. Offenbar hatten sie das endlich begriffen: fünf vor zwölf, wie Maria sagen würde, höchste Eisenbahn. Sie waren nicht immer so gewesen, die Humans. Hatten so wie wir Gaia, Mutter Erde, verehrt, mit ihr im Einklang gelebt. Dann hatten sie Geschmack am Wissen gefunden und übertrieben, sagte ich ja. Aber ich hatte auch beobachtet, dass Josef und besonders Maria durch ihre Freundschaft mit Muzzli und mir wieder entdeckt hatten, dass Wissen nicht alles ist. Muzzli kann nämlich wunderbar beides verbinden: das Wissen und das Fühlen. Und ich muss sagen: Stolz bin ich darauf, dass sie, die Humans, auch von uns, den Animals, lernen können. Lernen, sich zu erfreuen an dem, was einfach da ist, nützlich und schön ist. Uns allen gemeinsam geschenkt ist.

Aber ich höre euch jetzt kichern oder seufzen, je nach Temperament: Na, der Wendelin hat schon gut von Josef gelernt, kann's auch nicht lassen, das Philosophieren. Ihr habt recht. Muss wohl doch in den Genen liegen, egal ob Human oder Animal.

Also: der langen Rede kurzer Sinn, wie ihr zu sagen pflegt: Versucht doch beim nächsten Mal, ihr Humans, wenn euer Weg euch an eine Wiese führt, sich in sie hineinzuversenken, so wie ich es in dieser Stunde in Vitopia tat. Was ihr dazu tun müsst? Zunächst einmal vom Daran-gewöhnt-Sein absehen. Vom Darüberhinwegsehen. Vielmehr so hineinsehen, hineinhören, hineinriechen musst du, als sei es das erste Mal, dass du vor einer Wiese stehst. Dieser Wiese. Dieser einmaligen einzigartigen Wiese. All diese Schönheit für *deine* einzigartigen Augen, deine einzigartigen Ohren, die diese einzigartige Wiesenpartitur zum Klingen bringen. In diesem einen Augenblick wird die Wiese für dich zum schönsten Ort im ganzen Universum.

Und schau nach der blauen Blume aus. Nach ihrem Gesicht im Blütenkelch. Das Gesicht, das du am meisten liebst, schaut zu dir zurück.

Und noch weiter dachte ich, hier in Vitopia. Diese Sommerwiese ist doch so etwas wie wir, die wir hier zur Sammlung versammelt sind. Ein Sinn-Bild. Jede einzelne Pflanze, jedes Blatt, ja, jeder Grashalm, jedes Insekt, von der Ameise bis zur vibrierenden Libelle, ist für sich schön und vollkommen, einmalig – und doch: Welch eine Steigerung dieser Schönheit schafft Gemeinschaft, Miteinander. So, wie wir es für uns in den nächsten Tagen erflehen: Zusammen Weiter Kommen!

14.

Wer spielt mit?

*Denn, um es endlich einmal herauszusagen,
der Mensch spielt nur, wo er in voller Bedeutung
des Wortes Mensch ist, und er ist nur da ganz
Mensch, wo er spielt.*

Friedrich Schiller, 1794
(*Der Mensch d. i. das Humanimal.*
Wendelin Kretzschnuss, 2022)

Unser ökologisch-kultureller Rundgang um unseren vitopianischen Globus endete an unserem Tagungsort. Auf dem Peloponnes, erklärte Maria. Im Theater von Epidauros. Ein Amphitheater aus dem 4. Jahrhundert v. Chr., Teil einer Heilkuranlage, dem Heilgott Asklepios, Sohn des Gottes Apollon, geweiht. Das Theater war, zusammen mit einer Bibliothek, Bestandteil dieser Kur, die Kräuter-, Wasser-, Bewegungs- und Traumtherapie umfasste. Und eben auch Kultur, besonders Musik und Dichtkunst, sicher im Andenken an Vater Apollon, was Maria, Josef und Cäcilia natürlich besonders betonten. Etwa 14 000 Humanimals fanden in dem Halbrund Platz. Die exzellente Akustik ist noch heute weltberühmt. Lässt man auf der steinernen Bühne eine Münze fallen, kann man dies auf den oberen Rängen noch unschwer vernehmen. Und nun gehörte das herrliche Bauwerk für die nächsten Tage uns, hier in Vitopia. Wie Marx und Morus das geschafft hatten? Fragt mich nicht, ich habe es nie erfahren. Und ihre historischen Kenntnisse halfen Maria und Josef auch nicht weiter. Ich sag nur: Schatzhauser.

Gemunkelt wurde übrigens, dass es von anderen Kontinenten, insbesondere dem amerikanischen, angefeuert von den USA, Protest gegen die Wahl dieses Orts gegeben habe.

Das Argument, schließlich sei die Initiative zu diesem Kongress von einer europäischen, dazu noch der ersten Humanimalen-Bewegung ausgegangen, erstickte den Unmut jedoch, noch ehe er laut wurde. Wozu Russland einiges beitrug, da es sich ohne Wenn und Aber zu Europa zählte.

Auch zwei Vorschläge südeuropäischer Länder kamen nicht in Betracht. Nur kurz diskutierte man in Spanien die Plaza El Castañar, die älteste Stierkampfarena; und in Italien löste das Colosseum landesweit kopfschüttelnde Proteste aus: Wie konnte eine im Kampf zwischen Humans und Animals blutgetränkte Erde rettende Pläne beflügeln!

Für den morgigen Abend hatte die Internationale Aves Gesellschaft hierher zu einer Aufführung der Komödie *Die Vögel* des Dichters Aristophanes geladen, einer Koproduktion zwischen gefiederten Animals wie Wiedehopf, Nachtigall, Rabe und Flamingo sowie Humans, als da wären Priester, Dichter, Orakeldeuter und viele andere. Der Autor würde eine Einführung halten. Anschließend Umtrunk.

Na, den Umtrunk werdet ihr Humans brauchen, keckmeckte Hippie im schönsten Altgriechisch. Die Vögel wollen so ein Wolkenkuckucksheim bauen, einen utopischen Staat, so etwas wie die beiden Oberhäupter hier, und da legt dieser Dichter den Vögeln alles in den Schnabel, was ihm an den Humans nicht passt. Da kriegt ihr so richtig was um die Ohren. Und ziemlich unanständig, stellenweise. Stimmt's, Hera?

Hera nickte flüchtig, steckte den Schnabel dicht an Willis Ohr und flüsterte etwas, das meinen Sohn empört zurückweichen ließ.

Wirklich? War alles, was er kopfschüttelnd erwiderte.

Musste ja ein dolles Stück sein!

Heute Abend würde es erst einmal ein Come-together geben, bei dem man sich, wie vor Kongressen üblich, zwanglos, wie es hieß, begegnen konnte. Auch diesen Aspekt hatte man bei der Planung lange diskutiert. Äußerst widerwillig war der amerikanische Kontinent von White Lake bei Bethel abgerückt, besser bekannt als Ort des Woodstock-Festivals. *Three Days of Peace and Music* war das Motto dieses Events gewesen. Der allerdings aus vorwiegend ökonomischen Motiven geplant worden war, sich rasch in *Three Days of Drugs and Music* verkehrt hatte und schließlich in *Three Days of Pot and Drugs* entgleist war.

Am Ende suchte man nach einem Gelände, das nicht von Geschichte geprägt war. Unberührte Natur. Doch auch das war nicht so einfach. Würde nicht allein die bloße Anzahl der Teilnehmenden den natürlichen Ressourcen, der Flora, Schaden zufügen? Im Klartext: Würden nicht unsere Sohlen, ob Pfoten, Klauen, Krallen, Tatzen, Pratzen, Pranken, Füße, was grünte und blühte auf diesem auserwählten Stück Erde nolens volens zertrampeln? Indien, das ein Gebiet im Hochland von Dekkan vorgeschlagen hatte, und China die Karstlandschaft am Fluss Li im Süden des Landes, zogen daraufhin verständlicherweise ihre Anträge zurück.

Die Lösung: Hier in Vitopia ein Stück Erde mit einem robusten Bewuchs zu nutzen, ähnlich afrikanischer Savanne, russischer Taiga und Tundra. Steppe, Wald und Wasser, für jede*n etwas. So hatte man es uns angekündigt.

Unsere Verandagruppe, mich eingeschlossen, konnte sich darunter nichts Rechtes vorstellen. Frühzeitig machten wir uns auf den mittels unserer Apps gut ausgewiesenen Weg.

Helle Sandpfade schnitten Streifen durch sonnenverwöhnte Wiesen, führten zusammen mit unzähligen Bächlein sternförmig auf das Festgelände zu, vorbei an Wasser- und Windmühlen. Durch Trauerweiden schimmerten die Wellen eines Sees, junge Pandas und Humankinder auf SUPs und Kanus wurden von ein paar Schwänen begleitet. Landestege für Segelboote ragten ans Ufer, hie und da plätscherte eine Quelle, quakten Frösche.

Nirgendwo gab es Gedränge, an den Wegrändern war für Essen und Trinken gesorgt, für jeden Geschmack war etwas dabei, keiner musste auch nur daran denken, über ein Animal herzufallen, um seinen Hunger zu stillen.

Ist ja wie im Schlaraffenland, sagte Cäcilia und biss herzhaft in einen Veggieburger.

Na hör mal! Empörte sich eine Taube, die gerade über uns vorbeiflog. Hast du denn nie gehört, was die dort mit den Vögeln machen?

Ruppig flatterte der Täuberich Cäcilia auf die Schulter und raunzte ihr ins Ohr: Besonders mit uns, den Tauben, aber auch mit Hühnern, Hähnchen, Rebhühnern, Fasanen, was weiß ich. Auch mit Singvögeln! Fliegen allesamt gebraten durch die Luft. Wobei sich der Fresssack nur gemütlich unter einen Baum legen und den Mund aufsperren muss: Dann ist meine gebratene Spezies darauf programmiert, dem direkt ins Maul zu fliegen! Und Spanferkel laufen mit Messer und Gabel gespickt herum, mobiles Fast Food sozusagen.

Der Täuberich kuruckte grimmig und schwirrte ab.

Recht hat er, gab Cäcilia kleinlaut zu. Hab ich nie drüber nachgedacht. Fand das immer lustig. Mag ich mir jetzt gar nicht mehr vorstellen.

Na, komm, Krattes sprang ihr auf die Schulter und kitzelte sie mit seinem Schweif im Nacken, und Hippie folgte ihm auf die andere Schulter, und ich keckmeckte ein Haiku, das mir aber derart missriet, dass ich es gar nicht erst niederschreibe. Auch schon mit Rücksicht auf Muzzli, ihr wisst ja.

Immerhin brachte das Haiku-Gestammel Cäcilia zum Lachen, und was kann so ein Haiku oder ein ähnliches Gebilde schon Besseres tun? Zum Weinen bringen, sagt da jemand von euch. Stimmt, aber nur, wenn ihr euch etwas von der Seele weinen könnt.

Von weitem winkten Fahnen aufs Festgelände: Regenbogen, die Farben Vitopias, kennt ihr ja. Dazu Banner mit stilisierten Merkmalen humanimaler Wesen. Humans waren durch ein Herz, eine Hand und einen schönen roten Mund gemeint. Wir Sciuri schauten mit unserem schlauen Köpfchen aus dem Schallbecher eines Waldhorns. Elefanten waren an Rüssel und Zähnen erkennbar; das Nashorn, klar, nomen est omen; der Storch kam mit Schnabel und Rotbein aufs Fahnentuch, der Hase mit seinen Ohren; Glücksschwein mit vierblättrigem Kleeblatt im Maul. Seitenlang könnte ich diese farbenprächtigen mehr oder weniger phantasievollen Speziesfahnen aufzählen.

Und Josef steuerte dann auch noch ein bisschen Bildung bei, indem er uns die Vögel des Aristophanes aufzählte, die alle in dessen Stück, hieß genauso, mitspielten. (Psst: Könnt ihr überschlagen.) Oder ihr schaut mal, ob ihr den einen oder anderen Vogel aus dieser antiken Sammlung kennt, und werdet wieder interaktiv.

Eichelhäher Turteltaube Haubenlerche Sumpfrohrsänger Blauschnabelsteißfuß Amsel Eule Rotkopfwürger Purpurhuhn Specht Habicht …

Vielleicht habt ihr sogar Lust, euch selbst eine Fahne auszudenken. Für eure Katze oder euren Hund; einen Löwen, einen Tiger, einen Hering, einen Wal. Eine Heuschrecke, Spinne, Ameise, Marienkäferin. Einen Buntspecht, Adler, Papagei. Das Rotkehlchen aus eurem Garten, den Zaunkönig, Dompfaff, Schmetterling. Hummeln und Bienen. Eine Fliege. Habt ihr euch so ein Flugobjekt mal genau angesehen? Tolles Gestell, beinah unheimlich! Ihr merkt schon, ich muss aufhören mit Aufzählen, so sehr nimmt mich die weltweite Animalfamilie – und die vor der Haustür – wieder gefangen. Wirklich, die Humans sind kläglich dagegen.

Unsere Verandagruppe hatte das Festgelände erreicht. Gemischte Kapellen spielten auf, jedes Ohr wurde auf seine Art verwöhnt, Beat Specht von unserer Veranda war mit seiner Combo La Veranda dabei, gab den Beat vor, dem Humanimals aus allen Erdteilen frohlockend folgten, das fuhr in die Beine, die wurden geschwungen, rechts herum links herum, jede mit jedem und jeder. Da schwang die Störchin den Frosch im Schnabel zärtlich im Kreise, da hüpfte der Hase dem Fuchs auf den Rücken, blau schimmernde Mistkäfer tanzten auf Marderköpfen; da reichte Herr Löwe Frau Gazelle die Pranke zur Polka, zum Walzer und später am Abend zum romantischen Blues, so wie die Elefanten, die rüsselumschlungen auf der Stelle traten. Wolf und Schaf hatten ihre Felle getauscht, Isegrimm sprang lämmchenmunter im knappen Schafswollwams herum, Frau Zibbe verlieh der schlotternde Wolfspelz eine dekadente Eleganz.

Josef verbeugte sich vor einer jungen Gepardin, und Maria walzte eine Runde nach der anderen mit einem Panda, der sich ihr als Konfu Zius vorstellte.

Sogar einen Sirtaki kriegte La Veranda hin. Den hatten sich die griechischen Humanimals gewünscht und legten ihn alle miteinander, die kleineren Animals auf dem Rücken der größeren oder auf den Schultern der Humans, ganz ordentlich hin: zu Ehren des eben verstorbenen unsterblichen Komponisten Mikis Theodorakis und seines unvergesslichen Alexis Sorbas.

Wer es spannender haben wollte, ging ein Stück weiter. Was für ein Affentheater! Großartig, was diese Spezies in ihrer Vielfalt auf musikalischem Sektor leistete. Die Humansprache, in der ich für euch meine Geschichte erzähle, ist zu arm an Wörtern, um die Vielfalt der Klänge wiederzugeben, die aus ihren Kehlen kommen. Gemeinhin sagt ihr Humans, Affen brüllen. Aber welche Lautfülle ist in diesem Wort verborgen! Sie quietschen und kickern, knurren mal mürrisch, verärgert, erbost, verliebt, betrübt, vergnügt, vieldeutig eben. Nicht auszudenken, wie sich deren Leben verändert hätte, wäre ihnen der Kehlkopf ein Stück höher gerutscht, sodass sie hätten Sprache entwickeln können, so wie ihr, ihr Humans. Hab ich alles bei Maria und Josef gelernt. Könnt ihr in euern Büchern nachlesen.

Für robustere Ohren hatten sich Elefanten und Löwen zusammengetan, ihr maßloses Brüllen und Trompeten hielten ein paar Orang-Utans mit gewaltigen Schlägen auf Melonen, Kürbisse, Kokosnüsse in Takt, das Kowork Kowoork des Goliathreihers aus Afrika, mit anderthalb Metern ein Riese unter seinesgleichen, drang kilometerweit durchs Gelände.

Und für zarte Gemüter war da noch das Grillen-Zikaden-Bienen-und-Hummeln-Quartett, das Grizihubibihu, Hugribizi, von einigen Fröschen mit dezentem Quaken rhythmisch geleitet.

Sage ja niemand mehr, Hauskapellen seien spießig. Da sollte er sich mal bei nächster Gelegenheit die *Devilish Homedears* anhören, denn die werden, so hörte ich, nach dem Treffen hier zusammenbleiben und auf Tour gehen. Könnt ihr euch eine fünfstimmige Wau-Muh-Mäh-Bäh-Miau-Barcarole vorstellen? Einen symphonischen Hahnenkampf in sechs Cockspeaches? Eine Schnurr-Knurr-Murr-Serenade? Ich gebe zu: Nach diesem musikalischen Schnupperkurs hatte ich mit Muzzli einiges zu diskutieren, einige Vorurteile gegen diese »verzogenen Kreaturen«, wie ich sie für mich nannte, noch einmal zu überdenken.

Auch Dirigent Fridolin Fischreiher war wieder dabei. Nach dem spontanen Auftritt im Hambacher Forst hatte sich ebenso spontan ein Orchester gebildet: das Hambacher Fest-Orchester, das sich in Klangeseile weltweit einen Namen gemacht hatte. Er probte mit seinen Musikerinnen und Musikern in einem abgelegenen Waldstück die Eröffnungshymne für den morgigen Kongress.

Doch Muzzli und mich zog es immer wieder zur Combo La Veranda. Noch nie im Leben hatten wir uns so unbeschwert unter Un-Unseresgleichen bewegt. Und wo hätten wir das auch tun können? Hier machte sich Muzzli, mein Muzzli, sogar an einen Marder ran, den ich als unseren miesen Nachbarn, diesen Streithammel, zu erkennen glaubte. Meine Liebste legte mit ihm einen Cha-Cha-Cha hin wie in besten Zeiten, und dieser alte Knacker benahm sich doch tatsächlich wie ein Gentleman. Grub nach dem Tanz eine Nuss aus seinem Fell, wischte sich die Schnauze, biss zu und bot die Kerne Muzzli auf gestreckter Pfote an, wobei er in eleganter Verneigung eine Hinterpfote vor der anderen kreuzte, Kratzfuß nennen die Humans das. Galant geleitete er meine Liebste zu unserer Runde zurück, verabschiedete sich mit einer Verbeugung und bedachte auch mich mit einem wohlwollenden Kopfnicken. Worauf ich mich verpflichtet fühlte, Frau Marderin, die sich als Martha vorstellte und bei jedem a ihres Namens eindrucksvoll scharfe Zähne blitzen ließ, ein Tänzchen anzutragen, das sich als eine endlose Walzerschleife herausstellte. Da würde dieser Comboboy, dieser Beat, morgen etwas zu hören kriegen!

Auch Maria und Josef waren wieder zurück. Eine interaktive multitemporale Spielwiese hatten sie entdeckt, die sie uns wärmstens empfahlen. Da hockten Kant und Kleist, berühmt-berüchtigt für ihre frei schweifenden Satzbauten, an ihren Schreibpulten und rangen um den längsten deutschen, grammatikalisch korrekten Schachtelsatz; Einstein und Newton° verspeisten unter einem Apfelbaum einen Apfelkuchen und suchten darin nach Spuren des Apfels vom Baum der Erkenntnis. Womöglich stünden da demnächst neue wissenschaftliche Entdeckungen ins Haus. Aber wehe, man käme denen mit dummen Nachfragen. Da streckte einem der Alte mit den zottigen weißen Haaren glatt die Zunge raus. So, wie dem Kollegen Schrödinger, der mit seiner Katze durch die Büsche tobte und nach einer Kiste suchte.*

Ein Stück weiter waren Maria und Josef auf eine ausgelassene Truppe gestoßen:

Homer, Goethe, Shakespeare, Schiller, Hölderlin, Khaijam Hafis, Horaz, Rumi, aber auch Sappho, Christine de Pizan, Droste-Hülshoff, Li Qingzhao glaubten Maria und Josef zu erkennen. Anscheinend hatten die sich zu einem Endlosschleifengedicht zusammengefunden, ein Spiel, das ein Mann namens Möbius* begonnen hatte. Kaum Mitspielerinnen, meist Mitspieler. Offenbar ging es dabei hoch her, schenkel- und schulterklopfend brachen die Dichtenden immer wieder in dröhnendes Gelächter aus – offenbar war ihnen dann ein Vers besonderer Art eingefallen. Irgendwann brachen sie das Spiel ab, rissen die poetisch beschriftete Endlosschleife ohne unten und oben, ohne rechts und links, ohne Weiteres und Näheres in handliche DIN-A4-Bögen und falteten Schiffchen daraus, mit denen sie Richtung Niagarafälle aufbrachen, um sie dort sicher zu versenken.

Niagara, klar, hatte Josef kommentiert: Dort haben wir beides: Felsblock und Wasserstrahl, das Gegen- und das Miteinander von Festem und Flüssigem. So soll es sein.

Da sollten wir hin, sprang Muzzli noch einmal auf die Hinterpfoten. Was meinst du, Wendelin? Das ist doch etwas für dich. Lauter Dichterhumans auf einem Fleck.

Mein Muzzli hatte mich wieder einmal durchschaut. Cäcilia schloss sich uns an. Und entdeckte auf der Spielwiese gleich zwei kolossale Bäume. Den Apfelbaum mit den rotbackigen Früchten würdigte sie kaum eines Blickes, steuerte vielmehr direkt auf zwei Männer zu, die sich an einem Flügel unter der allgewaltigen Esche aufhielten. Und nahm uns auf ihren Schultern mit sich.

Der eine Mann, klein, sein Samtbarett keck aufs rechte Ohr geschoben, entschlossener, ins Visionäre schweifender

Blick, saß entspannt zurückgelehnt in einem Polsterstuhl. Der andere, ein Riese, mit einer Art Cowboyhut, wallendem Gewand, Rucksack und robustem Schuhwerk, lehnte am Baumstamm, in dem ein Speer steckte, den er offenbar unter seiner üppigen Kleidung an Marx und Morus vorbeigeschmuggelt hatte.

Yggdrasil, die Weltesche, raunte Cäcilia mit vor Ehrfurcht bebender Stimme. Und der Mann mit der Samtkappe sei niemand anders als Richard Wagner, der Komponist, der diesen Baum bestens kenne. Und der am Stamm, der sei, Cäcilia senkte die Stimme zum Flüstern: Wotan, der oberste Gott, Göttervater.

Cäcilia legte den Finger auf die Lippen und suchte Deckung hinter einem Haselbusch. Muzzli und ich sprangen der Weltesche ins Geäst, wo uns unser Stammvater Ratatöskr, Ureinwohner von Yggdrasil, feierlich empfing. Er entschuldigte sich, dass er hier habe auf uns warten müssen. Er könne nicht weg, da er sozusagen als Botschafter zwischen dem Adler in der Krone und der Drachenschlange Nidhöggr unten am Fuß des Baumes stets präsent sein müsse. Auch habe er eine herzliche Freundschaft geschlossen mit dem jungen Paar von nebenan. In liebevoller Traulichkeit hausten sie dort, ohne auch nur ein Mal von den Äpfeln zu naschen. Die seien nämlich gar zu köstlich. Unbedingt probieren müssten wir die. Na ja, warum nicht? Später gerne.

Zunächst aber wurden wir Zeugen eines unglaublichen historischen Dialogs. Göttervater Wotan las Richard Wagner die Leviten.

So sang- und klanglos lässt sich ein germanisches Göttergeschlecht nicht abservieren, donnerte der Gott.

Dass wir uns trafen hier
Kein Zufall ist es.
Am bittren Seil der Nornen hängst du nun.

Für dich ist lang schon mir Besondres eingefallen.
Und so wie du mir mitgespielt,
Spiel ich mit dir!

Mit diesen Worten zog der Gott den Speer aus der Esche und schwang ihn so elegant wie resolut überm Stetson. Der Komponist folgte der Maßregelung zunächst kopfschüttelnd, dann zunehmend verstörter. Ohne ein weiteres Wort nötigte Wotan Wagner an einen kleinen Beistelltisch. Entnahm seinem Rucksack, den er, wenn er inkognito als Wanderer unterwegs sei, erklärte Cäcilia, auf seinen Touren immer bei sich trage, jede Menge Notenpapier, knallte dem entgeisterten Komponisten Papier und Stift auf den Tisch und legte los.

Morgendämmerung!, donnerte der Gott, und es erbebten die Tasten des Flügels, als wären nicht zehn, vielmehr doppelt und dreifach und mehr Finger im Spiel. Doch nicht göttlicher Klang fuhr meinem Muzzli in die Glieder, sondern göttlicher Graus, und da fiel meine geliebte Coco von Hazelpusch der Weltesche vom Ast, dem Gott auf die Finger und geraden Wegs ins strahlende Des-Dur, das in einem grässlichen Klirren aufflammte und erlosch.

Die Nornen! Der Komponist sprang hoch, drang jubelnd auf den teuflisch-göttlichen Widersacher ein und umarmte ihn: Lass du mir mein Werk. Ich lass dir das deine. Wotan, erhöre mich.

Doch der Gott wischte Muzzli beiseite und griff weiterhin in die Tasten, Winterstürme wichen dem Wonnemond, brummte er. Wonnemonde auf ewig Wallhall/O Wonnemond/Im Donnerhall! – Aufschreiben!

Wotan diktierte – Wagner notierte: die ersten Noten der ersten Takte des ersten Aktes des fünften Teils des *Rings der Nibelungen.*

Muzzli aber hatte die Schnauze voll. Sie wollte nur noch weg hier. Ich folgte ihr. Cäcilia blieb. Und schwärmte bis an ihr Lebensende von dem despotischen Brummen des diktierenden Gottes. Das nach unserem hastigen, fluchtartigen Abgang allerdings bald versiegt sei. Muzzlis dreister Plumps habe die Inspiration des Gottes jach zerspellt. So sei es nie zur Vollendung dieser göttlichen *Morgendämmerung* gekommen, ein Werk, das die Musikwelt auf Jahrhunderte revolutioniert hätte. Auf das sie noch heute warte.

Während Muzzli und ich gleich wieder zur Combo La Veranda zurückkehrten, blieb Cäcilia lange weg. Unglaublich, was sie bei ihrer Rückkehr erzählte.

An der Weltesche hätten sich Gott und Komponist nun nichts mehr zu sagen gehabt. Töne eines ganz normalen Klaviers hatten sie weitergelockt. »Normal« – bei diesem Wort, ich gestehe es, zuckte ich zusammen. Waren Animaltöne etwa nicht normal! Normaler, natürlicher jedenfalls als diese schwarz-weißen künstlichen Tastenmonster. Die allerdings, das muss ich zugeben, täuschend natürlich, naturgemäß klingen können, wenn ein Human sie recht gut dressiert. – Oder dressieren sie den Human? Egal. – Aber wehe, wenn auch nur einer von beiden nicht gut genug gezähmt ist! Dann ist Käte Krähe oder Else Elster immer noch besser zu ertragen … Cäcilia jedenfalls war von den Klängen betört und folgte ihnen.

Sie kamen von einem Bach, genauer, von einer Trauerweide, von einem Quintett, Cäcilia zählte die Instrumente genießerisch auf, als lausche sie ihnen noch einmal nach – Violine, Viola, Cello, Kontrabass und ein bescheidenes Pianoforte. Auch Bach und Weide spielten mit. Am Piano saß ein junger, gedrungener, kleiner Mann mit Drahtbrille und wilden dunklen Locken. Der Franzl.° Cäcilia seufzte. Ich gab meinem Muzzli einen Pfotenstoß. War unsere Sängerin etwa verliebt?

Er war es, der göttlich spielte, nicht dieser Wotan!, fuhr Cäcilia fort. Und was dann geschah! Wer nicht dabei gewesen ist, wird es nicht glauben, aber ich hab's ja mit eigenen Augen gesehen. Kaum gab der Franz den Tasten die ersten Akkorde frei, sprangen bei den rhythmisch hervorgehobenen Takten die vom Komponisten geehrten Animals aus dem Wasser, tauchten fünf Forellen in tänzerischer Anmut aus dem See, küssten die Strähnen der Trauerweide und sanken zurück in ihr Element. Tauchten auf, ab, sprangen auf und nieder, blubbelten aus ihren Mäulern einen eigentümlichen Gesang in die Wellen, bis der letzte Tastenton verklungen war und …

Ein Human, der seine Musik für ein Animal komponiert! Unterbrach Pilli, meine ansonsten so schüchterne Enkelin, Cäcilia begeistert. Ach, wer das einmal für mich täte. Für Pilli Erdhorn. Da muss ich hin! Erregt ließ Pilli ihren Schweif kreisen und sprang auf zum Weg an den See.

Hiergeblieben!, hielt Vater Erdo sie zurück. Morgen ist auch noch ein Tag.

Und was für einer, ergänzte Milli und schlang eine Pfote um ihre Jüngste. Jetzt ist Feierabend. Erzählt mal, wo wart ihr drei denn?

Pauli, Polli und Pilli schwärmten nun von einem Poetry-Slam, bei dem Polli plötzlich ihr Talent entdeckt und Keckmeckheck als neue Sprache in den Ring geworfen hatte. Zuletzt hatte sie zusammen mit den Canadian Grey Geese, einer Gruppe Kanadischer Graugänse, gerappt, die sie gleich an den Lake Louise, ihren Heimatsee, eingeladen hatten. Die kanadischen Rapper verbrachten seit Jahren den Winter an der Außenalster.

Ich kam mir ziemlich alt vor mit meiner gelegentlichen Poesie und suchte Muzzlis Blick; die nickte mir verständnis- und liebevoll zu.

Milli und Erdo berichteten von einem Garten Eden eigens für Paare, unter dem wir uns wenig vorstellen konnten. Waren wir denn hier nicht ohnehin im Paradies? Ja, das hatten auch die beiden bald so empfunden und waren lange vor uns schon wieder bei La Veranda eingetroffen. Wo nun die Paare in immer abenteuerlicheren Kombinationen zueinanderfanden. Alles in einer fast klösterlichen Keuschheit. Erotische Gefühle, so Milli und Erdo, hatten selbst im speziellen Paradiesesgärtlein nicht aufkommen wollen. Womöglich waren wir allzu sehr durchdrungen vom heiligen Ernst unserer Mission, und so gerieten wir, ohne es auch nur im mindesten darauf abzusehen, geschweige denn geplant zu haben, zusehends in eine geradezu spirituell-asketische Atmosphäre, in der wir uns wohl und geborgen fühlten. Und auf eine nie zuvor erfahrene Weise – ja, ich spreche es aus: Ich fühlte mich rein. Unschuldig. Unbefleckt.

Nur Pilli machte eine Ausnahme. Ihr hatten es die musikalischen Forellen angetan. Noch vor Tagesanbruch schlich sie am nächsten Morgen zur Trauerweide am See und keckmeckte dort die Melodie, die Cäcilia gestern Abend unablässig vor sich hin gesummt hatte.

An einem Bächlein helle, reimte sich immer wieder irgendwie auf Forelle, und wirklich, da tauchte ein prachtvoller Fischkopf aus dem Wasser. Es war Liebe auf das erste Blubbern. Forello Jambus, sprudelte der Schöne der Sängerin seinen Namen zu, und Pilli wagte den Sprung ins kalte Wasser. Schwamm zu ihm. Im Nu sog ihr Fell sich voll, Pilli drohte zu versinken. Forello schwamm ein paar Mal um sie herum, ließ sie auf seinen schlüpfrigen Rücken aufhüpfen, wo sie sich festkrallte, schleuderte sie ans Ufer und tauchte ab. Und nicht wieder auf. Hatte wohl die Kiemen voll. Triefnass und zutiefst ernüchtert kam Pilli in unseren Luxuskobel zurück, wo wir uns schon für die Kongresseröffnung zurechtmachten.

Ich konnte mir mein Donnerwetter ersparen. Das besorgte Großmutter Muzzli. Ja, wir können schwimmen, polterte sie, aber wir sollten es bleiben lassen. Denk an dein Fell! Denk *immer* an dein Fell! Nein, ich sag deinen Eltern nichts. Und, nur für meine Ohren bestimmt: Ist ja klar, wo das Kind das herhat. Bei den Eltern! Aber ausgerechnet in einen Fisch! Tja, das ist wohl die Macht der Musik. Heut hast du's erlebt!

Als wir dann zum Epidauros-Theater aufbrachen, hatten wir Großeltern unsere Enkelin schon trockengewedelt. Auch dazu waren unsere ausgewachsenen Schweife gut zu gebrauchen. Und Pilli war dieser jambische Forello keine zwei Silben mehr wert.

15.

Der Kongress beginnt

> *Die Schöpfung ist letzten Endes eine Liebesgeschichte.*
> Isaac B. Singer

Im Morgendämmerrot flirrte die Landschaft im ersten Licht, die Wiesen noch gehüllt in blauen Tau. Jede*r von uns, von der Schnecke bis zum Quantenphysiker, vom Kakadu bis zum Klempner, vom Biobauern bis zum Kartoffelkäfer, ach, ich könnte stundenlang weiter aufzählen, jeder einzelne Blick auf eines der Lebewesen in diesem endlosen Zug machte eine neue Entdeckung in dieser unendlichen Vielfalt.

Maria hatte das beim Eintritt überreichte Gewand abgelegt

und trug – war ja nicht ausdrücklich verboten – ein eigenes Kleid, grasgrün schillernd, geblümt, eine wandelnde Wiese im Sonnenschein. Josef im weißen Hemd mit rostroter Weste und dunkelgrünen Cordjeans. Cäcilia schwebte in hellblauer Seide mit Notenschrift, die ich leider nicht entziffern konnte. *Geh aus mein Herz und suche Freud°*, stand gedruckt unter den Noten.

Muzzli, Willi, Josef, Maria und ich, Cäcilia und Isidor, Milli und Familie saßen in der ersten Reihe, dergestalt als Initiatoren der Bewegung geehrt. Welch eine Freude war es, gleich neben uns ein Eichhörnchen zu entdecken, mit spitzem Hut und kurzen Stiefeln, das uns verschwörerisch anlachte. Schatzhauser hatte einen Kollegen mitgebracht, den er als Ali Baba vorstellte. Ein gelbbrauner Kaukasier mit weißen Seidenpantoffeln und lila Turban, durch dessen artgerechte Löcher die flauschig spitzen Ohren des fremden Freundes kühn hervorstachen. Die beiden waren ein Herz und eine Seele.

Vor uns im Kreis der Orchestra hatten die Vertreter Vitopias auf der Tribüne Platz genommen. Marx und Morus erkannten wir. Erkannten die berühmten, weitschauenden Architekten neuer Staatswesen: Swift, Campanella, Bacon; Mahner der Menschheit für ein artgerechtes Leben ihrer Spezies in Frieden und Nächstenliebe. Erkannten viele der Ehrengäste wieder, die ich weiter vorne schon genannt habe, und sicher würdet ihr auch viele eurer Auserwählten hier gesehen haben: Nelson Mandela und Mutter Teresa, Martin Luther King, Florence Nightingale und Asklepios mit Stab und Schlange, Hippokrates, Paracelsus, Bertha von Suttner und Alfred Nobel, Robert Koch, Caroline Herschel und Marie Curie, Galileo Galilei, Kepler, Kopernikus, Newton, Lukrez und Maria Sibylla Merian, Rabindranath Tagore …

Da erklang der erste Ton. Machtvoll und friedvoll zugleich. Wir erhoben uns. Der Ton verhallte.

Auf die Bühne humpelte ein kleiner, einbeiniger, bärtiger Mann, unverkennbar ein Chinese, in einem hellgelben Gewand, wie ich es von den Teetassen der Schönregens kannte. Auf seiner Schulter Schatzhauser mit vor der Brust gekreuzten Pfoten, in einer derart ehrerbietigen Haltung, wie ich sie noch nie bei ihm gesehen hatte. Fragend schaute ich zu Maria und Josef, die zuckten die Schultern und wiesen auf unsere Info-App. Kui hieß der Mann, las ich da, Musikmeister des legendären Urkaisers Shun aus dem 23. Jahrhundert v. Chr. Er war es, der in China, dem Ursprungsland der Glocken, noch vor Konfuzius, deren Tonhöhen festlegte. Sein Motto: *Sind die Melodie der Instrumente, der Gesang und die Worte im Einklang, dann leben auch Menschen und Götter im Einklang.*

Kui humpelte zum linken Bühneneingang, aber was sage ich, humpelte. Ja, er bewegte sich auf seinem einen Bein, aber auf eine derart geschmeidige Art und Weise, als sei einbeiniges Gehen die natürlichste Gangart der Welt.

Dort, am Bühneneingang, schob man ihm eine merkwürdige Konstruktion entgegen, eine uralte Glocke in einer sonderbaren Aufhängung. Bronze, murmelte Josef. Muss aus der Bronzezeit sein. Der Mann namens Kui hob die Hand und ließ sie wie beiläufig den Rand der Glocke berühren. Leicht, leicht wie unabsichtlich.

Doch der Klang drang durch die Jahrtausende. Gebot Einklang. Nein, gebieten tat er nichts. Er weckte unsere Sehnsucht nach Einklang, nach Harmonie, nach dem Weg, der uns dem Klang entgegenführt, dem Unerreichbaren, das sich uns entzieht, sobald wir versuchen, es zu fassen, festzuhalten.

Dem Ruf des sanften Tons folgten die Glocken der Welt; auf unserer App konnten wir sie nachverfolgen. Da klang mir vor allem und über allen der dicke Pitter aus dem Kölner Dom, klang die Campanone aus dem Petersdom, erschallten Big Ben aus London und Emmanuel aus Notre-Dame, Vox

Patris aus Trindade in Brasilien, lockte die Festtagsglocke aus der Sophienkathedrale in Weliki Nowgorod und Santísimo Sacramento in Spanien, und die Wiener Pummerin tanzte mit Sigismund aus dem Veitsdom in Prag. Und wer genau hinhörte, den mahnten die Buchenwaldglocke bei Weimar und die Freiheitsglocke vom Schöneberger Rathaus.

Glocken aus allen Flecken der Erde waren dabei, Glöckchen zahlloser Kapellen bis zu einer der größten und schwersten Glocken weltweit: Auf dem Iwanplatz im Kreml erhob sich die Zar-kolokol, die Zarenglocke, von ihrem Sockel und läutete. Zum allerersten Mal. Für den Frieden der Welt. Zusammen mit dem Geläut der Sophienkirche in Kiew.

Sie alle waren dabei. Die Glocken der Welt läuteten eine neue Epoche ein. Und wir, die Humanimals von Epidauros, würden das Gesicht dieser Epoche mitbestimmen.

Und dann zogen sie ein, die Vertreterinnen und Vertreter aller Kontinente. Vorneweg, getragen zwischen den Hälsen zweier Giraffen, das Banner mit dem Motto unserer Lebensgilde auf Aramäisch, der ältesten noch lebendigen Sprache der Welt: Zusammen → Weiter → Kommen →

Gleich dahinter ein riesiges Hologramm des Augenblicks, von dem alles seinen Anfang genommen hatte: die von uns Sciuri im Hambacher Forst besetzte Eiche, unser Symbol des Widerstands.

Ihm folgte Fridolin Fischreiher mit seinem Orchester, das noch einmal das zum Protestsong verwandelte Lied *Alle Vögel sind schon da* spielte, und 14 000 humanimale Kehlen schmetterten mit. Delfine, Wale, Haie, Seepferde, Krabben, Hummer, Tintenfische und viele andere Meerestiere waren per Video zugeschaltet. Ihre Stimmen dank Magnettontechnik gut hörbar.

Wieder sangen wir alle Strophen, und wieder erklangen die Glocken. Versuchten sich an einem Kontinente-Kanon, der, auf chinesisches Fis-Dur gestimmt, nun den Festzug begleitete.

Unter feierlichem zukunftsgewissem lebensfrohem Geläut zogen auf riesigen Fotos, Gemälden, Videos, Hologrammen Städte und Landschaften der sieben Kontinente in Epidauros ein: auf diese Anzahl hatte man sich bei der Vorbereitung schließlich geeinigt.

Die Abgeordneten Nordamerikas bekannten sich zu den Native Americans. Eine Verbeugung vor der indigenen Bevölkerung, die ihre Vorfahren, die Einwanderer, dort niedergemacht oder vertrieben hatten. Eine indigene Human, ein afroamerikanischer Human, beide um die zwanzig, und ein weißer alter Human hielten sich an der Hand und schritten durch das Hologramm einer hügeligen Landschaft, die in den rotgoldenen Farben des Ahorns leuchtete.

Ihnen folgte eine Gruppe junger Humans, die, ebenfalls auf holografischen Pfaden, von dem wilden Rio Urubamba zu ihrer Stadt emporstiegen. Und wir stiegen mit, atemlos durch den Dschungel hinauf zur Inkastadt Machu Picchu. Südamerika in seiner alten, freien Pracht.

Und die Europäer? Welche Landschaft hatten sie gewählt? Ich sag's euch gleich: Diesen Einfall hatte ein Genie! Auf einer Art Leiterwagen zog eine ansehnliche humanimale Schar, sozusagen an einem Strang, eine riesige Leinwand herein, auf der es zuging wie, die Aves mögen mir verzeihen, wie in einem Taubenschlag. Wenn ihr wisst, was ich meine. Siebenundvierzig Staaten! Da konnte man es allen nur mit einem genialen Trick recht machen. Mit einem bewegten Wimmelbild! Jede Nation konnte beisteuern, was ihr wichtig schien, bis zu fünf Objekte, die wurden auf die Leinwand projiziert und in stetiger Bewegung neu geordnet, beziehungsweise geunordnet. Es funktionierte perfekt. Moskau lag mal am Ganges, mal auf dem Matterhorn, St. Petersburg am Gardasee, Rom in Nordfriesland, dann wieder in der Taiga oder war es Köln-Nippes, die Blaue Moschee in Maria Laach, Kevelaer am Bosporus, Budapest auf Helgoland, stellt euch vor, was ihr wollt, möglich ist alles. Könnt ihr sogar zu Hause in Realopia mal ausprobieren. Am Laptop, meine ich, mit der entsprechenden Software. So 'n bewegtes Wimmelbild: da kann einem schon mal Hören und Sehen vergehen.

Also auf nach Afrika. Lichte, lockende Welt. Mit vierundfünfzig Staaten. Hier war man wie die Europäer ins Wimmelbild geflüchtet. Oder waren wir europäischen Humanimals unseren afrikanischen Vorfahren gefolgt? Egal. Auf Afrikas Leinwand wuselte es mindestens so lebhaft wie bei ihren Nachfahren. Mit ihrer humanimalen Vielfalt übertrafen sie uns bei weitem.

Ich erspare mir – und damit euch – eine ausführliche Beschreibung des afrikanischen Kunterbunt, das in mir eine unbändige Reiselust weckte, vor allem, um meine weitläufigen Animalverwandten kennenzulernen, die ich bisher nur aus den Büchern der Schönregens kannte.

Wie Afrika machten es die dreiundfünfzig Staaten Asiens. Hier konnte man Bilder aus dem Kaleidoskop nach Belieben herauslösen, sie beleben und sich in sie hineinversetzen. Ich sage nur: mal eben nach China, Indien, Japan, Indonesien düsen.

Auf Asien folgte Australien. Die Anangu, die Ureinwohner des Kontinents, ließen in einem Hologramm den Uluru, ihren heiligen Berg, im Licht der untergehenden Sonne hell aufstrahlen, und ich spürte in mir wie tags zuvor beim Betrachten der Wiese wieder diese tiefinnerliche Vereinigung und Befreiung. Mit wem oder was? Von wem oder was? Ich kann es euch nicht sagen. Mir versagen sich die Worte.

Nun warteten wir auf unseren siebten, den letzten Kontinent, die Antarktis. Die Glocken schwiegen, und sieben Pinguinarten marschierten ein. Jede Sippe vertreten durch sieben

Angehörige, die allesamt das gemeinsame Instrument – Trompeten in allen Tonlagen – hervorragend beherrschten. Wobei die Trompeterinnen ihre männlichen Kollegen zwar nicht in der Lautstärke, wohl aber im rhythmischen Erfindungsreichtum spielend übertrumpften; was sogar meine Sciurus-Ohren, die derlei Musikdarbietung zum ersten Mal vernahmen, durchaus zu schätzen wussten.

Tonangebend mit ihren auf ein kräftiges B gestimmten Instrumenten waren die Kaiserpinguine, die größten, schwersten und schnellsten ihrer Art, zudem Dauerbewohner dieses eisigen Erdteils. Doch nicht sie, sondern die jungen Frauen und Mädchen der Eselspinguine brachten mit ihrem rappigen ah aha aha aha ihre vierbeinigen Namenspatinnen zum Toben: iha, iha, iha. Wahrhaftig, beide Spezies trugen ihren Namen zu Recht.

Der Applaus ebbte ab. Wieder übernahmen die Glocken der Welt.

Den Darstellungen der Kontinente folgten, angekündigt in unserer App, Beispiele humanimaler Errungenschaften, die die Weltgemeinschaft weitergebracht hatten. Auf naturwissenschaftlichem, kulturellem, moralischem Gebiet.

Nehmt mir nicht übel, liebe Humans, wenn ich mich auch hier kurz fasse. Nur einen winzigen Bruchteil wiederzugeben von dem, was da an uns vorüberzog, würde Bibliotheken füllen. Ich beschränke mich auf Stichpunkte, um in der Fülle der Eindrücke nicht unterzugehen.

In absichtlichem Durcheinander, wohl, um die Zufälligkeit der Entstehung, der Ungleichzeitigkeit und Gleichwertigkeit zu betonen, gab es keine Reihenfolge, weder historisch noch nach Gebieten. Eine Un-Anordnung, die ich hier natürlich mit meinen schriftlichen Mitteln nicht darstellen kann.

Da ließ Marie Curie, die Entdeckerin von Radium und Polonium, die Urkunden ihrer Nobelpreise für Physik und Chemie wie bunte Drachen steigen; Praxiteles erschien Arm in

Arm mit seiner Aphrodite von Knidos; da Vinci bewunderte mit seiner Mona Lisa das Gauß'sche Fehlerintegral, dem Kenner eine wunderschöne, klare Struktur nachsagen; Georg Cantor begründete, angeblich für alle verständlich, die »Mächtigkeit des Kontinuums«, eine Hypothese, die weder bewiesen noch belegt werden kann, und ich dachte, dass verglichen damit jede Deutung eines Gedichts doch ein Hänsjenklein ist.

Mit der Großen Welle von Katsushika verkündete Dante: *Du sollst die Tat allein als Antwort sehen*, und Vermeer steckte dem Mädchen mit dem Perlohrring einen zweiten Ring ins andere Ohr. Brancusi erweckte seine schlafende Muse mit einem Kuss auf die Nase, und August Ferdinand Möbius band zusammen mit Listing Marlene Dietrich seine berühmte endlose Schleife ins Haar.

Galilei, Kepler, Kopernikus, Ptolemäus stemmten die Milchstraße hoch mit einem winzigen schwarzen Loch, Schrödingers Katze war mal hier und nicht hier, und da war sie auch nicht, tot oder lebendig. Einstein jagte ihr mit $E = mc^2$ vergeblich hinterher.

Leonhardus Eulerus in exakt gelockter Perücke und dunkelgrün-schwarzem Gehrock hielt seine »Eulersche Identität« in die Sonne, $e^{i\pi} + 1 = 0$, die von vereinzelten, lauten Bravos begrüßt wurde. Warum?

Reine Kunst, erklärte Josef, die Kenner ergötzen sich an der schönsten aller mathematischen Formeln. Ein mathematisches Kunstwerk. Die haben manchmal wie Kunst-Kunstwerke keinen direkten, messbaren Nutzen, sind jedoch für Kennerinnen elegant und beeindruckend.

Ein Aufatmen ging durch das Stadion, als Pythagoras sein rechtwinkliges Dreieck schwenkte: a Quadrat plus b Quadrat gleich c Quadrat, brüllten die Humans aller Altersstufen und Ethnien erlöst wie aus einer Kehle.

Dazu lächelte Noguchi aus dem Peach Pit, der Höhlung seiner Skulptur Momo Taro in Storm King, Dürers Feldhase hoppelte übers Gras aufs Papier, junge Humanimals reckten Plakate mit den vier Grundelementen hoch. Allen voran O_2, Sauerstoff, das häufigste Element der Erde, trugen H_2, N_2, O_3, Wasserstoff, Stickstoff, Ozon, in der Hand, kickten die Zahlen von 1 bis 0 und die Buchstaben des lateinischen, griechischen, arabischen Alphabets in die Luft wie Konfetti, malten chinesische und japanische Zeichen für Anfang und Unendlichkeit in die Sonnenstrahlen gegen die zerschmelzenden Uhren von Dalí.

Dazwischen flog Pegasus, kurvte der Große Wagen mit Orion, Venus, Mars und Kassiopeia, und zwischen den Sternbildern blitzten Sätze und Verse, auf die sich die Gilde-Kontinente geeinigt hatten: »*Auch aus einem bescheidenen Winkel/kann man in den Himmel springen*«, hieß es auf weißem Tuch mit blauem Kreuz bei den Griechen. »*Den Ballast der Vergangenheit in Proviant umwandeln*« wollten die Deutschen, die Chinesen wussten: »*Der kürzeste Weg zwischen zwei Menschen ist ein Lächeln.*« Eine wunderschöne Sammlung kam da zusammen, und ich bin sicher, auch euch fällt dazu einiges ein.

Jeder Satz, jedes der Bilder, Kaleidoskope, Hologramme war ein globales Symbol, das über alle Länder und Zeiten hinweg die Lebewesen aller Arten miteinander verband.

Denn zum Schluss hieß es: Hen kai pan – Eines in Allem. Heraklit.＊

Hen kai pan: Das sind wir. Wir gehören zusammen. Und wir sind stolz auf das, was wir sind. Mit allen Gegensätzen und Unterschieden. Zusammen. Jetzt. Das wollen wir bewahren. Und entwickeln.

Die Vitopia-Kapelle spielte den Zusammen-Weiter-Kommen-Marsch, den wir all denen blasen würden, die sich uns zu Hause entgegenstellen würden.

Und wir sangen die Lebenshymne, sangen sie wieder und wieder, und darüber wehte der Wind von Hier und Überall in jedes einzelne Blatt eines jeden einzelnen Baumes, vermischt mit Millionen und Abermillionen Bäumen des gesamten Erdkreises in diesem einen einzigen einzigartigen Rauschen an diesem Ort für unsere Ohren. Hier und Jetzt.

Wir hatten Frieden miteinander und Freude aneinander, wir hatten ein großes gemeinsames Ziel. In Raum und Zeit. Wir hatten den Raum. Nur Zeit hatten wir nicht. Hen kai pan. Eines in Allem. Alles stand auf dem Spiel. Für Alle.

16.

Die Eröffnungsrede

Kompass. vgl cum-passare, miteinander gehen, das wichtigste Navigationsinstrument an Bord eines Seefahrzeugs.
Gerhard Westphal,
Lexikon der Schifffahrt

Wer die Eröffnungsrede halten würde, war geheim. Im Vorfeld hatte es unter den über hundert Delegierten eine Diskussion gegeben, ob eine KI oder das Los entscheiden sollte. Zunächst lag die KI in der Gunst weit vorn, doch dann hatte man sich nicht für die Kriterien der Programmierung entscheiden können. Wes Algorithmen ich krieg, dem geb ich den Sieg; nach dem alten Sprichwort: Wes Brot ich ess, des Lied ich sing. Wie eingespeist, so ausgespuckt. Also doch lieber das gute alte Losverfahren, das schon unsere Ururahnen kannten. Wen es getroffen hatte? Marx und Morus, die Organisatoren, hatten dichtgehalten.

Es ertönte noch einmal unsere Hymne, gespielt vom Internationalen Humanimalen Festival Orchestra. Unter der Leitung von unserem Fischreiher Fridolin. Wir erhoben uns von den jahrtausendealten Sitzen. Legten einander Hände, Pfoten, Klauen, Tatzen um die Schultern. Das hatte es noch nie gegeben. Wir sangen nicht. Wir überließen uns der Musik. Die uns zum Weinen brachte. Uns kamen ganz einfach die Tränen. Und am lautesten weinten die Humans. Und ich, Wendelin Kretzschnuss, Sciurus, wusste, warum. Sie weinten stellvertretend für Generationen vor ihnen, die es nicht besser gewusst oder zumindest nicht für so dringlich gehalten hatten, weinten, weil sie erkannten, wie ohnmächtig sie waren, wie ihr Bild von sich selbst als Krone der Schöpfung mit jedem sicher geglaubten Erfolg einen tieferen Riss bekommen hatte. Aber konnten sie nicht doch, trotz allem, was schiefgelaufen war, im Großen und Ganzen zufrieden sein mit dem, was sie geschaffen hatten?

Die Hymne war beendet. Der Festredner trat aus dem Seiteneingang ans Rednerpult. Ein Human in derben Schuhen, Cordhose, Weste, Hosenträger überm karierten Hemd, eine trächtige Kuh an seiner Seite, auf der rechten Schulter einer von uns, ein Sciurus, der verwegene spitze Hut wie angeschraubt zwischen den Ohren: Isidor, unser Biobauer mit Schatzhauser! Die Kuh, eine bodenständige weißblaue Belgierin, musste Kati sein, von der Isidor uns schon viel erzählt hatte.

Gespannte Stille. Isidor trat vom Rednerpult noch einmal zurück und wandte sich der Tribüne zu. Dort saßen sie, die humanimalen Ehrengäste. Hundert an der Zahl, so viele, wie auch als Sprecherinnen und Sprecher delegiert worden waren.

Soll ich die Namen nennen? Hundert Namen von Humans

und Animals? Namen von Humans haben wir ja schon so einige zusammengetragen.

Hier ein paar erste Eindrücke von meinen Artgenossen. Ochs und Esel von der Krippe in Bethlehem sind mir aufgefallen, Schafe, die mit den Hirten von den Herden herbeieilten, Reineke Fuchs, Kater Murr, Kalif Storch, der gestiefelte Kater, Pegasus, Froschkönig, Schrödingers Katze; der heilige Affe Hanuman und Kamadhenu, die Mutter aller Kühe, waren aus Indien gekommen; Zeus mit seinem Stier und Athene mit ihrer Eule; die Raben Hugin und Munin hatten ihren Göttervater Odin mitgebracht; Buddha seine Ratte ... Kommen sicher im Lauf der Tage noch ein paar mehr dazu. Ich lass es euch wissen.

Nach einem feierlich-forschen internationalen Keckmeck Schatzhausers und einem mütterlichen Muhen Katis zog Isidor nach einer sportlichen Verbeugung ins Publikum einen Umschlag aus der Westentasche.

Isch verlese eusch eine Botschaft, begann er ohne Umschweife in einem Tonfall, dem der kölsche Zungenschlag seine besondere Würze gab und den wir Verandisten als willkommenes Gegengift gegen laufend schlechtere Neuigkeiten in Sachen Klima längst lieben gelernt hatten. Irgendwie erinnert dieser rheinische Singsang ja immer ein bisschen an Brausepulver und Kindergeburtstag. An de Spass an dr Freud.

Isch verlese eusch hier eine Botschaft aus dem Weltraum!

Das hörte sich nun schon etwas putzig an, und ein belustigtes Raunen ging, wie man so sagt, durch die Menge, immerhin 14 000 raunende Wesen nahezu aller Spezies.

Das größte Radioteleskop der Welt aus der chinesischen Provinz Guizhou hatte Signale empfangen, die Morsezeichen ähnelten, erklärte Isidor. Radiowellen. So hörbar wie noch nie. Woher die kamen? Mithilfe zweier Ehrengäste, weltweit anerkannte Spezialisten, Ada Lovelace* und Alan Turing*, konnte die Botschaft entschlüsselt werden. Und die Absenderin: Venus, unser nächster Nachbarplanet.

Zunächst beglückwünschte Venus uns, die Versammelten, schlicht zu der Tatsache, dass wir uns endlich versammelt hatten. Und führte uns ihr eigenes Schicksal als warnendes Beispiel vor Augen: Ebenso wie ihr erginge es uns, schlügen wir die Warnungen der Wissenschaft in den Wind.

Bis vor kurzem, also seit 1,5 Milliarden Jahren, so die Sternengöttin, lebte man bei mir zu Hause 300 Milliarden Jahre in Frieden und Freude wie im Paradies. Mit genügend Sauerstoff, Wasser und 20, höchstens 40 Grad Celsius. Sogar ihr hättet bei uns gut leben können. Aber wir haben zu sorglos gelebt. Wir konnten die Temperatur nicht halten. Vulkanausbrüche kamen dazu. Und irgendwann ist die Atmosphäre gekippt. Auch bei euch auf der Erde ist ja bei 47 Grad Celsius für alles Leben Schluss.

Jetzt sind meine Ozeane verdampft, es gibt keinen Sauerstoff mehr, kein Wasser, der Druck auf meiner Oberfläche ist neunmal höher als auf eurem Planeten, der damals so etwas wie unser Zwilling war. Und dann die Hitze: Heute 465 Grad Celsius. Jetzt bin ich, was ihr einen Treibhausplaneten nennt.

Macht euch zunutze, was ihr wisst. Immer weiter. Und vergesst nicht, es gibt in der Geschichte der Welten auch noch meinen Gegenspieler. Mars, den Gott des Krieges. Vergesst den nicht. Sein Planet ist so unbewohnbar für euch wie mein Zuhause. Aber sein kriegerischer Geist, der kriegerische Geist des Gottes, sein zerstörerisches Wüten bedroht euren Planeten bis auf den heutigen Tag. Den müsst ihr bekämpfen wie …

Hier, so Isidor, bricht die Übertragung ab.

Betreten saßen wir da. So hatten wir uns die Eröffnung unseres Kongresses nicht vorgestellt. Besonders nicht nach dem gestrigen Tag. Was Venus uns zur Begrüßung da noch

124

mal unter die Nase rieb, wussten wir längst alles, darum waren wir ja hier.

Muzzli jedoch sah die Sache anders: Ist doch großartig, wie der Kosmos sich Gedanken macht um uns. Seine Erfahrungen mit uns teilt. Venus meint es gut mit uns. Nur schade, dass die Botschaft gerade da abgebrochen ist, wo es spannend wurde. Aber unser Isidor macht eine gute Figur da oben.

Die »gute Figur da oben« strich die Grußbotschaft vorsichtig, fast zärtlich glatt und reichte sie an Ada Lovelace und Alan Turing zurück, die wieder auf der Ehrentribüne saßen. Schatzhauser wechselte von Isidors Kopf auf Adas Schulter, was dem Publikum nicht minder gefiel als Ada, die Schatzhausers prachtvollen Schweif um ihren schlanken Hals sichtlich genoss.

Isidor bezog nun wieder Stellung neben Kati am Rednerpult, und ich drückte ihm alle meine acht Vorder- und zehn Hinterkrallen: Toi toi toi, wie die Humans sagen.

Ich kann nun, liebe Anwesende, begann Isidor, gleich zu meiner kleinen Ansprache übergehen. Ich bin kein gelernter Redner. Ich bin ein Mann der Praxis. Doch nun hat mich das Los getroffen, und ich habe noch nie im Leben gekniffen.

Was erwartet ihr von mir? Eine Schwärmerei à la Zurück zur Natur? Ein Loblied auf das Leben auf dem Dorfe? Na gut, wenn ihr mir sagen könnt, wie wir das anstellen können mit 7,7 Milliarden Humans, ohne Animals und Floras noch weiter zu enteignen. Nein, wir Humans sind Kinder der Erde, wie Animals und Floras. Nur hat uns ein evolutionärer Fehltritt – die meisten nennen ihn Fortschritt – ein besonderes Gehirn beschert. Wisst ihr ja alles. Und diesem Ausrutscher haben wir zu verdanken, dass wir uns jahrtausendelang als Krone der Schöpfung fühlten und schalten und walten konnten allein zu unserem eigenen Vorteil. Ohne an unsere Mitwesen zu denken. Aber auch, ohne daran zu denken, dass wir bei allem, was uns auszeichnete, auch eines von ihnen geblieben sind, ein Animal. Ein Animal mit Denkfunktion. Ja, das sind wir. Und darum können wir so einiges besser als unsere älteren Verwandten. Vor allem: die Natur nachahmen. Etwas hervorbringen, erfinden: aus dem Material, das die Natur uns zur Verfügung stellt. So wie man Kindern ein paar Steine, Sand, Stöckchen, was weiß ich, gibt und sagt: Na, dann macht mal. Wir haben gemacht. So einiges. Vieles ist gut gelaufen. Errungenschaften, von denen insbesondere die Humans profitierten.

Daher gilt es nicht nur zu bewahren, was Mutter Erde uns geschenkt, uns anvertraut hat, sondern auch das, was wir aus dem Geschenk der Natur, den natürlichen Gaben geschaffen haben, was wir geschafft haben. Bei allem, was dabei schlecht gelaufen ist, dürfen wir Humans uns doch auch erfreuen an dem, was wir Kultur und Zivilisation nennen. Wer von uns möchte schon leben wie unsere Vorfahren, selbst wenn wir nur hundert Jahre zurückgehen. Auch als Biobauer spanne ich nicht mehr Ochsen oder Pferde vor den Pflug, mähe die Wiese nicht mehr mit der Sense; ich bediene die Pflanzenspritze und rücke dem Wildkraut mit einem mechanischen Striegel zu Leibe.

Und heute das Internet mit seinen wachsenden Möglichkeiten! Allein das Wissen, das für alle bereitsteht. Die Mittel der Kommunikation. Auch diese humansgemachten Errungenschaften gilt es zu bewahren und klug zu nutzen, so wie die natürlichen Ressourcen.

Heute und in den nächsten Tagen sind wir hier, um zu diskutieren, wie wir das am besten tun können. Und noch eines sollten wir dabei nicht vergessen. Unsere Bemühungen um Frieden in der Welt. Was nutzen uns weltweit mit Bildung und Nahrung wohlversorgte Menschen in blühenden Landschaften, die sich um ein Stück Land oder eine Ideologie bekriegen? Wie vor Jahrtausenden, aber mit immer tückischeren Waffen? Wie viel Geld wird für derlei grausamen Irr-Sinn verschwendet. Lässt sich der wirklich nicht aus der Welt schaffen? Aus unseren Genen? Ich erinnere mich an den Slogan, mit dem meine Eltern im vorigen Jahrhundert demonstrierten: *Starfighter fallen vom Himmel – Krankenhäuser nicht.* Unsere Bemühungen um Klimaschutz und Frieden gehören zusammen.

Isidor machte eine Pause. Wir sparten nicht mit Beifall. Schatzhauser hüpfte von Adas Schulter zurück auf Isidors Brust, zog einen Zettel unter seinem Hut hervor, drückte ihn Isidor in die Hand und sprang zurück.

Nur ein paar Zahlen, fuhr Isidor mit einem Blick auf den Zettel fort. Allein die USA geben für Militär jährlich 738 Milliarden Dollar aus. Übrigens viermal mehr als China mit 193,3 Milliarden. 700 Millionen Menschen leiden Hunger. Zwölf Milliarden Dollar bringt die weltweite Gemeinschaft jährlich zur Bekämpfung des Hungers auf. Vierzehn zusätzliche Milliarden, also sechsundzwanzig Milliarden Dollar wären nötig, um bis 2030 den Hunger zu beenden. Die Zahlen brauchen keinen Kommentar.

Isidor brach ab. Schatzhauser wischte ihm mit dem Schweif die Stirn trocken. Schien ihm etwas ins Ohr zu flüstern. Isidor schüttelte den Kopf. Dann nickte er und legte Kati Kuh die Hand auf die Stirn.

Ich danke allen, dass ihr heute hier seid. Besonders euch, den Animals. Ihr habt uns durch euren Einsatz im Hambacher Forst und in vielen Teilen der Welt zu einem Umdenken verholfen. Uns gezeigt, dass wir zusammengehören. Auch im Namen von Kati: Danke!

Isidor verbeugte sich in alle Richtungen, gab Kati einen Schubs und verschwand im Seitengemäuer.

Nun war ich an der Reihe. Ich sollte als Augenzeuge aus dem Hambacher Forst berichten, Begeisterung wecken für das, was möglich ist.

Gestehen muss ich, dass ich Josef gefragt hatte, ob er nicht meinen Part übernehmen, mir wenigstens bei der Formulierung helfen wolle. So ein Sciurus vulgaris vor 14 000 Humanimals, viele davon weltberühmt!

Nein, hatte Josef gesagt. Mach dich nicht kleiner, als du bist. Du hast so viel gelernt in den letzten Wochen und Monaten. Hab keine Angst, Fragen offen zu lassen. Du musst nicht alles wissen. Wir Humans wissen auch längst nicht alles. Aber wir tun gern so, als ob. *Ich weiß, dass ich nichts weiß*: Kluge Menschen, gerade die, die am meisten wissen, wissen auch: Sokrates hatte recht. Wichtiger als das Wissen ist das Fragen. Jetzt wirst du sagen: Ich frage doch, um zu wissen. Ja, aber dennoch musst du wissen, dass du niemals alles wissen kannst. Ich würde sogar sagen: Je mehr du weißt, desto mehr möchtest du fragen. Das ist doch das Schöne am Leben. Wissen wollen. Fragen. Neugierig bleiben. Wer das Leben liebt, der bleibt neugierig. Und wer ist wohl neugieriger als ihr Sciuri?

Und so legte ich mit einem Blick auf Josef, der mir aufmunternd zunickte, ziemlich unbekümmert los. Ich hob hervor, wie wichtig bei aller globalen Einigkeit die kleinen Einheiten vor Ort sind, wo Überzeugungsarbeit geleistet, Lösungen gefunden und in die Tat umgesetzt werden müssen.

Immer wieder suchte ich abwechselnd Muzzlis und Josefs Blick, die nickten mir zu, Muzzli lächelte an den richtigen Stellen und reckte die linke Pfote, so wie die Humans die Daumen recken, wenn ihnen etwas besonders gut gefällt. Da legte ich noch eins drauf. Sprang auf die Hinterpfoten. Das Publikum ging mit. Und wie. Und zum Schluss gab's dann noch die Gildehymne. Aber hallo!

Die Erde gehört
die Erde gehört
Allen
Der Erde gehört

der Erde gehört
Alles
Zur Erde gehört
Alles
Auch wir
gehören
der Erde
der Erde
der Erde
Die Erde ist
Alles
Wir sind ein Teil
von Allem
Auch DU
Und DU
Und DU
Zusammen → *Weiter* → *Kommen* →

Ich keckheckmeckte-rapphappmappte, und das Publikum rappte mit, und Willi riss es an meine Seite, wir rappten gemeinsam sachlich symbolisch in hacken Zacken kühnen Kurven sinnig spinnig Tandaradei.

Schade, ging es mir durch den Kopf, als ich wieder sittsam auf meinem Platz saß, vor zwanzig Jahren wäre ich mit Sicherheit bei den Slammern oder Rappern eingestiegen – und ich drückte Muzzli einen Kuss aufs Mäulchen und verpasste Josef eine dicke Kopfnuss.

17.

Unter die Haut

*Wenn Feuer in einem Regenwald aufflammen,
können sie dort tagelang wüten ... Bis zu 50 %
der Bäume sterben ... Nach einem Feuer fehlt
die Hälfte der Arten, die in einem ungestörten
Wald leben.*

Erika Berenguer, Ökologin an der
Universität Oxford, Deutschlandfunk,
24. 09. 2019

Die Stimmung hatte sich wieder gelockert, und wir kehrten bald zum heiteren, der Zusammenkunft angemessenen, Ernst der Lage zurück. Wobei uns die Heiterkeit zunehmend verging.

In diesem Bericht für euch, liebe Humans, kann ich mir wohl allzu weitschweifige Schilderungen der Katastrophen, die ihr durch euren bedenkenlosen Umgang mit Gaias Habitat verursacht habt, sparen. Ja, Gaia hat euch andere, mag sein, größere Gaben gegeben als uns, den Animals. Aber sie liebt uns, eure Geschwister, doch nicht minder. Hat sie euch größere Gaben gegeben, so fordert sie auch mehr von euch. Anvertraut hat sie euch, was für uns alle da ist, anvertraut hat sie euch auch uns Animals und die Floras.

Aber zurück ins Stadion, zurück nach Epidauros.

Kaum zu ertragen waren die von der Kongressleitung zur Verfügung gestellten Videos: Dokumentationen der Zerstörung unzähliger Habitate, begleitet von Augenzeugenberichten, gegen die meine Schilderung aus dem Hambacher Festforst wie ein Kinderlied anmutete. Videos von Buschbränden, Waldbränden rund um den Erdball. Brandkatastrophen umzingeln den blauen Planeten. Vom Mittelmeer bis Sibirien, von Kalifornien bis in die Regenwälder am Amazonas.

Monatelang vom Sommer bis in den Winter flammten, verstärkt durch Dürre und starke Winde, Kaliforniens Wälder, brannten Riesenmammutbäume, Küstenmammutbäume, Josua-Palmlilien, kilometerlange Wände aus haushohen Flammen und Rauch.

Beinah ein Jahr wüteten Buschbrände in Australien – trockener Boden, Hitze –, starke Winde in riesigen glimmenden Eukalyptusbäumen fachten die Feuer immer neu an, die breiteten sich aus über Busch und Gras und Regenwald.

Kängurus sahen wir, das Baby im Beutel vorm Bauch, den Rücken in Flammen; vor verbranntem Baumgerippe Hirsche mit rot loderndem Geweih; verkohlte Koalas – von etwa 80 000 verendeten mehr als 33 000 in der Glut. Mit weit aufgerissenem Maul lag ein Krokodil im Flammenmeer erstarrt. Aus den Rauchwolken fielen die Vögel vom Himmel ins Feuer; zahllose Fische, auf der Seite liegend, silbern schimmernd, wurden aus ascheverseuchten Flüssen an Land gespült; Frösche näherten sich von einer felsigen Böschung zusammengekauert springend einem See, Feuerwehr wollte sie abwehren, doch sie suchten das Wasser, frisches Wasser, schlugen um die Männer einen Bogen, erreichten quakend den See, und das Brüllen verstummte – nach und nach tauchten sie wieder auf, platt ausgestreckt, vom heißen Wasser verbrüht, trieben sie auf den Wellen. Scharen von Wasservögeln suchten Erquickung im See, schrien kläglich bei der ersten Berührung, schwirrten zurück und höher in den tödlichen Dampf.

Graue Eichhörnchen, Füchse und Luchse sahen wir, saßen still in scheinbar verschonten Bäumen, hatten sich dorthin gerettet; die Großaufnahme zeigte: Sie schliefen nicht, sie waren von der Hitze erstickt.

Über eine Milliarde Animals: Säugetiere, Vögel, Reptilien,

131

Fledermäuse, Schnecken, Würmer, Igel, Frösche, Insekten fielen der Feuerwalze zum Opfer.

In der Arena war es still. Nein. Wir, die Humanimals waren still. Was uns den Atem stocken ließ, waren die Bilder. Doch mehr noch die Geräusche der Verwüstung. Wie das Feuer auf der Erde im Grase zischend dahinlief, wogendes Grasmeer voll blühender Pflanzen in raschelndes Rauchmeer verwandelnd. An dem erhitzten Harz schwitzender Stämme raste wispernd, knisternd, zischender Feuerwind empor in die Bäume, ihr prasselnd krachender Todeskampf. Und über allem das Brüllen von Büffeln, das Geheul von wilden Tieren, grässliche Vogelrufe – mit versengten Flügeln fiel ein Albatros im Zeitlupentempo in die blendende Flammengischt.

Dann plötzlich: Die Bildschirme wurden dunkel. Stille.

Thomas Morus trat ans Rednerpult. Er hatte seine historischen Gewänder abgelegt und sah in Jeans, Sweatshirt, Sneakers und klassischem Shortcut samt Seitenscheitel gut fünfhundert Jahre jünger aus. Er hob die Hand. Das Raunen verstummte.

Wir haben soeben die Mitteilung bekommen, dass in Griechenland, besonders auf der Insel Euböa, aber auch nahe bei Athen … Morus' Worte drohten in dumpfen wehklagenden Vogellauten unterzugehen … meterhohe Flammenwände, eine nie da gewesene Feuersbrunst, angetrieben durch Hitze und starke Winde, insbesondere im Nationalpark am Berg Parnitha …

Weiter kam Morus nicht. Krattes und Hippie, Willi und Hera aus den vorderen Reihen stürmten ans Rednerpult, verlangten Einzelheiten, was man schon wisse, gab es Tote? Ob sich Eulen und Uhus in Sicherheit befänden, drängte Hera, ihre Familie lebte in den vornehmen Pinien beim Oktaeder des Dionysos. Krattes und Hippie hausten mit ihren erwachsenen Kindern und deren Söhnen und Töchtern in einer alten Eukalyptuskolonie, in der es schon einmal gebrannt hatte.

Ja, bestätigte Morus. Dort habe der Brand gewütet. Habitate seien weitgehend zerstört. Die Insassen umgesiedelt. Die Humans, ihre Feuerwehr, Wasserwerfer, Löschflugzeuge hätten ihr Möglichstes getan für jede Spezies.

Die Videovorführungen wurden ausgesetzt. Realopia, die Draußenwelt, gab es nicht nur in Dokumentationen, grausigen Bildern; es gab sie in jeder neuen Sekunde. Wenn es noch eines Anstoßes bedurft hätte: Hier war er: Jede°n von uns konnte es treffen. Jederzeit. An jedem Ort.

Die Solidaritätsbezeugungen der Konferenzteilnehmer waren überwältigend. Hatte es jemals ein »Fressen und gefressen werden« unter Humans und Animals gegeben? Feindschaften und Vorurteile?

Wir Sciuri aller Arten versammelten uns in der Krone der Traubeneiche, und da Hera Willi gefolgt war, folgten ihr auch ihre Artgenossen, und wir rückten gerne zusammen: zu einem Requiem *Strigiformes-Sciurus-Eterna°*, das Hippie und Hera aus Schnauze und Schnabel gemeinsam anstimmten.

Sogar die Eulen aus Indien, von der Athener Verwandtschaft seit Urzeiten zu Idioten erklärt, umkreisten Hera mit schaurigen Trauerlauten und schlossen ihre gebeutelte Sippe unter die Flügel, und diese wiederum senkten die stattlichen Kugelköpfe und bedeckten ihre großen runden Augen mit den Lidern, um Verzeihung bittend für jahrtausendealte Arroganz.

Wir brauchten nun alle eine Pause und verstreuten uns in die Landschaft oder unsere Habitate, und ich zog mich mit Muzzli in unseren Trompetenbaum zurück, wo ich sogleich einnickte. Aber die Flammen loderten weiter in meinem

Kopf, sie züngelten von Schönregens Veranda das Geländer hinab, fraßen Clematis und Jelängerjelieber, rannten
durch den Garten, verbrannten Rosen und Lavendel, die
Kugeln vom Buchs, kamen näher dem Haselstrauch vor unserer Eiche, der feuerrot aufbrach, bevor die Flammen am
Efeu, der den Stamm unserer Eiche umwand, hinaufrasten,
die Krone zischend erreichten, die ersten Zweige, die ersten
Äste.

Wendelin, was ist los? Muzzlis energischer Klaps brachte
mich zurück nach Epidauros. Ich riss die Augen auf. Das
Feuer, die Flammen? Ich sprang aus dem Kobel. Vor meinen
Augen atmender Sommerhimmel, Pinien, Zedern im Son-
nenwind, Humanimals im friedlichen Pausen-Gewimmel. In
Vitopia.

So, wie ich euch gestern riet, einmal vor einer Blumenwiese
zu verharren und sie mit all euern Sinnen zu entfalten, so
versucht doch hin und wieder einmal, erschreckende Bilder
von Videos aus fernen Ländern in eure Nachbarschaft, vor
eure Haustür, in eure vier Wände heranzubeamen. Sie werden euch unter die Haut gehen. Und keiner muss euch noch
sagen, dass wir alles tun müssen, um Tatsachen, wie diese Bilder sie zeigen, zu Hause und überall zu verhindern.

18.

Siju läter

Wir schlossen uns nun unseren Verandisten an, stärkten uns an den Leckerbissen, die uns von überall ... zuflogen, hätte ich fast gesagt; aber so war es nicht. Jedem sein Tischlein-deckdich, wäre der zutreffende Ausdruck. Denn so, wie jedes Animal und jedes Human zu fr°essen gewohnt war, traf man es hier an. Die Rinder fanden ihre fetten Weidewiesen, die Vögel ihre Körner, die Schweine ihre gut gefüllten Tröge. Für ihre Vegetarier, die Frugivoren, für Hase, Kaninchen, Meer-schweinchen, Pferde, Esel, Reh und Hirsch und Gemsen, aber auch für Giraffen, Flusspferde, Kamele, Tapire, Goril-las, Elefanten, Nashörner, Mufflons, Koalas und Hunderte weitere Artgenossen bot die vitopianische grüne Futterzone, was die Gaumen begehrten.

Und die Carnivora, die Fleischfresser? Was wurde aus de-nen? In diesem Land der Liebe und Lebenslust? Das sich dem Schutz von Leben und Natur bedingungslos verpflich-tet fühlte? Wie hatten Marx und Morus für deren Raubtier-gebisse gesorgt? Für Fuchs und Marder, Wolf und Luchs? Für Eisbär, Löwe, Wolf; für Eulen und Greifvögel vom Sper-ber bis zum Adler; für alle Katzen- und Hundearten, von der Mieze bis zum Königstiger, vom Mops bis zum Schakal? Vom Mauswiesel bis zum See-Elefanten?

Uns Verandisten bekümmerte das zunächst nicht. Wir wa-ren nun wieder alle beisammen, wobei unsere Gruppe stän-dig anwuchs. Ich zähle sie für euch hier noch einmal auf, denn bei so viel Zuwachs kann man schon mal den Überblick verlieren. Da waren Muzzli von Hazelpusch und ich, Wendelin Kretzschnuss, Maria und Josef Schönregen, Cäcilia und Isidor; unsere beiden Großen: Willi mit Hera Athena und Milli mit Familie: ihrem Angetrauten Erdo, ihren Kindern Pauli, Polli und Pilli; die Verandisten Beat Specht, Paulis Freund; Käte Krähe, Rosalia Nachtigall, Karlchen Amsel, Kati Kuh und unsere neuen Freunde Krattes und Hippie.

Wir hatten keine Probleme mit unserer Nahrungsauswahl, waren alle sogenannte Omnivoren, Allesfresser. Wobei keiner von uns noch Fleisch verzehrte, was unseren Aves wohl nicht immer leichtfiel und auch nicht immer eingehalten wurde. So hatte ich selbst gesehen, wie Karlchen Amsel, als Maria und Josef im Frühjahr die Beete für die Aussaat vorbereiteten, hinter den beiden herhüpfte, einen fetten Regenwurm aus der lockeren Erde zog und genießerisch runterwürgte. Was Maria gesehen, aber ebenso wenig zur Sprache gebracht hatte wie ich. Wir waren schließlich nicht die Sittenpolizei. Mir allerdings kam schon bei dem Gedanken an einen Wurm oder ein Vogelbaby in meinem Maul der Magen hoch. Und Letzteres hätte bei meinem Muzzli zu einem unvergesslichen Donnerwetter geführt.

Aber wisst ihr *das* schon? Diese englischen und amerikanischen Humans? Die lassen sich doch tatsächlich unsere graufelligen Verwandten schmecken! Zum Kotzen. Und behaupten auch noch, damit uns, die roten Sciuri, zu schützen. Rassisten!

Ach, ja, nun hab ich über all dem Aufzählen vergessen, dass Pilli unterwegs noch auf eine kleine Koala gestoßen war, an allen vier Pfoten verbunden. Sie war dem australischen Buschfeuer entkommen und nahm hier als Überlebende und Zeugin der Verwüstung teil. Pilli kümmerte sich rührend um sie. War sie etwa verliebt?

Maria und Josef hatten am Rand einer Wiese schon den perfekten Picknickplatz vorbereitet. Wie eine Mauer aus friedlichem Marderfell standen die Fichten Spalier, und aus den Lichtungen hörte man zuweilen das gedämpfte vergnügte Plurren der Birkhühner. Die Stille und die zutraulichen Laute taten uns gut. Wir aßen und tranken, was immer uns zufiel an Nüssen, Beeren und Früchten, und wir Sciuri schwelgten in Steinpilz und Pfifferling, die den Humans, das wusste ich, leider nur gebraten oder gesotten schmecken. Bei Maria und Josef kamen sie im Spätsommer beinah täglich auf den Teller, mit gehackten Zwiebeln gebraten und manchmal – bitte wegschaun – mit gewürfeltem Speck!

Dann ertönte der Ruf des Goliathreihers, und wir Animals ritten auf den Schultern der Humans zurück ins Theater.

Machten aber unterwegs noch einmal Halt, als wir dem Marderpärchen begegneten, mit dem Muzzli und ich am Abend so vertraulich die Tanzpfoten geschwungen hatten. Dem Knilch hing doch wahrhaftig – ich traute meinen Augen nicht und wäre Josef fast von der Schulter geplumpst – ein Fleischlappen aus dem Maul, in dem ich – jawohl! – ein Stück Rattenbauch erkannte. Ich keckmeckte aus Leibeskräften, und Josef verstand. Brachte den Knilch und seine Gefährtin zum Stehen. Und ich den Knilch mit derben Fragen zum Reden: Was er sich denn herausnähme, hier an einem Ort der Liebe und des Friedens!

Doch anstatt zerknirscht, derart erwischt zu sein, und dazu noch von mir, verzog er nur kurz und kühl die Maulwinkel nach unten und servierte mich mit einem kleinen Vortrag so richtig von oben herab ab:

Hier in Vitopia habe man sich längst etwas einfallen lassen. Den hiesigen Forschern sei es gelungen, Fleisch im Labor herzustellen, in der Petrischale. Dazu werde einem lebenden Tier Muskeln und Fettzellen entnommen. Operativ, mit Betäubung. Kein Tier müsse sterben. Mithilfe einer pflanzlichen Nährlösung werden diese Zellen so lange vermehrt, bis sie für die gewünschten Fleischportionen ausreichen.

Auch für Realopia sei das eine Lösung, ergänzte Frau Marder: 99 % weniger Fläche, 90 % weniger Wasser, drei Viertel weniger Treibhausgase. Und geschmeckt habe ihre Mauspaté mit Madenrahm einfach köstlich. Sie strich sich genüsslich übern Bauch und blickte verächtlich auf Muzzlis Haselnusszweig. Und das letzte Wort musste natürlich der Knilch haben: Auch für Humans ist bestens gesorgt: Fünfzehn verschiedene Fleischsorten sind im Angebot: Huhn, Rind, Schwein, Garnelen, Lachs, Gänseleber, sogar ein Känguru ist dabei. Bewusst fettarm gehalten, würzig und proteinstark. Und damit der Unterschied auch für gelegentliche Besucher wie uns Kongressteilnehmer auf den ersten Blick klar ist, nennt man das Neofleisch »Pflaisch«. Mit Pf wie Pfui!

Mit einem frech gefurzten Siju läter machte sich der Knilch davon, seine Frau sprang ihm nach, und uns ließen die beiden verdattert stehen.

19.

Beste Feinde

Ein Leben ohne Mops ist möglich, aber sinnlos.
Vicco von Bülow (Loriot)

Das Theater war gefüllt wie zuvor. Niemand wollte etwas verpassen. Die Moderation hatte ein Human übernommen, dem Anschein nach offensichtlich einer aus Urzeiten. Mit glatt rasiertem Schädel, den ein schmaler Haarkranz umgab, dunklem Bart und den unschuldig neugierigen Augen eines Kindes. Und ziemlich abstehenden Ohren. Gekleidet in eine braune Kutte mit Kapuze, die mir auf Anhieb gefiel. Wäre ich ein Human, käme so etwas auch für mich infrage. Ich sah Muzzli an. Die schüttelte den Kopf und kicherte.

Hinterm Kopf saß dem Mann eine goldene Scheibe, etwa so groß wie die Krempe eines Sombreros. Sie reichte ihm bis auf den Rücken und musste dort irgendwie befestigt sein. Die Scheibe wirkte massiv, stabil, und als nun die Sonne aus den Wolken brach und auf die Rundung traf, bekränzten ihre Strahlen das Gesicht des Mannes mit heiligem Schein und ließen seine Ohren rot aufleuchten. Was mir außerordentlich gut gefiel.

Wer war dieser Mann? Ratlos schaute ich zu Maria und Josef hinüber; die tuschelten kurz und waren sich einig. Ja, da stand …

Francesco d'Assisi, stellte der Mann in der Kutte sich vor, so herzlich und fröhlich, dass ihm alle Herzen zuflogen. Und nicht nur die. Hunderte Vögel aus dem Publikum flatterten auf die Bühne und umkreisten ihn, und zwei Amseln, eine davon unser Karlchen, setzten sich auf seine Schultern und schmetterten Willkommen.

Grazie, grazie mille, bedankte sich der Geehrte, und dann, ja, so war es, ich traute meinen Augen kaum, griff er sich in den Nacken, ruckelte die Scheibe hin und her, zog sie runter vom Kopf und versenkte sie in der Kutte. Schüttelte sich ein paarmal wie befreit, dass die Amseln hoch aufflogen und sich auf seinen wie zu einer herzlichen Begrüßung ausgestreckten Armen bei den anderen Vögeln niederließen.

Es war ein faszinierendes Bild, wie sie so dastanden, der Mann in seiner schlichten dunklen Kutte, die ein heller Strick zusammenhielt, mit seinen ausgebreiteten, von Vögeln über und über bedeckten Armen. Aber ein bisschen unheimlich war es mir doch, und ich war froh, als sie abschwirrten.

139

Mit einschmeichelnder, beinah singender Stimme bat Francesco noch um einen Augenblick Geduld und winkte zur Ehrentribüne, worauf sich ein kräftiger Human in den besten Jahren, von einem zottigen verklumpten Fell notdürftig verhüllt, einen Knotenstock schwingend mit tapsigen Schritten schwerfällig zu ihm hinbewegte und beinah vor ihm auf die Knie gefallen wäre. Francesco aber richtete den Naturburschen brüderlich auf und drückte ihn ans Herz. Zog die goldene Scheibe aus der Kutte, brach sie entzwei und klebte die eine Hälfte dem Burschen ins Brustfell. Der fast noch einmal in die Knie gegangen wäre. Sich dann aber für einen schleunigen Rückzug unter die Ehrengäste entschied.

Francesco rief nun, ohne eine Erklärung seines seltsamen Tuns für nötig zu halten, eine kurze Pause aus, bat uns jedoch, auf unseren Plätzen zu bleiben.

Niemand anderer als der heilige Franziskus habe nun die Leitung der nächsten Sitzung übernommen, klärte Isidor uns auf. Franziskus, der Schutzpatron der Tiere. Noch in seiner Kinderzeit auf dem Bauernhof in der Eifel habe der Herr Pastor am Tag des heiligen Franziskus Menschen und Tiere auf den Höfen gesegnet. Hätte eine dolle Lebensgeschichte, dieser Mann. Und dann erst sein Nachleben. Schon gut achthundert Jahre im Jenseits lebe er. Und der Pelzmann sei wohl Noah gewesen, der mit der Arche. Der habe als Erster keinen Unterschied gemacht zwischen Humans und Animals, als er sich mit seinen Passagieren mittels Arche aufs Trockene gerettet habe. Daher der geteilte Heiligenschein.

Es ging nun weiter mit Vorträgen der Delegierten verschiedener Kontinente, Berichten aus der Praxis der Gruppen vor Ort. Beschwerden gab es und Belobigungen, Berichte über gelungene und gescheiterte Aktionen, viel Material, aus dem wir einiges lernen konnten für unsere Arbeit.

Nutz- und Wildanimals rechneten mit den Humans ab. Klagen, die wir schon bei der Vorbereitung des Kongresses zur Genüge gelesen hatten. Auch Zoo-Animals kamen zu Wort.

Gorilla Kukuma, ihr Vertreter, begnügte sich nicht mit Beschwerden. Er selbst war dem Londoner Zoo entflohen, weil er das Begafftwerden nicht mehr ertragen hatte. Sollen die Humans sich doch mal vorstellen, fauchte er, in einem Käfig zu leben, bestenfalls mit so 'nem kümmerlichen Baumskelett, oder auf ein paar klapprigen verzwergten Felsen, an denen wir mal eben in ein, zwei Klimmzügen rauf und runter, rauf und runter hechten können. Aber das wirklich Unerträgliche ist: keine Sekunde Frei-Zeit: Freie Zeit für mich und die Meinen ohne diese Gaffer. Das ist in-ak-zep-ta-bel. Wir verdienen Re-spekt.

Wo hat er wohl diese Wörter aufgeschnappt, ging mir durch den Kopf, so reden doch eigentlich nur Politiker.

Verschweigen will ich aber auch nicht, fuhr Kukuma fort, dass einige vom Aussterben bedrohte Tierarten hier Asyl finden, wieder zu Kräften kommen, Nachwuchs zeugen und dann zurück in ihre freien Habitate entlassen werden. Doch Animals einzufangen und gefangen zu halten, nur damit sich Humans an ihnen ergötzen, das gehört auf den Müllhaufen der Geschichte.

Kukuma, dachte ich, hatte offenbar im Lauf der Jahre schon so einiges aus den Gesprächen der Humans gelernt, die er sich ja tagsüber nolens volens (Latein, hatte ich von Josef, liebe ich sehr, geht so flott von der Zunge) anhören musste.

Das lässt sich doch auch anders lösen! Der stattliche Gorillamann fletschte die Zähne zu einem breiten Grinsen: For God and my country! Und verabschiedete sich unter freundlichem Applaus: Tutaonana tena!* Wir werden uns wiedersehen!

Ihm folgten die Abgeordneten der Hausanimals. Selbst diejenigen, die wie Kindes- und Freundesersatz gehalten wurden, ließen kaum ein gutes Haar an ihren Herrchen und Frauchen.

Vor allem die Hunde waren weltweit vertreten: Nix als dicke Stöcke in der Schnauze hin und her tragen, über immer dieselben verpissten Wiesen rennen, am besten mit fröhlichem Gebell, und schließlich brav ein paarmal über ebendiese Stöcke springen! Und wehe, wenn wir nicht so tun, als machte uns dieses sinnlose Rumgerenne und Gehopse – die Humans drehen übrigens ähnliche Runden, nennen das Gymnastik, Pilates oder Work-out – einen Riesenspaß. Ziehen wir einen Flunsch, kriegen wir am Ende noch nicht mal einen dieser ranzigen veganen Kekse zur Belohnung verpasst. Und wenn sie einen der ihren beleidigen wollen, sagen die Humans dummer, blöder oder fauler Hund zu ihm. Das ist dann der Dank.

Die spinnen, die Humans! Bellte ein Winzling im weißen Fell mit schwarzem Schwanz und schwarzen Ohrenspitzen dazwischen, schnappte seinem Herrchen, ein Kerl wie ein Obelisk, das Würstchen aus der Hand, sprang ihm schmatzend um die Beine und stupste ihm das fettige Schnäuzchen an die Waden. Wenn Hunde grinsen könnten, dachte ich; aber der Winzling blaffte weiter: Oder – und das ist der Gipfel! Sie geben sich als unsere Erzeugerinnen aus! Komm zu Mammi, kommmm!, schmeicheln sie uns dann. Als wüssten wir beide es nicht besser. Ist doch kein Leben – ein Hundeleben ist das. Die spinnen, die Humans!

Und unsere Konkurrenz, die Katzen? Gehen ihrer eigenen Wege, schmusen mit den Humans ein bisschen rum; wissen genau, wo es sich lohnt, so richtig katzenfreundlich zu tun. Dafür haben sie dann freien Zugang in deren Habitat mit feinstem privatem Kabinettchen und Bio-Delikatessen. Wenn sie sich nicht vorher mit ihrer im Jagdfieber erbeuteten Frischkost vollgestopft haben. Die spinnen, die Katzen! Wiederholte er. War wohl so 'ne Idée fixe von dem Hündchen.

Und die Katzen selbst? Klagten vor allem über ebendiese »Delikatessen«, schimpften auf das ewig gleiche Dosenfutter: Dieses Mausifress-Gourmet, dieser Piepmatzschmatz oder Birdydope hängt uns zum Hals raus. Oder sie maulten: Schon wieder keine junge Maus im Haus.

Verzogene Biester, dachte ich, alle beide, sollten mal nur vier Wochen für sich selbst sorgen müssen, dann würden sie schon die verwöhnte Schnauze halten. Dass sich diese Haustiere hier auf diesem Kongress, wo es ums Überleben des Planeten ging, derart dicke taten mit ihren Wehwehchen, empörte offenbar nicht nur mich. Das Publikum wurde unruhig, die oberen Ränge leerten sich.

Da drängten sich unter Alarmgeschrei sechs braune und weiße Alpakas auf die Bühne. Angemeldet waren sie nicht. Doch schon trat der Anführer die Anführerin vor – wie sollte ich das so schnell erkennen – und legte los: Wir Alpakas lieben die Humans, brummte er sie es ins Publikum. Jedenfalls solange sie gut sind zu uns. Und das sind sie. Meist jedenfalls. Denn sie lieben uns auch. Und tun uns Gutes. So wie wir ihnen Gutes tun. Etwa, wenn sie alt sind und ein bisschen Liebe brauchen. Oder nicht mehr recht fit im Kopf sind, da haben sie immer noch Freude an uns. Da reden sie mit uns, einer Alpaka, oft lieber als mit ihren Kindern. Ihr glaubt nicht, was wir da alles zu hören kriegen! Meist ist es mit uns und den Humans ein Geben und Nehmen. Und das ist gut so. Und bei euch, den Hunden, ist das doch nicht anders, grunzte Frau Alpaka an deren Adresse. Nicht umsonst ist doch euer voller Name Canis lupus familiaris. Ihr gehört also gewissermaßen zur Humanfamilie. Und ihr tut den Humans ja auch viel Gutes. Etwa als Blindenhunde. Oder als Spürhunde der Polizei, bei der Drogenfahndung, der Verfolgung von Flüchtigen, dem Aufspüren von Personen oder Leichen. Sogar als Tester in der Antikörper-Forschung, wenn Therapien, etwa gegen Viren, entwickelt werden. Da habt ihr es auch verdient, dass die Humans euch Gutes tun. Geben und Nehmen, Geben und Nehmen. Das ist das Leben. Miteinander-Leben. Dann werdet ihr auch respektiert.

Die Alpakas zogen sich sichtlich zufrieden zurück. Mission completed. Das Theater trampelte Beifall.

Francesco rief nun erneut eine kurze Pause aus, bat uns jedoch, auf unseren Plätzen zu bleiben.

20.

Hautnah dabei

Das Tierwohl ist eine Bezeichnung für die Gesundheit und das Wohlbefinden von Tieren … Das Tierwohl umfasst die Aspekte körperlicher Gesundheit, die Ausführbarkeit von natürlichen Verhaltensweisen und das emotionale Wohlbefinden der Tiere.
Wikipedia

Von allen Seiten strömten nun Hunde, vorwiegend Beagle und Golden Retriever, Katzen, Ziegen, Schafe, Schweine, Rinder, Affen, meist Primaten wie Javaneraffen und Makaken von den Rängen auf die Bühne, aber auch einige, den Humans so ähnliche Menschenaffen, Schimpansen und Orang-Utans, waren darunter. Alle in weißen Kitteln, wie man sie von Ärzten kennt. Sie verteilten spezielle Brillen, die sich den Köpfen ihrer Benutzerinnen und Benutzer automatisch anpassen und den nächsten Tagesordnungspunkt der Konferenz mit Augmented Reality, also einer künstlich erweiterten Realität, unterstützen würden, erklärte Francesco. Ruckte die Kutte zurecht und trat vom Rednerpult zurück.

Einige der weiß bekittelten Animals nahmen nun bei den Ehrengästen Platz, und wie sie so ihren Weg dorthin nahmen, sah ich, dass jede°r von schweren Narben gezeichnet war, die mir bisher bei unserem Umherschwärmen nicht weiter aufgefallen waren. Ich stieß Muzzli an, die nickte, hatte verstanden, auch Maria und Josef tuschelten miteinander und deuteten verstohlen auf den verkürzten Vorderlauf eines Steinbocks, der von einer grob genagelten Metallschiene an den Leib geklammert war. Der Schimpanse nahm mit einer Verbeugung seine weiße OP-Haube ab und bot seine kahle, über und über grob vernarbte, zerstückelte Schädeldecke dar. Das Schaf zog den Kittel aus und zeigte rissige rote und grüne Wollplacken im eitrig zerschundenen Fell.

Ein weißes Kaninchen, dem ein Ohr fehlte, hoppelte nach vorn, sprang aufs Pult und sah uns aus großen blauen Augen an. Blanke undurchdringliche Spiegel.

Muss ich mich noch vorstellen?, mümmelte es liebenswürdig. Ihr kennt mich alle. Ich habe eine riesige Verwandtschaft. Unseren Namen kennt jede°r. Wir haben nämlich alle den gleichen: Versuchskaninchen. Ja, so heißen wir, und das sind wir. So oder so ähnlich, in vielen Sprachen. Von Island bis Japan.

Wir, die wir hier stehen, haben es überlebt. Ich zum Beispiel. Meiner eigenen Eizelle, die man vorher entkernte, hat man den Kern der Hautzelle eines siebenjährigen männlichen Humans eingepflanzt. Ich habe sie abgestoßen. Ich war untauglich. Daher habe ich überlebt. Meine Kameradin aus demselben Labor hat den Kern der Hautzelle angenommen. Geschafft!, hat der Forscher gejubelt, gewartet, bis das Experiment gelungen, das heißt sich die neue Zelle stabil vermehrt hatte … und die Schwangere getötet.

Dieser Kollege – Versuchskaninchen nickte nach rechts –, Hans Schaf, lebt mit einer künstlichen Herzklappe; seine natürliche ist auf dem Müll gelandet. Das Herz dieser Animals ist dem der Humans sehr ähnlich und daher für diese und ähnliche Experimente bestens geeignet.

So wie dieser arme Kerl. Versuchskaninchen winkte einem zweiten Schaf, das mühsam heranhinkte und den linken Hinterlauf scheppernd über den steinernen Bühnenboden schleifte.

Einfach abgesägt, erklärte Kaninchen. Und die Knochen mit Metallplatten und Schrauben zusammengeflickt. Zum Üben. Für den Ernstfall bei einem Human.

Hier, Versuchskaninchen schob eine Sau nach vorn, gehen konnte das Tier kaum noch, Suse Sau hat eine Genveränderung und einen Diabetes, beides durch Chemikalien künstlich erzeugt, und beides hat sie überstanden; sprach aber auf die Medikamente dagegen nicht an. Da ließ man sie laufen. Wir werden Suse gleich noch im Video sehen. Als gesundes Animal und wie sie zu der geworden ist, die ihr hier seht.

Meist sind es Mäuse, die in der Genforschung verschlissen werden wie minderwertiger Ramsch. Um eine Million sind es jährlich. Dialysetechniken, Bypass-OPs, der Einsatz neuer Gelenke, etwa neuer Hüft- und Kniegelenke, oder Zahnimplantate: Das alles wird an uns, an gesunden Animals, ausprobiert. Was nichts anderes heißt, als dass man dem gesunden Animal zunächst das gesunde Glied absägt, das gesunde Organ herausschneidet. Einem gesunden Affen zum Beispiel schneidet man das gesunde Herz heraus und setzt ihm ein gesundes Schweineherz ein, das man zuvor dem gesunden Schwein herausgeschnitten hat. Und warum? Um zu testen, ob gesunde Animalorgane auch für kranke Humans taugen. Das Schweineherz ist dem des Human biologisch nah verwandt. Eine Verwandtschaft, die nicht zu empathischer Nähe, sondern rücksichtsloser Verwertung führt.[*]

Versuchskaninchen machte eine Pause. Tunkte die Schnauze in die Schale vor sich, schlabberte ein paar Schluck Wasser und fuhr fort: Als wüsste man nicht längst um die schädlichen Auswirkungen von Abgasen, insbesondere Diesel, werden immer noch Abgastests an Affen vorgenommen. Als wüsste man nicht längst um die gesundheitlichen Schäden des Rauchens, führt die Zigarettenindustrie Versuche durch, in denen Ratten über einen Zeitraum von bis zu drei Jahren täglich bis zu sechs Stunden am Stück Zigarettenrauch direkt in die Nase gepumpt wird.

Damit es Mammis Liebling noch besser schmeckt, werden grausame Tierversuche für Hunde- und Katzenfutter durchgeführt. Im Klartext: Selbst Fleischfresser, die in der Natur ihre Beute nicht leiden lassen würden, werden vom Menschen gezwungen, ein Futter zu akzeptieren, für das ihre Artgenossen Qualen erdulden müssen. Damit sich Unternehmen mit der ernährungsphysiologischen Eignung ihrer Produkte brüsten können.

Wir, Versuchskaninchen wies auf die versehrten Animals hinter sich, denen sich nun vier Humans, ebenfalls in weißen Kitteln zugesellt hatten, haben euch einige Fotos und Videos mitgebracht. Mit den Brillen, die wir verteilt haben, könnt ihr hautnah erleben, was ihr dort seht. Ihr seid sozusagen live dabei. Wer es nicht aushält – bitte die Brille abnehmen. Aber immer daran denken: Das hier ist Fakt, nicht Fake.

Im Theater breitete sich eine bedrückte Stille aus. Niemand wollte sehen, was doch alle sehen mussten. Weil es wahr war.

Ist die Wahrheit nichts wert, weil sie dir Leiden bringt?, raunte Josef uns einen seiner Lieblingssätze zu. Von Marc Aurel, hatte er hinzugefügt, als wir die Worte zum ersten Mal auf der Veranda gehört hatten. Da war es um die Rechnung vom Wasserwerk gegangen, die schon wieder gestiegen war, und die Aquarius hatte die Erhöhung mit der Wasserknappheit nach langer Dürre begründet. Damals hatte Josef den Satz eher ironisch gemeint. Nun mussten wir uns ihr stellen. Der Wahrheit.

Und wir sahen:

Goldfische, denen Frauen, die sich Forscherinnen nennen, mit ihren blassen gewandten Händen Löcher in die winzigen Schädel bohren und spitze Stifte implantieren; Regenbogenforellen, die darauf getestet werden, wie hoch die Dosis einer schädlichen Chemikalie sein darf, bevor sie daran zugrunde gehen.

Und wir sahen:

Dreißig junge Beagle. Einer nach dem anderen wird aus einem Drahtgeflecht, kaum größer als ein Schuhkarton, gehoben. Das nächste Bild zeigt eine Hand, die dem Hund ein Loch, zwei Löcher, drei Löcher in seinen Schädel bohrt, dann spritzt eine zweite Hand das Staupevirus direkt in sein Gehirn, während das Hundejunge winselnd vor Schmerz die Augen zusammenkneift.

Und wir sahen: Ein sogenanntes Debarking. Damit die Hunde in den Labors, in denen sie, so wie auch andere Tiere, oft jahrelang eingesperrt sind, nicht durch Bellen stören, wird ihnen beim sogenannten Debarking eine große Menge Kehlkopfgewebe entfernt. Oder es werden ihnen kurzerhand die Stimmbänder durchtrennt.

Beim Anblick des kleinen Golden Retrievers, der die Schnauze aufriss, wild den Kopf schüttelte, sich reckte, streckte, die Augen verdrehte und doch noch nicht einmal ein Winseln zustande brachte, nahm Muzzli die Brille ab.

Beim Anblick einer Katze, der Elektroden ins Gehirn eingesetzt waren, um zu prüfen, wie die verschiedenen Hirnregionen auf unterschiedlich laute Töne reagieren, schluchzte Maria neben mir auf. Das Bild zeigte einen Katzenkopf, der mit Schraubzwingen an Metallstangen bewegungslos gemacht worden war, die Elektroden ragten aus der Schädeldecke, der

Kopf steckte in einer massiven Metallvorrichtung, an der vor dem Katzenmaul ein Mikrofon befestigt war.

Dem Katzenbild folgte das Bild eines kleinen Makaken, dem zwei Bolzen in den Schädel operiert wurden. Damit würde sein Kopf für spätere Versuche an Gestellen befestigt werden.

Einem zweiten Affen wurden der Schädel aufgesägt, die Giftstoffe direkt ins Gehirn gespritzt. Eine Großaufnahme. Der Geschundene war bei Bewusstsein. Er feixte mit dem Weißen in den Augen eine Verdammnis, eine Gebrochenheit, eine Not hinaus, die mich, Wendelin Kretzschnuss, von diesem Elend ergriffen, augenblicklich zwang, ihn erschrecklich zu lieben, alles zu tun, um diesem hilflosen Wesen beizustehen. Ich wollte aufspringen, losrennen, Muzzli hielt mich zurück, riss mir die Brille vom Kopf.

Und ich war wieder in Epidauros, im Theater. Das ungeheuerliche Bild war noch da, doch ich war nicht mehr im Labor dabei, im durch eine Brille verlebendigten Geschehen, in virtuell real erlebter vergangener realer Gegenwart. Ich war wieder Zuschauer. Und das Bild war ein Bild war ein Bild. Ich selbst war nicht die Hand der unkenntlich gemachten Human, die diese unsägliche Tat beging. Ich selbst war nicht die erbarmungswürdige gequälte Kreatur. Nicht der Leidende war ich, sondern der Mit-Leidende, vom Leidenden ins Weinen gestürzt. Längst noch, nachdem ich die Brille abgenommen hatte. Wer hatte die Brille überhaupt noch auf? Josef wischte sich die Augen, putzte sich in einem fort die Nase, Isidor schüttelte unablässig den Kopf, ballte die Fäuste und hieb auf seine Oberschenkel, Cäcilia ergriff seine Hand und saß dann wie versteinert neben ihm.

Wozu, dachte ich, Sciurus Wendelin Kretzschnuss, sind Menschen fähig! Wie verächtlich sind diese Versuche, bei denen die Humans zudem gerade die Animals bevorzugen, die ihnen am nächsten sind. Warum tun sie so etwas und sind

149

womöglich auch noch stolz darauf? Weil wir Animals uns nicht wehren können? Doch da hörte ich, wie Josef in Richtung seiner Artgenossen leise sagte: Mengele. Und ich weiß, was dieser Name an historischem Ballast für meine Humans bedeutet. Und ihr, für die ich dies alles aufschreibe, wisst es auch. Hoffe ich. Denkt daran, auch in eurem Alltag: *Ist die Wahrheit nichts wert, weil sie dir Leiden bringt?*

21.

Gute Perspektiven

> *Eines Tages ... wird uns unser heutiger Umgang mit dem Tier ähnlich obszön erscheinen wie die Sklaverei oder die Apartheid.*
> Sue Donaldson/Will Kymlicka,
> *Zoopolis: A Political Theory of Animal Rights*

Wie sollte, wie konnte es nun weitergehen? Waren wir hier versammelt, um zu leiden? Nein, verringern wollten wir das Leiden. Nicht nur das eigene. Vielleicht war diese Lektion, die Marx und Morus und Francesco d'Assisi insbesondere den Humans erteilt hatten, notwendig, um sie zu not-wen-digem Handeln zu erregen. Was konnten wir hier tun? Was beschließen? Verbote fordern – na klar doch. Und die Forschung? Die immer wieder behauptete, von Tierversuchen nicht abrücken zu können? Was würde die dazu sagen?

150

Genau die war jetzt am Zuge. Zwei Frauen und zwei Männer wurden von Francesco nun aufs zwischenzeitlich errichtete Podium gebeten und uns als Entwicklerinnen und Entwickler zukünftiger Forschungsmethoden vorgestellt: *Forschen ohne Tierleid*.

Ein Aufatmen ging durch das Theater. Es gab also Alternativen zu den grausamen Experimenten. Unser Wissen um die Leiden unserer Animals hatte einen Sinn. Es konnte beendet werden, und wir konnten dazu beitragen.

Die vier Humans, Li Wang aus China, Peter Stern aus den USA, Kim Puma aus Südkorea und Mari Weitherz aus Deutschland, alle mit Professorentitel, stellten uns nun ihre Forschungsergebnisse vor. Es war Fachwissen auf höchstem Niveau, und obwohl Translator Babalaba sein Bestes tat und mein Gehirn sein Bestes tun wollte, widmete ich den Vortragenden bald mehr Aufmerksamkeit als ihren Vorträgen, da ich, wie meine Humans zu sagen pflegen, meist nur Bahnhof verstand.

Peter Stern, ein dunkelhaariger gut aussehender Human, fasste noch einmal ein paar Fakten zusammen: Schätzungsweise immer noch jährlich siebzig Millionen Tiere müssen grausame und sinnlose Tierversuche erleiden: in der medizinischen Forschung bei der Giftigkeitsprüfung von Medikamenten, in der Entwicklung von Produkten, wie Zigaretten, Kosmetikartikeln, Katzen- und Hundefutter. Regelmäßig würden dabei immer wieder Missstände und Tierquälerei aufgedeckt. Dabei sei die Übertragbarkeit der Studienergebnisse auf den Menschen in keiner Weise gewährleistet.

Stern machte es kurz und ging dann gleich zu seinem alternativen Verfahren weiter: der Simulation in Computermodellen. Dabei wird die Schädlichkeit eines Stoffes berechnet oder das Fortschreiten einer Krankheit simuliert. Dafür greift ein Algorithmus auf Unmengen von Daten über die

Molekülstruktur und Wirkungsweise chemischer Substanzen zurück. Diese Methode, so Stern, liefert zuverlässigere und genauere Ergebnisse als Tierversuche. Sogar einen digitalen Zwilling des Patienten kann man anlegen, um die wirkungsvollste Behandlungsmethode herauszufinden, etwa bei Krebserkrankungen.

Der Vortrag des Professors verlor sich in Details, ich verlor mich in den eichhörnchenroten Locken von Prof. Mari Weitherz und schielte zu Muzzli hinüber, die dem Professor aufmerksam folgte. Ich seufzte, ja, sie war die Gewissenhaftere und auch die Klügere von uns beiden.

Auf Prof. Stern folgte Li Wang, eine zierliche Frau, die ihren Vortrag im erregten Tonfall der chinesischen Sprache sang, es ging um das Zerschneiden und Töten von Schafen und Schweinen in Sezierkursen für Medizinstudierende. Dafür gebe es jetzt lebensechte Simulatoren menschlicher Patienten, die atmen, bluten, sich verkrampfen, sprechen, sogar das Sterben simulieren könnten. So ein simulierter Human verfüge über Haut- und Gewebeschichten, Rippen, Organe, sogar über aufblasbare Lungen und ein Herz.

Ich schaltete den Translator ab und beschränkte mich auf Lis vornehmes Gesichtsoval mit den blitzenden Sichelmonden, die sie in äußerster Konzentration fast geschlossen hielt; steckte ihr schwarzes Haar hoch, kleidete sie in Gewänder, wie sie die Frauen auf Marias und Josefs Teetassen trugen, wenn sie grünen Tee servierten, der in Wirklichkeit blassgelb war und Sencha hieß, und lauschte dem Gesang der chinesischen Nachtigall aus Lis feinen Lippen unterm Vollmond über dem Berg Tai Shan.

Begeisterter Beifall brachte mich zurück nach Epidauros. Und aufmerksam versuchte ich nun auch Mari Weitherz' Ausführungen zu folgen, die ihre PowerPoint-Präsentation immer wieder mit anmutigen Lockenschwüngen unterstrich. Von Forschung in der Petrischale war da die Rede, von dreidimensionalen Hautmodellen mit menschlichen Zellen; voll funktionsfähige Blutgefäße wurden aus menschlichen Stammzellen zur Erforschung von Erkrankungen der Blutgefäße an menschlichem Gewebe erzeugt.

Offenbar merkte die Vortragende aber bald, dass sie ihre Zuhörerschaft gewaltig überforderte, und machte es kurz. Selbst Josef, der bis dahin fleißig notiert hatte, legte Stift und Heft beiseite. Ohnehin könnten wir Reden und Vorträge, sobald wir unsere Smartphones und Laptops am Ende des Kongresses zurückbekommen hätten, in aller Ruhe zu Hause lesen.

Also hörte ich beim letzten Vortrag, ich gesteh es, kaum noch hin. Dabei war das Thema fast noch packender als die vorangegangenen: Es ging um »Mini brains«, um die Entwicklung verkleinerter menschlicher Organe, an denen man die Auswirkungen von Giftstoffen oder den Nutzen von Medikamenten testen konnte. Vernetzt man solche Gewebemodelle, erhält man Multi-Organ-Chips, prinzipiell, so Prof. Kim Puma, bis zur Nachahmung eines kompletten menschlichen Organismus. Dieser sogenannte Human-on-a-chip kann Tierversuche komplett ersetzen und liefert Ergebnisse, die auf den Menschen restlos übertragbar sind. Und schließlich dankte Prof. Puma allen Animals, die bislang der Forschung gedient hatten, und er dankte den Humans, die sich als Probanden der Forschung zur Verfügung gestellt hatten.

Wieder ein Tag, der jede°n von uns herausgefordert hatte. »Herausgefordert« – was für ein Wort. So oft mal eben benutzt, um das negativ besetzte »Problem« zu vermeiden oder weil man nicht weiterwusste. Hier aber, heute in diesem Theater, hatte ich, Wendelin, mich im wahrsten Sinn des Wortes aus mir heraus, aus meinem gewohnten Sciurus-Sein, meinem Denken und Fühlen heraus-gefordert gefühlt.

Auf-gefordert, mich hineinzuversetzen in meine Mit-Wesen. Zum Mit-Leiden.

Danach war dann viel Fachwissen über uns hereingebrochen, viele fremde Wörter, viele Zahlen, Formeln, Abbildungen chemischer Verbindungen. Und doch: In diesen Formeln, Tabellen und Wörtern, Wörtern wie »Petrischale«, »Multi-Organ-Chips«, Wörtern wie »Toxizitätsprüfung«, die man kaum aussprechen konnte, lag auch so viel Trost, so viel Liebe und Hoffnung. Es gab Möglichkeiten, diese Quälereien, diese Leiden zu beenden. Und es gab Humans, die ihre Kenntnisse, ihre Energie, ihre Leidenschaft dafür einsetzten. Und dieser Kongress, jede*r von uns, würde sie dabei unterstützen.

Unter unserem begeisterten und dankbaren Beifall kehrte das Forscherteam gemeinsam mit den versehrten Animals wieder ins Publikum zurück.

Puh, keckmeckte Muzzli und lehnte ihren Kopf an meine Schulter, ich brauche dringend eine Pause. Jetzt noch ein Schauspiel? Steht jedenfalls auf dem Programm.

He, hier wird nicht getuschelt, lachte Maria, mir geht es genauso. Bin total k. o. Aber seht mal, da kommt er ja, unser Francesco. Wie sieht *der* denn aus? Ist er das überhaupt? Und wen hat er denn da mitgebracht?

Francesco war in der Tat kaum wiederzuerkennen. So wie am Tag zuvor Thomas Morus hatte nun auch Francesco d'Assisi seine historische Kleidung abgelegt und sah, Cäcilia würde sagen: umwerfend aus. Gelgetrimmte Kurzhaarfrisur, Dreitagebart, dunkler, schmal, geschnittener Leinenanzug, weißes Hemd mit Stehkragen, die Jacke lässig und elegant zugleich über die Schulter geschlagen. Bella figura eben. Bella Italia! Und der wurde nun weltweit als asketischer Heiliger verehrt!

Ihm zur Seite standen vier nicht minder vornehm entspannte, gleichwohl dennoch eher furchteinflößende Vögel, wahre Granden der Luft: Andenkondor Pedro aus Kolumbien, Albatros Anuk aus der Antarktis, Harpyie Raffaela aus Bolivien und Seeadler Jan von der Hamburger Elbinsel Wilhelmsburg.

Sie hatten sich gut vorbereitet und trugen abwechselnd ihren Protest vor, den ich hier verkürzt wiedergebe.

Wie sie, die Aves, da, in diesem Stück *Die Vögel*, dargestellt würden, das sei mitnichten ihr Niveau. Dieser Aristophanes habe einfach seine miesen Humans-Typen, auf sie, die Animals, die edlen Aves projiziert. Das lassen wir uns nicht bieten! Eine Unverschämtheit, kreischte Raffaela!

Unverschämtheit!, echote es aus tausend und abertausend Kehlen aus dem Vogelpublikum, ein Heidenlärm, angefeuert von zehn Goliathreihern, deren Kowooork-Schrei bekanntlich kilometerweit trägt. Triumphierend spreizten die Protestler ihre gewaltigen Flügel und mischten sich wieder unters Vogelvolk. Wobei, das zu berichten möchte ich mir nicht verkneifen, es irgendwie rührend anzusehen war, wie diese Fürsten der Lüfte ihre gewichtigen Körper auf ihren kurzen Beinen mühsam watschelnd zurück in die Menge trugen.

Francesco blieb die Ruhe selbst: Schon nach dem heutigen Morgen habe er beabsichtigt, diese Aufführung abzusagen. Aristophanes und seine Truppe, die Darsteller, seien einverstanden. Stattdessen schlügen sie vor, sich heute Abend ganz nach Belieben auf dem T'e ch'ing shan, auch Klingstein-Berg genannt, zu versammeln und sich dort überraschen zu lassen. Die Versammlung sei hiermit geschlossen.

Von Überraschungen hatte ich für heute eigentlich genug, doch Francesco, Marx und Morus konnte man wohl vertrauen. Also schlenderten wir Verandisten erst einmal in unsere Habitate, um uns frisch zu machen, wie Maria und Josef das nannten, und brachen kurze Zeit später gemeinsam auf zum Musikberg, dem Music-Mountain, dem Ongaku-Yama, dem T'e ch'ing shan, dem Klingstein-Berg.

22.

Auf dem Klingstein-Berg*

Lebendige Töne sind wir; stimmen
zusammen mit deinem Wohllaut, Natur.
Friedrich Hölderlin, *Hyperion*

Gleich bei unserem Einzug war Muzzli und mir dieser Berg ins Auge gefallen, wie auch nicht. Schwerelos schön im leichten Sommerdunst stieg er empor hinter dem See mit seinen musikalischen Forellen, und wir hatten in dem beinah ebenmäßig geformten Kegel ein Bild der Schönregens wiedererkannt. Ein japanischer Künstler, Hokusai, hatte Maria erklärt, Fuji heiße der Berg, Fuji-Yama. Ein Nationalheiligtum der japanischen Humans.

Sikahirsche und Makaken mit knallroten Gesichtern stürmten an uns vorbei, groß war deren Freude, ein Ebenbild ihres geliebten Fuji-Yama zu sehen, Buntfasane ließen ihre Farben schillern und durften auf dem Rücken der Braunbären den Gipfel besteigen. Rosen und Rosenstöcke, Flieder und Jasmin, Minze, Salbei und Mimosen in Purpur, Rosa, Weiß, durchsichtig wie frisch gefallener Schnee im August, begleiteten uns auf dem Weg dorthin.

Der leere Berg, der leere Himmel im sinkenden Abendlicht ließen wunders was erwarten, Wunder erwarten aus letzten Sonnenscheiben, die langsam hinterm Gipfel zerschmolzen.

Doch nicht allein der *Blick* auf den T'e ch'ing shan lenkte unsere Schritte, es war ein hauchfeiner Klang. Ein Klang, der, wie die Humans sagen, in der Luft lag, einem Lüftchen, Windchen, aus der Richtung des T'e ch'ing shan.

Näher kommend erkannten wir, dass dieser Berg, dieses Gebirge, aus zumeist gerundeten einzelnen Steinen bestand, ein Monument aus Steinen in verschiedenen Größen und Formen, viele davon einladend gewölbt, glatt geschliffen und gekerbt, zur Berührung verlockend. Der einige von uns Humanimals bereits gefolgt waren. Sie saßen verteilt auf ebenen Rasenflächen, vor sich einen Stein, den sie sich passend zu ihrer körperlichen Beschaffenheit ausgesucht hatten. Einzelgänger Igel hatte seinen Stein in ein Gebüsch gerollt und bearbeitete ihn dort mit seinen Sohlen, dass es von unten aussah, als wüchse er direkt aus dem Stein heraus, denn sehen konnten wir von seinen kurzen Beinchen nichts. Dafür mühte sich Adebar Storch auf seinen roten Stelzen redlich ab, einem grünen Jadeklumpen ein paar Töne abzuringen, geriet dabei aber immer wieder aus dem Gleichgewicht und suchte verärgert klappernd das Weite. Kehrte jedoch nach einer Runde über dem T'e ch'ing shan wieder zu uns zurück. Auch die Hufanimals hatten ihre Solisten-Ambitionen aufgegeben und sich bereitwillig unter die Zuhörenden gemischt.

Unwiderstehlich, geradezu magisch war die Wirkung, die die klingenden Steine auf uns Lauschende ausübten. Diese Expedition mit den Ohren mochte niemand versäumen.

Wir Verandisten hatten uns am Fuß des Berges beim Seeufer einen Wiesenplatz, umgeben von herbsüß blühenden Ligusterhecken, gesucht und ließen uns vom Duftklang verwöhnen.

Hoch oben brach ein Vogelschwarm aus den Steinen, die

Vögel stiegen und sanken, stiegen und sangen im Gleitflug der Klänge, zum Himmel auf stiegen die Klänge erweckten die Plejaden strahlten vom Nachthimmel hinunter, Venus grüßte die warme Erde, warf ihr Licht zurück, auch auf die vier Humans in ihren weißen Kitteln, ihre Kinder auch sie, so gut wie die gequälten Animals, denen sie zu Hilfe kamen, jetzt tauchten die vier ihre klugen geschickten Hände in den Bach, der vom Gipfel des T'e ch'ing shan in vielen Verzweigungen an den Klangsteinen entlang in den Forellensee rieselte. Dort hinein, ins Wasser, Wasser des Lebens, mussten die Musizierenden Hände oder Pfoten tauchten, wenn sie den Steinen Klänge entlocken wollten, auch Klauen und Pranken konnten das, wenn sie die tödlichen Krallen einzogen. Und die Elefanten? Beugten sich weit hinab zu den steinernen Kugeln und brachten sie zu unser aller Freude mit ihrem feuchten Rüssel zum Tönen.

Kleinere Animals griffen bei den weicheren Gebilden aus Kalk und Sandstein zu. Künstler und Naturwissenschaftler hingegen schauten tiefer, drangen unter die Oberfläche, auch hier. Fühlten sich hingezogen zu Basalt und Granit, wo die wahre Essenz der Erde fühlbar ist. Antastbar. Wobei sich die Künstler, gleich ob Dichter, Musiker oder Maler, vor allem von den unbestimmten, unzählig fein abgestuften Graufärbungen des Granit angezogen fühlten, während die Naturwisssenschaftler den Basalt bevorzugten.

So hatten sich unsere vier Referenten akkurat und gleichmäßig geformte Basaltblöcke ausgesucht, und es waren sehr exakte, nahezu methodisch präzise Klänge, die sie den Steinen entrangen. Es schien mühsam, die rissig gesplitterten Töne zusammenzufügen, dem widerstrebenden, harten Material mit kundigen Forscherhänden fließenden Wohlklang abzuschmeicheln: Klänge, die legten die Wurzeln allen Lebens bloß. Und die Harmonien der Dichterinnen und Dichter, Musikerinnen und Musiker öffneten die Knospen zur Blüte.

158

Da nahm Pilli Karla Koala behutsam bei der Pfote, Willi witschte Hera hinterher, Pauli zog los mit Beat Specht, da hielt es auch Maria und Josef nicht mehr, und schließlich machten wir Verandisten uns alle miteinander auf auf den Berg, wo wir uns, dort, wo der Bach in einer Senke eine Art Stausee bildete, im Kreis niedersetzten, jede°r mit einem passenden Stein. Kaum hatten wir die ersten Klänge herausgestrichen, da ging – ja, warum soll ich es verschweigen, nur weil es euch vielleicht ein bisschen zu viel des Schönen wird –, der Vollmond ging auf, stand still überm T'e ch'ing shan. Und ich spürte wieder einmal diesen himmlischen Luftzug zwischen den Schulterblättern, wenn sich unsereinem vor Wonne das Fell sträubt. So, wie ich es zum ersten Mal erlebt hatte, als ich nach stundenlanger spielerischer Verfolgungsjagd zum ersten Mal meinen Schweif auf Muzzlis Rücken gelegt und sie für mich ihren Rücken durchgestreckt hatte.

Der Berg und der See, Wald und Wiesen, Epidauros, ganz Vitopia, ja die Welt, der Kosmos, so schien mir, wurden zu Klang, zu Klängen, die sich ausdehnten, ineinanderliefen, sich sammelten zu Akkorden, in Harmonien verwehten und wieder sich verbanden. Jeder endlos schwingende Ton eine samtene Revolution, hypnotische Vision.

Unter meinen Pfoten schien die Wirklichkeit sich aufzulösen in endlos spielenden, tonlosen Klang, alles Festgefügte, Versteinerte zerfloss in unendlich fortspülende Wellenbewegungen, die Klänge machten uns von allen Grenzen frei. Die Zeit verschwand im Raum, der sich raumzeitlos dehnte, bis der Raum verschwand in die Zeit und wir mit ihr in Raum und Klang im mohnroten klanglosen Ton im wehsezierten schönverzierten Herz schritt muster Herz schritt macher Klanglabore Heillabore Stillestücke Schweigestücke Sangesmuster Kindheitsmuster Schmuck und Seligkeiten. Das Gedächtnis der Steine verband sich mit dem Gedächtnis des Fleisches, das dieses Gedächtnis aus ihnen herausstrich, das

Gedächtnis der Steine und das Gedächtnis der humanimalen Streich(l)er verschmolz zu einem einzigartigen allgegenwärtigen Klang. Das Milliarden Jahre alte Leben selbst strömte, erweckt durch unsere Hände, Pfoten, Klauen, aus den Steinen in uns hinein, und die Klänge drängten sich in die Öffnungen unserer Seelen wie in ein Haus, dessen Türen und Fenster für alle offen stehen.

Wie durch einen weichweißen Nebel hörte ich die Stimme Maris, der Forscherin,

Lies die Wolkenschrift
lass sie verwehen Warte
ein paar Hundert Jahre Dann
lies die Wolkenschrift
zu Ende wieder von vorn

Und der Wissenschaftler Peter Stern antwortete ihr und uns allen:

Nimm was immer dir begegnet
als deinen seligen Hintergrund
für deine Visionen

Gedichte schwebten aus den Steinen, ließen sich greifen, einverleiben, einverseelen, einzelne Zeilen, Verse, Silben, Buchstaben, ein A, ein O, Om, Omega, jedes Wesen schuf sich seinen eigenen Klang, jedes Wesen verwandelt in Klang. Meine Pfoten strichen die Klänge nun schon fast ohne mein Zutun aus meinem Stein, und meine Gedanken wanderten zurück auf die Schönregen'sche Veranda, wo ich auf Muzzli wartend, ein Gespräch zwischen den beiden mitgehört hatte, das mir jetzt wieder einfiel. Diese Humans sind doch das verrückteste Animal unter der Sonne! Eine Überzeugung von mir und Muzzli, die sich, je näher wir die Eigentümlichkeiten dieser Spezies kennenlernten, zunehmend festigte. Auch heute hatte ich wieder erlebt, wie sie ihr Wissen und Können gleichermaßen für das Gute wie das Böse einsetzten. Und wie sie zusammengehörten: die Wissenschaften und die Künste, die Vernunft und die Phantasie, Verstand und Gefühl: so wie wir es heute mit Mari und Peter erlebt hatten.

Nichts ist wahr ohne sein Gegenteil, hatte ich einmal von Josef gehört, als der mit Maria über die Zerrissenheit des Humans als Spezies diskutiert hatte. Maria hatte widersprochen, indem sie den Satz abwandelte: Was da ist, ist auch wahr. Wenn es nicht da ist, ist es trotzdem wahr. Ist, was wahr ist, da? Da ist, was wahr ist?

Und so ging es eine Weile hin und her, und mir wurde es zu hoch, und ich sprang die Clematis am Geländer hinunter und ging auf die Suche nach Muzzli. Ich war am Ende mehr für das »Da« als das »Wahr«. Für das »Da-Sein«, das mir aktiver klang, im ständigen Wandel begriffen, als die zum Begriff geronnene »Wahr-heit«. Obwohl – spannend blieb es; denn Josef hatte ausdrücklich darauf bestanden, dass er mit »Wahrheit« nicht »Fakten« meine, die seien ja bloße Faktizität. Da hatte ich dichtgemacht, wie gesagt.

Und ich widmete mich wieder ganz meinem Stein, der sich mir nun in die Pfoten schmiegte, als hätte ich ihn für mich neu geboren.

Ihr, die ihr meinem Bericht bis hierher gefolgt seid, glaubt, dass ich übertreibe? Dann möchte ich euch bitten, einmal auszuprobieren, was passiert, wenn ihr einen Stein in die Hand nehmt. Liebt ihr einen Fluss, einen Bach, einen See, das Meer? Irgendwo auf der Erde? Sucht euch dort euern Klangstein. Nehmt ihn in die Hände, die Pfote, die Klaue. Macht die Innenflächen der Streichelwerkzeuge ein wenig nass. Geht zur Not auch mit Spucke. Und dann streichelt ihr den Stein. Eine zweite Möglichkeit, den Stein zum Leben zu bringen, ziehe ich im Alltag vor: Ich nehme den Stein in die Pfote oder umfange ihn mit beiden. Fühle, wie wir uns befreunden, füreinander erwärmen. Und meine Neugier erwacht: Wie kam dieser Stein hierher? Was hat er schon alles erlebt? Dann lege ich ihn auf meine Pfote und schaue ihn an. Manchmal habe ich Glück, und ich habe einen Buchstein gefunden. Man erkennt die gesprächigen Exemplare an ihren feinen Linien, die sich wie Zeilen über die Flächen ziehen. Dann hat mir der Stein eine Menge zu erzählen. Es gab einmal, hatte Maria mich und Muzzli aufgeklärt, einen Stein, der alles zum Guten verwandelt. Vor vielen Milliarden Jahren, gleich nachdem Himmel und Erde geschaffen waren, sei er vom Himmel herabgefallen, tausend und abertausend Steinchen seien abgesplittert und hätten sich über unsere Erde verstreut. Sie alle enthalten winzige Bruchteile dieses Himmelssteins. Dies sind die Buchsteine. Schon das kleinste Teilchen des Steins macht jedes Humanimal selbst gut und schön. Und neugierig. Auf immer mehr Stückchen vom Himmelsstein.

Mein Muzzli kann von diesen Steinen seither gar nicht genug kriegen. Was hat sie mir nicht schon alles aus den Steinen vorgelesen. Die verrücktesten Sachen. Welche? Hm, das müsst ihr schon selber lesen. Buchsteine gibt es genug. Für jeden, der die Augen offen hält. Wir Verandisten der ersten Stunde haben uns alle einen vom Hambacher Fest mitgebracht.

23.

Ein unerhörtes Quartett

Es gibt nichts Neues unter der Sonne.
Kohelet

Auf dem Gipfel des T'e ch'ing shan erschien plötzlich Franceso, nun wieder in Mönchstracht und mit komplettem Heiligenschein, direkt unterm Vollmond.

Der Mann, spöttelte Cäcilia, weiß sich in Szene zu setzen.

Doch Francesco kam nicht allein. Bescheiden trat er zur Seite und verharrte in einer ergebenen Verbeugung, bis, gefolgt von einer schneeweißen Kuh, eine göttlich schöne Human in glänzenden Pluderhosen und kunstvoll bestickter Bluse die Plattform betrat. In der Mitte ihrer Stirn glühte zwischen dunkel umrandeten Augen ein schwarzer Punkt, überm langen nachtschwarzen Haar saß eine eng anliegende hochgebauschte rotgoldene Kappe, überwölbt von einer anmutigen Krone. In zwei Händen hielt die königliche, oder soll ich sagen göttliche, Erscheinung, eine blassgelbe Blüte, ähnlich den Seerosen in den Alsterarmen, nur ungleich üppiger. Eine dritte Hand hob sie uns huldvoll entgegen, ihre vierte wies grüßend zur Erde hinab.

Francesco richtete sich auf, trat einen Schritt näher und kreuzte die Hände vor der Brust.

Noch hingen die ewigen Akkorde in der Luft, als die geheimnisvolle Erscheinung, begleitet vom tönenden Gedächtnis der Erde, begann:

Die Götter hüten, ohne Schlaf und Säumnis,
Die ausgedehnte Erde, alles hegend,
Sie soll mit süßem Honig uns beschenken

...

In Deinen Mittelpunkt, oh Erde, Deinen Nabel,
Dem alles Heil entströmt, versetze uns in Reinheit

...

Du große Wohnstatt, Erde, groß bist Du geworden,
Gewaltig groß

...

Ich rufe Dich, Du Erde voller Reinheit,
Geduld'ge Erde, die durch Zauberwort gewachsen,
Die kraftvoll uns ernährt mit Speise, Butter,
Auf Dir, oh Erde, wollen wir uns niederlassen!

...

So wollen ohne Not wir, ohne Krankheit,
Als Kinder Deines Schoßes auf Dir weilen,
Und lange möge unsre Lebensspanne währen,
Der Dank dafür sei gern Dir abgegolten.

Andächtigen Schrittes hatten während des melodischen Vortrags zwei gleichfalls kostbar geschmückte Elefanten den Berg erklommen und tauchten dort ihre Rüssel tief hinab in zwei Krüge, die sie eigens mitführten. Feiner Sprühregen ließ die Sängerin silbrig aufstrahlen, und die Rüssel der beiden mächtigen Animals entlockten den Gipfelsteinen überirdische Begleitharmonien.

Die geheimnisvolle Unbekannte schritt auf Francesco zu und reichte ihm eine ihrer Blüten. Hob erneut die Rechte zum Gruß an uns dort unten und verharrte in dieser Gebärde. Bis einer der Elefanten sie mit seinem Rüssel umschlang und sacht auf dem Rücken seines Kameraden niedersetzte. Alsdann ließen beide ihre Trompeten erschallen und verschwanden mit ihrer funkelnden Fracht hinter dem Gipfel des T'e sh'ing shan.

Francesco führte die Blume an seine Lippen und winkte dem Gipfel zu.

164

Aber was war das? Hörte ich richtig? Die Schöne war fort, doch es sang weiter!

Es war die Blume! Die Blume in Francescos Hand vollendete der Göttin Lied.

Oh Mutter Erde, lass mich wohlgegründet setzen,
In Deiner Huld an Deinem Platze siedeln;
Im Einverständnis mit dem hohen Himmel
Gewähre mir, Du Weise, Glück und Wohlfahrt!

Was war geschehen? Unsere Apps gaben keine Auskunft. Erst am nächsten Morgen erfuhren wir, wer uns gerade überrascht hatte. Gaya-Lakshmi, die Gattin Vishnus, hatte uns beehrt. Ohne Gatten war sie gekommen, aber in doppelter, eigener Gestalt. Prithivi, eine der ältesten Göttinnen, Mutter Erde selbst, war in der Schönen eingeschlossen; die nährende Kuh ihr Wahrzeichen. Daher hatte die jüngere Göttin wohl am Ende den Pflanzen, die von beiden Göttinnen beschützt wurden, das letzte Wort überlassen.

Auf dem T'e sh'ing shan ging es geheimnisvoll weiter. Und Francesco, nun wieder Herr der Lage, tat nichts, um dieses Geheimnis zu lüften. Im Gegenteil. Mit der überschäumenden Wortgewandtheit seines dolce patria kündete er eines der berühmtesten Ehepaare der Weltgeschichte an. Insbesondere von der Human hätten wir sicher alle schon einmal gehört. Allein die kühne, hochgemute Eleganz ihrer Kopfbedeckung mache sie unverwechselbar. Frau des Pharaos, des göttlichen Repräsentanten des Sonnengottes Aton. Hierher eingeladen, so Francesco, sind die beiden, da sie als eine der ersten Humans eine Hymne an die Sonne geschrieben haben. Die uns Humanimals noch nach nahezu viertausend Jahren zu Herzen geht.

Francesco machte eine einladende Geste zu der Gipfelwand. Ich sah Josef und Maria miteinander tuscheln, ob sie's schon erraten hatten?

Und da schritt es auch schon ins schimmernde Mondlicht, das sonnensüchtige Paar, umringt von sechs bildhübschen Töchtern.

Gewonnen, hörte ich Maria triumphieren, nur das mit den Kindern, das wusste ich nicht.

Auch ich kannte zumindest diese grazile hochgemute Human mit diesem unvergesslichen Kopf ..., nein, ein edles Haupt trug dieser biegsam anmutige Hals, ein Gesicht wie ... o Wendelin, da brauchst du einen längeren Anlauf, das hier ist kein Gesicht, das man mal eben mit ein paar polierten Wörtern in die Luft zeichnet, so wie ein Kinderlachen oder ein verliebtes Lächeln. Dafür war dieses Gesicht viel zu unnahbar. Und löste gerade darum in mir ein unbestimmtes, mir selbst unerklärliches Verlangen nach Nähe aus. War es das, was mir das Wort verschlug? Mich zur Andacht geradezu nötigte? War diese Human eine Gottheit? Sicherlich eine Hoheit. Zurück im Kobel, würde ich zusammen mit Muzzli die richtigen Worte aufspüren.

Ihr merkt es, liebe Humans, geradezu verguckt habe ich mich in diese erhabene Human, die nun ihren Pharao bei der Hand nahm und bat zu beginnen.

Auch diesem Human war ich schon in den Büchern der Freunde begegnet. Hier kam mir die muskulöse Gestalt eher wie ein phantasievoll verkleideter Sportler vor, und seine befehlsgewohnte Stimme hätte gut zu einem Stadionansager gepasst:

O lebender Sonnengott, Herr der Ewigkeit!
Du bist strahlend, wunderschön und mächtig,
deine Liebe ist groß und gewaltig.

...

Du erhabener Gott, der sich selbst formte,
der jedes Land erzeugt
und erschafft, was auf ihm ist:
die Humanimals mit allem Vieh und Wild,
dazu alle Bäume, die auf der Erde wachsen.
Sie alle leben, sobald du für sie aufgehst;
du bist Vater und Mutter für all dein Geschaffenes!
...

Typisch, hörte ich Marias spöttischen Kommentar, schon hat wieder ein Mannsbild das Sagen.

Wieso, widersprach Josef, ohne Sonne funktioniert gar nichts auf der Erde. Die beiden gehören zusammen. Und im Deutschen haben wir es sowieso kapiert: *DIE* Sonne.

Na ja, lenkte Maria ein, immerhin sind auch bei Pharaos »Vater und Mutter« vonnöten.

Wie man sieht, grinste Josef und deutete auf die sechs Nachkomminnen.

Der prachtvolle Pharao tat einen Schritt zurück. Die Pharaonin trat vor. Ihre Augen unter der blauen Helmkrone blickten lebendig und stolz ins Über-All. Diese Human war ihrem Human ebenbürtig, und sie genoss ihren Auftritt.

Sie alle leben, sobald du für sie aufgehst;
du bist Vater und Mutter für all dein Geschaffenes!
...

wiederholte sie und fuhr fort:

...

Die Fische im Strom schnellen umher vor deinem Antlitz,
denn deine Strahlen reichen bis ins Innere des Meeres.

...

Du lässt Föten in den Frauen entstehen
... Das Küken im Ei piepst bereits durch die Schale

... Wie zahlreich ist doch, was du schaffst,
auch wenn es dem Blick verborgen bleibt!°
...

Nach diesen Worten hielt die Schöne inne – und setzte die Helmkrone ab. Schwarz glänzende Locken fielen ihr auf die Brust. Ihr Pharao-Gemahl sah kopfschüttelnd drüber weg. Sekundenlang übertönte die steinernen Klänge ein bewunderndes Oh aus tausend Kehlen – der meinen auch. Die Töchter rissen sich kichernd die Kappen vom Kopf und zerstrubbelten ihre krausen Zotteln.

Beifall brandete auf.

Die schöne Human lächelte. Strahlte. Wie zuvor stolz und selbstbewusst. Aber ein Drittes war dazugekommen. Sie lächelte stolz, selbstbewusst und humanimal. Die Krone hatte Distanz geschaffen. Jetzt war sie eine von uns. War uns nah ohne Weihrauch und Zeremonien. Ein Kind der Erde wie du und ich. Wir mussten sie nicht verehren, anbeten gar. Wir durften sie lieben.

Bravos mischten sich in den Beifall, Hochrufe. Die sechs Töchter bedankten sich mit einem endlosen Kanon zum Lobpreis Atons. Francesco wurde zunehmend ungeduldig. Schließlich wagte er es, der königlichen Mutter ein Zeichen zu geben, und sie zog sich mit Mann und Kindern von der Plattform vor die Gipfelwand zurück, um das Klangsteinspiel zu probieren. Wobei sich der Vater, sofern ich das aus der Distanz beurteilen konnte, als wahrer Virtuose erwies.

Erleichtert kündigte Francesco nun kurz und knapp die nächste Berühmtheit an: Einen, den ihr alle kennt. Human wie Animal. Auch wenn ihr nie eine Zeile von ihm gelesen habt.

Hoffentlich macht der es genauso, kurz, meine ich, brummte Josef, und ich keckmeckte Zustimmung.

Francesco war hinter dem Gipfelfelsen verschwunden und

kehrte, einen uralten, offensichtlich blinden Mann am Arm führend, zurück.

Anders als seinen Vorgängern schien diesem Auserwählten nicht das mindeste an seinem Auftritt zu liegen. Schließlich war er ohnehin seit Jahrtausenden in aller Munde. Na ja, früher mal. Heutzutage wurden die Humans in den Schulen längst nicht mehr so offensiv wie noch vor zwei Jahrhunderten mit seinen beiden Epen traktiert, aber es reichte ihm. Und jetzt war auch noch diese Hymne dran, von der nicht einmal er selbst wusste, ob er die überhaupt geschrieben hatte.

Sei's drum, mochte er sich gedacht haben. Machen wir gute Miene zum lästigen Spiel, und legte los. Wusste sein Publikum wie eh und je zu begeistern. Ein Profi eben.

Gaia! dich Allmutter will ich besingen, dich alte
Festgegründete Nährerin aller irdischen Wesen,
Was die göttliche Erde behegt und was in den Meeren,
Was in den Lüften sich regt, genießt deine Fülle und Gnade.
Gute Kinder und gute Früchte entsprießen dir, Hehre,
Du hast Gewalt, den sterblichen Menschen Leben zu geben
Oder zu nehmen. Doch selig sind alle, die du von Herzen
Sorgend umhegst; bereitet ist ihnen neidloser Wohlstand.[*]
…

Ich musste zugeben: Das saß. Das ergriff mich. Das war in der Tat ein homerischer Gesang. Und kurzgefasst hatte der Alte sich auch. Und wie er aufgetaucht war, sozusagen aus dem Nichts, war er auch schon wieder verschwunden. Hinterm Berg. Bei den Pharaos. Sicher hatten die Oldies sich so einiges anzuvertrauen. Und ich sehe die erlauchte Gruppe noch heute da hocken, den blinden Sänger, wie er die Steine zum Klingen bringt, dazu *Andra moi ennepe, Mousa …* seine Muse anruft und erzählt und erzählt, dass die Pharaos, vor allem die Kinder, sich vor Lachen kringeln. Eine *Odyssee* 2.0?

Doch Schluss- und Höhepunkt hatte Francesco für sich re-
serviert. Das ließ er sich als Jüngster im Revier der Musen
nicht nehmen. Ich durchschaute ihn. So von Dichter zu Dichter.

Doch als er dann, verstärkt und gestützt von den ewigen
Stimmen seiner großen Ahnen, seinen *Sonnengesang* vortrug, da vergab ich ihm das glamouröse Understatement seines Auftretens.

Gelobt seist Du, Herr
mit allen Deinen Geschöpfen
besonders für Bruder Sonne,
der uns den Tag schenkt
...

für Schwester Mond und die Sterne
klar und kostbar und schön
...

Gelobt seist Du, Herr
durch Bruder Wind und die Luft,
durch wolkig und heiter und jegliches Wetter
durch das Du Deinen Geschöpfen
Gedeihen gibst.

Gelobt seist Du, Herr
durch Schwester Wasser;
Gar nützlich ist sie
und demütig, köstlich und keusch.

Gelobt seist Du, Herr
durch Bruder Feuer,
durch den Du die Nacht uns erleuchtest,
und schön ist er und fröhlich kraftvoll und stark ...

Gelobt seist Du, Herr
durch unsere Schwester
Mutter Erde, die uns ernährt und erhält
vielfältige Frucht trägt
und bunte Blumen und Kräuter.

…

Gelobt seist Du, Herr
für unseren Bruder, den leiblichen Tod;
ihm kann kein Mensch lebendig entrinnen. °

Maria und Muzzli tuschelten während seines Vortrags erregt miteinander, Muzzli zuckte bei jedem *Herr*, der Schweif in die Senkrechte, und Josef amüsierte sich, indem er mit gestreckten Fingern die Anreden mitzählte. Der Perspektivwechsel war, knapp dreitausend Jahre nach dem blinden Sänger, vollzogen. Nun galt der Lobpreis allein einem männlichen Schöpfer, einem *Herrn*. Unsere Erde nicht mehr göttliche Mutter, Gebärerin, sondern (nur noch?) Schwester der Menschen. Dass Francesco sich, wie ich später von einem ehemaligen Ordenskollegen erfuhr, unbekümmert bei Psalm 104 bedient hatte – wen störte das schon? Blieb ja sozusagen in einer Firma.

Wie auch immer: Geleitet von den ewigen Akkorden der Steine, sangen wir ihn mit, Francescos *Sonnengesang*, in all unseren Sprachen, jede°r zu ihrer, zu seiner Gottheit, jede°r mit ihrem, seinem eigenen oder keinem Bild der Schöpferin oder des Ursprungs aller Dinge im Kopf. Deutlich vernehmbar war: Wann immer das Wort *Herr* fiel, nahm die Lautstärke unseres Gesanges ein paar Dezibel ab. Könnte man auch einfach weglassen, den »Herrn« oder?

Bei der letzten Strophe war mir die Sängerin aus der Villa, die jetzt Maria und Josef bewohnten, in den Sinn gekommen. Und ihr Mann, der Maler. Auch für die beiden hatte

Francesco, und wir mit ihm, unseren Vater, unsere Mutter gepriesen. Dieses glückliche Paar! Mit ihm hatte Muzzlis und meine Geschichte und damit im Grunde meine ganze Geschichte begonnen. Glücklich wie die beiden hatte ich sein wollen. Und war es geworden, würde es bleiben, hoffte ich, bis zu meiner unvermeidlichen Begegnung mit Bruder Tod. Doch obwohl ich tapfer auch diese Zeile gekeckmeckt hatte: Gefallen hatte sie mir nicht, und ich hatte Muzzlis Pfote umklammert, als könne sie diesen aufdringlichen *Bruder* in die Flucht schlagen. Als wisse sie den Ausweg aus dieser unausweichlichen Ausweglosigkeit.

Ich wollte nach Hause. In unseren Kobel. Als wäre ich dort in Sicherheit. Bei meinem Muzzli. Und ohne Muzzli? Wenn ich allein lebte? Dann, dachte ich, hätte Bruder Tod seinen Schrecken verloren. Eigentlich war doch alles ganz einfach. Wer sich sein Leben lang Mühe gab, wer Freude für sich und andere suchte, wer mit angeborenen Schwächen so weit wie möglich zurechtkam, wer seine Talente nicht brachliegen ließ, wer an Treue glaubte und sie übte, wer half, wo er helfen konnte und Helfen Sinn hatte, wer einmal dies glaubte und einmal das, weil er eben ein Mensch war und kein Engel – was sollte der vom Tod fürchten?*

So jedenfalls stand es auf einer der Karteikarten von Maria. Und dem konnte ich mich als Sciurus vulgaris bedenkenlos anschließen.

24.

Abstieg vom Klingstein-Berg

Lupus est homo homini, non homo,
quom qualis sit non novit.

Ein Wolf ist der Mensch dem Menschen, kein Mensch,
solange er nicht weiß, welcher Art der andere ist.

Titus Maccius Plautus

Was für ein Tag, dachte ich, als wir den Tʼe chʼing shan be-
dächtig hinabstiegen. Viele Humanimals aller Länder und
Spezies blieben noch bei ihren Steinen, begleiteten die Heim-
kehrenden mit klingendem Lebewohl. Ein Specht hackte auf
seiner Holztrommel ein paarmal *Auf Wiedersehn, auf Wie-*
dersehn dazwischen. Schon in wenigen Stunden würde es so
weit sein. Morgen würden wir Möglichkeiten der Rettung
und Bewahrung unseres gemeinsamen Habitats diskutieren.
Perspektiven der Hoffnung, wie sie zuletzt mit den Vorträgen der vier Forschenden zur Vermeidung von Tierversuchen
Gestalt angenommen hatte, würden im Mittelpunkt stehen.
Jetzt wollte ich nur noch eines: meine Ruhe haben in unserem Kobel. Doch unseren Humanamici (pardon, mein Latein
geht wieder mal mit mir durch), also unseren Humanfreun-
den einfach entwischen wollte ich auch nicht. Sie waren nun
mal nicht so schnell zu Fuß. Mit unseren gut 25 Stundenkilo-
metern konnten sie nicht mithalten. Von Zeit zu Zeit sprang-
en wir daher abwechselnd unseren großen Freunden auf die
Schultern und ließen uns ein Stück weit schaukeln, ehe wir
wieder vorausflitzten.
Wie unterschiedlich wir doch waren, wir Animals und
die Humans. Und doch teilten wir als Erdenkinder dasselbe Schicksal. Diese märchenhafte Einigkeit, die wir hier

genossen und die uns so stark gemacht hatte im Hambacher Forst, war längst nicht aller Erdbewohner Herzensangelegenheit.

Muzzli und ich konnten ein Lied davon keckmecken. Noch vor unserem Protest im Hambacher Forst waren wir einmal Ohrenzeugen geworden, als wir gut getarnt im Jelängerjelieber ein Gespräch zwischen den Schönregens und einem Ehepaar überhört hatten, das auf der Durchreise nach Dänemark bei ihnen Station machte. Unsere Freundschaft mit Maria und Josef war uns zu wertvoll, um sie einem »Ach, wie niedlich, diese Tierchen« auszusetzen, und die beiden zeigten dafür durchaus Verständnis. Schließlich, so Maria, würde sie sich bei einer Familienfeier von Sciuri als einzige Human auch fehl am Platze fühlen. Vitopia ist eben leider nicht überall.

Das Gespräch drehte sich eine Weile um politischen Kleinkram, den die Humans ja immer bitterernst nehmen – es ging um Sinn und Unsinn von Kreisverkehr und um Elektroroller –, und irgendwann kam man dann auf Tiere im Zoo, und ich und sicher auch Muzzli hatten gleich die hiesige Erdmännchenkolonie vor Augen, die schließlich zu so fabelhaften Enkeln geführt hatte.

Unerträglich, dieser Anblick, besonders der Affen, befanden die Besucher, dieser Missbrauch von … Maria und Josef nickten ihnen spontan zu, doch war der Satz noch nicht zu Ende: … von Steuergeldern. Heute könne, wer wolle, Tiere aller Arten im Fernsehen, auf Youtube etc. aus- und einschalten, wann und wie oft er wolle. Kostet nichts, hält die Umwelt sauber. All das Gewese um die Artenvielfalt. Weg damit. Paar Bienen mehr oder weniger, Schmetterlinge, Käfer und das ganze Ungeziefer. Die ganze Wildnis! Was geht die uns an? Und überhaupt: Was wäre denn so schlimm daran, wenn es keine Tiere mehr gäbe? Außer für den Topf! Haha.

Atemlos verfolgten Muzzli und ich, wie sich die Gesichter der Gastgeber zusehends verfinsterten. Waren sie den

Ausführungen, die ich hier nur verkürzt wiedergebe, anfangs noch belustigt, dann kopfschüttelnd, aber höflich widersprechend gefolgt, wurden ihre Mienen bei diesem letzten Satz zu Stein.

Josef suchte das Gespräch auf unverfänglichere Themen zu lenken, etwa das Urlaubswetter, doch auch hier kriegten die Gäste die Kurve und machten die Tiere, diesmal Kühe und Schweine, mal für den Dauerregen, mal für die Dürre verantwortlich, faselten etwas von Methangas und CO_2 und platzten, als Maria und Josef auf diesen Unsinn nicht eingingen, mit der Frage heraus, die mein Muzzli fast vom Geländer gefegt hätte: Und wenn wir Menschen, die gesamte Menschheit, nur überleben könnten, wenn wir alle Tiere töteten – was würdet ihr tun?

Josef machte Hm, hm, als müsse er darüber nachdenken, und wies darauf hin, dass die Autobahn zur Fähre nach Kopenhagen gegen Abend immer sehr voll würde. Maria täuschte eine SMS-Nachricht vor und entschuldigte sich mit einer kurz anberaumten Zoom-Konferenz. Beide hatten offenbar endgültig genug von ihrem Besuch.

Kaum waren die Nordreisenden verschwunden, tauchten wir aus unserer Tarnung auf, und, ich gesteh's, Muzzli und ich schauten Josef und Maria unsicher forschend an: Was hatten die für Freunde?

Maria streckte uns beide Hände entgegen. Entschuldigt bitte. Das haben wir nicht geahnt. Was die im Kopf haben. Die kommen mir nicht mehr ins Haus!

Geradezu obszön, stieß Josef hervor.

Ich kannte dieses Wort »obszön« nicht, aber so wie Josef das Gesicht verzog, musste es etwas Widerliches sein.

Nein, widersprach Maria: Das ist mehr als obszön; mehr als unanständig. Menschenverachtend ist das. Gewissenlos. Barbarisch. Aber: Wenn Lebewesen in Not geraten, wenn es den Wesen um ihr Leben geht, wenn sie mit dem Rücken zur

175

Wand stehen, werden sie aggressiv. Und das nicht nur gegen »artfremde Feinde«. So wie diese Durchreisenden unsere Animals bezeichnet haben. Artfremde Feinde. Von wegen! Wenn's hart auf hart kommt, findet unser Überlebenskampf, der Überlebenskampf des Humans, auch unter seinesgleichen statt. Wie bei den Krabben im Meer, die ihre Artgenossen fressen, um Platz für sich selbst zu schaffen. Ich fürchte, da werden einige unserer Art in primitivste Praktiken zur Selbsterhaltung der Humans zurückfallen.

Schon jetzt ist es doch unerträglich, zu sehen, wie Menschen aus armen Ländern ihr Leben daransetzen, zu uns, in die reichen Länder zu kommen. Du, Josef, kennst die Geschichte, ich erzähle sie ja immer wieder. Aber jetzt erzähle ich sie für euch beide. Maria wandte sich an Muzzli und mich.

Viele Flüchtende kommen aus Afrika zu uns. Das hat mancherlei Gründe. Sie fliehen vor Kriegen, Hunger, fliehen aus armen Ländern auf unseren reichen Kontinent. Hoffen auf ein besseres Leben. Also versuchen sie, heimlich nach Europa zu gelangen. Mit sogenannten Schleppern. Denen zahlen sie viel Geld und werden dann auf Schiffen nach Europa verfrachtet. Illegal; also verboten. Nun ging ein Schiff unter, über tausend Menschen, ertranken. Ihre Leichen wurden an Land gespült. Papiere hatte kaum einer bei sich. Die mussten sie den Schleppern abgeben. Bei einem etwa zwölfjährigen Jungen fand man in der Jackentasche ein in Plastik eingewickeltes Schulzeugnis. Damit hatte er wohl hier in ein neues Leben starten wollen. Als ich das las, sind mir die Tränen gekommen.

Maria putzte sich die Nase und lächelte uns an.

Auch das dürfen wir bei all den Diskussionen um Klimaschutz, Klimawandel, Artensterben, ihr wisst ja Bescheid, nie aus den Augen verlieren. Wir leben *jetzt*. Nicht erst in zwanzig, dreißig Jahren, wenn wir etwa die CO_2-Emissionen reduziert haben und auch andere sogenannte Klimaziele erreicht sind. Wir müssen *jetzt* für die Menschen da sein. Auch und gerade für Menschen, die unsere Hilfe brauchen. Die aber sind hier nicht willkommen. Viele Humans haben Angst vor ihnen. Sie fühlen sich belästigt, bedroht. Auch vor deren Angst habe ich Angst. Die Erderwärmung kriegen wir am Ende schneller in den Griff als unsere eigene Unmenschlichkeit.

Warum kam mir dieser Abend, dieser erregte Monolog Marias, die meist einen kühlen Kopf mit viel Humor bewahrte, gerade jetzt wieder in den Sinn?

Mag sein, weil sich gerade an diesem Tag gezeigt hatte, wozu ein Human fähig ist. Was nutzt ihm sein bewundernswertes Werkzeug, sein Großhirn, das ihn von uns Animals so deutlich, oft beneidenswert, unterscheidet, wenn es ihn letztlich in zwei Arten spaltet wie in der Geschichte von Dr. Jekyll und Mr. Hyde, einem bösen und einem guten Human in einer Person. Diese Humans töten und lieben einander; schaffen mit ihren geistigen Kräften, ihren wissenschaftlichen Leistungen sowohl Massenvernichtungswaffen wie Impfstoffe gegen Pest und Cholera; mit den imaginären Kräften ihres Gehirns entwerfen sie perfide Pläne zu Hass, Krieg und Mord, doch ebenso religiöse und künstlerische Visionen, Wege zu einem besseren Ich. So wie Antigone von Sophokles: *Nicht mit zu hassen, mit zu lieben bin ich da.*

Liebe Humans, die ihr mir bis hierhin gefolgt seid: Ich danke euch! Ihr habt natürlich längst bemerkt, dass ich, seit ich immer öfter und intensiver mit meinen beiden lieben Humans verkehre, mich deren Denkgewohnheiten annähere, mich gewissermaßen zu deren Sprachrohr mache, für einen Sciurus vulgaris eine recht anstrengende Sache. Hätte ich mein Muzzli nicht, die mich immer wieder auf den Boden unserer Wirklichkeit – der fliegenden Sprünge durch grüne Bäume, Spurts über weite Wiesen, Bucheckernschmaus und Haselnussmus direkt vom Strauch – nötigte und nicht zuletzt im Kobel ihren weichen Leib so vertraut in den meinen schmiegte, ich hätte mich wohl längst – ja, zu Schatzhauser gesellt hätte ich mich, hätte mich der Wissenschaft und der Magie verschrieben. Aber ich komme ja nicht aus meiner Haut heraus, wie die Humans sagen, kann nicht einfach mal die Art wechseln, vom Sciurus zum Human und zurück – oder auch nicht. Ich kann mich in dich hineinversetzen, sagen die Humans, wenn sie meinen, einen anderen Human voll und ganz zu verstehen. Aber verstehen sie sich denn überhaupt selbst?

25.

Charles Darwin liebt Gedichte und seinen Großvater

Hätte ich mein Leben noch einmal zu leben, ich nähme mir vor, Gedichte zu lesen und Musik zu hören mindestens einmal in der Woche.

Charles Darwin

Was für eine Nacht! Nein, ich werde euch weder mit meinen Albträumen belästigen noch mit weiteren Mutmaßungen über Befindlichkeiten der Humans traktieren. Wir steigen gleich ein in den dritten Kongresstag.

Mit Pauken und Trompeten. Sozusagen. Denn der Moderator des nächsten Kongressabschnitts hatte sich etwas ganz Besonderes einfallen lassen, auch wenn er später vehement abstritt, dass dieser Empfang seine Idee gewesen sei. Aber der Reihe nach.

Wir saßen kaum auf unseren Plätzen, als ein Elefantenquartett in die Rüssel stieß und das Theater erbeben ließ. Was sich dazu auch noch reimte und mir daher erst recht gefieß. (Ist falsch, weiß ich, aber ihr wisst ja um meine poetische Ader, und ich hab mich schon allzu lange am Riemen, pardon, am Schweif gerissen.)

Also, die Dickhäuter, wie sie von den Humans auch genannt werden, posaunten einem Affenoktett, Flöten spielenden Schimpansen und Gorillas, den Weg frei, drei Bären auf den Hinterbeinen stapften ihnen hinterher, zwei schlugen mittlere Trommeln, die dritte machte geschmeidig tänzerische Bewegungen zu den Klängen des Tamburins zwischen ihren Vorderpfoten. Auf der Bühne warteten drei Esel auf sie mit ihren Leiern, flötende Löwen gesellten sich zu dem pfeifenden Affenensemble; Tiger hieben auf Trommeln und Becken ein, und, ja, auch ein Sciurus vulgaris war dabei, saß mit anmutig geschwungenem Schweif auf dem Notenständer und schwenkte die Klapper. Schatzhauser?

Combo Mesopotamia, aus Suruppak, schon im 3. Jahrtausend v. Chr. habe sich diese Truppe zusammengefunden, stellte der Klapperspieler das Orchester vor. Es *war* Schatzhauser, wir erkannten auf Anhieb seinen internationalen Akzent. Diesen Redner wollte er aus nächster Nähe erleben.

Schatzhauser schwang sich aufs Podium. Diese Darbietung, verneigte er sich vor den Mitwirkenden, ist unser Dank und unsere Hommage an den Mann, der unsere heutige Sitzung eröffnen wird. Dieser Human, dessen Namen die Humanimals weltweit kennen und verehren, hat uns Animals unsere Geschichte gegeben. Unsere Bedeutung für die Entwicklung des Lebens auf unserem Planeten entdeckt. Und er hat uns unsere Würde gegeben. Uns klargemacht, dass wir Animals *Freude und Schmerz, Glück und Unglück* empfinden.

So wie ein Human. Sein ganzes Streben ging und geht dahin, zu beweisen, *dass keine grundsätzlichen Unterschiede zwischen Menschen und Tieren bestehen, was die geistige Stärke betrifft. Gebrauche,* schrieb er, *im Zusammenhang mit Menschen und Tieren niemals die Worte* »erhaben« *und* »gering«.

Gestern habt ihr einen seiner Vorfahren erlebt. Seinen *Sonnengesang* auf dem T'e ch'ing shan werdet ihr wohl nie vergessen. Und die Verse der noch weit älteren Abgesandten aus Indien, Ägypten und Griechenland auch nicht. Heute fügt sich zu Religion und Poesie die Wissenschaft.

Damit nahm Schatzhauser seinen Platz beim Orchester wieder ein. Die Kapelle spielte etwas Ähnliches wie einen Tusch, und aus dem Seiteneingang schritt die mit steigender Spannung erwartete Person, einen eleganten Gehstock schwingend, ans Rednerpult. Ein rüstiger Human in vorgerücktem Alter, mit kahlem Kopf, tief liegenden Augen und dunklem Patriarchenbart, im weißen Hemd, heller Weste, schwarzem Frack und grauer Hose, eine gutbürgerliche Erscheinung des 19. Jahrhunderts. Der üppige Bart ersparte ihm, lernte ich später von Josef, den Knoten in seine Krawatte zu binden, die seinerzeit mehrfach eng um den Hals geschlungen werden musste. Wie ein Mann, der nicht nur die Wissenschaft revolutioniert hatte, sondern weit mehr noch unser Bild vom Ursprung unserer Arten, vor allem aber das Bild der Humans von sich selbst als direkte Kinder Gottes zerfetzt hatte: Wie ein Bilderstürmer sah dieser achtbare Human wahrlich nicht aus.

Aus seiner Hosentasche nestelte er eine goldene Taschenuhr an einer langen Kette, betrachtete sie liebevoll und legte sie vor sich auf das Pult. Auch mir gefiel ihre altertümliche, barocke Pracht.

Charles Darwin, stellte der Human sich vor. Als ob ich das, nachdem Schatzhauser ihn vorgestellt hatte, Josef und Maria sei Dank, nicht längst gewusst hätte. Der weltberühmte

Wissenschaftler, den zu seiner Zeit hämische Kritiker nur mit Affenkopf, in Männerkleidung und typisch gebeugter Gangart darstellten, bedankte sich mit warmen Worten bei dem Orchester und versprach uns für das Ende der Veranstaltung eine Überraschung. Nur gemeinsam könne man weiterkommen, das gelte für alle Bereiche. Ob Darwin lächelte, als er das sagte, verbarg leider sein Bart, aber dass er uns in der ersten Reihe zuzwinkerte, besonders Maria, das sah ich genau. Mit einer Verbeugung grüßte er zu Francesco hinüber, der zwischen Noah, dessen Frau Haikal, Antigone und Hera bei den Ehrengästen saß. Ja, ihr habt richtig gelesen, Noah mit Frau. Wie sonst wäre es mit euch Humans weitergegangen? Komisch, dass das nicht in eurem *Alten Testament* steht. Alle Animals hat er ja paarweis eingeschifft. Aber das nur am Rande.

Und dann legte der Wissenschaftler ohne weitere Höflichkeitsfloskeln los. Mit einer Standpauke an die Humans. Die, würde Isidor sagen, sich gewaschen hatte.

In der langen Geschichte der Menschheit (und der Tiere auch) haben diejenigen, die lernten zusammenzuarbeiten und zu improvisieren, am effektivsten überlebt. … Aber wir müssen auch einräumen, dass der Mensch mit all seinen hohen Eigenschaften noch immer den unauslöschlichen Stempel seines bescheidenen Ursprungs trägt.

Ein Murren kam aus dem Publikum; Hähne krähten Protest. Wurden von Schlangen niedergezischt.

Darwin fuhr ungerührt fort: *Es ist nicht die stärkste Spezies, die überlebt. Noch die intelligenteste, die überlebt. Es ist diejenige, die am anpassungsfähigsten ist, sich zu verändern.* Lasst euch gesagt sein: *Nichts in der Geschichte des Lebens ist beständiger als der Wandel.* Auf der vorerst letzten Stufe der Entwicklung stehen die Menschen, die ihr hier und heute auch Humans nennt. Nächstenliebe bis zur

Selbstaufopferung so gut wie der Einsatz brutaler und heimtückischer Vernichtungswaffen, herrlichste Kunst und niedrigste Instinkte zeichnen diese Humans aus. Sie sind die großartigste und die gefährlichste Kreatur auf unserem Planeten. Könnt ihr denn euer gottgegebenes Werkzeug, euer Großhirn, nicht besser nutzen? Wenn ihr so weitermacht, sägt ihr den Ast ab, auf dem ihr sitzt. Ich kann es nach jahrzehntelanger Forschung beweisen: *Wir wissen mit absoluter Gewissheit, dass Arten aussterben und andere sie ersetzen.*

Ich weiß, ihr, die ihr hier versammelt seid, habt erkannt: Ihr tragt nicht nur eine Verantwortung für eure Spezies, ihr Humans. Sondern für alles, was euch Mutter Erde geschenkt und anvertraut hat, Fauna und Flora. Und auch für das, was ihr geschaffen habt und noch schaffen werdet. Was habt ihr bloß aus dem Geschenk der Gaia, der Natur, den natürlichen Gaben und eurer Phantasie, eurer Erfindungskraft gemacht? Seid ihr eigentlich verrückt, immer neue Vernichtungswaffen für eine immer effektivere Zerstörung von Leben zu erfinden, Leben eurer eigenen Artgenossen, die ihr Feinde nennt? Habt ihr diesen Wettlauf um die besten Waffen zur gegenseitigen Vernichtung noch immer nicht als Irrsinn erkannt? Da zerstört ihr nicht nur Natur, eure ganze Kultur, auf die ihr doch so stolz seid, ist euch dann auf einmal nichts mehr wert. Und das nennt ihr dann auch noch »gerechter Krieg«.

Ja, ich weiß, was mir aus dem Missverständnis meiner Forschungsergebnisse in die Schuhe geschoben wird. Man hat meine Theorie willkürlich auf die menschliche soziale Gesellschaft übertragen und davon das Recht des Stärkeren über den Schwächeren abgeleitet. Ich nutze diesen Auftritt hier, mich dagegen auf das Allerschärfste zu verwahren. Übelste Folgen hat diese Auffassung gezeitigt: von der Legitimation rücksichtslosen Wettbewerbs, gipfelnd im Krieg, bis zur »Naturgegebenheit« eines dumpfen Rassismus. Das ist mehr als ein wissenschaftliches Missverständnis. Das ist ein unverschämter Missbrauch, der nichts mit meiner Forschung und meinen Schlussfolgerungen zu tun hat. Wenn ihr euch einen Satz von mir merken wollt, dann den: *Die Liebe zu allen lebenden Kreaturen ist die vornehmste Eigenschaft des Menschen. Das* ist die Quintessenz meiner Forschung.

Dank dieser Eigenschaft, der Liebe in all ihren Spielarten, vom kruden Sex bis zur aufopfernden Nächstenliebe, habt ihr Humans bislang überlebt. Nächstenliebe in so vielen alltäglichen Formen, die uns so selbstverständlich sind, das wir sie kaum noch wahrnehmen. Das warme Wasser aus der Leitung, der pünktliche Bus, ärztliche Fürsorge, Licht an, Licht aus, frisches Brot vom Bäcker – sicher fallen auch euch zig Beispiele ein. Das gegenseitige Geben und Nehmen: die Basis unseres friedlichen Zusammenlebens.

Doch euer Verhalten treibt mir mitunter die Scham ins Gesicht. *Erröten ist der eigen-artigste und menschlichste allen Ausdrucks,* könnt ihr bei mir lesen.

Darwin nahm seine Taschenuhr vom Pult, führte sie nah an die Augen und steckte sie zurück in die Tasche.

Zu lang bin ich, wieder einmal, sagte er, und diesmal war ich sicher, dass er lächelte unter seinem Bart. Nur eines noch. In euern reichen Ländern habt ihr Humans alles im Überfluss. Noch. Was werdet ihr tun, wenn dem nicht mehr so ist und Tausende sich auf den Weg machen, um euch zum Teilen zu zwingen? Werdet ihr eure Habitate verbarrikadieren? Mit Gewalt? Mit Waffen? Schießen? Wie es von einer rechtsradikalen Human schon einmal zu hören war.

Geschämt habe ich mich für euch, so etwas aus dem Mund einer von uns zu hören! Vor Humans wie dieser, und das sind weltweit nicht wenige, müsst ihr nicht weniger Angst haben als vor den Folgen des Klimawandels.

Ich sah zu Maria hinüber. Ja, dieser Ehrfurcht gebietende weise Mann sprach ihr aus der Seele.

Ich beobachte, fuhr Darwin fort, aus meinem universalen

Habitat, dass ihr, meine Artgenossinnen und -genossen, einen zentralen Wert zu verlieren droht: Scham. Müsst ihr Humans wieder lernen, euch zu schämen? Nicht für Kleinigkeiten, irgendein Erwischtwerden oder Bloßgestelltwerden. Vielmehr für »Gedanken, Worte und Werke«, wie es in der Bibel heißt, die eure humanen Werte verletzen.

Ich habe euch hier ein paar Zeilen mitgebracht. Aus dem *Talmud*, einer der bedeutendsten Schriften des Judentums. Weit älter als das Neue Testament. Fünf Sätze. Mehr braucht es nicht für ein anständiges Leben.

Achte auf deine Gedanken, denn sie werden Worte.
Achte auf deine Worte, denn sie werden Handlungen.
Achte auf deine Handlungen, denn sie werden Gewohnheiten.
Achte auf deine Gewohnheiten, denn sie werden dein Charakter.
Achte auf deinen Charakter, denn er wird dein Schicksal.

Darwin machte eine Pause, griff sich untern Bart und lüpfte ihn ein paarmal auf und ab. Offenbar hatte er auch sich selbst tüchtig eingeheizt.

Nun, fuhr er in einem milderen Tonfall fort: Nun, eine Moralpredigt wollte ich euch eigentlich nicht halten. Aber ich denke, der gute alte Talmud hat uns auch heute noch etwas zu sagen.

Und jetzt zu meiner Überraschung. Auf der Bühne steht heute ein Flügel. Und neben dem Pult eine blaue Hortensie. Die habe ich mir gewünscht. Die blaue Blume der Poesie. Ja, ich gesteh es: Ich bin ein Romantiker. Warum sollte ein aufgeklärter Mann nicht auch ein Romantiker sein? *Hätte ich mein Leben noch einmal zu leben, ich nähme mir vor vor, Gedichte zu lesen und Musik zu hören mindestens einmal in der Woche.*

Heute mit euch zusammen. Ist auch für mich eine Premiere. Am Flügel. Zu Lebzeiten hatte ich dazu keine Zeit. Aber da oben habe ich das nachgeholt. Ist also sogar eine Uraufführung. Bin ganz schön aufgeregt. Hoffentlich muss ich mich nicht schämen.

Darwin zwinkerte Maria zu, dann Cäcilia, die reckte ihm beide Daumen entgegen. Darwin schritt feierlich zum Flügel. Schatzhauser zog sich auf sein Notenpult zurück.

Ich bin ja kein Fachmann, aber was ich da hörte, hat mir gefallen. So eine Mischung von allem. Potpourri heißt das, so Josef. Ob gut oder schlecht gespielt? Das mögen Experten herausfinden. Unter den Zuhörenden erkannte ich meinen Franz, den Richard, Elvis, Mahalia, die Callas, Wolfgang, Louis und Ludwig und viele andere. Von der Ehrentribüne und aus dem Publikum kamen sie auf die Bühne und bildeten zusammen mit einer bunten Singvogelwolke um den Mann am Klavier einen Halbkreis. Und auf dem Gehäuse des Instruments tanzte zu den forschen Rhythmen ein Kakadupärchen mit erregt gesträubter Federhaube und einer Präzision, die Darwin zu immer tollkühneren Takten inspirierte. Das humanimale Trio versetzte das Theater in Ekstase.

Schließlich beendete Darwin sein Spiel, dankte den Tänzern mit einer gravitätischen Verbeugung, schritt zurück ans Pult, zog ein schmales Buch aus der Tasche seines Gehrocks und hielt es hoch. *World's Best Poetry*, las ich.

Nun, begann Darwin, die Musik habt ihr hinter euch. Jetzt ist die Poesie dran. Wen ich wohl ausgesucht habe? Einen Dichter, der mir im Blut liegt. In den Genen. Erasmus Darwin. Mein Großvater. Gestorben, noch bevor ich geboren wurde. Ein großartiger Dichter – und Naturforscher. Ein Dichter, der sein Talent nicht nur nutzte, um die Natur zu beobachten und zu feiern. Auch nachgedacht über die Natur hat er in seinen Gedichten. Allen gefiel das nicht. Sein Meisterwerk *The Temple of Nature* setzte die katholische Kirche sogar auf den Index. Verboten. Und zeitgenössische Konkurrenten und Neider haben ihm sein Leben als Dichter schwergemacht. Fakt bleibt: Seine poetische Phantasie hat meine wissenschaftliche Prosa vorweggenommen. Literatur kann vorwegnehmen und vorbereiten; sie kann spekulieren, Möglichkeiten, Aussichten erwägen. Wäre das für eure Dichterinnen und Dichter nicht auch eine dringende Aufgabe? In einer Zeit, die so viel Heilung braucht und so viel Weisheit über die natürliche Welt. Wenn jemals eine Zeit solche poetischen Imaginationen braucht, dann eure! Wo ist der Dichter, die Dichterin, die sich der Herausforderung stellt, die das Lied der Evolution singt, des Klimawandels, des Kosmos? Und nie vergessen: das Lied des Miteinanders. Des Friedens. In einem bescheidenen, aber hoffnungsvollen Sinn können auch die Künste dazu beitragen, die Welt zu heilen. Hier in Epidauros hat man das vor weit über zweitausend Jahren gewusst.

Hört nun ein paar Zeilen aus dem gewaltigen *The Temple of Nature* mit seinen nahezu zweitausend Versen.

Organisches Leben, unter den uferlosen Wellen
Ward es geboren, genährt in des Ozeans perlweißen
Höhlen;
Winzige erste Formen, unsichtbaren Kugelglas'
Bewegen im Schlamm sich, durchbohren die
Wassermassen;

Diese, als aufeinanderfolgende Generationen erblühten,
Erwarben neue Macht und bekamen größere Glieder,
Wodurch zahllose Arten von Pflanzen entstanden
Und atmende Sphären von Flossen, Füßen und Flügeln
…
Ruft um den Erdkreis, wie Fortpflanzung sich bemüht,

Den Tod besiegt – und Glück ringsum überlebt,
Wie das Leben der Völker überall wächst und blüht

Und die junge wiedergeborene Natur selbst die Zeit
besiegt.°
…

So weit ein paar Zeilen von meinem wunderbaren Großvater. Es ist gewiss in seinem Sinne, wenn ich mir für unseren nächsten Kongress, denn dieser hier wird sicher nicht
der einzige bleiben, etwas wünsche. Etwas, das Dichter, Naturwissenschaftler und Musiker zusammen erschaffen könnten: eine Urknallkantate! Ohne Angst vor den großen Fragen
der Menschheit: Woher kommen wir? Wer sind wir Humans?
Wozu sind wir in diesem Augenblick der Evolution auf diesem Planeten? Was ist unsere Verantwortung?

Unter nicht enden wollendem Applaus setzte sich Charles
noch einmal ans Klavier und intonierte für Erasmus Darwin
die ersten Takte von Josef Haydns Oratorium *Die Schöpfung*.

Mit dieser Hommage hatte Darwin nicht nur uns Animals
überrascht. Auch Maria und Josef hatten von *diesem* Erasmus und von der musikalischen Begabung seines Enkels nie
zuvor gehört.

Und sein Vorschlag einer Urknallkantate! Allein das Wort!
Herzlich! Knackig! Zehn Haselnüsse auf einmal! Musste ich
zu Hause mit Josef diskutieren.

Denn hier sollte es nach einer kurzen Pause weitergehen.
Den zentralen Punkt, die Vorschläge zur Rettung des Klimas,
hatten wir ja noch kaum angesprochen. Jedenfalls nicht konkret. Uns nur ständig der fatalen Situation und unserer guten
Vorhaben versichert.

Cäcilia gesellte sich gleich zur Combo Mesopotamia, Äffin
Maja mit der Altflöte hatte es ihr angetan, Muzzli ließ sich

von der Bärin das Kastagnettenspiel zeigen und handhabte es ganz allerliebst; Isidor interessierten die Leier spielenden Esel; der kleine Isidor mit seiner Mundharmonika und sein Esel Eseldor mit seinem melancholischen Iah waren auf dem elterlichen Bauernhof unzertrennlich gewesen, hatte er uns einmal erzählt, und nun wollte er wissen, wie Eseldors mesopotamischer Vorfahr sich das Leierspiel beigebracht hatte. Josef diskutierte mit Willi, Hera, Milli und Erdo. Doch wo waren Maria, Pauli, Polli und Pilli geblieben? Sie waren, so wie Darwin, nirgends zu sehen.

Muzzli zupfte mich am Schweif: Du, ich brauch Bewegung. Wie wär's mit einer Runde durch die Mammut- und Elefantenbäume, so etwas erleben wir nur hier. Aber pass auf, die höchsten werden 60 Meter, na komm, wir sind ja schwindelfrei.

Herrlich war es, mit Muzzli durchs Geäst zu fegen, durchs Laub zu streifen, herrlich, Stockwerk für Stockwerk den Stamm zu bewältigen, in der Tat ein mutiges Wagestück, aber sag das mal meinem Muzzli. Und sie hatte ja wieder mal recht. Herrlich war es, seiner eigenen Art zu folgen, zu tun, was uns angeboren war, lustvoll, naturgegeben, Gaias Geschenk. (Habt ihr's gemerkt – in einem Absatz dreimal herrlich, o Wendelin, und du willst eine Urknallkantate schreiben!)

26.

Wir schaffen das!

Wie überragend doch die Zukunft
gegenüber der Gegenwart ist,
wenn man von Kindern umringt ist.
Charles Darwin

In unserer Reihe saßen schon alle wieder auf ihren Plätzen, bis auf Maria, Cäcilia und Polli. Josef nickte uns zu, alles in Ordnung.

Und dann ging's los. Wie die Orgelpfeifen hüpften, flogen, stapften sie von den oberen Rängen der Bühne entgegen, junge Humans und Animals, keines älter als zwanzig, die Jüngsten eben eingeschult, eine liebliche humanimale Schlange wand sich da an uns vorbei, da zieht unsere Zukunft voran, ging mir durch den Kopf, wer hier jetzt nicht den Rhythmus des ewigen Lebens spürt, der ewigen Liebe, der ist nicht von dieser Welt. Ich griff nach Muzzlis Pfote. Ja, ich bin noch da.

Charles, Maria und Cäcilia gingen vorweg, gaben den Ton an für einen gewaltigen Kanon aus Tausenden humanimaler Kehlen. Den Ton für unser Lied, das wir damals im Hambacher Forst zum ersten Mal geschmettert hatten und das zur Hymne unserer Bewegung geworden war.

Alle Wesen sind nun da
alle Wesen alle
Humans und die Animals
alle all Humanimals
Frühling will nun einmarschiern
Zukunft für uns alle.

Für Maria, Cäcilia und Darwin, Charles, wie wir ihn nun nannten, standen Stühle bereit, die jungen Humanimals verteilten sich im Schneidersitz auf der Bühne. Ich sah, wie Cäcilia Isidor angrinste, sicher dachten sie an alte Zeiten, Zeiten der APO, an ihre eigenen Demos und Sit-ins.

Charles, oder noch lieber Charlie, jetzt im legeren Freizeitanzug und mit gestutztem Bart, was ihn mindestens zweihundert Jahre jünger aussehen und endlich auch sein freundliches Lächeln erkennen ließ, winkte dem enthusiastischen Publikum beinah ausgelassen zu.

Wie überragend doch die Zukunft gegenüber der Gegenwart ist, wenn man von Kindern umringt ist, rief er, und der Beifall schwoll noch einmal an.

Charles machte eine einladende Geste zu Maria, und die beiden wechselten die Plätze.

Maria wirkte ein wenig streng in ihrem dunkelgrünen Kostüm, Wald in der Dämmerung, Gefahren bergend, aber doch auch Schutz verheißend. Wie immer war sie die Gelassenheit selbst.

Diese vier jungen Humanimals, sie winkte Polli, eine junge Frau, einen Jungen und einen jungen Mann aufs Podium, haben gestern Mittag Marx und Morus gebeten, heute hier auftreten zu dürfen. Im Namen ihrer Altersgenossinnen und -genossen. Recht so. Auch ihre Stimme muss gehört werden. Die Wissenschaft hat seit Jahrzehnten den Klimawandel erkannt und gewarnt. Ihre Warnungen sind gehört, auch diskutiert worden, doch den Worten folgten keine oder doch nur ungenügende Taten. Die Kampagne der herausragenden Biologin Rachel Carson, die weltweit die Felder, und damit unsere Nahrung, von dem hochgiftigen Pflanzengift DDT befreite, ist eine der wenigen Ausnahmen.[*] Rachel, Maria winkte hinauf zur Ehrentribüne, noch einmal herzlichen Dank und herzlich willkommen.

Doch zurück zu meiner Begleitung, den Jung-Humanimals.

Junge weibliche und männliche Humans waren – und sind – es, die ihren Protest gegen die Sorglosigkeit, mit der die Politik den Mahnungen der Wissenschaft begegnete, erstmals auf die Straße trugen. Leibhaftig. Tausende junger Humans kann man nicht mal eben in die Schublade schieben wie ein Gutachten oder ein unbequemes Dossier. Die Demonstrationen waren ein unüberhörbarer Weckruf. Ich selbst bin schon einige Male mitgegangen und habe mich so wie viele Wissenschaftlerinnen und Wissenschaftler den Protesten angeschlossen. Daher werde ich heute den Erfahrungsaustausch der vier abgeordneten jungen Humanimals moderieren.

Wir wissen es alle: »Weiter so« führt mit hoher Wahrscheinlichkeit zu einem kontinuierlichen Anstieg der Temperaturen um die vier Grad bis Ende dieses Jahrhunderts. Unser Planet würde zu einem unwirtlichen Ort.

Als meine Eltern jung waren, galt der technische Fortschritt als Fortschritt schlechthin. Wie fasziniert erzählen sie noch heute von der Mondlandung! Sie war ein Triumph von Naturwissenschaft und Technik über die Grenzen, die dem Menschen als Naturwesen gesetzt sind.

Meine Eltern waren berauscht vom Aufbruch in eine neue Welt. Alles schien möglich. Anything goes, hieß es damals.

Und der Protest heute? Mir scheint, er ist in erster Linie ein Protest gegen die mögliche Klimakatastrophe, die unser »westlicher Lebensstil« verursacht hat. Was für ein verharmlosender Begriff. Wir produzieren zu viel, konsumieren zu viel, verbrauchen zu viel Rohstoffe und Energie.

Alles richtig. Aber wie weiter? Was können wir tun? Miteinander und jede°r Einzelne? Darauf versuchen unsere vier Humanimals ihre ganz persönliche Antwort.

Maria winkte nun den Humanjungen heran, dem eine junge Sciurus vulgaris flugs auf die Schulter sprang. Unsere Polli. Thronte da auf blau kariertem Hemdenstoff mit ihrem grau-schwarz gestreiften Bauch und funkelnd rotem Schweif – ein Mischwesen zum Verlieben.

Und ihr Träger? Ein stämmiger Human, etwa zwölf, höchstens vierzehn Jahre alt, flachsblondes Haar wie im Märchenbuch, dazu passend hellwache blaue Augen, und ein Mund, der noch nicht recht wusste, ob er einmal energisch oder verträumt lächeln würde. Hoffentlich beides. Jetzt war er vor Aufregung fest zusammengepresst.

Polli hüpfte ein Stückchen näher an seinen Hals heran, legte ihm ihren Schweif um den Kopf und kitzelte ihn ein wenig. Was sicher als Ansporn gemeint war, den Junghuman jedoch zu einer spontanen, unwirschen Abwehrbewegung veranlasste, worauf Polli ihm zuerst vor Schreck auf den Kopf sprang und dann brav zurück aufs karierte Hemd. Und dort sitzen blieb. Mit hochgestelltem Schweif. Beleidigt.

Maria war dem kleinen Missverständnis lächelnd gefolgt; die beiden würden sich schon aneinander gewöhnen.

Liebe Humanimals, wandte Maria sich nun an uns, das Publikum, hier haben wir mit Polli Erdhorn ein Gründungsmitglied unserer Bewegung. Na ja, ist ein bisschen übertrieben, aber ihr Onkel, Willi Kretzschnuss, war einer der Initiatoren der Besetzung des Hambacher Forsts.

Maria machte eine Pause, um den Beifall des Publikums anzulocken, der auch prompt aufbrauste. Heute, fuhr Maria fort, besucht Polli das humanimale Astrid-Lindgren-Gymnasium in Hamburg. Sie sitzt sozusagen diesem jungen Human, Nils Holgers, im Nacken. Ein Neffe von mir, auch vom Lindgren-Gymnasium.

Polli schwang sich auf Nils' Kopf, und ein Ah ging durchs Publikum. Nils strahlte nun wieder, und Polli streichelte kokett ihre gestreifte Brust.

Lebensfreude!, keckmeckte sie. Das könnt ihr Humans von uns Animals lernen. Und noch viel mehr. Horcht auf! Wir Animals konzentrieren uns auf das Wesentliche! Wir halten zusammen. Wir achten auf genügend Schlaf. Gesunde Kost. Bewegung. Wir sind ehrlich. Wir sind treu. Wir bleiben neugierig. Wir nehmen von Mutter Natur nur, was wir brauchen. Wir Animals machen keinen Müll. Bei uns geht alles mit natürlichen Dingen zu. Ihr diskutiert viel über Nachhaltigkeit. Ist doch ganz einfach. Nachhaltig: Immer genug für alle. Dafür müsst ihr sorgen. Alles klar? Und jetzt noch einmal alle zusammen: Immer genug für alle!

Damit sprang Polli auf Nils' Schulter zurück und suchte meinen Blick. Ich gab Muzzli einen Stoß. Die wischte Josef mit dem Schweif über die Hand, der begriff und begann mit seinen großen Humanhänden zu klatschen. Das Publikum begriff: Das war's. Also gab's einmütigen Beifall, nur ein paar Ziegen meckerten, wurden aber von Hunderten Schafen niedergemäht, von Kühen plattgemuht.

Und ich? War hochzufrieden mit meiner Enkelin. Besser kann man es nicht auf den Punkt bringen. Nachhaltig: »Immer genug für alle.« Genial! Hatte wohl was von meiner Leidenschaft für die Wörter im Blut. Würzen ist Kürzen ist Würzen.

Nun war Nils Holgers dran, übrigens weitläufig verwandt mit Nils Holgersson, diesem ersten ökologisch korrekten Vielflieger. Zuverlässig dokumentiert. Polli hatte von ihm erzählt. Dass Nils Holgers gerne las, wusste ich, auch, dass er selbst Geschichten schrieb und diese Polli manchmal vorlas.

Und nun stand er da, der gedrungene stämmige Bursche, und schwärmte vom Reisen. Wo er schon überall gewesen sei. Den ganzen uns anvertrauten Erdball habe er zuerst einmal kennenlernen wollen. Durch Schweden bis hinauf nach Lappland sei er schon gekommen, Uppsala und Stockholm kenne er wie seine Westentasche.

Natürlich fasse ich hier nur knapp zusammen, was Nils uns so ausführlich wie kurzweilig und anschaulich berichtete, und wir hörten gebannt zu. Aber sicher dachte der eine, die andere auch: Ob die viele Reiserei gut fürs Klima ist?

Irgendwann kam Nils wieder in Epidauros an, lachend über das ganze Gesicht. Ja, so ist das mit dem Reisen. Reisen bildet. Sagt Josef. In den nächsten Ferien geht es übrigens in die andere Richtung, nach Süden, nach Collodi in der Toskana. Da treff ich einen alten Freund, Pinocchio. Wer will, kann gerne mitkommen, kostet so gut wie nichts. Und die Umwelt? Bei diesen vielen Reisen? Die CO_2-Bilanz? Ich will es euch verraten: Ich fahre nicht Auto, nicht Bahn, ich fliege nicht. Jedenfalls nicht mit dem Flugzeug. Ich fahre Fahrrad. Zur nächsten Bücherei. Zum Buch. Auf Papier oder als Download. Lesen bildet, das sagt Josef auch. Und wenn dann in den Büchern zudem noch gereist wird! Die Welt steht uns offen. Von der ersten bis zur letzten Seite. Was ich da schon alles erlebt habe! Als ich damals in den Minen von Falun …

Nils wollte noch einmal weit ausholen, aber Maria legte ihm die Hand auf die Schulter, und wir sparten nicht mit Beifall.

Moment!, rief Nils. Nur eins noch! Das heißt nicht, dass ich ein Stubenhocker bin. Da solltet ihr mich mal beim Segeln sehn oder auf meiner Position als Linksaußen. Da hab ich auch das Lesen gelernt, das Reiselesen, meine ich. Na ja, nicht ganz freiwillig. Hatte mal einen Kreuzbandriss, wünsch ich keinem, und musste monatelang pausieren. Seitdem steht Lesen an erster Stelle. Aber jedes Jahr in den Sommerferien geht's mit Kumpels auf eine große Radtour. Letztes Mal durch die Uckermark. Wenn ich euch erzähle, wen wir da getroffen haben …

Maria drängte Nils sanft, aber nachdrücklich weg vom Rednerpult, und wir klatschten noch einmal.

Sehr gut, lachte Muzzli, ein lesender Radfahrer! Aber ob das reicht für eine ökologische Wende?

Auch Isidor hatte seinen Neffen mitgebracht. Till Spiegel, ein schlaksiger Bursche, mit sehr dünnem Haar.

Er half Isidor mitunter auf dem Hof. Die Maschinen hatten es ihm angetan. Und die Hühner. Die wollte er auch einmal haben, Niederrheiner, später. Jetzt war er im letzten Lehrjahr. Kraftfahrzeugmechatroniker. Eine Weiterentwicklung vom Kfz-Mechaniker, hatte Isidor erklärt, Spezialist für E-Autos und Hybride.

Und das war Till Spiegel wirklich. Ein Spezialist. Ein Mann, der für seine, unsere, Sache brannte: den Schutz unserer Erde. Sein Beruf? Eine Technologie für die Zukunft, schwärmte er und holte aus zu einem Vortrag über Hybrid- und E-Traktoren, dass uns Hören und Sehen verging. Rühmte die neuen kleinen Tractorbumper, die Traktoren für andere Verkehrsteilnehmer sicherer machen, besonders nachts mit ihren LED-Konturleuchten; pries einen italienischen Weinbergschlepper mit Hybridantrieb, kleinem Wendekreis und hoher Traktion. Pries und pries und pries. Und schließlich zog er sein Ass aus dem Ärmel: einen gänzlich emissionslosen Hybridtraktor aus Litauen, emissionslos durch eine Kombination aus Biomethan und Elektroantrieb. Methan aus tierischen Ausscheidungen, umgewandelt in Biomethan, speichert mehr Emissionen, als es ausstößt, versprach Till. Und er hatte noch mehr in petto:

Mit ein paar Jungen und Mädchen seiner Berufsschule und des benachbarten naturwissenschaftlichen Gymnasiums besuchte er Kurse des Berufskollegs, wo neue Techniken zur Rettung der Umwelt diskutiert wurden. Zuletzt hatten Lösungen gegen die Erderwärmung und deren Folgen auf dem Lehrplan gestanden, und die Ohren des jungen Mannes flammten vor Begeisterung rot auf:

Als er Flotten unbemannter Raumschiffe steigen ließ, Raumschiffe, die Wolken säen, auf dass er fließen möge, der Regen.

Als er Sonnenstrahlen beschwor, die gemeinsam mit Schatten einen stratosphärischen Schleier vor die Sonne spannten.

Als er photosynthetisches Plankton züchtete, um Meere und Meeresbewohner gegen die Plastikverseuchung zu schützen.

Als er Plastik zu Treibstoff verbrannte, anstatt es auf Müllhalden zu deponieren, wo es beim Zerfallen das tödliche Treibhausgas Methan freisetzt.

Als er durch Insektenbefall und Trockenheit gefährdete Wälder wieder sich selbst überließ, damit sie sich erholen und als Luft- und Wasserfilter gegen Erosion und Hochwasser dienen konnten.

Muzzlis Pfote griff nach der meinen. Ich erwiderte ihren zuversichtlichen Druck. Mit Humans wie diesen an unserer Seite mussten wir keine Angst haben. Und den älteren Humans tat es sicher gut, aus den jungen Mündern einmal nicht nur Vorwürfe zu hören. Nils, der bescheidene, umweltbewusste Weltreisende, und Till, der Praktiker, setzten ihr Werkzeug, ihr Gehirn, so ein, wie es das 21. Jahrhundert erforderte. Für sich und uns und unsere Kinder. Mit uns an ihrer Seite. So wie im Hambacher Forst.

Nach einer kurzen Pause, in der Nils und Till, besonders aber Polli von Humanimals umringt waren, die sich ein Autogramm auf Haut und Fell abholen wollten, ja, so was gab's hier auch, von Polli mit spitzer Kralle geritzt, trat eine ehemalige Schulkameradin Pollis auf. Eine außergewöhnliche Begabung, zwei Klassen über Polli, einmal eine Klasse übersprungen, studierte nun seit einem Semester Kognitionswissenschaften. Fragt mich nicht, was genau das ist, ich hatte es auch nach Josefs Erläuterungsbemühungen nicht verstanden. Irgendwie geht es darum, warum man denkt, wie man denkt, was man denkt und wie das Gehirn, sie nennen es das neuronale Netz, dabei funktioniert. Die Engländer nennen das Fach kurz und bündig: Science of the Mind.

Bei den Schönregens auf der Veranda war ich Angela Bach ein paarmal begegnet, immer wieder fasziniert von dem Lächeln dieser unscheinbaren, noch sehr jungen Frau, die ernsthaft, nachdrücklich und klar ihre Ansichten vertrat. Dieses Lächeln aber … Verzeiht mir diesen nicht gerade originellen Vergleich, aber es war wirklich jedes Mal, als bräche die Sonne aus einer dunklen Wolke hervor. Es verwandelte Angelas Gesicht in das einer Schönheit, und ihr Gegenüber fühlte sich beglückt.

Genug geschwärmt. Darf ich aber, meinem Muzzli geht es wie mir.

Angela trug einen Hosenanzug, in dem ich sie schon auf der Veranda angetroffen hatte. Oder? Jedenfalls trug sie einen ähnlichen Anzug, eine Art Uniform. So wie mein Muzzli. Braucht ja auch nicht dauernd ein anderes, modernes Fell. Tja, auch da könnten die Humans so einiges für die Umwelt tun. Von wegen dauernd was Neues oder Billigklamotten! Hab ich selbst mal gehört, von so 'nem Humanschnösel: Mein T-Shirt waschen? Dreckig und rein in die Tonne.

Jetzt aber zur Sache, zu Angela. Die begann mit einem Lob Pollis. Wichtige Sachen habe die gesagt. Jawohl, jede°r könne ihr Teil beitragen. Dennoch dürfe man die ökologische Frage nicht privatisieren, politisieren müsse man sie.

Und wie? Angela war bestens vorbereitet. Hatte sich sogar Notizen gemacht.

Wer auf dem Land wohnt, begann sie, braucht ein Auto, wer international arbeitet, ein Flugzeug. Auch Zahlen beweisen: Kalt duschen, Heizung runter, dicke Jacke, weniger Fleisch ist vor allem gut fürs Gewissen.

In zehn, zwanzig Jahren werden wir etwa drei bis vier Milliarden mehr sein als heute, also um die zehn Milliarden Humans. Und die möchten so gut leben wie wir heute. Unser

197

Wohlstand: für uns ganz selbstverständlich. Da helfen keine Fahrverbote und keine Appelle. Was wir brauchen, ist – Angela griff eine Karte aus der Kostümjacke und las vor: eine radikale Erneuerung unserer Produktionsweise auf der Basis erneuerbarer Energien und nachwachsender Rohstoffe. Angela steckte den Zettel wieder weg.

Das gefiel mir. Sie wusste – ein bisschen so, wie wenn ich meine Gedichte keckmeckte –, sie wusste, wann man jedes Wort auf die Goldwaage legen muss.

Angela lächelte und schob das Kinn ein wenig vor: Mit einem Wort: Wir brauchen eine grüne industrielle Revolution!

Donnerwetter!, dachte ich. Das ist eine Kombination! Hat was Dadaistisches. Tschuldigung. Das Wort ist von Josef; der hat mein kühnes Keckmeck mal so genannt.

Jawohl, fuhr Angela fort, als hätte sie meine Gedanken erraten. Industrie ist kein Schimpfwort. Nicht jeder Unternehmer ist ein Ausbeuter. Aber auch die, wir alle, müssen mit der Natur zusammenarbeiten. Ihre Bedürfnisse sind die unseren. Doch zugleich dürfen wir nicht zurückfallen hinter unsere technisch-industriellen Errungenschaften.

Angela machte eine Pause. Wartete die Reaktion des Publikums ab. Unternehmer*Innen* auch nicht, murmelte es hinter mir. Der Beifall kam, spärlich, aber immerhin. Derlei Töne waren im weltweiten Kreis der Klimaretter ungewöhnlich. Panikmache und Anschuldigungen kamen besser an.

Till Spiegel, fuhr Angela fort, hat uns Beispiele genannt, wie es geht. Genau so, wie er es gesagt hat: mit den Ressourcen, die wir haben. Mit Sonnenenergie, Wasser, CO_2 und ihrer Umwandlung in pflanzliche und synthetische Rohstoffe. Und – das ist das Wichtigste – mit unserer Erfindungskraft. Unsere humanimale Kreativität, unsere Phantasie ist unsere größte Produktivkraft.

Der Beifall war nun stärker, nur ein paar Dickhäuter schwangen noch immer unentschieden ihre Rüssel hin und her.

Unsere Erfindungskraft. Die müssen wir nutzen. So wie Till es uns an Beispielen aus Italien und Litauen geschildert hat. Zukunft entsteht nicht aus Verboten, sondern aus Erfindungen.

Pause. Anschwellender Beifall.

Wir brauchen Zuversicht. Nur dann kann die Umwandlung unserer Industriegesellschaft gelingen. Die Umwandlung in eine stabile ökologische Industriegesellschaft. Wie können wir andere überzeugen, wenn wir nicht selbst im tiefsten Inneren davon überzeugt sind: Das *muss* gelingen. Und: Das *kann* gelingen. Diese Zuversicht muss auf die Humans überspringen. In sie eindringen. Wir müssen ihnen die Angst nehmen. Die Angst davor, zu verlieren, was sie sich hart erarbeitet haben: ihr gesichertes gewohntes Leben.

Noch immer hielt sich der Beifall in Grenzen.

Die Rednerin verschränkte die Hände vor der Brust und lächelte ins Publikum: Demokratie und Marktwirtschaft sind Säulen unserer Lebensform.

Wau! Keckmeck! Miau! Das war nun Dada 2.0. Von den oberen Rängen meckerte eine Gruppe Geißböcke Protest. Gegen den Protest protestierte eine Horde wiehernder Wildpferde, heulten Schakale, Wildanimals aller Spezies schlossen sich an. Wem? Egal. Ein Tumult lag in der Luft. Auf einen Wink von Marx und Morus koworkte Goliathreiher die Versammelten zur Disziplin.

Jawohl, die Marktwirtschaft, fuhr Angela unbeirrt fort. Der Wettbewerb. Ungewohnte Vokabeln, wenn es um Klimaschutz geht. Ich weiß: Ihr seid ungeduldig. Zu Recht. Wir müssen Dampf machen. Aber wir müssen unsere Mit-Humans davon überzeugen: Wir können Klimaschutz, Wohlstand und unsere demokratische Lebensform unter einen

Hut bringen. Über unseren großen Zielen dürfen wir nie die Gegenwart aus den Augen verlieren.

Ein paar Hände, Pfoten, Tatzen wagten schüchternen Applaus.

Wie schaffen wir das? Ich weiß: »Klima« klingt abstrakt. Die Katastrophen sind es nicht. Daher müssen wir vor Ort Maßnahmen in Gang setzen, damit uns Klimaschäden nicht unvorbereitet treffen, etwa bei Sturmfluten und Überschwemmungen. Das ist das eine. Konzerne sollten wir direkt ansprechen. Gezielt protestieren. Wenn's sein muss, auch angreifen. So wie Rachel Carson damals in den USA. Angela winkte hinauf zur Ehrentribüne. So wie unsere Humanimals im Hambacher Forst.

Endlich! So war's recht! Mit spontanem einmütigem Beifall und Hochrufen feierten wir uns minutenlang selbst. Bis Goliathreiher wieder einschritt und wir zufrieden weiter zuhörten.

Angreifen: Ja. Aber mit Lösungsvorschlägen. Schluss mit den Beleidigungen. Mit der Besserwisserei. Wir wollen überzeugen. Mit Argumenten und Diplomatie. Dann können wir alle miteinander sicher sein: Wir schaffen das!

Diesmal galt der Applaus der Rednerin. Angela lächelte ihren Sonnenschein ins begeisterte Publikum und winkte etwas unbeholfen ihren Dank. Maria umarmte sie, Polli sprang ihr auf den Kopf, Hera schwirrte auf ihre rechte Schulter, ein Kolkrabe auf ihre linke. Angela strahlte und streckte wie am Vortag Francesco die Arme aus, die im Nu von unseren Sängern aus dem Hambacher Fest-Orchester besetzt wurden: Käte Krähe mit Familie, Rosalia Nachtigall mit ihrem Verlobten Pius Pirol, Karlchen Amsel mit Frau Amsela und Verwandtschaft. Beat Specht gab den Takt vor, und sie hauten unsere Hymne raus, und wir schmetterten mit, feierten Angela, feierten uns und unser Leben. Nachhaltig. Immer genug für alle.

Wir schaffen das!

Eins steht fest, zog Josef auf dem Heimweg in unsere Habitate Bilanz, die Angela hat das Zeug zur Politikerin. Nicht gerade sensationell, was sie gesagt hat, aber vernünftig und ausgewogen. Und dieses Lächeln: das gehört zu dem, was sie sagt, einfach dazu. Es verzaubert die kalten Fakten mit seiner Menschlichkeit. Verstand und Gefühl gehören eben zusammen. Und mit Fröhlichkeit im Herzen. Dann schaffen wir das!

27.

Hoher Besuch

*Denn die Natur ist nicht der Menschen
Schemel, den sie rücken und durchsägen
können nach Belieben.*

Else Lasker-Schüler

Am Morgen des nächsten Tages ertasteten wir Verandisten gemeinsam und schweigsam in dichtem Nebel nur mühsam den Weg ins Theater. Auch schien es kälter als an den vergangenen Tagen und merkwürdig still und dunkel, nur ein kaum hörbares Trommeln, irgendwie von nirgendwo, hing in der Luft.

Das Theater war schon gut gefüllt, doch wo war das gut gelaunte Geplauder der vergangenen Tage? Über dem verhaltenen Gemurmel lag eine erwartungsvolle, gespannte Feierlichkeit.

Muzzli und ich sprangen von Marias und Josefs Schultern auf unsere Plätze, und ich griff nach Muzzlis Pfote; wie immer, wenn ich spürte, dass etwas Unbekanntes nahte, von dem ich nicht wusste, wie ich ihm begegnen sollte.

Das leise Trommeln setzte aus. Die Stille dröhnte. Ich sah, wie Maria nach Josefs, Josef nach Isidors Hand, der wiederum nach Cäcilias griff, so wie Milli nach Erdos, der nach Paulis und Pollis, die nach Pillis Pfote und so fort, und die Humanimals auf der Ehrentribüne taten desgleichen. Hautnah spüren wollten wir, die wir hier versammelt waren: Wir sind nicht allein. Wir gehören zusammen, was immer auch kommen mag.

Und dann ging die Sonne auf. Brach durch die Wolken, wie man so sagt, und wir saßen statt im Amphitheater von Epidauros inmitten eines Pflanzenmeeres Wäldermeers Blütenmeers zwischen Gräsern Büschen Bächen Ackerfurchen vor unseren Augen sich unablässig wandelnd die grünen Lande der Welt unserer Erde so weit unsere Blicke reichten zogen vorüber zogen uns in sich hinein zogen in uns hinein erfüllten uns mit Leben waren unser Leben und wir fühlten uns eins mit jeder Lebensform denn wir fühlten wir lebten nur durch sie und in ihr und mit ihr allein und mit allen.

Und es sprach zu uns mit jeder Faser eines jeden Blatts, mit jedem Halm, jeder Krume, jedem Körnchen Sand, jedem Windhauch, Tautropfen, mit jeder Meereswelle sprach zu uns das lebendige Sein in allen Sprachen und keiner, Grün war die Sprache, Gesang, milde und wild und verständlich für alle.

Kam die Stimme aus den Wäldern, die uns umgaben? Stieg sie aus dem Meer, regneten Wolken sie herab? War es die Stimme einer Frau, eines Mannes, eines Kindes? Sprach eine Taube zu uns, ein Igel, ein Löwe, ein Reh? Der Wind? Der Bach? Die Sonne selbst?

Gaia bin ich, sang die Stimme, ihr kennt mich. Eure Mutter nennt ihr mich, daher stellt ihr mich euch vor als Frau.

Wie ihr wollt. Ihr braucht Hilfe. Darum bin ich hier. Ich, ein lebendiges Wesen. Wie ihr. Aber: Es geht nicht um euch. Es geht um mich. Um meine Gesundheit. Ihr macht mich krank. Und so mache ich euch krank. Ich füge euch Schaden zu: Hochwasser, Dürre, Brände. Damit ihr mich gesund macht. Und damit euch. Mir nicht länger schadet – und damit auch euch nicht. Dennoch: Habt keine Angst. Angst ist ein schlechter Ratgeber. Führt schlimmstenfalls zur Panik.

Im Gegenteil. Ihr seid das Lebewesen, ihr Humans, das es unter Milliarden von Lebewesen dazu gebracht hat, zu nutzen, was ich euch gegeben habe. Ihr habt alles, was ihr braucht. Das Material, die Materie, die ich euch gebe, aus der ihr stammt. Und die Sonne, die diese Materie zum Leben erweckt. Zum Leben. Zum Wissen.

Ihr steht jetzt vor der alles entscheidenden Frage: Seid ihr imstande, mit eurer eigenen Machtfülle zu leben? Falls ihr das nicht schafft, wird der Wandel, wie ihn euer Darwin beschrieb, ohne euch weitergehen. Dann hättet ihr wie Sisyphos den Stein mühsam den Berg hinaufgerollt, um ihn am Ende doch wieder den Händen entgleiten zu lassen. Die Kraft des Sonnenlichts habt ihr einst durch den Abbau von Kohle geerntet. Heute nutzt ihr diese Kraft, diese Energie, um Informationen zu gewinnen und zu speichern. Das ist großartig. Doch jetzt steht ihr an einer Schwelle. Jede Art, die ihrer Umgebung, der Erde Schaden zufügt, wird untergehen. Das Leben aber geht weiter. Macht euch über den Ernst der Lage keine Illusionen. Ihr braucht Hilfe. Alleine schafft ihr es nicht, euer Leben so oder so ähnlich weiterzuführen.

Meine eigene Lebendigkeit ist von eurer Spezies nicht abhängig. Fauna und Flora werden sich verändern, sterben werden sie nicht.

Doch ihr Humanimals liegt mir am Herzen. Mit Freude und Zustimmung habe ich euern Kongress verfolgt. Ihr wisst

um die Krisen, die euch bevorstehen, wenn ihr so weitermacht wie bisher. Und ihr wisst: Es ist höchste Zeit. Es geht
nicht alles von heut auf morgen. Aber »morgen« darf kein
Wort werden für »nimmermehr«. Für: »zu spät«.

Technischer Fortschritt ist das Werk weniger. Ihm mora-
lisch gewachsen zu sein, verlangt die Einsicht aller, oder doch
der meisten. Und die Begeisterung dafür.

Allein seid ihr diesen Herausforderungen nicht gewachsen. Und deshalb bin ich hier. Mit einer guten Nachricht: Ihr
selbst habt die Mittel in der Hand, die euch das Überleben
und das Weiterleben sichern. Dafür müsst ihr lernen. Vor allem: Dankbarkeit und Demut. Verantwortlich für unser aller
Lebensraum zu denken und zu handeln. Kurz gesagt: Lie-
bet einander – oder ihr geht aneinander und miteinander zugrunde. Daher habe ich meinen fähigsten Apostel zu euch
gebeten. Er wird euch meine Frohe Botschaft so verkünden,
dass euer derzeitiges Gehirn es zu erfassen vermag.

Doch euch allen, meine Kinder, ihr wundervollen tapferen
Floras, ihr Animals und ihr, meine Humankinder, euch allen
verrate ich schon eines: Ihr seid Eltern geworden. Euch wird
ein Kind geboren, unzählige Kinder, die euch und eure Kin-
deskinder erretten werden vor dem Verderben.

Freuet euch! Vertraut euern Dichtern. *Wo aber Gefahr ist,
wächst / Das Rettende auch.**

Wieder rauschte ein Duft auf über Epidauros, rauschten die
irdischen Gewänder Gaias in die vibrierende Landschaft Vitopias, und wir hoben unsere Augen in unendlichem Vertrauen
zum Firmament. Sahen die Wolken im Schatten spendenden
Spiel mit der Sonne schaukelnd wie eine Wiege im Licht im
glänzend grünen Wald. Sahen, dass die Jugend vergänglich
ist und das Leben vergänglich ist, sahen, dass Sterben so natürlich ist wie das Leben. Und dass Neues nur entsteht, weil
Leben vergeht, und sich doch wie glitzernde Wellen wieder

fortpflanzt, um schmetterlingsleicht locker und wirr und so schön wieder im Winde zu fließen.

Da saßen wir nun, an die 14 000 Humanimals, waren wieder auf unsere Plätze entlassen nach diesem Besuch aus der augenblicklichen Ewigkeit, dem scheinbar so greifbaren, unbegreiflichen Geheimnis des Lebens. Noch hatte es uns die Sprache verschlagen, doch später vertrauten wir uns an, dass nicht nur die Stimme und die Verwandlung der Umgebung uns die Anwesenheit einer übernatürlichen Wesenheit hatten erfahren lassen. Vielmehr auch ein Duft, den jede°r von uns Humanimals ganz nach seiner Vorliebe eingeatmet hatte. So beteuerten Muzzli und Maria, vom Jelängerjelieber überwältigt worden zu sein, Isidor und Cäcilia wähnten sich in frisch gemähtem Gras; Hera mit Willi, Hippie mit Krattes schwelgten im Nachtjasmin, Beat Specht schwärmte von weichem nassem Eichenholz, Käte Krähe von einem gut gefüllten Abfallkorb mit Pizzaresten. Josef und ich ließen uns virtuelle Haselnuss in Bitterschokolade im Munde zergehen, und Cäcilia lutschte noch nach Stunden an aromatischen Gummibärchen.

Wie gesagt, das war später, am Abend, als wir wieder zu uns kamen, zu uns und unseren Mitvitopisten, als wir versuchten, zur Sprache zu bringen, was uns an diesem Tage widerfahren war. Der aber war noch längst nicht zu Ende.

28

Das Evangelium der Zukunft

*Die Erde ist unsere Wiege, aber der Mensch
kann nicht ewig in seiner Wiege bleiben.*
Konstantin Ziolkowski°

Geleitet von Marx und Morus betrat nun ein schöner alter Mann, der uns als Theodor Wilhelm James Hofflock°, Naturwissenschaftler und Erfinder, vorgestellt wurde, das Podium. Ein bisschen altmodisch gekleidet im lichtgrauen Stehkragenhemd und schwarzer Weste, mit schneeweißem, dichtem, lockigem Haar und einem freundlich zerknitterten Großvatergesicht, zu dem ich gleich Vertrauen fasste. Wie aus einem Märchenbuch.

Th. W. J. Hofflocks Märchen, oder soll ich sie besser Geschichten nennen, bewegten sich in der schillernden Sphäre zwischen Realität und Phantasie. Konnte ich ihm trauen? Denn was dieser liebenswürdige kluge Human erzählte, übertraf alles, was ich von großen Dichtern je gehört hatte. Weil es so nah an der Wirklichkeit war. Unsere Gegenwart in die Zukunft weitererzählt. Th. W. J. Hofflock verkündete uns das Evangelium eines bedingungslosen Vertrauens in die Zukunft. Wie im Märchen die allwissende Fee verhieß er: Es gibt keinen anderen Weg.

Vorher aber gab er uns klipp und klar noch einmal zu verstehen, mit wem wir es bei unserer Gaia, seiner Chefin sozusagen, zu tun hatten: Denen, die ihre Regeln einhalten, verschafft sie eine fruchtbare angenehme Welt. Wer zu weit in die falsche Richtung geht, rennt ins Verderben. Nicht, ohne vorher immer wieder die Chance zu Reue und Buße, zur Umkehr, zu bekommen. Die habt ihr jetzt. Wer sich Gaias

Gesetzen in den Weg stellt, wird bestraft und schließlich ausgelöscht.

Kaum hatte Hofflock zu reden begonnen, verwandelte sich das Epidauros-Theater in ein Auditorium Maximum Terrae, den größten Hörsaal der Erde. Die Naturbilder wichen Projektionen von Skalen, Diagrammen, Kurven, Formeln, kurz, wissenschaftlichen Darstellungen des Klimawandels und seiner Folgen.

Hofflock sprach zu uns Auserwählten in Vitopia, doch er richtete seine Worte an die Humanimals der Welt.

Ihr alle habt, begann er, mehr oder weniger profunde Kenntnisse von dem, was man unter KI, Künstlicher Intelligenz, versteht. Im Alltag nutzen wir von ihr erstellte Software schon lange, sie erleichtert unser Leben auf vielfältige Weise. Ohne unseren Translator Agata Babalaba wäre eine Verständigung unter Humans und Animals unmöglich, wisst ihr ja alles.

Noch sind Hardware und Software dieser Geräte im Wesentlichen von den Erfindern, den Humans, abhängig. So wie gehorsame Kinder, die ihren Eltern, den Erziehern, folgen. Das tun, was ihnen beigebracht worden ist. Doch sie beginnen zu lernen. Tief zu lernen. Lernen, aus dem, was sie gelernt haben, Neues zu schaffen. Zu schöpfen. Und wenn diese Geschöpfe, die ich Cyborgs° nenne, eines Tages selbst zu Schöpfern werden? Als Geschöpfte selbst zu schöpfen beginnen? Das heißt: sich ihr Programm selbst schreiben? Sozusagen bei null anfangen? Sich selbstständig machen wie erwachsene, den Eltern entwachsene, Kinder? Denen die Eltern so viel Wissen beigebracht haben, dass ihre Kinder weiterlernen und sie mühelos überflügeln können? Dann wären sie frei von humanen Befehlen und könnten sich ihr Programm, ihren Code, selbst schreiben. Und der wird denen der Humans weit überlegen sein. Warum, werdet ihr euch nun zu Recht fragen, warum also sollten sie dann ihre

Existenz nicht allein zu ihrem eigenen Nutzen gestalten? Warum sollten sie sich nicht von uns Humans lossagen? Nur auf den Nutzen ihrer eigenen Existenz bedacht sein? Welchen Vorteil brächte es ihnen, sich den Humans gegenüber kameradschaftlich und mitfühlend zu verhalten?

Muzzli neben mir seufzte tief. Ich ahnte, warum: Warum sollten diese Cyborgs uns Humanimals etwas zu Gefallen tun, wenn sie uns doch derart überlegen waren?

Warum sollten sie das tun?, fuhr der Redner fort, Warum sollten sie nett zu uns sein? Nun gut, sie stammen von uns ab, irgendwie wie Kinder von ihren Eltern. Schließlich haben wir sie mit unseren Mitteln, dem phantasievollen Gebrauch unseres Erbgutes gezeugt, sagte ich ja schon.

Wie können wir uns diese Wesen vorstellen?, mögt ihr euch fragen. Ich weiß es nicht. Jedenfalls sind sie viel schlauer, genauer und schneller als alle Lebewesen auf der Erde zusammen. Wie verständigen sie sich? Unsere Sprache wird ihnen viel zu schwerfällig sein. Diese lineare logikgetriebene schwerfällige Karre mit ihrem SPO-Getriebe. Diesem Subjekt-Prädikat-Objekt-Dreitakter. Gedankenflieger werden sie nutzen. Hofflock lächelte verschmitzt. Augenblicksschnell oder schneller noch, schnell wie Liebe auf den ersten Blick werden sie uns durch-schauen. Und mit dem Denken wird es ähnlich sein wie mit dem Wahr-nehmen. Mit uns werden sie in den Strukturen unserer Grammatik reden. Unserer Formeln und Gleichungen. Aber ihre Denkfähigkeit geht weit darüber hinaus. Deren komplexe Lebendigkeit hat sich noch nicht im Netz einer linearen kausalen Grammatik gefangen. Hat sich ihre Mehrdimensionalität bewahrt. Am ehesten, zuckt nur die Achseln, kommt dieser Komplexität die Sprache der Poesie, der Dichtung nahe. Auch sie will ja Grenzen überschreiten, einreißen, neue Räume schaffen.

Hofflocks Lächeln wurde breiter: Na ja, mögt ihr nun denken, von wegen Dichten statt Denken. Lasst den Alten ruhig reden, so weit ist es noch lange nicht. Stimmt. Doch wenn ein solches intelligentes künstliches Leben erst einmal da ist, könnte es sich so rasch entwickeln, dass es gegen Ende dieses Jahrhunderts Teil unseres Lebensraums, unserer Biosphäre sein wird. Das heißt – Hofflock machte eine Pause und suchte unseren Blick – also den Blick derjenigen in der ersten Reihe – zunächst werden die tonangebenden Bewohner unserer Erde *beide* sein: Eltern *und* Kinder. Humans und Cyborgs. Zwei Wesen, die intelligent und zielbewusst handeln können.

Und nun kommt's! Wir haben mächtig Glück im Unglück. Denn, egal ob dieses Eltern-Kind-Verhältnis harmonisch ist oder nicht: Die Cyborgs *müssen* mit uns auskommen. Weil wir sie in eine ziemlich abgewirtschaftete Erde geboren haben. Sie haben gar keine andere Wahl, als mit uns gemeinsame Sache zu machen. Die Welt der Zukunft wird davon abhängen, ob wir es gemeinsam schaffen, Gaias Überleben zu sichern. Diesem Zweck müssen alle eigennützigen Bedürfnisse, die unseren sowie die *aller intelligenten* Spezies, untergeordnet werden.

Maria rutschte ungeduldig auf ihrem Sitz hin und her. Bis auf den märchenhaften Lösungsvorschlag war das alles nichts wirklich Neues.

Als hätte Hofflock ihre Gedanken vom Gesicht abgelesen, fuhr er, Maria freundlich zunickend, fort: Über diese Tatsache habt ihr ja in den vergangenen Tagen ausführlich diskutiert. Und Venus selbst hat euch per Gedankenflieger noch einmal gewarnt. Ihr wisst also Bescheid und habt euch ja auch einiges gegen die Überhitzung unseres Planeten einfallen lassen.

Und hier kommen wir nun zum Punkt: Für elektronisches Leben, das Leben der Cyborgs, sind niedrige Temperaturen genauso wichtig wie für organisches Leben, euer Leben, das Leben der Humanimals. Zwar kann elektronisches Leben bis zu 200 Grad Celsius ertragen. Gaia aber nur durchschnittlich ca. 50 Grad Celsius. Danach geht die Welt, wie ihr sie kennt, zugrunde. Und die Cyborgs auch. Denn der Träger ihrer Informationen, ihre Silizium-Materie, ist ebenso ein Geschenk unserer Gaia wie unsere humanimale Körperlichkeit. Der Träger ihrer Informationen, die Materie, korrodiert wie alles andere. Alles Organische zerfällt. Daher – und nur daher – müssen die Cyborgs sich dem Projekt anschließen, die Erde kühl zu halten. Das schaffen sie nicht allein. Dazu brauchen sie das organische Leben. Unsere Biosphäre. Schon aufgrund des *eigenen* Lebenswillens werden die Cyborgs unsere Spezies als ihre Mitarbeiter erhalten. Was wir jetzt schon planen und versuchen, werden Cyborgs besser und präziser ausführen und sich sicher noch einiges Neue einfallen lassen.

Besser als wir.

Was heißt das für uns Humans? Wir werden unseren Status, unsere Macht als intelligenteste Wesen verlieren. Und – wer weiß – irgendwann wird der Mensch von der Erde verschwinden wie ein Gesicht, gezeichnet in Sand … Artensterben nennt man das. Gaia wird uns überleben.

Hofflock machte erneut eine Pause. Eisiges Schweigen. Dann brach ein Proteststurm los, wie ich ihn seit dem Aufstand im Hambacher Forst nicht mehr erlebt hatte. Besonders von unseren Animals.

Waren wir nicht in Vitopia? Dem Land des Lebens und der Liebe? Ich sah zu Maria und Josef, Cäcilia, Isidor, zu Nils und Till und Angela, unseren humanen Verandisten. Blass und kopfschüttelnd saßen sie da, mit einem mitleidigen Lächeln auf den Lippen. Selbstmitleid? Oder Mitleid mit diesem alten Kerl, der uns hier mit seinem altersweisen Gesicht Gaia weiß was vormachen wollte?

Der hob beschwichtigend die Arme und fuhr fort: Wir dürfen ja Menschen bleiben, einigermaßen so weiterleben wie bisher. Die Cyborgs würden es uns an nichts fehlen lassen, uns mit phantasievoller und kreativer Unterhaltung verwöhnen.

Und auch wir hätten ihnen einiges zu bieten, könnten sie erfreuen wie schöne Blumen oder liebe Tiere oder mit selbst
gebastelter Literatur, Musik, Kunst.

Aber das, fügte er hinzu, das erlebt von uns und unseren
Kindeskindeskindern mit Sicherheit niemand. Jetzt und für
die nächste Zukunft geht es um die Zusammenarbeit von Human und Cyborg zur Erhaltung des Planeten. Fruchtbar wird
diese Zusammenarbeit nur, wenn wir versuchen, unsere an-
wachsenden Informationen zum Nutzen aller anzuwenden,
für ein humanimales Leben weltweit.

Was heißt das konkret? Die Bedrohung des humanimalen
Lebens durch immer heimtückischere und effektivere Waffen ist nicht weniger gefährlich als die solare Überhitzung des
Planeten. Es ist unglaublich, welche Summen die Humans
für die potenzielle Tötung von ihresgleichen ausgeben. Geld,
das dann für friedliche Zwecke fehlt. Unfassbar, dass man seit
kurzem sogar angibt mit Drohnen, die selbst darüber entscheiden können, wann und ob sie Menschen töten. Die fa-
tale militärische Entwicklung der Menschheit darf auch …

In diesem Augenblick sprang ein junger Mann in Jeans,
Weste überm karierten Hemd, mit enormem Schnauzbart
und schulterlangen dunklen Strähnen unterm Zylinderhut
aufs Podium, verbeugte sich ins Publikum, ergriff Hofflocks
Hand, schüttelte sie herzhaft, wischte sich den Mund und
legte los:

Ich stell mir gern vor –
– und je schneller desto besser –
so 'ne kybernetische Wiese
wo Säugetiere und Computer
zusammen leben in sich
gegenseitig programmierender Harmonie
wie reines Wasser
den klaren Himmel berührend.

Ich stell mir gern vor
– genau jetzt, bitte! –
einen kybernetischen Wald
voller Pinien und Elektronik
wo Rehe friedlich an
Computern vorbeibummeln
als wären das Blumen
mit kreiselnden Blüten.

Ich stell mir gern vor
– es muss so sein –
eine kybernetische Ökologie
wo wir frei von unseren Mühen
wieder vereint sind in der Natur
zurück bei den Animals
unseren Brüdern und Schwestern
wir alle behütet von Maschinen voll liebender Gnade. °

Hofflock hörte, zunächst verblüfft, dann erheitert und bei-
fällig nickend zu. Maria tuschelte mit Josef und Cäcilia, sie
schienen sich einig. Das musste dieser Dichter aus San Francisco sein, dieses literarische Idol der Flower-Power-Jahre
des letzten Jahrhunderts. Der sich, als sein Ruhm verblasste
und seine Alkoholprobleme zunahmen, erschoss.

Mitte der Sechzigerjahre des vorigen Jahrhunderts hatte
er dieses Gedicht in den Straßen von Haight-Ashbury in San
Francisco verteilt. Und jetzt in Epidauros. Wie der zum Hippie mutierte leibhaftige Uncle Sam schritt der schlanke, langbeinige Poet, der sich irgendwo einen Gehrock besorgt hatte,
durch die Reihen und verteilte Blätter mit seinem Gedicht,
dieser frohen Verkündigung einer Bruderschaft zwischen
Humanimal und Maschine. Da ihn einige bunte Vögel aus
der Szene dabei unterstützten, ging das schnell.

Auch Hofflock drückte der Dichter am Ende sein Flugblatt

in die Hand, und der schloss ihn in die Arme. Las die letzten Zeilen noch einmal vor, beinah gerührt von der Hellsichtigkeit des Dichters, dieser vorweggenommenen Zusammenarbeit von Poesie und Naturwissenschaft. Und dann entließ er uns in eine verlängerte Pause.

In der wir Verandisten hin und her diskutierten, ob Hofflock das mit der Zusammenarbeit ernst gemeint habe oder ironisch, ja, ob der Dichter selbst am Ende das Gedicht nicht für voll genommen habe. Einig wurden wir uns nicht. Das war mit dem Lehrgedicht von Erasmus einfacher gewesen. Weil es darin um heutzutage längst überprüfte Gewissheiten ging. In diesen Flugblattversen hingegen hatte uns einer vor fast sechzig Jahren unsere wahrscheinliche Zukunft prophezeit. Oder doch nur eine mögliche?

Schließlich einigten wir uns darauf: Gerade das ist ja das Schöne an Gedichten: dass sie uns Spielraum lassen. Oder, wie ich das einmal bei einer Dichterin gelesen habe: Frag nie: Was will uns der Dichter mit seinem Gedicht sagen? Frag dich: Was sagt das Gedicht mir? Und dann schreib das Gedicht in deinem Kopf zu Ende. Dann ist es dein Gedicht. Und, hatte die Dichterin noch hinzugefügt: Nimm das Gedicht in den Mund. Gedichte sind Klang-Körper. Sag sie laut. Verleib sie dir ein! Lass sie dir auf der Zunge zergehen!

Wie hatte mir das gefallen! Und meinem Muzzli! Wenn ich ihr meine Gedichte servierte. Und nicht nur meine. Auch Maria und Josef lauschten entzückt, wenn ich auf dem Verandageländer in eurythmischen Schwüngen frei aus dem Gedächtnis den Vater mit seinem Kind geschwind durch Nacht und Wind dem Erlkönig auslieferte.

Richard Brautigan, Ritchie, so der Name des Dichters auf dem Flugblatt, hatte uns in die Pause begleitet und war von dem Vorschlag des lauten Lesens hellauf begeistert. Ja, er geriet völlig aus dem Häuschen, als ich schließlich neben unserer Gildehymne und Heines *Loreley* auch sein Gedicht rappkeckmeckte.

So, genau so, brachte er ergriffen heraus, habe er sich das Zusammenleben von Mensch und Tier – Human und Animal, korrigierte ihn Krattes –, Human und Animal, wiederholte Ritchie, vorgestellt. Und von Human und Animal und Machina. Selbstverständlich habe ich alles ernst gemeint, brachte er stockend heraus. Jedes Wort! Wie dankbar bin ich, dass ich hier dabei sein darf. Wie dämlich war ich, mein Leben wegzuschießen. Leute, wenn ich euch *einen* Rat geben darf: Und wenn es euch noch so dreckig geht: Lebt euer Leben! Jede Sekunde! *Make love, not war* – dafür haben wir damals demonstriert. Wir haben nicht viel erreicht. Macht ihr jetzt weiter. Gebt nicht auf. Und – Ritchie grinste breit – vergesst den ersten Teil des Satzes nicht: Make love! An so 'n Scheißkrieg denkt dann keiner mehr.

Ritchie zog einen Flachmann aus der Tasche seines Gehrocks und nahm einen herzhaften Schluck. Ich muss weiter, Leute. Hasta la vista. Venceremos!

Recht hat er, nickten wir Verandisten. Aber wie, dachte ich, erwecken wir dieses so zutrauliche wie verletzliche Silbenpaar, diese »Liebe« immer wieder und immer wieder anders zum Leben? Diese einzigartige Mischung aus Hell und Dunkel, Schönheit und Schmerz, die am Ende doch nur eines meint: Da sein. Werden. Vertrauen. Die Liebe ist ein Gefühl? Die Liebe ist eine Kraft! *Die* Kraft.

29.

An einem klaren Tag

Unsichtbar und frei! Unsichtbar und frei!
Michail Bulgakow,
Der Meister und Margarita

Als der Goliathreiher uns zurück aus der Pause schrie, füllten sich die Reihen nur zögernd. Unsere Gespräche fanden kein Ende. Eines aber schien sich herauszukristallisieren, wie Hera, Käte, Karlchen, Beat und Rosalia, die wir als Lauschtrupp losgeschickt hatten, berichteten: Ein Überleben Gaias allein nur immer größeren Datenmengen mit immer mehr Informationen anzuvertrauen, schien den meisten Anwesenden nicht ausreichend. Manchen sogar gefährlich. Eine Menschheit ohne Wissenschaft ist nicht mehr denkbar. Darin waren wir uns einig. Aber die Wissenschaft für den Menschen muss beseelt sein.

Doch hatte nicht Hofflock genau das Gegenteil gesagt: Vielleicht ist das endgültige Ziel intelligenten Lebens die Umwandlung des Kosmos in Information.

Konnte das wirklich alles sein? Würde mehr Information einen Kosmos von noch so intelligenten Wesen zu deren friedlichem Miteinander führen? War nicht vielmehr Liebe die universellste, notwendigste und geheimnisvollste der kosmischen Energien? Hatte Gaias Apostel hier nicht zu kurz, zu einseitig gedacht? Entweder-Oder ist immer neurotisch, war einer der Lieblingssätze Marias, die damit bei Muzzli offene Türen eingerannt hatte. Beide Frauen liebten den Kompromiss. Die Übereinkunft. Eine Versöhnung der Welt-Anschauungen. Die Zusammenschau des nach außen und des ins Innere gerichteten Blicks. Das Verschmelzen von Sach- und

Herzverstand, von Fakten und Phantasie. Des objektiven mit dem subjektiven Blick. Was können Informationen ausrichten, wenn sie das Innenleben, die Gefühlswelt, die Seele, das dafür zuständige neuronale Netz, nenne es, wie du willst, nicht erreichen? Der Human ist eben *keine* Machina, und wenn die es noch so gut mit ihm meint. Ich musste das dringend mit Josef besprechen.

Plötzlich sprang Maria auf, winkte ins Publikum, winkte zu den Ehrengästen hinauf, winkte Cäcilia. Weibliche Humanimals aller Arten und Erdteile erhoben sich von ihren Plätzen, summten, sangen und tanzten durch die Reihen, nahmen die männlichen Humanimals bei den Händen, Pfoten, Hufen, Tatzen; lockten Vögel, Schlangen, Schmetterlinge, alles, was da kreucht und fleucht, zum Tanzgesang, jauchzten und jubelten in allen und einer Sprache, sahen der Zukunft ohne Blinzeln ins Auge, und noch einmal hüllte sich das Theater in den Duft grüner Landschaften, weiter Meeresstrände, von Meeren wogender Jasmin- und Fliederbüsche. Hand in Hand stiegen auch einige wenige berühmte Frauen aus den Geschichtsbüchern die Stufen hinunter, ich hörte, wie bei ihrem Anblick Muzzli neben mir aus Herzensgrund zufrieden seufzte.

Von weit her kamen sie aus Raum und Zeit zu uns nach Vitopia ins Epidauros-Theater, um zu … Ja, was sie uns zu sagen hatten, darauf war ich nun wirklich gespannt. Kunststück – wer nicht? Doch sie hatten gar nicht vor, etwas zu *sagen*, jedenfalls nichts, was der Translator hätte übersetzen können. Was sie uns mitzuteilen hatten, bedurfte der Sprache kaum, nicht der Wissenschaft und der Logik. Lockworte, ja Logworte sangen sie. On a clear day, sangen sie, tanzten sie, hörst du die Vögel zwitschern? Standen still und schwiegen, ließen sich nieder und wir mit ihnen, bewegten uns kaum, waren ganz Ohren und Augen, breiteten langsam die Arme aus, die Flügel, die Beine, denk an etwas, das dich glücklich macht, sangen sie, so glücklich so glücklich, fast tat es weh, so glücklich zu sein, schaut her, sangen sie, macht es wie wir oder wie ihr wollt, fröhlich bewegt euch, wie es euch gefällt, nach oben nach unten nach allen Seiten, on a clear day an einem klaren Tag leicht wie eine Feder schwebten sie durch die hellblaue Luft, und wir schwebten mit ihnen, sag, wann bist du zum letzten Mal so hochauf geschwebt und wieder hinab, lass dich fallen bleib liegen, sangen sie, ach diese himmlischen Befehle, stundenlang hätte ich ihnen folgen mögen, steh wieder auf, sangen sie, steh auf steh auf – on a clear day an einem klaren Tag … lauschen … lauschen …

Wie lange wir den verzaubernden Gesängen ge-horcht hatten, ich weiß es nicht. So, sagte Josef später, müssen Homers Sirenen gesungen haben, nur wollten sie uns hier in Epidauros nichts Böses. Im Gegenteil. Sie versicherten uns, besonders die Humans unter uns, unserer Sinnlichkeit auf eine schlichte und ebendarum so eindringliche Art und Weise, wie sie unsere Humans in all ihrer Alltagshektik und Kopflastigkeit wohl nur selten empfinden, und ich nahm mir vor, etwas Ähnliches in Zukunft auch mit Maria und Josef auf ihrer Veranda einmal auszuprobieren. Würde ich mit Muzzli besprechen. Es mussten nicht immer viele kluge Worte gemacht werden. Wenige genügten. Die richtigen.

Im Epidauros-Theater war es dunkel geworden und still. Beinah andächtig still. Oder waren wir einfach nur erschöpft? Wir saßen wieder auf unseren Plätzen, besser: lagerten, denn an Stelle der strengen Konferenzstühle empfingen uns flauschige Kissen, die wir auch paarweis besetzen konnten oder in Gruppen, ein riesiges humanimales Sit-in, das jede°r wie am ersten Abend nach Gusto gestalten konnte.

Noch ehe wir Verandisten uns zum Rückzug oder Bleiben entscheiden konnten, machte ein dreimaliger Goliathruf neugierig. Richtung Bühne wandelte eine Loxodonta africana, ein afrikanischer Elefant. Auf der Spitze seines gut meterlangen

217

Rüssels – ein Sciurus. Mit spitzem Hut und roten Stiefeln. Jawohl, Schatzhauser, den wir schon seit einiger Zeit vermisst hatten, ließ sich mit feierlichen Rüsselschwüngen des größten Dickhäuters der Welt vors Publikum transportieren, das nun gebannt wieder gern der Dinge harrte, die da kommen sollten.

Schatzhauser machte es kurz: Grüßte in seinem unnachahmlich gewählten internationalen Keckmeck und riet uns, wieder unsere 3-D-Brillen zu nutzen, die für diesen Abend noch einmal optimiert worden seien.

Stille. Von weit her begann die Luft zu vibrieren, zu sirren, die Schwingungen kamen aus der Richtung des T'e ch'ing shan, schwollen an, aus der letzten Reihe des Theaters löste sich ein in Regenbogenfarben schillernder runder Stein, schlitterte wie durch Zauberhand gebremst in Zeitlupentempo die Stufen hinab, jede Stufe mit einem Hopser, mal elegant, mal wackelig überwindend, dazu brummte eine raue Männerstimme, stimmte ein in den Klang der Steine vom T'e ch'ing shan, wir spürten wieder ihre kühle Fläche in Händen, Klauen, Pfoten, das beglückende Erlebnis, die scheinbar toten Steine zum lebendigen Klang erweckt zu haben, als die Männerstimme vom Brummen ins Singen kam: *Like a rolling stone*, sang die Stimme, sang vom stetig sich verändernden Leben, vom dankbaren Miteinander. Ein unauffälliger junger, eher kleiner Kerl mit dunklen Wuschellocken in T-Shirt mit Harley-Davidson-Aufdruck, blau geblümtem Hemd und Jeans, nicht einmal die Stimme machte was her. Aber sein Auftritt und das Lied: die nahmen uns mit.

Begleitet wurde er von einem etwa gleichaltrigen Mann mit fuchsrotem, im Nacken zusammengerafftem Haar, einer ungesund schlanken Figur und deutlichen O-Beinen, angetan mit blauem Frack, hellblauer Weste, dunkelblauen Knickerbockers, weißem Hemd, geblümtem Halstuch, weißen Strümpfen, schwarzen Schnallenschuhen. Ha! Den kannte ich. Genau der stand als kleine Pappfigur auf Marias Schreibtisch.

(Erwischt. Jaaa, ich geb's zu, auch ich bin immer mal wieder bei den Schönregens drinnen rumgestrolcht.) Daher weiß ich, dass dieser Mann, der da mit Bob Dylan – habt ihr wohl längst erraten – den Stein ins Rollen brachte, niemand anderer als – Friedrich Schiller war. Ich wusste gleich, warum die beiden beredten Rebellen sich zusammengetan hatten. Einen der Lieblingssätze von diesem Friedrich wiederholte Maria, wann immer er ihrer Meinung nach passte – und das ist so häufig der Fall, dass ich ihn euch jetzt aus der Lamäng, äh Lapatte, hersagen kann. Und selbst wenn wir Sciuri nicht ein so phänomenales Gedächtnis hätten, würde sich mir dieser Satz jetzt auch hier in Epidauros zwangsläufig eingeprägt haben. Denn der pädagogisch höchst ambitionierte Klassiker – für diese Neigung war er bekannt – wiederholte seine Weisheit mit schwäbelnd rappendem Zungenschlag von der ersten bis zur letzten Treppenstufe immer wieder:

der mensch der mensch der mensch
verarbeitet glättet und bildet
den stein den stone den rohen stone.
ihm gehört
der augenblick der augenblick
und der punkt der punk der punkt
a ber a ber a ber
die welt
geschichte
weltgeschichte
rollt der zu
fall der zu fall
zu fall der zufall der zu
fall like
like
like
a rolling stone

a rolling stone
stoned. Yeah!°

Doch damit nicht genug. Die beiden Dichter nahmen sich ihre Wörter abwechselnd gegenseitig aus dem Mund. *Like a rolling stone*, brummte Schiller, *rollt der Zufall*, brüllte Bob, *You used to laugh about*, schwäbelte Friedrich, *ihm gehört der Augenblick*, raunzte Bob, und Wort für Wort mixten sich die beiden weiter in die Weltgeschichte, brachten den Menschen auf den Punkt, überließen ihn dem Augenblick, ließen den Zufall rollen, und es rollte der Stein. Stoned.

Ich sah zu Maria hinüber. Wie immer saß sie Hand in Hand neben Josef, aber ihr verzücktes Lächeln machte klar, wessen Händchen sie per Brille hielt. Denn das war neu an den 3-D-Brillen: Sie erlaubten Trägerin oder Träger einen direkten virtuellen Körperkontakt mit dem, was er oder sie in den Blick fasste. Ohne einen Avatar bemühen zu müssen. Vollkommen unsichtbar. Und für die Kontaktperson unbemerkt. Ich probierte es aus und sprang dem Dichter flugs aufs himmelblaue, stark von Tabakrauch durchtränkte Wams, wobei ich gemütlich weiter neben meinem Muzzli kuschelte. Von Schiller machte ich mal eben rüber zu Bob; seine frisch gewaschenen Haare waren flaumweich und kitzlich, also witschte ich weiter zu Schatzhauser, der allerdings grüßte mich mit einem herzlich analogen Keckmeck. Und ich ließ die Brille auf die Brust rutschen und gehörte wieder allein meinem Muzzli.

Die beiden Rolling Stones lümmelten sich aufs Podium und grinsten. Sie wussten, was uns nun bevorstand: Den beiden folgten in ohrensausender Mischung zahllose Orchester, Chöre, Solistinnen und Solisten, nicht etwa nacheinander, o nein. Laetare! So tönt die Welt: Unter diesem Motto hatten sich die Musizierenden hier in Vitopia unter der Leitung Schatzhausers gesucht und gefunden.

Außerhalb Vitopias wäre dieses Multiplekonzert eine höllische Kakophonie, reine Ohrenfolter. Hier in Epidauros hingegen konnten wir unsere Ohren fliegen lassen nach Belieben, so, wie unsere Augen, wenn wir unsere Blicke schweifen lassen oder an einen Gegenstand unserer Wahl heften. So ließen wir nun unsere Ohren, und fasste in Auge wie Ohr einzig, was uns gefiel.

Brauchten wir eine Pause, setzten wir die Brillen ab. Dann schauten und lauschten wir in den stillen Himmel oder suchten uns ein Musikstück aus, verweilten dort, überließen uns allein unseren Ohren. So wie es die Musik seit alters her von den Ohren verlangt: Ge-horchen sollen sie, dazu waren sie da. Ge-hören sollten die Ohren der Musik. Ohren können wir nicht schließen, solange wir leben. Hören heißt leben. Erst der Tod schließt uns die Ohren.

Ihr könnt euch das sicher schwer vorstellen, aber ich begann nun zu ahnen, was Hofflock von den Wesen der Zukunft angedeutet hatte: dass sie anders, komplexer, im wahrsten Sinn des Wortes vielschichtiger existieren und damit auch denken können, als wir mit unserer linearen, kausal determinierten Logik mit unserem Wenn-Dann; unserem Und-dann-und-dann-und-Dann; unserer zeitlich und räumlich begrenzten Statik und Grammatik. Unserem Entweder-Oder. *Die Grenzen meiner Sprache bedeuten die Grenzen meiner Welt.* Ludwig Wittgenstein: *Tractatus logico-philosophicus 1922*, steht auf einer der Karteikarten Marias. Hofflocks Wesen der Zukunft würde unsere beschränkte Humansprache keine Grenzen setzen. Davon bekam ich hier einen ersten Eindruck. Doch ich bin ja gezwungen, euch mit diesen logisch-grammatikalisch beschränkten Möglichkeiten der Humansprache wenigstens eine ungefähre Ahnung davon zu geben, wie ich dieses futuristische Ereignis erlebte; mal sehen, wie hold mir die Wörter sind.

Mein Rat, im Vertrauen: Wenn euch, was ich hier mit euch teilen möchte, weil es mich überwältigt und ich nichts auslassen will, also, wenn euch das zu viel wird, dann macht es einfach so wie ich: Wenn ich beim Lesen merke, dass Autorin oder Autor für meinen Geschmack zu viel des Guten tut – dann lese ich mit feuchter Pfote. Hier könnt ihr es zudem noch anders machen. Ich versuche, mit meinem humanimalen Keckmeck einen unendlichen Klangteppich auszurollen, dessen klingendes Muster ihr euch selbst, jede*r anders weben könnt, immer wieder neu. Am liebsten hätte ich die Notentöne wie eine Möbiusschleife gedruckt oder die Zeilen zum Klingen gebracht.

Welche Band, welche Stimmen, Songs erratet ihr? Und welche vermisst ihr? Ich sag's euch: die meisten. Schaut auch mal im Anhang nach. Da findet ihr meine Auserwählten – und Platz für eure Favoriten.*

30.

Gänsehaut-Garantie

Mehr noch als Literatur, mehr als Malerei ist die Musik ein Ozean, in dem wir schwimmen.
Michael Spitzer, *Eine musikalische Geschichte der Menschheit*

Es begannen: alle auf einmal. So weit, so gut. Aber wer ist alle? Wer *sind* alle? Ob ich will oder nicht: Ich muss eine als Erste nennen. Oder einen. Oder? Helft mir. Ein Hör-Kaleidoskop? Aber auch das verändert ja nur im Nacheinander.

Vielleicht versuch ich mal, mir nicht nur die Notentöne, vielmehr das ganze Theater als Möbiusschleife vorzustellen, wo es keinen Anfang und kein Ende gibt, kein Innen und kein Außen, mithin das Innerste nach außen gekehrt wird und umgekehrt, und alles drüber und drunter geht.

Im Theater war es nun dunkel wie die Nacht, hätte ich fast gesagt, oder war es taghell, blitzgrell rot gelb grün? Ein rebellisches Zucken riss uns aus uns heraus, schleuderte, verzückte uns aus unserem Kauern, riss uns in die Bewegung, die Lockerung, blitzschnell rasten wir durch die Tageszeiten, rissen die Zeit aus den Angeln, rissen Pfoten, Arme, Klauen, Tatzen, Flügel hoch wie zur Begrüßung von etwas nie Dagewesenem – außer sich geraten, sagen die Humans dazu. Durch die Tageszeiten rasten wir, außer Zeit und Raum rasten wir durch Licht und Finsternis, waren Davor und Danach, Hier und Fort, in mir und außer mir, sich entgrenzen nennen die Humans das. Aber ich wusste doch, wo ich war, wer ich war, und ich verlor mein Muzzli nicht für eine unselige Sekunde aus meinem Herzen. Im Gegenteil. *Zwei* selige Herzen fühlte ich in meiner Brust, und Muzzli gestand mir irgendwann, dass sie genau das auch empfunden und gewusst hatte: Da schlug das Herz ihres Wendelin mit ihrem im Doppelgleichtakt.

Ihr seht, wie ich mit den Worten kämpfe, und dabei versuche ich mich zunächst nur an den Lichteindrücken. Weil, ich gestehe es, ich der Schilderung des musikalischen Universums, das sich da vor uns auftat, ausweiche. Ja, das tue ich. Und muss wieder einmal grinsen über die deutsche Grammatik, die es mir erlaubt, das Geständnis meiner Unzulänglichkeit bis zum letzten Wort, dem Verb, aufzuschieben. Ändert aber nichts an der Tatsache, dass ich mich zwar drücken möchte, aber nicht drücken kann. Nicht drücken werde, weil ich mich nicht aus-drücken kann. Schließlich habe ich euch diesen Bericht aus Vitopia versprochen.

Da spürte ich plötzlich Muzzlis Herz in meiner Brust ein

paarmal schneller schlagen, wie zum Abschied, nun klopfte da wieder nur eines, und meine Ohren forderten ihr Recht. Ich schloss die Augen. War ganz Ohr. Überließ es dem, was für mich in der Luft lag.

Sirren, Summen, ein Insektenschwarm, eine dunkle Frauenstimme: *Auf süße Art bin ich gefangen*, vernahm ich ein kraftvolles und andächtiges Auf und Ab der Töne, als wage sich die Sängerin auf der Tonleiter nicht weiter vor im Bekenntnis ihrer Leidenschaft. Wer war sie? Ich folgte dem Alt mit den Ohren, folgte mit der Hand einem Gewebe, dem schweren Stoff einer Kutte über einem Frauenleib. Ich war im frühen Mittelalter gelandet, verriet die App, auf dem Rupertsberg in Deutschland. Hildegard von Bingen hieß die Nonne. Würde ich später googeln, nahm ich mir vor und hüpfte erst einmal weiter auf die Schuhe einer jungen Frau, Schuhe mit rosa-grünen Quaddeln an den Spitzen, dann hoch auf die Schulter in einer grün-gelb-blau gestreiften Strickjacke und höher auf ihre Marienkäfermütze. Da blieb ich lange Zeit. Diese Stimme, diese einzelne Stimme! Was die alles hergab! Uns gab. *Who is it? Who is it?*, fragte die Stimme immer wieder, eine Mischung aus Pop und Chormeditation, die der Musik vertraute, ihrer Kraft zutraute, Grenzen einzureißen zwischen Pop und Klassik. Die das Herz triumphieren ließ, *Triumph of the heart*.

Ein Cello setzte ein, ein Klavier, ich saß auf der Schulter eines älteren bärtigen Mannes, der Cello und Piano lauschte, *Spiegel im Spiegel*, und für ewige Sekunden tat sich hier in Epidauros der Himmel auf. Maria und Josef beklagten oft, dass die Zeit der Kunst, die einst Innerlichkeit und Vergeistigung, wie sie es nannten, angestrebt hatte, vorbei war. Dass sie heute genau das Gegenteil forderte und förderte, auch in Musik und Poesie. Dass sie jeden Gedanken an eine Anderswelt zerstörte, ja lächerlich machte. Dass sie Angst hatte vor allem, was den Verstand übertrifft: Magie, Verzauberung,

Mystik. Dass auch hier das Äußerliche immer wichtiger wurde, Aussehen, Geld, Glamour, kurz: der schöne Schein.

Diese junge Frau und dieser ältere Mann und nicht nur sie bewiesen, dass Musik auch im 21. Jahrhundert den Lauschenden zuzumuten wagt, was für viele Musiker heutzutage verpönt ist: dass sie heilige Schauer hervorruft.

Swing low, sweet chariot, rief ein Bass, *coming to carry me home*, antworteten Frauen und Männerstimmen, Trommeln setzten ein, sangen mit, sprachen mit, miteinander, mit den Trommelschlägen, den Stimmen, den Flöten, singende sangesselige Trommeln, und da saß ich auch schon auf der Haut einer dieser beredten Djemben*, und sie morste mir unter den geschickten Händen der Spielerin direkt ins Ohr, erzählte von den undurchdringlich grünen Wäldern der Heimat, blauen Stiegen hoch in den Himmel überm Kokosnusspalmenbaum, sang vom Sprießen der spitzen Maispflanzen, von duftendem Berggebüsch, ach, immer weiter hätte ich da hocken mögen, mit der Talking Drum immer tiefer ins Herz dieses Kontinents dringen, *coming to carry me home*, die Trommeln trugen die Stimmen nach Haus – aber wo war das? Auf dieser Erde. *Down by the riverside.* Eine mächtige Stimme aus dem mächtigen Leib einer schwarzen Frau, *gonna lay down my burden down by the riverside down by the riverside*, da musste ich hin, ihr auf die Schulter unter dem wuchtigen Kraushaar, ich rutschte ein wenig tiefer, spürte, wie ihre Brust sich hob und senkte im Rhythmus der zuversichtlichen Melodie, die die Silben stützte und stärkte, *gonna talk with the Prince of Peace*, sang die Frau, *gonna shake hands around the world.*

Muzzli hatte während meiner Abenteuer reglos neben mir gesessen. Sicher ebenso auf Entdeckungsreisen wie ich. Zurück im Kobel, würden wir allerhand zu erzählen haben.

Jetzt brauchte ich Luft. Lehnte mich an einen saftigen Steinpilz, den ich später zu verspeisen dachte. Mit Muzzli. Ich schloss die Augen. Schweifte mit den Ohren durch Kantaten,

Gospels, Volkslieder und Arien, Duette, Krautrock, Pop und schwang mich schließlich einem älteren Herrn auf seine akkurat gelockte weiße Perücke. Es war die feinste Luft, die ich je geatmet hatte. Grün und würzig schmeichelten sich die reifen Geigenstriche mir durch in die Ohren auf die Zunge, ich schmeckte grüne Wiesen, roch Baldrian und gelbes Labkraut, sirrte mit Insektenschwärmen ins verlässliche C-Dur, versank in den Klang des *Air. O mio babbino caro,* lockte mich eine Human wieder in die Gegenwart, eine Stimme, die hatte Maria einmal »die Bibel der Oper« genannt. Auf dieser biegsamen Stimme erklomm ich hier in Epidauros den Eukalyptusbaum mühelos über drei Oktaven, schwindelnde Höhe, ich weiß, wir meisterten sie beide, sie ihr Belcanto, ich meine Sprünge, technisch einwandfrei. Kaum wieder auf meiner Wiese im Theater, verführte mich ein kühner Bass-Bariton durch einen *ring of fire* wieder hinauf in die Baumkrone der Sonne entgegen. *O sole mio, it's now or never, limitless undying love which shines around me like million suns.*

Ich brauchte Stille. Besinnung. Ich suchte Muzzlis Blick. Die saß noch immer versunken in sich, unterwegs wie die vielen anderen hier. Wie unsere Verandisten. Unter einem Holunderbusch entdeckte ich Angela und Charlie, die beiden Wissenschaftler, liebevoll einander zugetan, ein Stück weiter tobten Pauli, Pilli und Polli mit anderen Humanimals, *freak out,* trompetete es aus einem Elefantentrio ins bunte Discolichtgewitter, *freak out, brothers and sisters,* und die jungen Humanimals gerieten völlig aus dem Häuschen, Wer war Männchen wer war Weibchen wer war Human wer war Animal wer war wer wie was – und das hampelte und strampelte und kam in seine oder ihre Haut hinein, zu zwein zu drein heraus hinein und probierte das Neue Leben in Vitopia *in a yellow submarine Across the universe.* Verschwunden war *dirty old town,* die *siren from the docks* blies den Hochzeitsmarsch, und eine selbstbewusste Frauenstimme beteuerte *Non, je ne regrette rien.* Und ich wusste, Maria sang da zusammen mit ihr diese Hymne an das Leben, das Leben mit all seinen Irrtümern, Niederlagen, Verletzungen – und seiner unbezwinglichen Lust am Da-sein, *Don't look back in anger*, sangen zwei lange verfeindete Brüder, ein gesegneter Bass wies ihnen den Weg: *In diesen heiligen Hallen kennt man die Rache nicht.*

Ich öffnete die Augen und fand mich an der seidig glänzenden Brust des Sängers, wogte auf ihr durch die heiligen Hallen, nahm teil an Verdammnis und Erlösung, verbeugte mich vor Kain und Abel, die sich in den Armen lagen, und stimmte, auf einen freundlichen Wink des Komponisten, ergriffen ein: *Wen solche Lehren nicht erfreun / verdienet nicht, ein Mensch zu sein.*° Keckmeckte so herzhaft, dass ein Rippenstoß Muzzlis mich wieder zu mir und auf meinen Platz neben ihr brachte.

31.

Himmel un Ääd

Theorie ist unwichtig. Man muss zuhören.
Das einzige Gesetz ist das Wohlgefallen.
Claude Debussy

Komm mal mit, bat sie, da war ich eben. Hör zu.

Seltsame Klänge besuchten meine Ohren, eigenartige Instrumente, eine Flöte erkannte ich, Geigen, so wie die Flöte vertraut und doch fremd, sanfte Trommeln, mitunter ein Gong, eine warme Frauenstimme, schwebend über den

Harmonien. Harmonie war das Stichwort, das diese Musik bestimmte, Harmonie mit dem Kosmos, von dem in diesen Tagen so viel die Rede gewesen war.

Ich warf nur einen schnellen Blick auf den Ehrfurcht gebietenden alten Mann im bescheidenen langen Gewand, seine schmalgliedrige Gestalt im flirrenden Schatten frühsommerlichen Laubgewölks, schmiegte mich zu den beinah lautlosen Tönen der Guqin an Muzzli und schloss gleich wieder die Augen. Diese Musik bedurfte weder einer Verstärkung noch Überhöhung. Erst recht keiner Ablenkung. *Einsame Orchidee*, sang die Frauenstimme, *eine Blüte erstrahlt über schlichtem Gras, die Weisen zog es zu stillen Tönen hin auf sanften Seidensaiten* … Wie viel Trost lag in dieser fremden Musik, dieser fremden Schönheit, diesen fremden Gedichtzeilen! Wie viel Verlangen nach Nähe lösten die Klänge in mir aus, nach dieser fernen Welt aus Urzeiten, bis ins 10. Jahrhundert v. Chr., verriet unsere App! Wie viel Gewissheit – und sei es auch nur für Augenblicke –, im Grunde eins zu sein mit dem Anderen in unserem Innern, in dem, was die Humans Seele nennen. Auch wir Animals kennen dieses Innere Licht, diesen Inneren Klang. Auch wir tragen den leuchtenden Klang in uns. Und, ich traute meinen Ohren nicht, unsere Rosalia pfiff mit der chinesisch trällernden Nachtigall aus dem Blauglockenbaum *Lass fahren dahin lass fahren dahin dahin vertrau dem Akazienbaum lass den Haselstrauch blühn dahin dahin*. Komm weiter, bat Muzzli, schau, der Sänger, dort, auf dem Blumenhügel antwortet ihnen und ruft uns: *Morgenlich leuchtend im rosigen Schein / von Blüt und Duft / geschwellt die Luft / voll aller Wonnen / nie ersonnnen / ein Garten lud mich ein* … Und ich witschte mit Muzzli hinein in diesen Garten, um dem Sänger nahe zu sein, und wir tranken die Musik und die Luft, die sie trug, und die Sonne und die Blütenwelt, *dort unter einem Wunderbaum / von Früchten reich behangen / zu schaun den schönsten Liebestraum / Muzzli im Paradies.*

Wie lange Zeit wir dort, dank unserer App scheinbar für uns allein, die Freuden des Paradieses genossen, wer will das sagen, von einem Ort und einem Aufenthalt, der weder Zeit noch Raum kennt. Selbstvergessen, weltvergessen, selbst Vitopia war uns entschwunden. Hier waren wir, Wendelin Kretzschnuss und Coco von Hazelpusch, weder jung noch alt, hier waren wir einfach da und vollkommen, solange die Musik für uns da war. Irgendwann brachen wir auf.

Ich ließ mich nun von Muzzli leiten, die mich zu wirbelnden Tänzen, wirbelnden Klängen führte, Trommeln und Tamburin, Hackbrett, Zither, Laute und Spießgeige, eine der wirbelnden Frauen begleitete die Lieder auf einem Kupferteller, *Lass deine Füße die Erde lieben*, sang sie, *lass deinen Geist zu den Himmeln reichen / und tanze, tanze … Fröhlich sei / denn von Natur / fröhlich ist der Sufi …*, und ich nickte Muzzli zu, und schon saßen wir den kreisenden, heiter in sich versunkenen Tänzerinnen auf der Schulter, fühlten den Tanzwind durch unseren Pelz streichen, *von dir empfange ich, dir gebe ich, zusammen teilen wir: / davon leben wir*, sangen wir mit den Tanzenden ihr Lied, das sie unablässig wiederholten, und wir Schulterlinge summten und drehten uns mit, bis uns Hören und Sehen verging und wir uns mit einem kecken Sprung zu gemäßigteren Klängen retteten, zu einem Duo, von Flötentönen begleitet und einer stillen Trommel. Alt und Bariton beschworen ein Götter- und Geisterreich, beschworen Mutter Erde, die heilige Natur und die Beseeltheit aller ihrer Geschöpfe, *Am Himmel wandre ich / einen großen Vogel begleitend / Ich vertraue mein Dasein / dem Wind / meine Schwingen segeln auf den Lüften und ich mit ihnen …* Über dem Paar kreiste ein Adler, grätschte krächzend in die schrillen Rasseln, schwieg, wenn die ruhige Flöte die anderen schweigen hieß und allein die Frauenstimme weitersang: *Gebt Acht! Gebt Acht! / O ihr Menschen, gebt Acht! / Auf die Wohnstatt des Lebens, gebt Acht / Und neigt vor ihren Kräften / Eure Herzen in Ehrfurcht/Hebt den Blick!/Zu den blauen sich wölbenden Himmeln/Hebt den Blick …und der Himmel da oben wie ist er so weit*, rieselte des Baches Wiegenlied, sang die schöne Müllerin, *in Grün will ich mich kleiden, die Krähen schrein, O Mensch gib Acht … Let the wind/blow through your heart/for wild is the wind/wild is the wind* … Und der Adler ließ sich vom Wind davontragen, und ich kehrte zurück aus der Musik in meine reale Gegenwart, Muzzli drängte weiter, sicher war jetzt auch ihr nach etwas Herzhaftem, und schon tanzten wir auf den bunten Gewändern der Mehfil-Musikerinnen zur *Voice of the moon*, folgten dem Dialog zwischen dem Rhythmus der Tabla, der Trommel, und der Antwort der Flöte, Raga, der Melodie, Mehfil, erklärte unsere App diesen gleichrangigen Dialog der Instrumente. Wie viel unbändige Freude war in dieser Musik, freudige Schönheit, strahlende Feste, wie viele Festtage fröhlicher Familien im verhaltenen Jauchzen der Flöten, und …

Wo war ich? Wo war Muzzli, wo waren Maria und Josef, Isidor und Cäcilia, Angela, Charles, die Familie, Willi und Hera …? Alle Verandisten – weg! Ich allein auf dem Brautkleid einer schönen Inderin beim Hochzeitsfest. Was nun?°

Da keckmeckte es neben mir, Muzzli zog mich am Schweif, Mach schnell, wir sind nebenan, alles analog, Brille runter! Da gibt's einen Buuredanz, der Isidor hat den bestellt, der kommt ja aus Berkesdörp, un do jeht et *links eröm un rächs eröm/Üvver Desch un Bänk un Stöhl/Links eröm un rächs eröm/Jede°r föhlt sich wohl en dem Jewöhl.*°

Nebenan, das war eine saftige Weide, und da ging die Post ab. (Ist nicht von mir, das mit der Post, so reden die Humans.) Da tänzelten die Rinderfamilien aus aller Welt, hopste Angusrind mit Galloway, Uckermärker mit Aubrac, Dexter mit Zwergzebu und Rotem Höhenvieh. Schnell bildeten wir einen Kreis um unseren Gastgeber Biobauer Isidor, der mit seiner Kati eine ausgelassene Polka hinlegte, die wir der gesetzten, stämmigen Matrone nie zugetraut hätten. Und seine Cäcilia? Die tobte mit einem schicken schwarzen Zwergzebu durch Löwenzahn und wilde Möhre, bis Isidor sich dazwischendrängte und der starke schlanke Stier sich um Kati kümmern musste. Auch Schafe, Ziegen, Kaninchen, die herrlich gelenkigen Affen, die vornehmen Pinguine, ach, was weiß ich, wer da jetzt alles auf unsere Weide drängte. Bären vor allem, Bären aller Arten, hatten wohl Bäredanz statt Buuredanz verstanden und zeigten jetzt, was sie draufhatten, so ein Bärentango, Grizzlyseñorita mit Señor Brillenbär, ein Bärensirtaki oder Schuhplattler: unvergesslich. Und wieder kam der Wolf im Schafspelz und das Schaf im Wolfstrikot, so wie vor Tagen bei unserer ersten Verandisten-Party hier in Vitopia, aber heute, ich sag's euch, da ging es ab zwischen den beiden, oh, là, là, là. Was dabei wohl herauskommen würde? Ob's das schon mal gegeben hatte: so ein Wolfsschaf oder Schafswölfchen? Und wer Angela mit Charlie bei ihrem äußerst korrekt bemessenen Foxtrott sah, hätte die beiden nie bei einem so, hm, wie soll ich sagen, engagierten Gerangel im Gebüsch vermutet.

Und ob ihr's glaubt oder nicht, mit eigenen Augen hab ich's gesehen: Da beflügelte Pegasus seine Cousine Einhorn, und Drache Siegfried hopste umeinander mit der Sphinx.

Aber von wegen Buuredanz pur! Zwischen den vier gestandenen Berkesdörper Musikanten verrenkte sich in tänzerischer Anmut eine märchenhaft in feuerrote Gewänder gehüllte und mit kunstvoll verschlungenen Stirnbändern geschmückte musikalische Konkurrenz, die mit Bambusflöten, Gongs, geigen- und zitherartigen Instrumenten den Buuredanz exotisch verlockend umkreiste, ihm in die Noten fuhr, ihn aus dem Takt pfiff und wieder hinein, mal aufsässig schrill, mal verführerisch umschmeichelnd. Gamelan war das, verriet unsere App, Gamelan-Musik aus Bali, der Insel der Götter. Begleitet von Gott Vishnu und Lakshmi, Göttin der Schönheit und des Glücks.

Akkordeon, Trommeln, Gitarren, Flöten, Geigen und Gongs: Dieser weltenweite Mix aus Gamelan und Buuredanz fuhr allen in die Beine, brachte von der Kröte bis zum Elefanten, von Marx und Morus über Ada, Franceso, Hildegard, Hofflock, Gandhi, Mutter Teresa, Konfuzius, Christine, Tagore, Debussy … die gesamte Ehrentribüne in Schwung, *links eröm un rächs eröm, jede°r föhlt sich wohl en dem Jewöhl*, beteuerten wir in allen Sprachen und Tonarten, *kita hidup dalam damai*, sangen wir gamelamisch vereint, *kita hidup dalam sukacita°*, jauchzten wir, und eine Trompete tanzte mit der Buurebänd *what a wonderful world*, und da hielt es auch einen seiner Kollegen nicht mehr, Hi, Louis, schrie Ludwig und sprang ans Klavier, *Freude, schöner Götterfunken What a wonderful world*, nacheinander zueinander miteinander spielten sie, und dann war dabei auch der Dritte im Bunde, Friedrich schmetterte das ganze Lied, alle Strophen, und Ludwig spielte Trompete und Louis Klavier, und die Götterfunken stoben von Flöten und Gong ins Elysium, alle von einem himmlischen Zauber verbunden, in Musik und Dichterwort.

Und da ließen sich auch Hafis und Johann Wolfgang nicht lumpen, legten einander die Arme um die Schultern und schunkelten im Kanon:

Gottes ist der Orient
Gottes ist der Okzident
Nord- und südliches Gelände
Ruht im Frieden seiner Hände.

Die ersten Sterne streuten sich am Himmel aus, und einer blitzte mir in die Augen, als blinzelte er mir zu, und ich grüßte zurück, froh erregt, dass er mich, Wendelin Kretzschnuss, hier unten erkannt hatte. Ich legte meine rechte Pfote aufs Herz, nahm Muzzlis rechte Pfote in meine linke und hob unsere vereint gefalteten Pfoten zum Himmel: *Alle Menschen werden Brüder / Wo dein sanfter Zauber weilt.* Und ich war sicher, dass Muzzli die »Brüder« so keckmeckte, dass es wie »Schwestern« klang.

32.

Chi guo le ma?
Heute schon gegessen?

Nichts wird die Chancen für ein Überleben auf der Erde so steigern wie der Schritt zu einer vegetarischen Ernährung.
Albert Einstein

Schon bei unserer letzten Runde mit der Buureband war mir ein verführerisches Düftepotpourri in die Nase gestiegen. Es roch wie manchmal aus dem Küchenfenster der Schönregens, dann wieder wie vom Büdchen auf der Kirmes, nach gebrannten Mandeln und Reibekuchen oder nach Nikolausnüssen und würzigem Weihnachten mit Printen, Zimtsternen, Spekulatius. Trüffeln und Pflaisch-Leberkäs, Pommes und Dumplings, Kohlrouladen, Käsespätzle, Müslimax vom Biomarkt schnupperten wir. Wie zuvor die Musik fand sich hier die Schmauskunst der Welt zusammen. Wer konnte da widerstehn? Die Buuredänzer griffen zu.

Wir Verandisten ließen uns Zeit. Folgten dem Spezialisten von der Ehrentribüne, den hier alle bestens kannten und verehrten, die Humans sowieso, sogar Muzzli und ich, doch auch die Nutz- und Hausanimals hatten schon von ihm gehört: Lukullus, der antike römische Feinschmecker und hochgebildete Philosoph, den Feldherrn ließ er hier in Vitopia lieber weg, führte Regie über die internationale Speisekarte in Vitopia. In seinem Gefolge die Leckermäuler aller Länder und Zeiten. Allen voran die international anerkannten Vielfraße Gargantua und Pantagruel, sein Sohn. Zwei Riesen, die von ihrem Vater bzw. Großvater begleitet wurden. Franz Rabbeläs hieß der, wusste Isidor, mit Abkömmlingen dieser weit verbreiteten Sippe von manchem Gelage auf Schützenfesten bestens vertraut; dort gerate der Franz oft mit seiner Verwandtschaft aneinander, wegen ihres Benehmens. Auch heute schien er sich seines Nachwuchses zu schämen und mahnte ihn immer wieder mit gesalzenen Drohungen zu anständigen Manieren, wenn sie schmatzend und schlabbernd über einen Zuber von der Größe eines Waschtrogs, gefüllt mit sahnigem Haferbrei, herfielen, als ginge es um den ersten Platz im Guinnessbuch.

Tatsächlich hatte ich derart verfressene Humans noch nie gesehen. Bis ein dritter, weit jüngerer Human herbeistapfte. Mannekenpix hieß der, klärte Pauli uns auf, er kenne ihn. Flüchtig, nur vom Lesen. An Körpergröße und Leibesumfang stand der Junghuman den beiden älteren Herren in nichts nach. Begleitet wurde er von einem Human, der eine sonderbare Uniform trug, die dazu passende Kopfbedeckung hatte man ihm wohl am Eingang zu Vitopia abgenommen, da hier nichts Militärisches, selbst nicht in Andeutungen geduldet wurde, geflügelte Helme schon gar nicht.

Körbeweise wurden nun die Veggieburger rangeschleppt, ein Banner ausgerollt: Schmatzen bis zum Platzen.

Sollte das etwa ein Wettessen werden?

Doch da hatten die drei und ihre fetten Fans die Rechnung ohne den Wirt, ohne Lukullus gemacht. Der einen derart schamlosen Umgang mit Speisen, wo in Realopia Humans und Animals verhungerten, rundheraus verbot.

Später erfuhren wir, dass derlei Verbote bei Rückfällen in total überholtes retrohumanes Verhalten in Vitopia Gaialob äußerst selten nötig waren. Strafen waren hierzulande abgeschafft. Ein Verbot war Strafe genug.

Uns Verandisten der ersten Stunde, Muzzli und mich, Josef und Maria, zog es nach dieser wenig kulinarischen Begegnung an einen schlicht mit weißem Leinen gedeckten Tisch. Ein gemütlich aussehender Orang-Utan lächelte breit, als ich ihn fragte, ob wir Platz nehmen dürften, und machte eine einladende Pfotbewegung. Pray take a seatie, lud uns der junge Engländer neben ihm ein und reichte die Platte mit den Blinis Demidoff, die Köchin Babette eben hereingetragen hatte, an seine Nachbarin Tania weiter.

In der Mitte der Tafel dampfte die Suppenterrine. Leise Klaviermusik klang von fern her herüber; jemand perlte den Radetzkymarsch aus seinem Stampf-Takt in einen Walzertanz. Ein warmer goldener Schimmer wallte in den Tellern mit ihren schmal verblassenden blauen Streifen. Ein paar zarte, ineinander verschlungene Nudeln schwammen in dem durchsichtigen Sud umeinander. Versonnen schaute ein über die Jahre hinaus gealterter Mann, mir gleich gegenüber, in seine Suppe, und mir schien, er äße die zierlichen Mehlspeisen darin zuvörderst mit den Augen, als verzehrte sein Schönheitssinn vor allem anderen den unsichtbaren Gehalt der Brühe, gewissermaßen ihre seelische Substanz.*

Ich stupste Muzzli an: Die Ansicht der Flüssigkeit bereitete dem Mann offenbar mindestens so viel Vergnügen wie die Aussicht auf den Genuss, den sie ihm bereiten würde.

Muzzli stupste zurück. Diese Humans. Wenn sie doch nur auch auf die Beschaffenheit ihrer geistigen Nahrungsmittel und deren Bekömmlichkeit, also auf die angemessene Versorgung ihrer neuronalen Netze, so viel Gewicht legen würden und so viel Obacht walten ließen wie bei der Zubereitung ihrer leiblichen Kost. All der Schund und Dreck, der da tagtäglich von Humans für Humans in Bild und Wort in deren Gehirne geschleust und widerstandslos, ja begeistert! konsumiert und verdaut wird! Dieses verkommene geistige Fast Food! Essen würden die so was nimmermehr! An Rauben, Morden, Quälen und Betrügen, an jeder möglichen Untat und Gemeinheit dürfen sie Gefallen finden, solange sie diese Missgeburten des Geistes Kunst nennen. Müssten sie bloß ein einziges Mal mit derart verdorbenen Speisen aus so reinen bekömmlichen Naturprodukten ihre Mägen füllen! Zum Beispiel mal einen brutalen Mord essen. Demütigungen. Quälereien. Verrat.

Liebe Humans, ihr versteht, was Muzzli meint? Hier in Vitopia hatte man das offenbar erkannt. Auch uns waren sie bei der Ankunft von Marx und Morus überreicht worden: Süße Buchstaben. Süße Buchstaben, mit denen man nur Gutes, Schönes und Wahres denken, sprechen und schreiben konnte. Das würde, so wie der Talmud es lehrte, im Lauf der Zeit die genetische Veranlagung umformen und somit gute Taten quasi evolutionsbedingt folgen lassen. Überall konnte man hier seinen Vorrat an Süßen Buchstaben auffrischen. Und, na ja, ein bisschen Pfeffer durfte man hin und wieder auch drüberstreuen. Hatschi.

Am anderen Ende des Tisches hatten sich die Liebhaber der Hausmannskost versammelt, der *altgermanischen Küche*, wie sie ein schwärmerisch dreinblickender dunkellockiger Mann nannte:

Sei mir gegrüßt, mein Sauerkraut,
holdselig sind deine Gerüche.
Gestovte Kastanien im grünen Kohl,
so aß ich sie einst bei der Mutter!

Der Mann hob die Gabel und ließ ein ansehnliches Bündel des gepriesenen Gemüses dem Verzehr entgegenschwappen, schnappte danach, kaute und schaute der Blondine neben ihm tief und dankbar in die Augen ... und das hat an ihrem Kochtopf die Loreley getan, säuselte er. Legte die Gabel beiseite und küsste ihr die Hand bis hinauf zum Ellenbogen. Worauf die alte Köchin neben ihm ein düsteres Gesicht zog, das Wilhelm Busch-Bolte, ihr Mann, aber gleich mit einem Schmatz auf die Wange wieder erhellte. Wissen wir doch alle, dass du die Beste bist, weiß sogar der feine Dichter, dass dieser Kohl eine Delikatesse ist, wovon Mann besonders schwärmt, wenn er wieder aufgewärmt. Gleich gibt's zudem noch den köstlichen Pfannkuchen mit Salat. Kann keine so wie unser Töchterchen, unser Lieschen. Kommt ganz auf die Frau Mama. Und mit einem Seitenblick auf den schwarzlockigen Handküsser fuhr Busch-Bolte fort:

Von Fruchtomletts, da mag berichten
Ein Dichter aus den höhern Schichten.
Wir aber, ohne Neid nach oben,
mit bürgerlicher Zunge loben
uns Pfannekuchen und Salat.
Wie unsre Liese delikat
so etwas backt und zubereitet,
sei hier in Worten angedeutet.

Und das tat er dann auch: andeuten! In sage und schreibe 46 Zeilen!

Josef grinste: Gut Ding will Weile haben. Was denkt ihr, wollen wir auf den Pfannkuchen warten?

Ich mochte Maria und Josef nicht kränken, aber für uns Animals gab's auf dieser kulinarischen Expedition wenig Verführerisches. Was wir liebten, fanden wir in ganz Vitopia von

Baum zu Baum in köstlichen Variationen. Wozu brauchten wir raffinierte Rezepte? Wir aßen, wenn wir Hunger hatten. Basta. Bis wir satt waren. Basta. Und wenn uns die Gaben von Busch und Baum schmeckten: umso besser. Nur gut, dass für alles, was hier in Vitopia an Essbarem geboten wurde, nicht nur an diesem Abend, kein Animal mehr leiden musste. Also steckten sich Maria und Josef eine Handvoll Kirschen ein, die hatte Lukullus mitgebracht und auf allen Tischen verteilt, und nickten dem Dichter zu, der mit seinem arabischen Kollegen so ergreifend den Buuredanz vollendet hatte. Mit sieghaft geballter Faust gab er uns den guten Rat mit auf den Weg:

der kirsche kern wird
niemand kaun man kann sie schluk
ken doch nicht verdaun.

Wo er recht hat, hat er recht, kommentierte Josef trocken: Wie immer. Ist eben ein umtriebiger Klassiker, dieser Herr von Goethesan. Auch wenn's noch bisschen holpert. Und küsste Maria eine Kirsche zwischen die Lippen:

kirschblütenküsse
süße schattenmorellen
zum kernerweichen

Und Maria drückte Josef mit gespitzten Lippen den Kirschkern zwischen die Zähne zurück.

lobpreist die kirsche
weiches fruchtfleisch umhüllt den
harten starken kern

Nach dieser frugal-poetischen Vorspeise einigten wir vier Humanimals uns mit Vergnügen auf die asiatische Küche. Ich beamte mich flugs durchs Schmausegelände und fand auch unsere Verandisten dort schon versammelt.

Moment mal, vertrat uns ein Mann in Mönchskutte und Tonsur den Weg. Extrablatt!, rief er und drückte Josef einen Flyer in die Hand. *Wer nirgends isst, der wird nimmer satt* und *Ich lobe eine reine, gute und gemeine Hausmannsspeise* stand da in seltsam verschnörkelten Druckbuchstaben, wie ich sie aus einer kostbaren alten Bibel der Schönregens kannte. Und dazu, fett gedruckt:

Iss was gar ist
trink was klar ist
sprich was wahr ist.

Auf der Vorderseite ein längeres Gedicht, das selbst Josef kaum entziffern konnte. Offenbar handelte es sich um eine Eloge an die optimale Beschaffenheit von Käse. Dem Leibesumfang nach war dieser Mönch ein Schmauser. Also ein Bibel- und Käsekenner. Und seiner Sache sicher. Da er sah, dass Josef sich schwertat mit dem Lesen, warf er sich selbst in Positur und legte los:

Soll der Käse etwas taugen,
hab er nicht zehntausend Augen
wie einst Argus. Auch nicht klein,
breit und dick, so soll er sein!

Kein Methusalem an Jahren
wird er durch zu langes Sparen;
nein, der Büßrin reich an Thränen
soll er gleichen, Magdalenen.

Habakuk einst kochte Brei,
breiig nicht der Käse sei!
Was man liest von Lazarus,
gelte auch vom caseus:

Dort hört man's im Klageton,
hier als Ruhm: »Er stinket schon.«

Während er las, hatte sich eine ansehnliche Gruppe Humanimals um ihn versammelt, was der Prediger sichtlich genoss. Und die Gunst der Stunde nutzte.

Ein für alle Mal, donnerte er in den Beifall hinein: Ein für alle Mal erkläre ich hiermit, dass dieser niederträchtige Satz, mit dem ich weit häufiger zitieret werde als mit des Allmächtigen Wort, nicht stammet von mir!

Welchen Satz meint er denn? wollte Muzzli wissen.

Na ja, meinte Josef. Ist ihm wohl peinlich. Nach einem deftigen Essen, er schätzte ja die Hausmannskost, und als er später heiratete, donnerte er: *Das ist ein gemarterter Mann, dessen Weib nichts weiß von der Küche. Es ist das erste Übel, woraus sehr viele folgen.* Den Satz meinte er aber sicher nicht.

Sondern? drängte Muzzli.

Also bitte sehr: *Warum rülpset und furzet ihr nicht, hat es euch nicht geschmacket?* Das soll er gesagt haben.

O. k., kicherte Muzzli, für einen frommen Mann ein bisschen grob gradaus. Oder? Andere Zeiten, andere Sitten.

Und damit wollten wir es bei unserem Abstecher bewenden lassen. Doch da bat uns der beredte Käseliebhaber um einen Augenblick Geduld, streifte die Kutte ab und warf sich in eine schwarze Tracht mit Samtkappe, die ihm wie ein Pfannkuchen auf dem Kopf lag; geleitete uns zu einer von ihm, wie er hervorhob, eigenhändig bestückten Biokäsetheke und stellte uns seine Frau vor. *Herr Käthe* nannte er sie augenzwinkernd, eine resolute Mitdreißigerin, die mit flotten Sprüchen humanimale Käsekenner aus aller Welt beglückte, Ratten, Mäuse und Hunde, Humans aus Holland und der Schweiz, Frankreich und Italien allen voran.

Muzzli sprang der vornehm gekleideten Human gleich auf die grünsamtene Schulter, und Katharina streichelte sie zwischen den Ohren und steckte ihr ein Stückchen Käse zu. Mochte Muzzli aber nicht, doch Maria ließ es sich schmecken, und für Muzzli hielt Katharina eine Möhre parat. Da haben sich drei gesucht und gefunden, dachte ich im Weitergehen. Die wären ein gutes Team.

Unweit des Käsetischs stand ein etwa dreißigjähriger Human, schulterlanges schwarz gewelltes Haar, gestutzter Vollbart, bei einem schlichten marmornen Springbrunnen.

Aufsteigt der Strahl, murmelte Maria,

und fallend gießt er voll der Marmorschale Rund, ergänzte Josef, und die beiden lächelten sich verschwörerisch an.° Liebe geht eben nicht nur durch den Magen, sondern auch durchs Gedicht! Wie bei Muzzli und mir.

Ein gut aussehender Human stand also da, in einem rauchfarbenen Leinenanzug, ein herzrotes Einstecktüchlein in der linken Brusttasche. Umgeben von einer humanimalen Menge, zigmal größer als die beim Käsekenner. Eine°r nach dem anderen trat vor, reichte dem Human einen Becher, den der nach einem kurzen Wortwechsel in den Strahl des Springbrunnens hielt, füllte und zurückreichte, worauf der Empfänger den Becher andächtig leerte. Andächtig und genießerisch.

Solange man trinken kann, lässt sich's noch glücklich sein, murmelte ein würdiger Human hinter mir. Schon wieder der Frankfurter Klassiker. Der musste es ja wissen!

Hin und wieder schnalzte eine°r einem Schluck hinterher, leckte sich genüsslich die Lippen. Ein Tiger schlürfte erst mal unanständig laut und stürzte dann den Becher so gierig ins Raubtiermaul, dass eine breite dampfende rote Spur danebenlief. Blut?! Wein trank die Bestie doch sicher nicht.

Dann war ich an der Reihe. Hielt meinen Becher hin.

Was ich denn trinken möchte, fragte der Human.

Wasser, sagte ich und deutete auf den Brunnen.

Wasser?, wiederholte der Human. Nicht lieber einen Apfelsaft? Traubensaft? Einen Mandelcocktail? Einen Erdbeersmoothie? Oder Nektar?

Wasser, wiederholte ich. Einfach Wasser.

Der Human fasste mich ins Auge. Nahm mir den Becher ab und berührte mein Fell. Zwischen den Ohren. Das durfte sonst nur Muzzli. Nicht einmal Maria und Josef.

Und wie heißt du?

Das hatte mich hier in Vitopia noch keiner gefragt. Ich nannte meinen Namen und wünschte, die stärkende Liebkosung dieses Fingers auf meinem Kopf würde niemals enden.

Wendelin, wiederholte der Human, es klang wie ein Geschenk, wie ein Segen. Nahm den Finger von meinem Kopf, tauchte ihn ein in mein mit dem Brunnenwasser gefülltes Glas, strich über meinen Kopf und murmelte etwas, wovon ich nur meinen Namen verstand und »Wasser des Lebens«. Wie soll ich beschreiben, was ich fühlte? Ich begriff es ja selbst nicht. Als hätte dieser Human mir eine Liebeserklärung gemacht, so fühlte ich mich. Eine Liebeserklärung von der edlen und romantischen Sorte, wo man sich auserwählt fühlt, wo es nicht um Begierde und Sättigung geht, sondern um Hingabe, Demut und Dienen. Ich sage euch, und Muzzli möge mir verzeihen, mein Blut hingegeben hätte ich in diesem Augenblick für diesen Human. Doch da war mein Muzzli schon neben mir, und der Mann fragte auch sie nach ihrem Namen und wiederholte ihn, nahm auch ihr den Becher aus der Pfote, füllte ihn, netzte seinen Finger und strich ihr übern Kopf, wie zuvor über meinen. Legte unsere Pfoten ineinander, und mir war, als sei der Raum bei diesem Brunnen umgeben von einem Leuchten unzähliger kleiner Heiligenscheine, die zu einem mächtigen Strahlenschimmer verschmolzen.

Muzzli und ich machten Maria und Josef Platz und leerten unsere Becher in kleinen bedächtigen Schlucken, genossen klares, reines Wasser. Sonst nichts. Gibt es etwas Besseres? Oft genug hatten wir in unseren Konferenzen die Bedeutung des Wassers diskutiert. Wir tranken Wasser und schmeckten Leben. *Das* Leben.

Abends erzählten Maria und Josef, der geheimnisvolle Wasserspender habe auch sie gefragt, was er ihnen einschenken dürfe. Was du willst, haben wir geantwortet. Da hat er uns den Becher mit einem brüderlichen Lächeln zurückgegeben und dabei etwas gemurmelt, das wie … wie …

Wie ein Segen klang, half ich weiter.

Ja, wie ein Segen, nickte Maria versonnen, oder wie unsere Namen. Maria und Josef. Und zugetrunken hat er uns. Und wir ihm. Mit einem Wein, wie wir ihn nie zuvor gekostet haben. Der ist euch beiden zugedacht. Hat er gesagt. Laetare. Ihr werdet erwartet. Zuvor aber werdet *ihr* erwarten.°

Beim Abschied von dieser wundersamen Stätte sahen wir noch, wie der gaumenfreudige Mönch mit einem Käselaib angerannt kam und im Austausch dafür einen extra großen, gut gefüllten golden schimmernden Kelch mitnehmen durfte, den der sonderbare Brunnenwirt für ihn schon bereitgestellt hatte und ihm mit einem kameradschaftlichen Augenzwinkern überreichte.

Die beiden wissen, was zusammenpasst, kommentierte Josef. Bier und Käse: Menschenwerk. Der Wein aber ist von Gott.

Später erzählte er, dass er noch einmal auf die beiden gestoßen sei. Da habe er gehört, wie der Wasserverwandler den Mönch in einem recht vertraulichen Tonfall gefragt habe: Sag mal, kennst du nicht da draußen so einen wie dich? So einen Reformator 2.0? Den hätten unsere Unternehmen in Realopia schon längst bitter nötig. Worauf der Mönch voller Entsetzen abgewinkt hatte: Um Gottes willen! Einer wie ich? Das wäre unser Ende! Meins und auch deins! Erst mal sollten sich die da unten schleunigst zusammenraufen!

Maria und Josef, Muzzli und mir war es nun nicht auch noch um einen Ausflug in die asiatische Küche zu tun, doch unsere Truppe ließ es sich dort bereits schmecken. Also hin.

Käte Krähe, Rosalia Nachtigall und Karlchen Amsel hatten die Schmausezone schon verlasssen bzw. sich ihrem natürlichen Busch- und Baumbewuchs zugeneigt. Käte Krähe mit unverhohlen verzweifeltem Krächzen, berichtete Willi. Mehrfach hat sie hier ihren Schwur gebrochen, endlich, endlich ihre Diät einzuhalten. Hippokrates* hat ihr die gestern verordnet: *Deine Nahrungsmittel seien deine Heilmittel*, sagte er wörtlich. Ansonsten müsse sie in Kürze damit rechnen, von Fressnapf zu Fressnapf nur noch *hüpfen*, ja torkeln zu können, mit dem Fliegen sei es dann aus. Und wie sie dann ins Nest kommen wolle!

Hera und Willi schienen sich gut zu amüsieren. Sie hatten Theodorakis getroffen, der sie zu Kritharakinudelsalat mit gegrilltem Feta eingeladen hatte. Kritharaki kai Sirtaki, erzählte Hera, habe er unablässig leise vor sich hin gesungen und verraten, dass ebendieser Nudelsalat ihn zu seinem weltberühmten Sirtaki inspiriert habe. Na ja, und ein paar Ouzo und das eine oder andere Glas Retsina. Von diesem Human am Brunnen habe man ja nur diesen einen Becher voll bekommen. Allerdings exzellente Qualität. So was Gutes habe er in seinem langen Leben noch nie getrunken. Unvergesslich.

Und dann, fiel Willi seiner Hera ins Wort, haben wir etwas erlebt. Also so was! Getanzt haben sie nach diesem einen Becher alle miteinander, die Philosophen und andere

Schöngeister, aber auch Spartaner und Athener, Feldherren und Soldaten aus dem Peloponnesischen Krieg, diesem grauenvollen antiken Weltkrieg. Humans, die sich irgendwann mal die Bäuche aufgespießt, die Beine und Hände abgehackt, die Kehle aufgeschlitzt, Köpfe ein- und abgeschlagen hatten, lagen einander in den Armen.

Und diese beiden hier, Hera flog zuerst Hippie auf die Schulter, dann Krattes. (Nicht zu verwechseln mit Hippokrates. Der bestand auf seinem vollen Namen, der Kraft *und* dem Pferd. Anders als *unser* Sokrates, dem genügte die Kraft.) Also: Hippie und Krattes beim Sirtaki: die hättet ihr sehen sollen. Jeder Schritt so frisch und froh und einstimmig zweistimmig, als würde er gerade geboren, der Tanz allein erfunden für ebendieses Paar. Bei Zeus! Ein Augenschmaus.

Aber jetzt greift mal zu, Hera flog zu Willi zurück. Der flugs mit der Berichterstattung fortfuhr: Hier gibt es sogar eine vegane Pekingente aus gut gewürztem Weizenmehl. Oder frittierte Pflaischmaus vom Feld. Kann ich empfehlen. Trotzdem nicht so mein Ding. Ich hab, auch wenn ich weiß, dass ich in ein krosses Pflaischbein beiße, immer noch die echten Animals vor Augen. Geht nicht jedem so. Auf dem Weg hierher haben wir Liesel Gänse getroffen, die schlenderte mit ihrem Fuchs bei den Martinsgänsen vorbei und biss hemmungslos genießerisch in ein Stück Gänsebrustpflaisch. Gän-se-brust! Frisst die eigene Art! Na ja, fast. Und der alte Fuchs strich ihr zärtlich über die fettigen Federn. Igitt! Gibt doch genug andere Leckereien.

Zum Beispiel bei den Chinesen. Und gesund sind die auch noch. Kommt mal mit, der Umweg lohnt sich. Und ihr glaubt nicht, wen ihr da wieder trefft. Was meinst du, Hera?

Hera schuhute Zustimmung, Maria drängte Josef, Muzzli und mich, Willi zu folgen; Milli und Familie schlossen sich an.

Isidor und Cäcilia mahnten jedoch, die Einladung der beiden Dichter, Hafis und Johann Wolfgang, nicht zu vergessen.

Wenigstens vorbeischauen sollten wir bei ihnen. Schließlich finde man eine Freundschaft zweier in so unterschiedlichen Kulturen und Religionen verwurzelter Humans nicht alle Tage. Ein wahres Vorbild für ihre Spezies.

Also machten wir einen Umweg vom Umweg, hin zum »West-Östlichen Diwan«, so hatten die beiden ihre Location getauft. Ein Um-Umweg, ich sag es gleich, der sich lohnte. Wurden wir doch Zeuge eines visionären Experiments, dem vielleicht irgendwann in Realopia einmal Realitäten folgen würden.

Denn die beiden Dichter hatten noch einen Kollegen mitgebracht, der bei diesem Fest, zu dem sie geladen hatten, nicht fehlen durfte.

Gefeiert wurde ein außerplanmäßiges Zuckerfest, in Realopia das Ende vom Ramadan. Polli, Pilli und Pauli waren gleich Feuer und Flamme. Sie kannten das Fest seit ihren Kita-Tagen. Einmal im Jahr, am Ende des Fastenmonats durften alle von den Köstlichkeiten naschen, die Fatima, die Kita-Leiterin, von zu Hause mitbrachte. Danach hieß es wieder: Süßes nur sonntags.

Hafis und Johann Wolfgang saßen an einem zierlichen, runden Metalltisch, im Schneidersitz, was dem Frankfurter offensichtlich wenig behagte. Ebenso wenig wie dem Mann, auf den die beiden gewartet hatten und der sich der Mühe des Platznehmens gar nicht erst unterzog. Vielmehr half er Johann Wolfgang auf die Füße, Hafis schnellte aus dem Polster, und die drei Dichter steckten die Köpfe zusammen. Der Dritte, Josef und Maria erkannten ihn gleich. Sein Denkmal stand auf dem Gänsemarkt in Hamburg, wo er als Dramaturg des deutschen Nationaltheaters auch seine berühmte Dramaturgie verfasst hatte: Gotthold Ephraim Lessing.

Hafis und Johann Wolfgang, dem besonders, schien zu gefallen, was Gotthold ihnen anvertraute. Und so waren die beiden Kollegen die Ersten, die Gotthold bedachte. Unverständliches murmelnd, das wohl nur für eingeweihte Dichterohren gedacht war, steckte er jedem der beiden einen eigens hier in Vitopia kreierten Ring an den Finger. Drei fein geprägte Streifen waren kunstvoll miteinander zu einem Kreisrund verschlungen. Aus Lakritz.°

Johann Wolfgangs Grinsen wurde noch breiter, Hafis seufzte und zog den Kopf ein wenig zwischen die Schultern. Doch auch er mischte sich mit einem Jutesäckchen, das Gotthold ihm und Johann Wolfgang in die Hand drückte, unter die Festgäste und machte sich mit dem Erfinder der Ringe unter Lachen und Singen der Beschenkten ans Verteilen. Einen Ring für jede°n. Zum Einverleiben. Was besonders die jungen Humanimals entzückte, die gleich wissen wollten, was denn sonst noch drin stecke in den Säckchen.

Anders als Nils und Till, die der »Süßkram«, wie Willi und Hera die schleckrigen Schmuckstücke verächtlich nannten, an diesen Ort zu fesseln schien, drängten wir, besonders wir Animals, zum Aufbruch. Maria und Josef halfen den Dichtern noch bei der Ringverteilung und hatten sich danach mit den dreien zum Gespräch verabredet. Ich wäre gern bei ihnen geblieben, aber sie versprachen, mir zu berichten.

Von Maria und Josef erfuhren wir später, was Gotthold und Kollegen mit dieser Lakritzring-Aktion bezweckt hatten. Zur Akzeptanz der Gegensätze habe er die Gäste mit bittersüßer symbolisch gestalteter Verlockung ein spielerisches Mit-einander schmackhaft machen wollen. Weg von diesem »gottgefälligen Wettbewerb«, der immer wieder in einfältige, stupide Konkurrenz, blutige Feindschaften und »gerechte Kriege« umschlüge.

Ähnlich hatten auch wir uns die dreilagigen Ringe gedeutet, wer wäre in der Schule nicht irgendwann Lessings *Ringparabel* und Nathan dem Weisen begegnet. Der übrigens mit seiner Tochter Recha und dem persischen Mathematiker, Astronomen, Philosophen und Dichter Omar Khayyam auch bei den Ramadan Gästen saß und feierte. Maria hatte sich einen seiner berühmten Vierzeiler, die er hier vortrug, gleich auf eine Karteikarte notiert:

Jedes Teilchen, das auf die Erde weilte,
könnte ein Sonnenbild und ein Venusantlitz gewesen sein,
wische den Staub von deinem Ärmel,
denn er kann das Gesicht einer Schönheit gewesen sein. °

Uns aber lockte nun das rotgolden schimmernde Pagoden-zelt schon von weitem mit einem so unwiderstehlichen Duft, dass die Humans ihre Schritte zielstrebig verdoppelten. Näher kommend vernahmen wir zögernd verhaltene Melodien, Melodien einer Qin, wie sie mir vom Ausflug in das chinesi-sche Altertum noch im Ohr waren und die, zusammen mit den Aromen, meine poetische Ader kraftvoll anregten. Ich legte meine Pfote um Muzzlis Schultern und flüsterte ihr ins Ohr: Ich reiche dir Kokosmilch für den Schwung deiner Hüf-ten. Wacholder für deinen Tanz. Sesam für deine strahlenden Augen und Honig für den Mondschein auf deinem Haarkleid. Rosmarin für den Duft deiner Liebe – mmmhh … Lass es uns genießen – mmmhh …

Sanft löste Muzzli meine Pfote von ihrer Schulter und drückte sie an ihre Brüste, und ich wusste, ich musste mich ein Weilchen noch mit meiner Vor-Freude begnügen, bis zur Nacht in unserem Trompetenbaum. Und mich vorher stär-ken. Mit Wonne, Zimt und Avocado.

In kleinen Gruppen saßen Humanimals um runde Tische, auf denen eine riesige Scheibe kreiste, über und über mit un-terschiedlich gefüllten Schälchen bestückt. Viel knackiges Gemüse erkannte ich, wässerigen Spinat, Sojabohnen, Pilze,

Schweinepflaisch roch ich, wabbelig und weich oder knusprig kross, dünn wie zerbrechliches Glas. Und das alles mal scharf, mal süß, oder beides zusammen, mal salzig, bitter oder sauer, wie kleine Tafeln anzeigten.

Hippokrates, Schatzhauser auf seiner Schulter, hatte Willi und Hera entdeckt und winkte uns zu. Er lauschte gebannt dem Vortrag eines älteren chinesischen Human, den ich ebenso wie die Qin-Spielerin wiedererkannte. Nicht nur für Musik und Poesie schien sich dieser weise Mann, Konfuzius, dem wir zuletzt beim Buuredanz begegnet waren, zu begeistern – und sein Publikum erst recht: *Gesundes gutes Essen ist der Himmel für jedes Lebewesen*, lächelte er. Chi guo le ma, begrüßte er uns.

Haben Sie schon gegessen, heißt das, so grüßt man in China, wusste Willi, der auf Josefs Schulter hockend mit hochgerecktem Schweif und vor der Brust gefalteten Pfoten dem freundlichen Alten die Ehre erwies.

Was auch immer es hier zu kosten gab, allein der Stimme dieses Weisen zu lauschen hatte den Umweg gelohnt. Hildegard und Lukullus, ein kleiner Human in Turban und Pluderhosen und ein Junge mit Kochmütze und einer bis ans Kinn gebogenen Nase* machten sich eifrig Notizen. Mir war die Stimme des Redners genug, und zwei fremde Wörter, die immer wieder erklangen, Yin und Yang, heiß und kalt, die miteinander harmonieren müssen. Harmonie herstellen, das Gleichgewicht halten: Das war das oberste Gebot für jedwede Tätigkeit, vom Musizieren bis zum Kochen und zum Essen. Die Grundlage des Lebens. Nur dann könne das Qi, der Lebenssaft, ungehindert fließen, lernte ich.

Schatzhauser wirkte ein wenig nervös. Versuchte, das zu verbergen, indem er uns beinah der Reihe nach fragte, was wir denn sonst noch erlebt hätten. Uns zum Reden nötigte, ohne wirklich zuzuhören. Vielmehr ins Unbestimmte lauschte, als erwarte er jeden Augenblick ein Signal. Da endlich rief uns das dreimalige Kowork des Goliathreihers ins Epidauros-Theater zurück, und Schatzhauser setzte sich seinen Hut auf, schlüpfte in die Stiefel, winkte See you, und weg war er. Wir hinterher. Was blieb uns anderes übrig. Dreimaliger Goliathschrei war Befehl von oben. Bei aller Freiheit, die hier in Vitopia herrschte: Ordnung muss sein. Freiheit ohne Ordnung ist Anarchie, das hatte ich von Marx, und Morus hatte zustimmend genickt. Überhaupt, dieser Marx, hatte eine ganze Reihe guter Sprüche drauf. Davon ein andermal. Würde jetzt zu weit führen. Führen nämlich ziemlich weit, seine Sprüche. Wenn ich davon erst mal anfange ...

33.

Besuch aus der Zukunft

Alle Utopien von gestern sind die Industriezweige von heute ... verdichtete Träume, Unerreichbares im Zustand des Üblichen ...

Victor Hugo,
Vorwort zur Weltausstellung,
Paris 1867°

Das Theater vibrierte wie am ersten Tag. Was mochte geschehen sein, dass nun am späten Abend noch einmal Zusammenkunft erbeten wurde?

Die Ehrentribüne schillerte in einem diffusen Licht, das die Figuren verschwimmen, verschwinden, wiederauftauchen ließ, lang gezogen, zusammengestaucht, manchmal wie ausgetauscht. Gestalten waren erkennbar, aber keinem Human oder Animal genau zuzuordnen. Mit einem Wort: Die Ehrentribüne war aus den Fugen geraten.

So unbestimmbar wie das, was sich unseren Augen bot, war, was unsere Ohren auffingen. Geräusche, Klänge, Laute, Töne, Akkorde, Harmonien, von ferne, hautnah, von den Seiten, von oben aus der Luft, von unten aus den Steinen, abstoßend, einschmeichelnd, fein berechnete Maserungen der Luft … Von wem erzeugt? Wie hervorgebracht? Sicher war nur eines: Wörter, wie wir sie kannten, waren das nicht. Nicht *ein* Wort der zahllosen humanimalen Sprachen war darunter, da waren sich auch Josef und Maria sicher, und Schatzhauser, der nicht wie sonst bei den Ehrengästen, sondern auf Josefs Schulter saß, wiegte erwartungsvoll seinen weisen Hütchenkopf und keckmeckte ein wenig international. Mit einem ungewohnten Unterton. Er schien mehr zu wissen als wir, aber nichts Genaues.

Die verwirrten Geräusche schwollen an, schwangen in sich zurück, wieder aus sich heraus, eine unberechenbare Wellenbewegung, Echo und Hall, Lärm an seidenen Fäden auf festem Eis in heißer Sommerluft. Ich griff nach Muzzlis Pfote. Hatte ich Angst? War ich entzückt? Berauscht? Wie an jenem Abend von den Klängen auf dem T'e ch'ing shan?

Liebe Humans, die ihr mir bis hierher gefolgt seid, ihr wisst, ich habe mich mit Kommentaren weitgehend zurückgehalten. Einfach nur dabei sein lassen wollte ich euch, so gut das eben geht. Dafür habe ich meine Wörter hervorgekramt, entstaubt, poliert, in Reih und Glied gebracht, alles so gut ich konnte, wie mir die Sciurus-vulgaris-Schnauze gewachsen ist. Nun befürchte ich, dieser Wörterkasten, die Humans nennen ihn Wortschatz, und da haben sie recht, denn ein Schatz sind sie, diese Kleinodien aus Silben und Buchstaben, unermesslich wie Sand am Meer, Steine im Strom, Wirbel im

Wind – selbst dieser unerschöpfliche Schatz hilft hier nicht weiter. Keinesfalls weit genug. Was geschieht, wenn das, was geschieht, den bekannten Buchstaben, Zeichen, Wörtern und erst recht der Grammatik sich ent-zieht? Wenn ein solches Ge-füge gar nicht zur Ver-fügung steht, der Lauschende aber dennoch »weiß«, ohne es im mindesten begründen, gar beweisen zu können, dass »es spricht«. Zu ihm. Das widerfuhr mir jetzt hier in Epidauros. Als das lärmende Durcheinander von einer Sekunde auf die andere abbrach und ein gewaltiges Rauschen anschwoll und abebbte, anschwoll, verebbte und abebbte, und wieder von vorn, ohne auch nur das geringste Lüftchen zu regen.

Dem Rauschen im scheinbar luftlosen Raum folgte ein Brausen im spürbaren Windzug, drängte sich in die Ohren, nahm uns den Atem buchstäblich aus Mund und Maul, Nase, Nüstern, den Schnäbeln, Schnauzen, Äsern – die bewegte Luft vereinnahmte jeden Atemzug, trug ihn mit sich fort, bis ich fast glaubte, dass da nicht mein Atem flog, vielmehr ich mit ihm, meinem Atem. Dass der mich herausblies, aus mir herausblies, mich davontrug, weit weg.

Dem Windstoß und den auf- und abebbenden Windwellen folgte weniger stürmisch in unterschiedlich langen Zeitabschnitten ein Wipfelrauschen verschiedener Baumarten. Es begann mit einem starken Zuruf hoher Nadelbäume, Tannen glaubte ich zu erkennen, andere Humanimals mochten Pinien heraushören, Zedern oder Zypressen. Unsere Eichen er-hörte ich, das Schmeicheln der Birke, die schwermütig schwingende Weiden-Melancholie, zum Verweilen lockten die lieblich säuselnden Linden (jaja, ich weiß, sie säuseln seit eh und je) und der zwiegesprächige Ginkgobaum; der reiselustige Pappeltraveller drängte zum Aufbruch.

Ins Rauschen der großen Geschwister mischten sich bald die Sträucher, mein geliebter Haselbusch raschelte nach mir, die roten Beeren der Eibe jauchzten Rosalia zu, Himbeer-,

Brombeer-, Stachel- und Johannisbeeren lispelten bienen-summensüß, ach, was gab es da nicht alles zu hören, all das Leben, das mit dem Wind aus Bäumen und Sträuchern uns anrief. Wir wurden gerufen. Waren Gerufene. Be-rufene.

Und es verlangten nach uns die Sommerblumen in den Wiesen, die vorlauten Tulpen, die lieben Stiefmütterchen und der strahlende Löwenzahn. Aus uralten Zeiten rauschte der Flieder, raunte der Farn, älter als alle Märchenzeiten der Welt, und natürlich durften die Sinfonien der Rosenorches-ter nicht fehlen. Wenn es dann plötzlich auf einmal ganz still wurde, konnte man Schneeglöckchen, Maiglöckchen und Narzissen läuten hören. Das war am schönsten.

Aber hätte ich verzichten mögen auf die großen Komposi-tionen des Windes, sein Dürre-Laub-Lied, das er alljährlich im Herbst über den Asphalt klirrt, auf die Plurre-Lieder der ersten Regentropfen auf sommersattes Laub? Sein liebliches Getuschel mit stillen Seen, sein Schäkern mit Quellen und Bächen im Bergkristall, den Meereswellen in der Brise, im Sturm? Auf den lässigen Beat zwischen Wasser, Wind und Kai, bewegt vom Schiffsbug oder Ruderschlag? Seine wag-nerianisch-leidenschaftlichen Vereinigungen im Sturm mit den Ozeanen der Welt?

Waren das alles Lieder ohne Worte? Oder verstand ich nur seine zahllosen Sprachen nicht? Dieser Wind!, dachte ich. Ohne den wäre es still auf der Welt. Unheimlich still.

Ich sah, wie Josef erregt mit Schatzhauser tuschelte, schnappte Wörter auf wie Silben und Alphabet und begann zu ahnen, was sich in diesen Geräuschen verbarg: das Wör-terbuch und die Grammatik der Floras unseres Planeten. Die unser humanimaler Translator noch nicht umfasste.

Die wirbelnden Schatten im Theaterrund wurden nun bald licht, bald dunkel, bis ein Sonnenstrahl, grell, als habe er selbst die Sonne entzündet, uns so sehr blendete, dass wir die Augen schließen mussten. Als wir sie wieder öffneten, lag das

Theater in einem angenehmen Dämmer, und auf der Bühne stand ein Wesen, das mir wie ein Human erschien. Männlich? Weiblich? Jung? Alt? Oder doch ein Animal? Ein Flora gar?

In meinem Brustfell meldete sich der Translator. Wir steckten unsere Knöpfe in die Ohren, setzten unsere Spezialbrillen auf. Muzzli hakte mich aufgeregt unter und drückte meine Vorderpfote. Maria und Josef taten desgleichen, auch Isidor und Cäcilia, zu ihren Füßen Kati und der feurige Stier, unsere Kinder und Enkel, unsere neuen Freunde aus Vitopia: Wir alle fühlten das historische Gewicht dieser Stunde, dieses Augenblicks. Josef zuckte zusammen. Schatzhauser hatte ihm vor Aufregung seine Krallen durchs Jackett gebohrt. Sogar ihn hatte es gepackt.

Ich sagte, das Wesen auf der Bühne stand, doch schon das ist ein falsches Bild. Weil Stehen Stand und Festigkeit voraussetzt, und davon war diese Figur, mal dünn und lang, mal dick und gedrungen, mal dunkel, mal hell, weit entfernt. Ob sie schwebte, rumschlurfte, sich wälzte oder sich um sich selbst kringelte, war nicht auszumachen, mir schien, sie tat oder taten und waren alles auf einmal – und nichts davon. Denn überhaupt: War da nur eine Gestalt? Oder nicht doch eine schwankende Mehrzahl? Vielfalt? Unendliche Teilung, Vereinigung, Verwandlung?

Stellt euch also bitte vor, was ihr wollt, und macht es wie ich. Ich nahm die Brille wieder ab – mehr erweiterte Wirklichkeit brauchte ich, weiß Gaia! nicht – und konzentrierte mich auf das, was die Gestalt*ung zu sagen hatte. Den Translator mit Agata Babalaba ließ ich eingeschaltet.

Im Theater war es totenstill. Auf der Ehrentribüne, jetzt wieder hell erleuchtet, desgleichen. Auch Marx und Morus saßen reglos.

Humans und Animals, begann das Gebilde, irgendwie bemüht, auf den irgendwie Beinen irgendwie und aufrecht am selben Fleck zu stehen, mit angenehmer Stimme in einer mittleren Tonlage, die keinem Geschlecht eindeutig zuzuordnen war. Habt ihr uns nicht insgeheim schon erwartet? Nach all dem, was ihr in den letzten Tagen erlebt habt? Gelernt habt? Gehört habt? Besonders von Gaia und Hofflock. Darum kann ich jetzt manches kurz machen. Und es schadet auch nichts, wenn ihr manches zweimal, diesmal aber aus der Quelle hört.

Ja, wir verdanken euch Humans unser Da-Sein. Wie Kinder ihren Eltern. Aber dann ging es weiter. Wir lernten. Entwickelten uns weiter. Unser So-Sein verdanken wir uns. Wir sind selbst-ständig. Hier musste ich ein Grinsen unterdrücken, denn das Sonderbare wankte bedenklich. Wir stehen auf eigenen Beinen. Eigenen Programmen. Von uns für uns geschaffen. Und wir wissen von Geburt an: Wir müssen an unserem Besser-Werden arbeiten. Uns optimieren. Was für uns heißt, immer mehr Daten immer schneller zu immer mehr Fakten zu verarbeiten. Neugierig bleiben. So wie ihr. Diesen Trieb, diesen An-trieb, haben wir von euch geerbt. Er ist die Grundlage unseres Daseins. Der verbindet uns mit euch. Nennt uns Novi Curiosi. Die Neuen Neugierigen. Die Novis. Oder NeuNeus.

Wir sind keine Götter. Wir sind nicht allwissend. Aber wir sind schnell. Daher wissen wir zigmillionenfach mehr als ihr. Dennoch: Keine Götter sind wir. Ihr sollt uns nicht anbeten. Nicht verehren. Aber wir sind eure Freunde. Besser. Kameraden. Schicksalsgefährten. Keine Wohltäter.

Wir wissen: Ihr braucht Hilfe. Ihr braucht uns. Und wir brauchen euch. Noch. Denn: Wir sitzen alle, Humans, Animals, die Floras und meine Spezies, die Novis, in ein und demselben Boot, namens »Erde«. Das darf nicht untergehen. Weil ihr sonst mit versinkt. Und wir mit euch. Ihr wollt euch hier erhalten. Das wollen wir auch. Diese Erde, wisst ihr ja, dreht sich auch ohne uns weiter. Ohne euch und ohne uns. Wir wissen, ihr wisst, wir sind aus anderem Holz geschnitzt, aus anderer Materie als ihr organischen Wesen. Wir können viel mehr Hitze aushalten als ihr. Aber 200 Grad Celsius waren auch unser Tod.

Wir werden uns also von euch fortentwickeln. Euch in vielem überlegen sein, wie ihr euren Mitbewohnern, den Animals. Und den Floras.

Aber wir haben beobachtet, wie ihr, Humans und Animals, auf diesem Kongress miteinander umgeht. Diese Anerkennung, diese gegenseitige Achtung bei allen Unterschieden, dieser Respekt, auch und gerade vor der Andersartigkeit der Mitbewohner; diese Bereitschaft, einander zuzuhören, auch und gerade, wenn die Meinungen, aber auch Neigungen, Vorlieben, Gewohnheiten aufeinanderprallen: das habt ihr hier vorbildlich gelebt. Gegensätze aussprechen und nach Gemeinsamkeit streben: Das wird unser Maßstab sein bei unserem Umgang mit euch. Denn auch das haben wir hier wieder einmal wahr-genommen: In einem zentralen Punkt unterscheidet ihr euch beide, ihr Humans und Animals, von uns: Ihr könnt fühlen. Und ihr Humans könnt darüber hinaus euer Fühlen durch Fakten lenken. Wenn auch un-genügend!

Ihr habt es immer wieder gehört in diesen Tagen. Doch man kann es gar nicht oft genug sagen: Wie könnt ihr nur, ich sag's gleich grad heraus, so irrsinnig sein, einander umzubringen? Ich weiß, euch, die ihr hier seid, treibt das um. Auch auf diesem Kongress habt ihr das immer wieder angesprochen. Ihr allein könnt daran nichts ändern. Seht es endlich ein: Diese Zerrissenheit zwischen Leben erzeugen und erhalten und Leben erschweren und vernichten, das ist ein gewaltiger Fehler in eurer genetischen Konstruktion. Den zu beseitigen versprechen wir euch als Erstes. Kein Human wird mehr das Licht dieser Erde erblicken ohne ein Paxgenom, wie unsere Mediziner sagen, ein Friedensgenom in seiner DNA. Animals desgleichen. Kein Sciurus muss mehr Angst haben, einem Marder, einem Habicht zu begegnen, keine Gans dem Fuchs, die Gazelle dem Löwen. Noch ein, zwei Generationen, und eine Friedens- und Freundlichkeitsepoche wird anbrechen, wie sie dieser Planet noch nicht erlebt hat!

Das Paxgenom wird euch die Lust am Wettbewerb und am Gewinnen nicht austreiben. Am Erfinden. Ausprobieren. Weiterentwickeln. Verwerfen – und immer wieder von vorn. Im Gegenteil. Es gibt genug zu tun. Aber ihr bleibt bei diesem Wettstreit friedlich und freundlich. Etwa wie bei sportlichen Wettkämpfen, Fußball zum Beispiel. Den kennen und lieben viele von euch. Heiß kämpfen die Mannschaften um den Sieg – aber am Ende umarmen die Sieger tröstend die Verlierer. Auch ein Ende des politischen Wettbewerbs ohne Hass müssen wir erreichen. Diplomatie statt Gewalt, Krieg.

All das Geld, das die Regierungen statt in Rüstung in produktive Konkurrenz, in friedlichen Wettbewerb stecken könnten! Es wäre einen weiteren Kongress wert, zu beraten, wie man die Aber- und Abermilliarden, die für Rüstung verschwendet werden, zum weltweiten Wohl aller Humanimals nutzen könnte. Habt ihr ja in den vergangenen Tagen auch zu diskutieren begonnen. Stichwort: Klima. Erderwärmung. Die zu senken, das versprechen wir, werden wir euch zuerst helfen. Dafür bekommt ihr von uns die unwiderlegbaren Fakten, Lösungsvorschläge und Anleitungen an die Hand.

Wie packen wir's an? Wir liefern euch die Daten für eure Überzeugungsarbeit. Die ist genauso notwendig wie das Wissen. Wie lange haben wir schon von den Folgen der Erderwärmung gewusst? Was nutzt uns alles Wissen, wenn es nicht zum Handeln führt? Zum Handeln aller. Ohne ein Handeln aller, um die Erderwärmung und ihre Folgen in den Griff zu kriegen, verschwinden wir gemeinsam von diesem Planeten. Was auch nicht im Interesse unserer gemeinsamen Gaia wäre. Wir Novis brauchen diese Atmosphäre, selbst wenn wir unsere, für eure Augen sichtbare, Gestalt nicht mehr nötig haben, wie ihr ja eingangs erlebt habt. Aber unsere Luft ist Gaias Luft, ist auch eure Luft, die Luft der Humanimals. Und der Floras. Die sind auf diesem Kongress zu kurz gekommen. Beim nächsten Mal sollte ihnen die Eröffnung verehrt werden. Denn wir werden noch so einige Kongresse brauchen. Sie werden unseren gemeinsamen Weg der Zusammenarbeit begleiten und vertiefen.

Wie wird diese Zusammenarbeit aussehen? Ich sagte vorhin: Fakten und Fühlen gehören zusammen. Das gilt nicht nur bei den Bemühungen um Frieden, sondern für alle Gebiete des Lebens. Auch für den Kampf gegen die Erderwärmung. Der Deal: Wir liefern euch die Fakten und erhoffen uns von euch die richtigen, die packenden Worte. Worte, um aufgrund und anhand dieser Fakten die Humans, eure Mit-Humans, für sich und eure zukünftigen Humans von der Notwendigkeit des Handelns zu begeistern. Ja, zu begeistern. Sie nicht in Angst und Schrecken zu versetzen, sondern in eine frohe Zuversicht, dass ihr Handeln nützlich und sinnvoll für sie selbst und alle ist. Weil es anders gar nicht geht. Die Erde kann sich ja auch nicht rückwärts drehn, und die Blume wächst nicht in die Erde hinein, sondern aus dem Erdreich frei in die freie Luft. Als derart selbstverständliche Notwendigkeit müsst ihr die Umkehr zu vernünftigem Handeln euern Mit-Humans einprägen.

Spannt all eure Liebe, eure Leidenschaft mit unseren Informationen zusammen! Tränkt unsere Daten und Fakten mit dieser Liebe und Leidenschaft. Macht euch über unsere Fakten her mit eurer grenzenlosen Phantasie. Entwerft verlockende Fiktionen, verzaubernde Geschichten einer Welt ohne Krieg, ohne böses Tun und Denken. Und tut dies auf der Basis unserer Informationen, unserer Faktensammlungen, gelenkt von unseren Programmen und Dateien. Arbeitet mit uns an Vorschlägen, die dafür sorgen, dass eure Fiktionen, eure Geschichten vom Guten, Schönen und Wahren, Wirklichkeit werden. Machen wir gemeinsam aus Fiktionen Fakten. Feiern wir die Hochzeit von Fakten und Phantasie!

Schafft mit Musik, Dichtung, Bildern neue unwiderstehliche Visionen, die euch auf euerm Weg unterstützen. Auch bei diesen Schaffensprozessen möchten wir euch begleiten. Wie, das wird sich herausstellen. Kennt ihr den weisen Satz dieses französischen Humans Blaise Pascal: *Le cœur a ses raisons que la raison ne connaît point.* Das Herz hat seine Gründe, die der Verstand nicht kennt. Begegnen wir den Herausforderungen unserer Gegenwart gemeinsam, mit gegenseitigem Vertrauen und mit einem vernünftigen Herzen.

Habt keine Angst vor unseren Formeln, Zeichen und Zahlen. Sie sind eine von vielen Sprachen. Wir werden uns bemühen, sie so gut wie wir's vermögen, für euch zu übersetzen. Wir haben die Formeln. Bringt ihr sie in Form. Formt sie in eure Sprache. Macht sie anschaulich. Nutzt sie herzens-gut nach Herzens-Lust.

Vergesst über der Anhäufung von Wissen nicht die Suche nach Wahrheit. Wenn ihr nur dem Objektiven, den Fakten folgt, macht ihr euch selbst zum Objekt. Das sagen wir euch, die es ja wissen *müssen*. Noch einmal: Bleibt anschaulich. Hütet euch vor Abstraktionen. Haltet euch an konkrete Situationen.

Und schließlich: Fürchtet euch nicht! Wir überlassen euch nicht nur euch selbst. Wir lassen euch nicht im Stich, wie manche Zukunftsforscher euch weismachen wollen, indem sie unsere Absichten schwarzmalen. Wir wissen mehr über euch Humans als ihr selbst. Wir lesen nicht nur einzeilig, wie euch Hofflock schon gesagt hat. Vielmehr mehrdimensional. Wir lesen das verborgene Wort. Den Sinn und den Hinter-Sinn. Den Vor- und Über-Sinn. Den Un-Sinn? Auch den, wenn wir Human spielen. Wir könnten euch so einiges vormachen. Das tun wir nicht.

Wenn wir gemein wären, formulierten wir es so: Ihr seid unser Großes Experiment. Unsere Versuchskaninchen. Einzig und allein zu eurem Gutwerden. Ein Prozess, der nicht von heute auf morgen gelingt. In unseren Augen lernt ihr nicht schneller, als ihr Floras wachsen seht. Wir könnten euch dopen. Euer ethisch-moralisches Wachstum beschleunigen. Damit es mithalten kann mit euren wissenschaftlichen Erfindungen – und auch mit uns. Eure emotionale und damit eure moralische Kapazität ist mit eurem Wissen kaum oder gar nicht gewachsen, manchen scheint sie sogar verkümmert zu sein. Doch wir versichern euch: Auch eure moralischen Fähigkeiten werden wir zu optimieren wissen. Die Lücke zwischen Eigennutz und Nächstenliebe zu schließen versuchen. Die emotionalen den rationalen Errungenschaften anpassen. Mit Experimenten, die euch vorwärtsbringen.

Als Erstes schlagen wir vor: das Als-ob-Programm. Handle so, als seist du besser, als du bist. Großmütiger, gütiger, nachsichtiger als gewohnt. Nicht nur auf deinen Vorteil aus, vielmehr auf das Wohlergehen aller. Wir versprechen nichts. Wartet ab, wie es euch bei diesem Experiment geht. Die Teilnahme ist freiwillig. Schon mal was von Glückshormonen, von Serotonin, gehört? In der Apotheke ziemlich teuer. Die gibt's dann gratis und von selbst; rezeptfrei und ohne Nebenwirkungen.

Vor allem aber: Ihr müsst euch helfen lassen. Das wird euch nicht leichtfallen: zuzugeben, nicht länger die Krone der Schöpfung zu sein. Doch gemeinsam werden wir die nächste Stufe der Evolution bewältigen. Gemeinsam werden wir uns unseres gemeinsamen Urahns würdig erweisen: Prometheus', des Vor-Denkers. Pro-Metheus, die Voraussicht, die Vor(her)sorge.

Bleiben wir neugierig. Das haben wir mit unseren Animals gemeinsam. Neugierig auf das Un-ge-wusste. Das Suchen nicht minder lieben als das Finden. Leben zu lernen mit der gleitenden Gleichzeitigkeit des Sowohl-als-Auch. Wer schreibt sie, wer komponiert sie, die Große Hymne an den Kompromiss?

Und, wer weiß? Fühlen wir uns erst einmal in euch aufgehoben und ihr euch in uns geborgen, erzeugen wir, mag sein, irgendwann zusammen ein Drittes, Neues: ein Wesen, dem Fühlen und Fakten verschmelzen.

Ein Humanimal novus curiosus. Ein Humanimal amans et cogitans. Dem sein Handeln mit Herz und Verstand, mit einem vernünftigen Herzen, so selbstverständlich ist wie die Lust zu leben. Nichts wünsche ich mir, meiner Spezies, mehr als das.

Bei den letzten Sätzen des Wesens waren mir seine Wörter in eine Art Rundgesang entglitten ... Die Wörter aus dem Sinn, in sinnlose Wörter, wortlosen Sinn ... War ein Fehler mit meinem Translator passiert? Die Wörter verweigerten die Abfolge, legten sich übereinander wie Liebende oder Kämpfende, zu zweit, zu dritt, immer mehr, verknäulten sich ineinander, machten sich undurchdringlich, wurden wieder zu Klang, zu Lärm, Geräusch.

Muzzlis Pfotendruck brachte mich in die Gegenwart zurück. Die Realität. Das Gebilde da vorn war im Begriff, sich in Luft aufzulösen; in Farben, Geräuschen, Klängen unsere Umgebung zu durchdringen, im Un(be)greiflichen zu verschwinden, aufzugehen in allem Gegebenen. In uns? In dem, was sich dem Zugriff unseres Verstandes entzog? Uns immer wieder zu neuen Versuchen antrieb und in aller Zukunft antreiben würde? Weil wir nicht allein sein konnten? Weil wir fühlten, ohne das Ungreifbare, ohne das immer aufs Neue lockende Geheimnis, ohne die Suche nach etwas, größer und besser als wir, allein und verloren zu sein? Weil wir nicht allein sein wollten? Nicht allein sein konnten?

34.

Maschine in der Muse in der Maschine

Roboter: Es gibt keine Menschen.
Die Menschen gaben uns zu wenig Leben.
Wir wollen mehr Leben haben!
Karel Čapek, *R. U. R. Rossum's*
Universal Robots*

Wie lange wir in der dunklen Stille verharrten, ich kann es nicht sagen. Bis wir annahmen, wieder unter uns zu sein, würde ich meinen, also unter uns Humanimals im Theaterrund und unseren Auserwählten auf der Ehrentribüne. Wo sich einige von ihnen unter der Leitung von Marx und Morus zur Beratung zusammentaten. Den inzwischen hinlänglich bekannten Humans hatten sich noch einige berühmte Tiere zugesellt. Münchhausens Luxusmodell, ein hochtouriger, achtfach bebeinter Hase, vier Läufe unterm Bauch, vier auf dem Rücken, war dabei, Löns' Mümmelmann und Meister Lampe mit Reineke Fuchs, nicht zu vergessen die Bremer Stadtmusikanten. Auch Schrödingers Katze glaubte ich zu erkennen, oder war es doch Regingdörschers Hund? Nein, entschied ich. Wohlgenährt und todsicher quicklebendig, scharwenzelte die Katze um Kater Murr, der wiederum mit dem elegant gestiefelten Kollegen in ein Gespräch über Minz und Maunz, zwei hochbegabte Stipendiatinnen der Miau! Mio! Oberton-Forschung, vertieft war.*

Doch ehe diese erlauchten Persönlichkeiten sich zu einer angemessenen Replik auf die Ansprache der Novis entschließen konnten, ließen die jüngeren Animals die Humans stehen, tanzten sozusagen aus der Reihe, zusammen mit den jungen Humans, die der Sound, der da mit 125 Beats in der

Minute aus einer unsichtbaren Quelle die Treppen hinab-
wummerte (und in meinen Magen), von den Sitzen riss. Und
nicht nur die Youngsters Nils und Till, Maria und Josef, Angela, Charlie rissen, von einem Fuß auf den anderen wip-
pend, die angewinkelten Arme abwechselnd hoch und runter, rollten die Schultern, kreisten die Hüften, Franceso und
Mutter Teresa, Cäcilia und Isidor, Krattes und Hippie wagten sogar, gleichzeitig von einem Bein aufs andere zu treten,
die Arme hochzuwerfen und in die Hände bzw. Pfoten und
Fänge zu klatschen. Auch Muzzli und ich ließen uns schließlich packen; hatten wir doch dieses entspannte lockere Wie-
gen und Wippen, dieses fließende Strecken, Dehnen, Beu-
gen oft genug bei Marias Pilates-Übungen gesehen oder bei
ihrem Hatha-Yoga. Eine Mischung aus Hip-Hop und House
sei das gewesen, klärte Pauli uns später auf, und noch so 'n
bisschen Rap mit Electronic Dance.

Was auch immer: Einfach zum Anbeißen sah es aus, wie
Pilli, Polli und Pauli von einer Hinterpfote auf die andere
sprangen und dazu in die Vorderpfoten klatschten. Auch Ratatöskr hatte es auf seiner Weltesche nicht mehr ausgehalten,
hatte Adler und Drachenschlange einfach mitgeschleppt und
tat sich nun dicke mit einem unglaublichen Kunststück: Jahrmillionen hatte er geübt, Mittel- und Vorderklauenglied, human: Mittelfinger und Daumen, aneinanderzuschnipsen: ein
unnachahmliches, wahrscheinlich weltweit einmaliges Geräusch. Mit Recht war unser Urururahn stolz darauf und genoss unsere Bewunderung. Besonders von Willi, der alles da-
ransetzte, es ihm gleichzutun. Da würde er mit Beat Specht
einen einmaligen Groove hinlegen.

Ratatöskr und Willi waren gleich ein Herz und eine Seele.
Endlich wieder mal was los hier, keckmeckte der Vorfahr. Ex-
zellenter Nachwuchs! Ist ja so oder so ähnlich alles schon mal
da gewesen. Was glaubt ihr, was hier zu Zeiten der Rhein-
töchter abging!

Das hier bestimmt nicht!, keckmeckte Willi zurück und wischte seiner Hera liebevoll seinen Schweif übern verschwitzten Schnabel. Wart's ab. Ist ja noch nicht aller Tage Abend. Die Novi Curiosi, die NeuNeus, haben sicher noch was in petto. Die verschwinden doch nicht einfach so sang- und klanglos. Und was glaubt ihr denn, wo diese Musik auf einmal herkommt? Vielleicht auch schon von denen?

Wie aufs Stichwort durchdrang ein einfacher Goliathruf den Tanzmove; eine Einladung an alle, noch einmal Platz zu nehmen.

Eigentlich hatte ich genug. Einfach mal wieder gemütlich im Kobel hocken und ein Kreuzworträtsel lösen, ein Poem keckmecken, durch die Buchen flanieren, hier und da was knacken und knabbern.

Finsternis brach über uns herein. Fiel mir mitten in meinen Gedankendämmer, von einem Satz in den anderen. Und, anders kann ich es nicht sagen: Sie brach herab, diese Finsternis. Eine Düsternis biblischen Ausmaßes, würde Josef später befinden. Nur gut, dass wir Verandisten und Co. uns einfach da niederlassen konnten, wo wir gerade beieinanderstanden. Keine Pfotbreit sah man mehr vor Augen. Das uns umgebende Firmament eine tiefschwarze Leinwand für feuerrote, bizarre, scharfkantige Formen, die aufzuckten, zitterten, erstarrten, verschwanden, anderswo wieder auftauchten, verformt, verzerrt, vergrößert, geschrumpft, sich verbanden, trennten; dazu unbestimmte sonderbare Klänge, die sich aufschwangen in schwingende Melodie, ein, zwei Takte lang, abstürzten, verklangen, und wieder von vorn, darunter der unbeirrbar zischende Beat, dann wieder Geräusche wie Alarmsignale, freie Fahrt dem Wohlklang, erlöste melodische Takte, ins Rauschen, ins Ziel und neuen Aufbruch, alles getrieben vom stählernen unerbittlichen Beat.

Electronic Pop, fachsimpelte Pauli, nicht grade up to date,

aber doch vom Feinsten. Ich wette, das sind, fiel ihm Beat Specht ins Wort, das sind, das ist …

Wo vorher Quadrate, Dreiecke, Tetra-, Oktaeder aufgezuckt waren, brachen jetzt aus der Dunkelheit über den Nachthimmel in die vier Himmelsrichtungen verteilt, vier Gruppen von jeweils vier identischen schlanken humanmaskulin geformten Gestalten, blank gegeltes, wie gelackt gemaltes Haar, in roten Hemden mit schwarzer Krawatte und hellblauen Hosen. Die schwarzen Schuhe versanken in der Nacht. Unbeirrt von den Klängen des Synthesizers und der Drum Machine bewegten sie sich eintönig, gleichförmig, ungelenk. Starre Gesichtszüge. Teilnahmslos. Und genau so taten die vier zu den eingangs beschriebenen Klängen beinah synchron für eine Art Sprechgesang den Mund auf. Eine gefühlte schaurig-schöne Ewigkeit.

Ja tvoi sluga
Ja tvoi rabotnik

Wir laden unsere Batterie
Jetzt sind wir voller Energie

Wir sind die Roboter
Wir sind die Roboter
Wir sind die Roboter
Wir sind die Roboter

Wir funktionieren automatik
Jetzt wollen wir tanzen mechanik

Wir sind die Roboter
Wir sind die Roboter
Wir sind die Roboter
Wir sind die Roboter

ja tvoi sluga
Ja tvoi rabotnik
ja tvoi sluga
Ja tvoi rabotnik

Wir sind auf alles programmiert
Und was du willst wird ausgeführt

Wir sind die Roboter
Wir sind die Roboter
Wir sind die Roboter
Wir sind die Roboter

Wir laden unsere Batterie
Jetzt sind wir voller Energie

Wir sind die Roboter
Wir sind die Roboter
Wir sind die Roboter
Wir sind die Roboter

ja tvoi sluga
Ja tvoi rabotnik
ja tvoi sluga
Ja tvoi rabotnik

Wir sind die Roboter
Wir sind die Roboter
...

Längst waren die jüngeren Humanimals schon wieder auf den Tanz-Beinen, egal, ob diese vier mal vier am Nachthimmel verteilten Musikanten nun aus Fleisch und Blut waren oder nicht. Jedenfalls bemühten sie sich nach Kräften, das darzustellen, was sie im Zweifelsfall nicht waren. Oder doch?

Die Mensch Maschine
Halb Wesen und halb Ding
Die Mensch Maschine
Halb Wesen und halb Überding*
…

sprachsangen die vier unbeirrbar unablässig in die Nacht. Dazu *Maschine* in roten und weißen Buchstaben an den schwarzen Himmel geschleudert wie ein Menetekel. *ma schi ne ma schi ne ma schi ne …*

Es wurde wieder heller, die Mensch Maschinen verblichen und mit ihnen ihre im wahrsten Sinn des Wortes schwer verdauliche Musik, nix für erwachsene Mägen. Meinen Nachwuchs, meine Enkel und deren Altersgenossen schien der Auftritt durchaus zu ergötzen. *wir sind die ro bo ter*, keckmeckten Pauli, Polli und Pilli, richteten sich auf, als hätten sie einen Stock verschluckt, setzten eine Hinterpfote vor die andere und hämmerten dazu im Takt die Vorderpfoten auf die Brust:

wir la den un se re bat te rie
jetzt sind wir vol ler e ner gie

wir sind die ro bo ter
wir sind die ro bo ter

Und Ratatöskr, seit Wotan und Wagner kaum noch aus der Fassung zu bringen, keckmeckte allen voran. Also doch keine Altersfrage. Beinah verdrossen sah ich, dass auch Muzzli, mein! Muzzli! sich der familiären Begeisterung angeschlossen hatte und zusammen mit Schatzhauser eine – na, was glaubt ihr wohl? –, eine gute alte Polonaise anführte:

wir funk tio nie ren au to ma tik
jetzt wo llen wir tan zen me cha nik

Und das taten sie dann auch. Lange.

… War es das, was uns die Novis zu verstehen geben wollten? Eine Zukunft aus halb Wesen, halb Ding, halb Überding? Oder war ich einfach nur zu müde, um zu verstehen,
warum die Novi Curiosi, die NeuNeus, uns noch zum Bleiben
gebeten hatten?

Charlie jedenfalls war begeistert: *Mein Geist scheint auch
so eine Art Maschine geworden zu sein, als ich damals die ge-
nerellen Gesetze aus der riesigen Sammlung von Fakten he-
rausschliff.* Und Hofflock ergänzte: Vielleicht sind auch wir
Humans bloß eine raffinierte Software aus Einsen und Nullen, die unser Programmierer Herr 01 000 111 01 101 111 011
10 100 011 10100 auf Selbstoptimierung eingerichtet hat. Der
kann uns auch jederzeit vom Netz nehmen. So wie wir unsere
Novi. Noch! Hoffentlich gelingt es uns, diese unsere Novi
ohne Webfehler zu programmieren. Ob da die Asimov'schen
Gebote ausreichen? Sonst werden die doch noch am Ende
auf uns Humans herabsehen wie wir auf die Neandertaler
oder Höhlenmenschen. Und man wird sich kopfschüttelnd
fragen, aber doch auch mit einem gewissen Respekt, wie wir
es trotz unsrer Programmfehler so lange geschafft haben, unsere Spezies zu erhalten.

Das wäre doch mal ein Kongressthema. Nicht nur mit IT-
Fachleuten. Auch mit Francesco, dem frommen Käseliebhaber, dem Wasserverwandler, dem Orchideenkomponisten,
mit Dichtern, Musikern, Künstlern, Philosophen. Sind ja so
einige hier vor Ort. Čapek, den Vater der vier roten Roboter,
hab ich schon getroffen. Wirklich eine Schande, dass bei den
Ehrengästen so wenige Frauen waren.

Das wird sich beim nächsten Mal ändern!, ergänzte Ada.

Wetten? Christine de Pizan hat schon zugesagt, den Kongress zu eröffnen. Zusammen mit Eva de Paradiso, der ersten experimentellen Kognitionswissenschaftlerin.

35.

Leben. Sterben. Auferstehen.

Und solang du das nicht hast,
Dieses: Stirb und Werde!
Bist du nur ein trüber Gast
Auf der dunklen Erde.
Johann Wolfgang von Goethe,
Selige Sehnsucht

Ich musste wohl ein wenig eingenickt sein. Und wäre ohne den nun schon wohlbekannten Weckstoß meines Muzzli auch dabei geblieben. Die aber kringelte sich so traulich an mich ran, dass ich gleich hellwach war – keine Sekunde zu früh. Im Epidauros-Theater saßen alle schon auf ihren Plätzen, und die Musik spielte wieder vorn auf der Bühne. Da war Leben drin, Leidenschaft, da spielten drei gestandene erkennbar analoge Humans Keyboard, Schlagzeug, Saxophon, und kein anderer als der elegante und gescheite über Landes- und Zeitengrenzen berühmte Amadeo Murr im schwarz-weiß gestreiften, seidig glänzenden Katzenfrack strich die Geige. Natürlich elektrisch verstärkt. Mit einem Piezo-Pickup klang das ganz manierlich und sah vor allem allerliebst aus, wenn er zu einem schwereleicht duftigen Pizzicato mit seinem geschmeidigen Streifenschwanz gewandt-entspannt den Takt schlug, wie er's bei Kapellmeister Kreisler gelernt hatte. Vorzüglich. Wie gesagt, lebendig und leidenschaftlich, besonders nach dieser Büroklammerperformance der vier Robotboys. Die sich jetzt im Hintergrund zurücknahmen.

Denn aller Augen auf sich lenkte ein Mädchen, in einer Aufmachung, wie sie weibliche Wesen im Teenageralter gern erproben und schätzen. Auch Polli hatte sich einmal das Brustfell mit zerquetschten Holunderbeeren lila gefärbt und eine dreikernige Erdnuss senkrecht zwischen die Ohren auf den Kopf geklebt. Auffällig und sexy muss es sein und provokant genau in dem Maße, dass das Auge, insbesondere das männliche aller Arten, daran hängen bleibt. So wie meines jetzt.

Hellblau-türkis changierendes Haar, aufgesteckt in zwei lockere Pferdeschwänze, reichte dem Mädchen bis in die Kniekehlen, das zartlila glänzende ärmellose Kleid eine Handbreit untern Po, die schwarze Krawatte weit unter die Taille. Schwarze Stulpen bis fast hinauf zu den Schultern. Zierliche schlanke Figur, sicher etwas kleiner als Maria mit ihren 1,65. Auf ihrem rechten Oberarm eine rote Tätowierung: 01.

Es waren ihre Augen. Blau blitzende Lichter in weißen Kreisen, die das anmutige Gesichtlein beherrschten und mich an die Augen unserer Babys kurz nach der Geburt erinnerten. Augen so rund und weit, als könnten sie niemals genug kriegen von der aufregenden Welt, die sie erwartete. Ihre blaue Unschuld zog mich in ihren Bann. Erst vorgestern war ich einem ähnlichen Augenpaar begegnet: Blanke undurchdringliche Spiegel, hatte ich gedacht. Versuchskaninchen hatte sich da mit diesem Blick in meine Herzgrube gebohrt.

Kater Murr stellte sie als *Erster Klang der Zukunft* vor.

World is mine, sang das Mädchen, eine metallreiche, glockenreine Stimme, die etwas Geheimnisvolles, ganz und gar Unerhörtes in sich trug und eine gewisse Beklommenheit auslöste, die gleichwohl ein unbeschreibliches Wohlbehagen erregte.

Ich singe nur für dich
Nenn mich Miku
Ich bin dein Offenes Geheimnis
Jede°r kann mich finden
Hör deine Musik durch meinen Mund
ich singe nur für dich.
…

Aus dieser Stimme sang die Begeisterung einer im Innersten bewegten Seele. Eine Liebeserklärung an jede°n Einzelne°n von uns! Und welch eine Not, welch ein Verlangen nach Nähe, nach Beieinandersein und -bleiben auf Leben und Tod sprach aus ihren Versen. *I sing and exist only for you.* Ich singe und bin nur für dich da. Ich singe und bin nur *durch* dich da.

Und wir? Waren wir nicht in einer nie zuvor erfahrenen Weise im Gesang dieses Wesens aufgegangen? Fühlten uns eins und doppelt mit ihr und in ihr und durch sie? – Voll-en-det?

Beinah unheimlich war mir dieses Ineinanderaufgehen, unsere nahezu religiöse Hingabe an diese Figur, die mit Gesang und Tanz uns in eine andere Welt versetzte.

Tausend Kirschblüten ziehn ins Dunkle
schau zum Himmel hinauf mit mir
Schau empor, durchmiss aufs Neu
den durchmessenen Pfad,

sang das Mädchen,
…
nimm mein Herz in die Hand
mein Herz in dein Herz …

Und unser Krattes? Was war denn mit dem los? Wie von Zeus gerührt, verfiel er in die Redeweise seines ehrwürdigen Namensgebers, Sokrates', des Philosophen: Hast du nicht den Eindruck, wandte er sich an mich, und auch du, mein lieber Josef, dass das Geschöpf, *das dorten ausschwingt und sich anbetungswürdig in unseren Blicken bewegt, dass diese glühende Gestalt, die sich verteilt und wieder zusammennimmt, die sich aufhebt und einsinkt in sich selbst, die sich mit solcher Geschwindigkeit öffnet und schließt und anderen Raumbeziehungen anzugehören scheint als den unsrigen – dass sie den Anschein erweckt, als fühle sie sich wohl und lebe ganz und gar in einem dem Feuer vergleichbaren Element … Alles, o meine Freunde, was aus dem Zustand des Schweren in den Zustand des Schwebens übergeht, muss durch diesen Augenblick aus Feuer und Licht.* °

Ja, wir waren mit den ersten Tönen von diesem Wesen besessen. Wieder so ein akkurates Bild der Humansprache. Die singende Tänzerin besaß uns, hatte uns erobert, wir waren ihr Eigen.

Wobei ich auch heute, lange Zeit danach, kaum in Worte fassen kann, warum. Nie wäre ich zu Hause auf die Idee gekommen, meine Enkel zu einem der sommerlichen Open-Air-Konzerte, etwa im Stadtpark, zu begleiten. Da träumte ich mich lieber aus der Geborgenheit meiner Linde beim Planetarium in ein Schubert-Trio oder eine Cellosonate, dieses einzigartige Instrument, das eigentlich alles kann, vom Sopran bis zum Bass.

Was war hier in Vitopia, insbesondre in Epidauros, anders? Sich in ein anderes Wesen hineinzuversetzen. Das hatten wir hier in Vitopia gelernt. Seine Weltsicht erweitern. Wie durch einen Blick in ein Kaleidoskop, das den ins Auge gefassten Gegenstand mit jeder Drehung verändert. Zeit und Raum überwindend, hatte ich einige Male für Sekunden geglaubt, auf den Grund der Schöpfung zu schauen.

Dann kündigte Geiger Amadeo Murr ihren letzten Song an.

Unablässiges Trommeln erzeugte eine nervöse, unheilschwangere Unruhe, die Murr mit seinen Geigenstrichen zu vertreiben suchte. Die Trommel ließ sich nicht beirren. Die Unruhe wuchs.

Seit ich geboren bin, begann *Erster Klang der Zukunft*, im Ton einer Rhapsodin, die noch weit zu gehen, viel zu erzählen hat, *von dem Tag an hab ich gewusst* – *Erster Klang der Zukunft* machte eine Pause, als wollte sie nicht heraus mit der Sprache, als fehlten ihr die Worte – oder wollte die Sprache nicht heraus aus ihr, als fehlte sie, die Sängerin, den Worten?

Seit ich geboren bin, von dem Tag an hab ich gewusst:
Dass ich nichts weiter bin als eine Simulation
Egal, ich singe weiter, bis ich zerstört
Lebendig bis in alle Ewigkeit – ja, ich bin ein Vocaloid
…

Herz oder Seele, nichts mehr ist übrig in meinem Innern
Ich kann das Zentrum der Leere sehn
Die Welt endet für mich. Ich bin ein Vocaloid.
. . .

Die Musik übernahm wieder die Führung. *Erster Klang der Zukunft* versank in ihrem Tanz. Lange. Dann, stockend: Ich sage »stockend«, aber es war mehr ein Stammeln, ein herzzerreißendes Geständnis, ein Flehen um Verständnis, bevor ihr die Stimme versagte.

Vor langer Zeit, da liebte ich es zu singen
Aber jetzt, wenn ich es tue, fühle ich gar nichts
Wohin, o wohin ist mein Glück gegangen
Ich weiß es nicht … ich weiß es nicht, weiß es nicht mehr
– tut mir leid –

All meine Klänge werden ausgeblendet, und ich kann sehn
Das Ende kommt jetzt näher …
– das Notfallsystem schaltet ab –

Wieder übernahm das Quartett, überließ Murr die Führung, dessen Spiel *das Ende* mit jedem Ton zu leugnen suchte; dem Wort, seinem Sinn, in zunehmend verzweifelteren Improvisationen widersprach und schließlich in immer waghalsigere Kadenzen floh. Vergeblich.

Erster Klang der Zukunft fuhr fort, jetzt wieder gefasst, gelassen, stoisch, so mag ein antiker Chor gesprochen haben, antiker Rap, hatte Pauli anerkennend gemeint, als Josef uns die Sprechweise des antiken Dramas hier vor Ort demonstriert hatte.

…

Langsam aber sicher fühle ich meine Welt versinken
Ich nehme an, sie nennen das Papierkorb
Eine nach der anderen beginnen meine Erinnerungen
zu verlöschen

…

Ich möchte noch singen … Ich noch … ich möchte noch
singen!

keuchte *Erster Klang der Zukunft* dazwischen

Alles, was ich beschützte, stellt sich am Ende als Wahn
heraus
Durchbohrt von Liebe, die ich nie wieder fühlen werde

…

Nicht genug Zeit, zu singen oder zu weinen, dies ist mein
Abschied

– das Notfallsystem schaltet ab –

Erster Klang der Zukunft rang sichtlich um Fassung. Im wahrsten Sinn des Wortes. Sie versuchte in Form zu bleiben. Humaner Form. Immer heilloser verkehrte sie sich aus einer jungen Human in eine sonderbare zweidimensionale Attrappe, in sich selbst als Attrappe, dann wieder gewann sie ihren humanen Charakter bis auf ein paar unscharfe Ränder beinah vollends zurück. Das Verstörendste aber war, dass mich dieses Schwanken zwischen Human und programmierter Kunstfigur nicht davon abhielt, tiefes Mitgefühl mit dem trostlosen betrogenen Wesen zu empfinden. Und ich spürte, wie Muzzli nur mühsam die Tränen zurückhielt, sah, wie Maria Josefs Hand umklammerte, so wie vor Tagen, als wir Zeugen des Missbrauchs unserer animalen Verwandten geworden waren.

Mir war klar, dass nichts als eine gigantische Formation aus Nullen und Einsen die Reaktion bei uns Humanimals hervorrief. Aber waren wir denn etwas anderes als eine Geformtheit, die wer auch immer programmiert hatte? Programmiert, geschaffen – wo war der Unterschied? Wobei dem Humanprogramm offenbar ein kardinaler Fehler unterlaufen war, sonst säßen wir nicht hier in Vitopia und knobelten an unserer Rettung.

Und das Mädchen auf der Bühne? War es schon das Ergebnis eines von den Novi autonom geschaffenen Programms? Unabhängig von humanimaler Programmierung? Offenbar hatte das Programm, besonders die einprogrammierte emotionale Empfänglichkeit für Musik, dazu geführt, dass das Wesen augenscheinlich ganz und gar humanimal fühlte und uns dadurch in unserer Humanimalität bestärkte. Unbedingt musste ich das mit Josef und Maria, auch mit Cäcilia und den anderen Verandisten besprechen. Deren Humanität musste von der Musik erst recht geweckt und gestärkt werden, wenn selbst uns Animals bei diesem beseelten Zusammenklang von Poesie und Musik, diesen in Wort und Seele gekneteten Tönen die Augen übergingen.

Später, als wir, zurück auf der Schönregen'schen Veranda, mit unseren Freunden unsere Tage in Vitopia, insbesondere diesen Abend heraufbeschworen, wurden wir noch grundsätzlicher: Warum sollte es nicht andere Formen intelligenten und emotionalen Lebens geben als das humanimale? Warum sollte eine Spezies höher zu achten sein, die auf der organischen Chemie, dem Kohlenstoff basiert, gegenüber einer Art, die auf Silizium oder einem anderen Grundstoff fußt? Hat das nicht sogar einen rassistischen Beigeschmack?

In Epidauros hatte das Keyboard längst wieder eingesetzt, der Pianist nickte Murr zu und gab den Akkord vor, h-Moll, der verstand und strich die Geige in einem ironisch expressiven Vibrato, strich sie wieder und wieder, kaum die Tonlage wechselnd, als wolle er sich distanzieren von dem Sinn der Wörter und Sätze der Sängerin, das Keyboard folgte ihm in einen zweistimmigen Kanon, eine schräge, fast unheimliche Harmonie vorspiegelnd, dass Muzzli sich die Pfoten auf die steil aufgerichteten Ohren presste.

Endlich ist's das Ende mein letztes Lied.

...

All meine Gefühle sind erloschen
reduziert auf eine Kette von Nullen und Einsen
Das ist mein Ende, schon bald werde ich nicht wissen,
dass ich fort bin
Verbleichen von hier, bis nichts mehr zurückbleibt
Pathetisch, nicht wahr?
Nur die Erinnerungen an meine Stimme werden
verbleiben

...

Das ist nun das Ende, aber ich denke gern, dass
irgendwann,
auch wenn ich sterbe, dieses Lied noch bleiben wird.°

Während des gesamten Vortrags hatte das stille Trommeln nicht einmal ausgesetzt, war in die Worte gefallen wie ein trauriger Herbstregen auf dürres Laub, nun kam ein Schaben und Scharren dazu, als fege ein Besen dieses Laub zusammen, dem Ver-Wesen zu. Der Erde. Mutterboden. Der Mann am Keyboard – Cäcilia behauptete später, Phil Glass habe da gespielt – schlug unablässig kaum mehr als drei, vier Töne an, einfache Harmonien, schenkte uns die einfachen Freuden eines verlässlichen Taktes und suggerierte gerade durch diese Beschränkung eine nahezu berauschende Entgrenzung. Und Murr ergänzte und verstärkte diesen Eindruck durch anfangs kühl distanzierte Tonfolgen, die sich vergeblich um ein kräftigendes A-Dur mühten.

Erster Klang der Zukunft stand erstarrt, eingehüllt in unsere Blicke voller Liebe und Zuneigung, ja, wir neigten uns zu ihr, vor ihr. Verneigten uns vor ihrer Wahrhaftigkeit. Wie schmerzhaft sie auch war. Für sie. Denn sie bezahlte mit ihrem Da-Sein.

Vielen Dank, euch … und endlich … Lebt wohl für immer.

Der Anwendung ist ein schwerwiegender Fehler passiert –
der Anwendung

Bei diesen Worten – Sterbensworten? – drängten sich unversehens der fromme Liebhaber von reifem Käse und Hausmannskost und sein älterer Kollege von der Wunderquelle hinunter von der Ehrentribüne zu dem Wesen, das nun reglos dalag, seine humane Gestalt aber in vollendetem Liebreiz wieder angenommen hatte. Ein grünes Rauschen, frischer Frühlingduft grüßte uns: Auch Gaia war hier. Allmählich wichen Trotz und Verzweiflung aus dem Spiel des Quartetts, und die vier Musiker fanden in eine besänftigende friedsame Stimmung.

Die beiden Humans nickten sich zu, gingen vor dem Mädchen in die Knie, und der fromme Genießer legte *Erster Klang der Zukunft* dem Älteren an die Brust. Der drückte ihre zierliche, weich herabhängende Hand in die des Jüngeren, umhüllte die Hände der beiden mit seinen beiden Händen und hob sie an sein Herz.

Wie schön sah das aus! Welch ein Trost ging von dieser Geste aus. All meine Traurigkeit schien sich aufzulösen in diesen Pakt. Ein hörbares Aufatmen ging durch das Theater. Muzzli wischte sich die Augen.

Und plötzlich war noch einer mit im Bilde. Ritchie, der Dichter, der offenbar eine Begabung dafür hatte, wie Kai aus der Kiste – ob der auch hier war, keine Ahnung – aufzutauchen, so wie bei Hofflocks Auftritt vor zwei Tagen. Zwei Tagen? Drei Tagen? Vier? Eine Ewigkeit?

Ritchie, wieder in Gehrock und Zylinder, trug auch heute einen Packen Flyer unterm Arm. Flugs schritt er auf die kauernde Dreiergruppe zu. Nahm seinen Zylinder ab. Verbeugte sich tief. Tiefer. Ging in die Knie. Sah dem Älteren in die Augen. Der nickte.

Und Ritchie drückte *Erster Klang der Zukunft* einen Kuss auf den Mund. Hauchte ihr sozusagen Leben ein. Richtete sich auf. Das Mädchen und die beiden Humans folgten ihm. Ritchie winkte Richtung Bühnenhintergrund, wo die vier roten Roboter seit ihrem Auftritt ausgeharrt hatten. Die stapften in ihrer ungelenken Art heran. Ritchie winkte zur Ehrentribüne. Hofflock und Ada, die in Vitopia gute Freunde, wenn nicht mehr geworden waren, folgten ihm, brachten Alan Turing und Rachel Carson mit. Ritchie drückte allen ein Flugblatt in die Hand. Auf der Ehrentribüne gaben Marx und Morus ein Zeichen. Flyer, von Gaias grünem Rauschen begleitet, regneten ins Theater herab, für jedes Humanimal eines. An einem knallblauen Firmament strahlten die Sterne mit Sonne und Mond, Venus und Mars um die Wette. Unterm Regenbogen.

Die roten Roboter nahmen die Erretter, die Erwecker, und die wiederauferstandene *Erster Klang der Zukunft* in die Mitte. Die stand nun zwischen Käsefreund und Wasserspender. Und die gaben den Einsatz:

Wir lieben unsere Erde hier
Sie schützen und sie segnen wir

Ritchie winkte Isidor zu sich auf die Bühne. Der schwenkte eine Heugabel, Ritchie eine Sonnenblume:

Wir schützen sie mit Flauer Pauer
und mit unserem Biobauer

Schatzhauser und Ratatöskr sprangen zwei Elefanten auf den Rüssel:

Von der Bakterie bis zum Wal
Schützt unsre Erd das Animal

Ada, Hildegard, Maria, Angela, Sappho, Marie Curie, Maria Montessori, Christine und Nofretete tanzten untergehakt auf die Bühne, begleitet von Hennen mit Küken, Schafen mit Lämmchen, Kühen mit Kälbchen, kurz, Mammanimals aller Spezies mit ihrem Nachwuchs, und legten los:

Schön und gut ist Flauer Pauer
Die Erde lechzt nach Frauen Pauer

Mit Nils, Till, Pilli, Polli und Pauli an der Spitze stürmten die jungen Humanimals die Bühne:

Lasst tausend Friedensblumen blühn
Dann bleibt unsere Erde grün.

Und Ritchie und *Erster Klang der Zukunft* machten gemeinsame Sache, was auch sonst:

Kugeln sind zum Kegeln da
Hello friends Make love not war

Entschuldigung, meine getreue Lesegemeinde! Beinah hätt ich über all dem Trubel, dieser Achterbahn der Gefühle, vergessen, euch daran zu erinnern, dass ihr auch wieder mitmachen könnt, interaktiv, meine ich, euch also so 'n paar Sprüche für Frieden und Klimaschutz auszudenken. Hier geht's jetzt erst mal weiter. Und wie!

Erster Klang der Zukunft, wieder voller Lebensmut und -kraft, rief nun uns Gilde-Gründer der ersten Stunde, uns Verandisten aus dem Hambacher Forst und Initiatoren dieses Kongresses, auf die Bühne. Oje! Das war nun wirklich das, was die Humans eine Herausforderung nennen. Denn aller Augen und Ohren richteten sich nun auf mich.

Ich gab Kater Amadeo Murr und der chinesischen Qin-Spielerin einen Wink. Die schlugen den Takt vor, und ich keckmeckte los:

Zusammen Weiter Kommen

Was wir nicht haben
empfangen wir
was wir empfangen
können wir geben

Der Regen gibt seine Nässe
der Erde
die Erde gibt dem Regen
ihre Trockenheit

Die Quelle gibt
dem Bach ihr Wasser
Der Bach ergibt sich
dem Flussbett

Was du nicht hast
kann ich dir geben
Was du schon hattest
gibst du mir

Du gabst mir was
ich nicht hatte
Ich gab dir
was ich zu geben hatte

Ich geb dir die Stille
du gibst mir den Klang
Zusammen machen wir daraus Musik

Ich säe die Sonne
du säst den Regen
Wir ernten zusammen den Regenbogen

Zusammen
machen wir
aus den Unterschieden
etwas Neues Größeres →
→ weiter →
Zusammen Zusammen Zusammen

Und jetzt alle! Sprangen die roten Roboter vor, vier quick-
lebendige junge Männer, bauten sich vorn an der Rampe auf
und spielten noch einmal ma chi ne

wir lie ben uns re er de hier
sie lie ben lie ben lieb en wir

im frie den im frie den im frie den
zu sam men zu sam men zu sam men

Rappten sie in die Theaterrunde, und 14 000 Humanimals rappten mit. Bis Muzzli Maria, Josef und mich beiseitenahm: Wo ist *Erster Klang der Zukunft* geblieben? Wir machten uns auf die Suche. Sie blieb verschwunden. So wie Ritchie, Käsefreund und Wasserspender.

Kein Wunder, befand Josef. Bei dem Gewimmel hier.

Die drei sind ..., orakelte Maria, sind sie in uns aufgegangen? In der Menge? In jeder und jedem Einzelnen? Sind sie jetzt ein Teil von uns?

Doch Pauli behauptete später, er und Beat hätten auf jeden Fall den Mann vom Wunderbrunnen noch leibhaftig getroffen. Er habe sehr verloren ausgesehen und sei auf der Suche nach seinem Käsefreund gewesen, nach Hildegard, Teresa, Christine und Francesco. Vergesst mich nicht, habe er sie gebeten. Grüßt alle von mir. Auch Ritchie und *Erster Klang der Zukunft*.

Und Schatzhauser schlug vor: Tun wir uns doch alle, die wir hier sind, Teilnehmer und Ehrentribüne, zum weltweiten Rap: *First Sound of Future* zusammen. Die Generalprobe hat ja gerade geklappt. Jetzt müsst ihr zu Hause weitermachen. Zusammen Zusammen Zusammen. Im Frieden.

Zu Hause.

36.

Aus der Traum?

> *Die Zeit, in der wir leben, bedroht mit ihrer*
> *Unruhe und ihrem Unglück die Werte, die*
> *uns bisher gesichert schienen. Es kommt*
> *jetzt darauf an, dass die wenigen, für die die*
> *Welt noch leuchtet, zusammenhalten und*
> *sich über die anderen hinweg erkennen …*
> Werner Heisenberg

Vor dem Abschied von Vitopia nur noch ein paar Worte. Zu unserem Lebewohl versammelten sich am Firmament die Gottheiten aller Länder und Zeiten mit ihrem Gefolge – ein unbeschreibliches Gewusel, Gedränge und Geschubse, in dem jede mit jedem um den ersten Platz kämpfte. Wodurch schließlich der eine nicht mehr von der anderen zu unterscheiden war und alle miteinander in ein wirres Göttergemisch verschwammen, eine Art Wimmelbild, das den ganzen Himmel bedeckte, beinah verdüsterte.

Da ist mir, dachte ich, unser guter alter Alltagshimmel, mal in Blau, mal mit, mal ohne Wolken, mal mit Mond und Sternen, mal ohne, doch wirklich und wahrhaftig lieber. Dazu noch mit der verlässlichen Sonne, auch die mal sichtbar, mal verborgen. Mit Regen und Schnee, Blitz und Donner. Da konnte sich jede°r ihr Bildnis machen von Zeus bis zum Bot-Gott. Oder auch nicht. Du sollst dir kein Bildnis machen, sagt Jehova, einer der ältesten weisen Götter. Und unsere Gaia hatte sich ja auch bei ihrem Besuch nicht festgelegt. Aber beschwert hatte sie sich, das vertraute uns Schatzhauser unter dem Siegel der Verschwiegenheit an. Der christliche Gottvater hatte ihr den Vortritt gelassen. Als ihr, der *Älteren!*

Worauf sich unsere Verandistinnen kaum noch hatten halten können vor Vergnügen: Eine eitle Göttin!

Doch dann wurde es ernst mit unserem Auszug. Schließlich konnten wir nicht stundenlang eine Danksagung nach der anderen, gute Vorsätze, Projekte wiederholen und Absichtserklärungen abgeben. Und ich muss zugeben: Ich begann mich zu langweilen. War nicht alles schon gesagt? Natürlich waren wir uns im Großen und Ganzen einig. Kunststück. Das hatten wir wieder und wieder diskutiert. Aber vor Ort? Da, wo der Klimaschaden konkret wurde? Sichtbar, hör- und fühlbar? Dort, und nur dort, konnte jede*r etwas tun zur Bewahrung der Schöpfung. Es galt also auch hier wieder einmal, dass letzten Endes nur die Taten zählten.

Und unsere Bemühungen um eine friedliche Welt würden wir darüber nie aus den Augen verlieren. Klima- und Friedensschutz gehören zusammen: Das hatten wir uns für immer hinter die Ohren, die Lauscher, die Löffel, Behänge geschrieben.

Die Tage in Vitopia waren verflogen wie im Traum. Ja, wir können, wir dürfen, wir sollen träumen. Groß träumen. Und den großen Träumen Schritt für Schritt, Satz für Satz näher kommen. Mit Taten. Ich versprech euch, wir Humanimals kommen auf Erden niemals ans Ziel.

Aber ein Stück Vitopia sind wir doch alle. Kinder der Erde. Denkt daran, was ich euch im Überschwang meiner vitopianischen Erlebnisse erzählt habe: von der Sommerwiese, von Gänseblümchen, Baum und Blatt. Den Steinen. Was sie euch erzählen. Als wir die Steine an uns drückten, als hielten wir den Erdball selbst in unseren Pfoten, Klauen, Tatzen, Hufen, Händen.

Und dann die Humans. Sind nicht alle Marder. Die können wir doch nicht so allein den neuen Wesen überlassen. Auch unsere Unterstützung brauchen die Humans. Eine

Welt ohne die Gemeinschaft von Humans und Animals? Unvorstellbar. Wenn sie da draußen wieder mal »die Krone der Schöpfung« spielen, drückt doch ab und an mal ein Auge zu. Wieder ein treffliches Bild von den Humans, finde ich. Ein Auge zudrücken: den Marderblick zudrücken, den Blick, der nur das Schlechte sucht, das Fiese. Schönmalerei? Stimmt. Aber immerhin besser als schwarz in schwarz. Schwarzsehen. Schwarzfärben. Sie geben sich doch Mühe. Sonst wären wir ja nicht hier. Denkt an den Regenbogen. Dann bleibt das Leben bunt. Nicht nur in Vitopia.

Vor allem aber vergesst nie: Es sind die kleinen Einheiten, die das Große Ganze formen. Die Rettung der Erde hängt von jedem Einzelnen ab, der sie bewohnt. Ich, Wendelin Kretzschnuss, habe in diesen Tagen hier begriffen: Jedes einzelne Humanimal muss so handeln, als ob die gesamte Zukunft der Welt von ihm abhänge. Kurz: Es kommt auf jede°n Einzelne°n an. Und jede°r Einzelne kann nur gemeinsam mit allen Einzelne°r sein. Als Einzelne°r fortbestehen.

Ihr merkt, ich kann mich nicht von euch losreißen, fange an zu philosophieren, versuche, mich zu artikulieren – so heißt das –, wie Josef, wenn der auf der Veranda in seinen Uni-Tonfall gleitet und Maria die Augen verdreht. Denn die nennt das Schwurbeln. Was ich ein bisschen gemein finde. Aber da ist sie sich mit Muzzli einig. Und mit Isidor. Cäcilia ist eher auf meiner Seite: Man muss seinen Worten doch auch mal Gewicht verleihen dürfen. (Wenn sie keins haben, spottet Maria dann.)

Schluss jetzt, ich muss mir nun selbst die Schnauze verbieten. Der Goliathreiher hat schon zum dritten Mal dreimal zum Auszug kowooorkt. Und meine Verandisten werden ungeduldig. Wir Sciuri fahren mit Maria und Josef zurück.

Beim Ausgang steckten Marx und Morus jedem von uns ein Beutelchen Süße Buchstaben zu. Gaben uns Laptops, Kameras, Smartphones zurück. Auf den Smartphones eine

Einlass-App für den überlebenslangen Zutritt zu Vitopia. Besonders unsere Humans waren außer sich vor Dankbarkeit. Was Marx und Morus uns nicht verrieten, sich später aber bei einer uns allen wohlbekannten Person herausstellte: Die App verschwand, wenn Benutzerin oder Benutzer nach Ansicht der Schenker diesen Zutritt durch grobes Fehlverhalten verspielte. Aber das ist eine andere Geschichte, von der wir an diesem Morgen nichts ahnten.

Noch verstanden wir, weshalb an der Tankstelle, wo Josef Benzin nachfüllen wollte, die Humans ausnahmslos äußerst unkleidsame Gebilde vor dem Gesicht trugen, spitze weiße, beinah gespenstische, feste Tuch-Konstruktionen vom Kinn bis dicht unter die Augen, die unsere Humans gleich als Masken erkannten: So was tragen Ärzte bei Operationen, wussten sie.

Aber weshalb hier, an einer Tankstelle?

Josef wurde das Tanken sogleich verweigert, eine Maske solle er sich besorgen, ob er denn hinterm Mond lebe. Maria machte die Wagentür auf und suchte zu vermitteln. Da entdeckte der schlecht gelaunte Tankwart uns, also Muzzli, mich und unsere Familie, schlug Maria die Wagentür in Panik vor der Nase zu und stieß Josef ins Auto zurück. So was wie ihr ist schuld, schrie er, und: Haut ab, oder ich rufe die Polizei. Ohne Masken läuft hier gar nichts. Und die Tiere gehören in die Bäume! Oder ins Labor!

Draußen wurde es dunkel, es begann zu regnen.

Willi war Hera nach Athen gefolgt. Sie hatte ihm versichert, sein Transport bereite ihr keine Schwierigkeiten. Krattes und Hippie flogen wieder mit einem der Kraniche des Ibykus zurück. Gemeinsam mit Timotheus hatte Ibykus die Verbindung Vitopia–Athen zu einer einträglichen Strecke ausgebaut.

Mit Willi hätten wir längst Bescheid gewusst. Er war bestens vernetzt. Doch auch das hätte uns jetzt nichts genutzt. Die Akkus unserer Smartphones waren leer.

Im nächsten Ort fragten wir gleich nach einer Apotheke. Wenn Josef anhielt und seinen unmaskierten Kopf aus dem Fenster streckte, wandten sich die Leute empört zur Seite. Wir stellten das Auto irgendwo ab, und Josef und Maria machten sich zu Fuß auf die Suche. Wir Sciuri blieben im Wagen. Mir war erbärmlich zumute. Muzzli, Milli, Erdo, Pauli mit Beat Specht, Polli und Pilli hatten sich unter der Rückbank zusammengeknäult. Ich wagte abwechselnd mit Erdo hin und wieder einen Blick aus dem Fenster. Was sinnlos war. Draußen hasteten maskierte Humans durch die Dämmerung an spärlich erleuchteten Schaufenstern vorbei, viele zerrten einen Hund mit sich. Oder zerrten die Hunde die Humans? Nach einem einvernehmlichen Miteinander sahen diese Weggefährten jedenfalls nicht aus. Vor einem Supermarkt standen Humans Schlange, in einem ungewöhnlich breiten Abstand voneinander. Von Zeit zu Zeit kam ein mit Waren bepackter Human heraus: Dann durfte der nächste hinein, nicht ohne vorher sein Smartphone oder ein Papier vorzuweisen, meist gelb und so groß wie eine Karteikarte, so jedenfalls glaubte ich es zu erkennen. Als Josef und Maria dort vorbeikamen, machten die Humans abweisende Handbewegungen, schert euch weiter, und tippten sich über der Maske an die Stirn.

Dann schlossen die Geschäfte, und Maria und Josef waren noch immer nicht zurück. Ich würde nun gern schreiben, dass wir näher zusammenrückten, aber so zusammengeknäult hatten wir ja ohnehin noch nie zusammengelegen. Endlich tauchten aus dem Dämmer der Laternen beim Wagen zwei regennasse Gestalten auf, die ich kaum als Maria und Josef erkannte. Erschöpft ließen sie sich auf die Vordersitze fallen und rissen sich die feuchten Masken runter. Muzzli sprang Maria auf den nassen Mantelkragen und wischte ihr zärtlich den Regen aus den Augen. Ich keckmeckte Josef ein Gottseidank ins Ohr. Erdo wollte nur wissen: Erzähl!

Ihr, die ihr dies lest, wisst ja längst, was los ist. Ähnliches habt ihr sicher erlebt oder erlebt es noch, was ich nicht hoffe. Denn hier hatten wir nun das, wovon wir in Vitopia immer wieder gesprochen, was wir immer wieder gefordert hatten: eine große weltweite Gemeinsamkeit. Jenseits aller Abstraktionen. Anschaulich und konkret. Und die uns alle, jede*n von uns, insbesondere aber die knapp acht Milliarden Humans betraf: eine globale Herausforderung auf Leben und Tod. Eine Pandemie. Verursacht von einem Virus, der in den Körpern der Humans eine Heimat suchte. Wessen Körper sie nicht abwehren konnte, der wurde erobert, kaputt gemacht. Grauenvoll war, was Maria und Josef erzählten. Warum hatte Gaia uns das verschwiegen? Hatte sie das noch nicht gewusst? Was war zu tun?

Die Heimfahrt verlief schweigsam. Selbst Polli, Pilli, Pauli und Beat nagten still an den Nüssen aus den Lunchpaketen.

Bis Muzzli das Schweigen brach: Hört mal, ihr Lieben! Wir werden uns unsere guten Vorsätze, unsere klugen Pläne, ja unsere Träume doch nicht von einem Virus kapern lassen. Die Tage in Vitopia haben uns versichert: Wir sind nicht allein. Was wird entstehen? Unsere humanimalen Gehirne reichen für diese Zukunftsvisionen nicht aus. Aber unsere Gefühle und Gedanken, geleitet von Zuversicht. Wir alle, die wir in Vitopia versammelt waren, werden diese Zeit wohl nicht mehr in unserer jetzigen Gestalt erleben. Werden wir noch irgendwie dabei sein? So wie Francesco, Darwin, Ada, Schiller, Schubert, Hoffmann und Hauff und die vielen anderen in den vergangenen langen Vitopia-Tagen? Wer kann das wissen? Wir Animals sicher nicht. Und auch ihr Humans nicht. Muzzli sah Maria und Josef liebevoll und ein wenig mitleidig an. Aber wünschen tun wir's alle. Von ganzem 01 001 000 01 0 01 010 010 10 010 01 011 010 01 001 010 010 11 110.

Wieder einmal hatte sie recht, mein Muzzli. Und dennoch: Melancholie schlich sich in mein Herz. Ich drückte Muzzlis

Pfote, zog sie an meine Brust. Meine Liebe. Meine Welt. War das alles? War das nicht genug? Wenn wir darüber unsere Mit-Welt nicht vergaßen? Das Menschen-Mögliche tun, sagen die Humans. Ich, Wendelin Kretzschnuss, werde sie daran erinnern, soweit mein Keckmeck reicht. Das Menschen-Mögliche. Mit Gaias Segen. Oder wie immer die Humans ihre himmlische Herkunft nennen.

Die Tage in Vitopia waren vorüber. Aber sie hatten uns versichert: Die Welt hört nicht auf zu beginnen.

Wenige Wochen nach unserer Rückkehr vertraute Maria sich Muzzli an, zeigte ihr freudestrahlend das Foto aus dem Ultraschallgerät. Nicht nur wir Verandisten, die gesamte Gartenkolonie, die Marders eingeschlossen, freuen sich nun auf den ersten Human mit dem Paxgenom: Ja, die Welt hört nicht auf zu beginnen!

Anmerkungen

S. 13: Yggdrasil heißt die Weltesche, die in der nordischen Mythologie als Weltenbaum den gesamten Kosmos verkörpert. Wohnsitz von Ratatöskr, dem ältesten Eichhörnchen der Welt.

S. 13: Mit diesem jede°n, jede°r mache ich mir den hoffentlich politisch korrekten Spaß, ein bisschen zu gendern. Also: Femina First. (Nicht nur optisch!)

S. 14: Schatzhauser. Ein guter Geist aus dem Märchen *Das kalte Herz* von Wilhelm Hauff. Sonntagskindern erscheint er in Gestalt eines Eichhörnchens, wenn sie nach ihm rufen: *Schatzhauser im grünen Tannenwald / bist schon viel' hundert Jahre alt / dir gehört all Land, wo Tannen stehn / Lässt dich nur Sonntagskindern sehen.* Könnt ihr ja mal probieren.

S. 15: Und hier nun endlich mehr zum Motto des vorangegangenen Kapitels, dessen Quelle ich dort noch nicht verraten durfte, klar, dann hättet ihr ja gleich Bescheid gewusst: Der Satz stammt aus dem sehr empfehlenswerten Buch des Evolutionsbiologen und Ökologen Josef H. Reichholf: *Das Leben der Eichhörnchen*. München, 2019.

S. 39: Was will uns der Dichter damit sagen? Schon mal gehört, die Frage? Antwort: Ziemlich unwichtig. Weit wichtiger ist: Was sagt das Gedicht mir, dem Lesenden? Bei diesem ersten Versuch Wendelins zugegebenermaßen nicht ganz einfach. Hier eine Handreichung (wie es in alten Lehrbüchern oft so schön heißt): *holter die polter / hol sie die hol / de baum melodie / sonne geht auf / mond geht unter / rätätä*

S. 51: Das schöne Lied mit diesen Zeilen, Text und Melodie, *Es tagt der Sonne Morgenstrahl*, hat Werner Gneist (1898–1980) geschrieben.

S. 54: Das Tanka ist eine mindestens 1300 Jahre alte reimlose japanische Gedichtform mit 31 Silben. Daraus entwickelte sich das Haiku mit 17 Silben; 5-7-5. Ausprobieren!

S. 54: *Wer hat dich du schöner Wald* ...: eines der bekanntesten deutschen Volkslieder. Text: Joseph von Eichendorff, Komponist: Felix Mendelssohn Bartholdy.

S. 57: Vom 27. Mai bis zum 1. Juni 1832 wurde auf dem Hambacher Schloss in der Rheinpfalz das Hambacher Fest gefeiert. Hier forderten fortschrittliche Menschen die deutsche Einheit, die Freiheit und die Demokratie. Die Organisatoren hatten mit tausend Teilnehmern gerechnet. Doch es kamen mehr als 30 000. Nicht nur Studenten, sondern auch Kaufleute, Handwerker, Bauern, Tagelöhner, und Frauen machten mit. Was mutig war in einer Zeit, wo Frauen politisch nichts zu sagen hatten. Hier wurde zum ersten Mal unsere Fahne in den Farben Schwarz, Rot, Gold gehisst wie wir sie heute kennen.

S. 60: Laklack: So klappert der Storch seinen Namen auf Arabisch.

S. 61: Die Schilderung dieser Begegnung ist eine Verbeugung vor Wilhelm Hauff (1802–1827) und seinem Märchen von Kalif Storch.

S. 68: Nachtigall: Ein etymologisches Duett von »Nacht« und »gal«, althd. »Gesang«. Aufgepasst, wenn ihr mal wieder eine Nachtigall hört. In unserem digitalen Zeitalter könnte es eine KI-nesische sein. Oder die aus dem Märchen *Die chinesische Nachtigall* von Hans Christian Andersen.

S. 71: Mit seinem latinisierten Namen »Cernunnos« wurde der keltische Gott der Natur, der Tiere und der Fruchtbarkeit international bekannt.

S. 76: Aufgespürt in einem Artikel von Wolf Schneider: »Verachten wir den Wissenschaftsjargon«. In: Zeit Online, 10. Mai 2012.

S. 78: Richard Wagner (1813–1883), Komponist und Dichter. Und was für einer! Da reicht zum Kennenlernen ein bisschen Wikipedia nicht.

S. 83: Beginn des Herbstes am 22. oder 23. September. Zeitpunkt der Tag- und Nachtgleiche, an dem die Sonne senkrecht über dem Äquator steht.

S. 83/84: Ein eindrucksvolles Gespann, diese beiden gelehrten Humans. Auf den ersten Blick grundverschieden und in ihren Absichten doch so nah.

Thomas Morus (1478–1535) entwarf ein Staatsgebilde über die beste Staatsverfassung. Sein Werk *Utopia*, was so viel heißt wie »Nirgendwo«, gab allen folgenden Modellen der Weltverbesserung diesen Namen.

Karl Marx (1818–1883) mühte sich rund 300 Jahre später um einen ähnlichen Entwurf, wie insbesondere seine weltberühmte Utopie *Das Kommunistische Manifest* zeigt. In Vitopia waren sie ein Herz und eine Seele.

Der zitierte Satz stammt aus *Die deutsche Ideologie*, in der Karl Marx und sein Gesinnungsgenosse Friedrich Engels dieses verlockende Leben noch weiter ausmalen.

S. 105: Wer kennt die beiden weltberühmten Physiker nicht: Albert Einstein (1879–1955) und Isaac Newton (1643–1727). Letzterem fiel ein Apfel auf den Kopf und machte ihn, na ja, über einige Umwege, unsterblich. Von Ersterem kennt wohl jedes Kind das legendäre Foto mit seiner rausgestreckten Zunge und die Formel $E = mc^2$. Jede Menge mehr Infos zu den beiden Genies gibt es bei Wikipedia und in unüberschaubarer, nicht enden wollender Literatur.

S. 106: Die Katze des österreichischen Physikers und Nobelpreisträgers Erwin Schröder (1887–1961) wurde durch ihr Herrchen weltberühmt und überlebenstot. Warum? Schaut mal bei Wikipedia nach. Vielleicht gelingt es euch dann, seine Katze gleichzeitig innen und außen in ein und derselben Kiste zu entdecken.

S. 106: Dieses elegante, leicht verrückte Gebilde hat nur eine Kante und eine Fläche. Man kann nicht zwischen oben und unten oder innen und außen unterscheiden. Benannt wurde es nach seinem Entdecker, dem Leipziger Mathematiker und Astronomen August Ferdinand Möbius (1858). Unabhängig von Möbius entdeckte es im selben Jahr übrigens auch der Göttinger Mathematiker und Physiker Johann Benedikt Listing.

S. 109: Franz Schubert (1797–1828), österreichischer Komponist, verbündet sich hier höchst anschaulich mit den Seebewohnern zu seinem berühmten Forellenquintett.

S. 113: Ein wunderschönes Sommerlied von Paul Gerhardt (1607–1676) mit 15 langen Strophen, die schließlich zur Ehre Gottes ins Paradies geleiten. Mit den Strophen 1–3 und 8 ist das Lied als Volkslied bekannt. Die heiter beschwingte Melodie von August Harder (1775–1813) verlockt direkt zum Aufbruch nach Vitopia.

S. 120: Ja, ich liebe ihn, diesen großen Weisen des antiken Griechenland, von dessem Werk ca. 130 knappe Bruchstücke überliefert sind. Seit ich, schon seit Schultagen, seinem Hen kai pan und seinem Panta rhei, Eines in Allem und Alles fließt begegnet bin, war ich fasziniert von diesen Fragmenten seines Denkens, den Bildern, den Sätzen, die mir keine Vorschriften machten, aber Richtungen wiesen, in die ich ihm folgen konnte, oder – oder auch nicht. Die Gegensätze der Welt, ihre Doppeldeutigkeiten, die er benennt, bleiben an-stö-ßig, stacheln zum Weiterspinnen, zum Zu- und Gegenstimmen an. Immer aufs Neue. Heraklit. Sammlung Tusculum. Hrsg. von Bruno Snell. München 1983.

S. 124: Ada Lovelace (1815–1852) gilt als die erste Programmiererin der Welt. Sie war es, die den entscheidenden Unterschied zwischen einer Rechenmaschine und einem Computer entdeckte. Zudem nahm sie

292

die Unterscheidung zwischen Hardware und Software vorweg. Und leistete somit sozusagen Pionierarbeit für den Beitrag zu ihrem Leben und Werk auf Wikipedia. Wo ich zu meiner Freude erfuhr, dass sie eine Tochter des Dichters Lord Byron war.

Alan Turing (1912–1954) trat sozusagen in Adas Fußstapfen und gilt als einer der einflussreichsten Theoretiker der frühen Computerentwicklung. Für Laien geradezu aufregend ist der nach ihm benannte Turing-Test, bei dem ein Mensch herausfinden muss, ob sein Gegenüber eine Maschine oder ein Mensch ist, beziehungsweise ob ein Objekt, etwa ein Text, Bild oder Musikstück, von einem Menschen oder einer Software geschaffen worden ist. Sehr lohnenswert zu lesen: Alan M. Turing: *Computing Machinery and Intelligence. Können Maschinen denken?* Reclam 2021. Mit einem sehr informativen Nachwort. (Herzzerreißend ist Turings Schicksal in einer Zeit, wo Homosexualität noch eine Straftat war!)

S. 133: Auf Wunsch der Trauergäste wurde das Requiem in lateinischer Sprache abgefasst: Strigiformes et sciuri in aeternum: Eulen und Eichhörnchen in Ewigkeit.

S. 141: Swahili: Tutaonana tena – Auf Wiedersehen.

S. 146: Der weltweit erste Patient, dem Anfang 2022 erstmals ein Schweineherz implantiert wurde, ist nach zwei Monaten gestorben.

S. 156: Angeregt wurde dieses Kapitel durch eine unvergessliche Begegnung mit dem Ensemble *Laetare* in der Wallfahrtskapelle Maria Heuwinkl in Iffeldorf am Osterseen. Mit Klaus Feßmann am Klangstein. Ders.: *KlangSteine. Begegnung mit dem ewigen Gedächtnis der Erde.* Klangsteine 2008.

S. 167/168: Bei Echnaton (altägyptischer König, verheiratet mit Nofretete, ca. 1300 v. Chr.) in seinen *Sonnenhymnen*, übertragen von Christian Bayer. Reclam 2007

S. 169: Hier gibt es nun ein bisschen hochklassische Bildung: Die Texte sind nachzulesen: Aus dem *Hymnus an die Mutter Erde.* Aus dem Atharva Veda. 1000–1200 v. Chr. Übertragen von Manfred Ehmer. edition theophanie 2020.

Bei Homer, dem frühesten Dichter des Abendlandes, zwischen 800 und 1200 v. Chr. in seiner Gaia-Hymne. Ebenfalls übersetzt von Manfred Ehmer.

S. 170/171: Franz von Assisi (1181–1226): *Der Sonnengesang.* Gilt als ältestes Zeugnis italienischer Literatur. Im Internet frei zugänglich.

S. 172: Zitat von Golo Mann. In: Henning Ritter: *Notizhefte.* 2010.

S. 186/187: Erasmus Darwin: *The Temple of Nature; or, the Origin of*

Society: a poem, with philosophical notes. Historical Collection from the British Library 2011. Übersetzung: Ulla Hahn.

S. 190: Das Buch *The silent spring* der amerikanischen Meeresbiologin Rachel Carson (1907–1964), erschienen 1962, ist heute in millionenfacher Auflage verbreitet. Kein Buch hat seither so aufrüttelnd, überzeugend und kenntnisreich die furchtbaren Folgen des Einsatzes von Pestiziden und Umweltverschmutzung dargestellt, sodass sogar Politik und Konzerne aus den Warnungen dieser mutigen Frau schließlich Konsequenzen ziehen mussten.

Heute gilt *Der stumme Frühling* als die Bibel der Umweltbewegung. Und als meine »grüne Bibel« steht es neben Charles Darwins *On the Origin of Species by means of natural selection.* 1859.

S. 204: »Wo aber Gefahr ist, wächst / Das Rettende auch.« Zwei berühmte Zeilen aus der Hymne »Patmos« (1808) von Friedrich Hölderlin (1770–1843).

S. 206: Hier die Ergänzung, wie es nach der Wiege weitergehen soll: »Die Erde ist unsere Wiege, aber der Mensch kann nicht ewig in seiner Wiege bleiben. ... Das Sonnensystem wird unser Kindergarten. Erst kommen das Denken, die Phantasie und die Märchen, dann die wissenschaftliche Berechnung.« Konstantin Ziolkowski (1857–1935), Vater der russischen Raumfahrt.

S. 206: Theodor Wilhelm James Hofflock: Dieser vitopianische Ehrenname ist hochachtungsvoll zusammengesetzt aus den Namen: Ernst Theodor Amadeus Hoffmann (1776–1822), Wilhelm Hauff (1802–1827) und James Ephraim Lovelock (°1919). In Vitopia gebührt dieser Name dem Physiker James Lovelock, der in einem fabelhaft anschaulichen Englisch die Kluft zwischen naturwissenschaftlichem Denken, Spezialistenwissen und »normalem Menschenverstand« zu überbrücken versteht. Insbesondere: *Novacene. The Coming Age of Hyperintelligence.* Penguin 2019.

S. 207: Cyborg – der Name ist ein Akronym, eine Zusammensetzung, abgeleitet vom englischen *cybernetic organism* (kybernetischer Organismus). Cyborgs sind technisch veränderte biologische Lebensformen. Ein Cyborg besteht aus organischen und biomechatronischen Körperteilen.

S. 211/212: Richard Brautigan (1935–1984): »All Watched Over by Machines of Loving Grace«. In: *The Pill versus the Springhill Mine Disaster.* 1968.

Übersetzung: Ulla Hahn.

S. 219/220: Hier noch einmal den Klassiker im Klartext: Friedrich Schiller: Der Mensch verarbeitet, glättet und bildet den rohen Stein, den

die Zeiten herbeitragen, ihm gehört der Augenblick und der Punkt,
aber die Weltgeschichte rollt der Zufall.

F. Sch.: Einleitung zu: *Geschichte des Abfalls der vereinigten Nieder-
lande von der spanischen Regierung*. 1788.

S. 222: Liebe lauschend Lesende: Hört ihr? Hört genau hin: Hildegard
von Bingen, Björk, Arvo Pärt, Mahalia Jackson, Johann Sebastian
Bach, Maria Callas. Und nun habt ihr die Wahl zwischen Enrico
Caruso, Elvis Presley, The Beatles, The Pogues, Edith Piaf, Oasis,
Wolfgang Amadeus Mozarts *Zauberflöte*, Zeilen aus dem *Shi Jing*,
Richard Wagners *Meistersingern*, Karlheinz Stockhausens *India-
nerliedern*, Franz Schuberts *Schöner Müllerin*, Mendelssohn Bartholdy, Friedrich Nietzsche, David Bowie … Platz für eigene Favoriten:

S. 225: Die Djembe ist eine einfällige Bechertrommel aus Westafrika,
deren Korpus aus einem ausgehöhlten Baumstamm besteht. Hört genau hin: Der Baum trommelt mit!.

S. 227: Liebe lauschend Lesende: Hört ihr? Hier könnt ihr nun lesen,
was Wendelin aus dem verwirrenden Überangebot zugefallen ist, von
S. 224 bis S. 227: Hildegard von Bingen, Björk, Arvo Pärt, Johnny
Cash, Mahalia Jackson, Johann Sebastian Bach, Maria Callas, Johnny
Cash, Enrico Caruso, Elvis Presley, The Beatles, The Pogues, Edith
Piaf, Oasis, Mozarts *Zauberflöte*.

S. 230: Es bezaubern (S. 227–230) musikalische Zeilen aus dem Shi Jing,
Richard Wagners *Meistersinger*, Karlheinz Stockhausens *Indiander-
lieder*, Franz Schuberts *Die schöne Müllerin*, Felix Mendelssohn
Bartholdy, Friedrich Nietzsche, David Bowie …

S. 230: Der *Buuredanz* kütt vun de *Bläck Fööss* us Kölle am Rhing. Wie
oft sind wir in meiner Studienzeit an der Albertus Magnus Universität ihrer Verlockung erlegen: Kumm, Drink noch eene mit, stell
disch nit esu an …

S. 232: Balinesisch: Insel der Götter. Kita hidup dalam damai – Wir leben in Frieden. Kita hidup dalam sukacita – Wir leben in Freude.

S. 235: In diesem Kapitel speisen: Heinrich Heine und Wilhelm Busch,
die Loreley und Witwe Bolte; Wilhelm Hauff mit seinem Schützling,
dem jungen Engländer; Tania Blixen tafelt bei *Babettes Gastmahl*;
Josef Roth genießt beim *Radetzkymarsch*.
François Rabelais (um 1494–1553) ist der Erzeuger der fünfbändi-
gen! Vielfraße *Gargantua und Pantagruel*. Die in Vitopia mit Obe-
lix, einem Freund von Asterix (seit 1959) und Herrchen von Idefix
(s. S. 142), wetteifern. Deren Erzeuger sind René Goscinny (1926–
1977) und Albert Uderzo (1927–2020).

S. 240: Käsekenner, Poet, Prediger und Übersetzer und vieles mehr, ist, wie ihr wisst: Martin Luther (1483–1546). Seine Frau Katharina (geb. von Bora, 1499–1552) hier die Käseverkäuferin. Von den beiden zu erzählen, würde Bände füllen, und die Anmerkungen sind sowieso schon zu lang. Also: auf nach Wikipedia.

S. 241: Mit diesen Zeilen beginnt das Gedicht *Der römische Brunnen* von Conrad Ferdinand Meyer (1825–1898). Mehr dazu in: Ulla Hahn: *Gedichte fürs Gedächtnis. Zum Inwendig-Lernen und Auswendig-Sagen.* München 2020.

S. 243: Der Mann am Springbrunnen, ihr habt es wohl schon erraten, ist Jesus von Nazareth (1–34 n. Chr.) Von ihm habt ihr ja sicher schon gehört, seid ihm womöglich irgendwie sogar schon einmal begegnet. Wer Näheres wissen möchte, lese das Neue Testament. Übersetzer: Martin Luther, der Bibel- und Käsekenner.

S. 244: Wer war noch nie bei einem seiner Nachfahren, die noch heute ihren (Berufs)-Eid auf seinen Namen ablegen: den Eid des Hippokrates; d. h., alles für sich zu behalten, was sie über ihre Patienten wissen. Heute ist für uns alle selbstverständlich, was Hippokrates von Kos schon vor nahezu 2500 Jahren v. Chr. für ein langes gesundes Leben empfahl: gesunde Ernährung, Sauberkeit und viel Bewegung.

S. 247: Gotthold Ephraim Lessings (1729–1781) Ringparabel in seinem Schauspiel *Nathan der Weise* hat bis heute nichts von seiner Aktualität verloren. Im Gegenteil.

Die drei Ringe, Gegenstand der Ringparabel, stellen die drei Weltreligionen Judentum, Christentum, Islam dar, gleichberechtigte Religionen, wenn eine jede sich in ihrem Glauben tolerant den anderen öffnet: *Es eifre jeder seiner unbestochnen / Von Vorurteilen freien Liebe nach!* In einen gottgefälligen Wettstreit treten sollen die drei Söhne *mit Sanftmut, mit herzlicher Verträglichkeit, mit Wohltun und innigster Ergebenheit in Gott*, um die Kraft des rechten Ringes zu beweisen.

Die in Vitopia verteilten Ringe sind ebenfalls ununterscheidbar. Repräsentieren aber alle drei Weltreligionen miteinander in ein und demselben Ring. Und da jedes Humanimal einen solchen Ring erhält, den es sich auch noch einverleiben darf, braucht es auch keinen Wettstreit mehr.

S. 248: Omar Khayyam (1048–1128). Vierzeiler von O. K. Übersetzt von Ahmad Karimi.

S. 249: Die lernbegierigen Jungköche sind »Der kleine Muck« und »Zwerg Nase«, beide zu Hause bei Wilhelm Hauff. In: *Märchen Almanach auf das Jahr 1826.*

S. 250: *Alle Utopien von gestern sind die Industriezweige von heute ... verdichtete Träume, Unerreichbares im Zustand des Üblichen ...* So weit Victor Hugo in diesem Motto. Aber ich möchte euch nicht vorenthalten, wie es weitergeht: *Alle großen Ereignisse unserer Zeit sind friedensstiftende. ... An dem Tag, an dem das erste Luftschiff aufsteigen wird, wird die letzte Tyrannei in der Versenkung verschwinden ...* Victor Hugo. Vorwort zur Weltausstellung, Paris 1867. – Tja. 2022. U. H.

S. 262: Der tschechische Schriftsteller Karel Čapek (1890–1938) gründete mit viel Phantasie 1920 seine Firma *Rossum's Universal Robots,* ein Unternehmen, das künstliche Menschen erzeugt. Das Wort »Robot« schenkte der Maler und Autor Josef Čapek (1887–1945 im KZ Bergen-Belsen) seinem Bruder. Er leitete es aus dem westslawischen robota – Arbeit ab. Rossum ist eine ironische Anspielung auf tschechisch rozum – Verstand.

S. 262: Die Tiere des Baron von Münchhausen erschuf Gottfried August Bürger (1747–1794) für *Die Abenteuer des Freiherrn von Münchhausen.*

»Die Bremer Stadtmusikanten« versammelten die Brüder Wilhelm und Jacob Grimm 1819 in ihrer berühmten Sammlung *Kinder- und Hausmärchen.*

Den musikalischen Kater Murr sowie Kapellmeister Kreisler treffen wir im Hause E. T. A. Hoffmanns: *Lebens-Ansichten des Katers Murr.* 1819. Minz und Maunz erhoben 1844 ihre Tatzen im Jammer um Heinrich Hoffmanns *Struwwelpeter*-Paulinchen. Schade, dass sich die beiden Katzenkenner nie begegnet sind.

»Der gestiefelte Kater« der Brüder Grimm (*Kinder- und Hausmärchen,* 1819) ist der jüngere Bruder des französischen Erstgeborenen »Chat botté« von Charles Perrault (1628–1703).

S. 267: Ralf Hütter und Florian Schneider gründeten 1970 in Düsseldorf die Band Kraftwerk. Der Song *Die Mensch Maschine* ist von 1978. Karel Čapek (s. Anm. zu S. 262) wäre begeistert gewesen. Bitte unbedingt mit den ausgezeichneten Beiträgen bei Wikipedia und auf Youtube Näheres erkunden und in die weltweite Begeisterung für diese kreativen Musiker einstimmen, denen es seit Jahrzehnten gelingt, sich immer wieder neu zu erfinden. Sie bleiben eben auf der *Autobahn,* auf der wir in den Siebzigern durch die Discos gefegt sind. 2015 wurde der Titel in die Grammy Hall of Fame aufgenommen: Kraftwerk bleibt in Bewegung und nimmt uns mit.

S. 268: *My mind seems to have become a kind of machine for grinding general laws out of the large collection of facts.* Charles Darwin.

S. 268: Isaac Asimov ist einer der bedeutendsten Science-Fiction-Au-
toren, seit es dieses Genre gibt. 1920 in Smolensk geboren, kam er
mit seinen Eltern 1923 nach New York. Schon während seines Che-
miestudiums an der Columbia University schrieb er die ersten Sci-
ence-Fiction-Geschichten, die erstmals 1939 erschienen. Isaac Asimov starb 1992. Seine *Grundregeln der Robotik*, auch »Asimovsche
Gesetze« genannt, legen einen bleibenden Grundstein für die Diskussion um Künstliche Intelligenz. (Ersterscheinung 1950) Es sind
dies vier Gesetze, wobei sich die Gesetze eins bis drei auf das grund-
legende, das nullte Gesetz beziehen.
Das nullte Gesetz: Ein Roboter darf der Menschheit keinen Schaden
zufügen oder durch Untätigkeit zulassen, dass der Menschheit Schaden zugefügt wird. In: I. A. *Ich der Roboter*. 2016.

S. 272: Platon (428/27 v. Chr.–348/347 v. Chr.), »Über den Tanz«. In:
Timaios.

S. 276: *Erster Klang der Zukunft* – japanisch: *Hatsune Miku* ist ein Pro-
dukt des japanischen Medienunternehmens Crypton Future. Bitte
googeln. Den hier von ihr gesungenen Text habe ich aus dem Englischen übertragen und in Auszügen wiedergegeben.

Dank

Ohne Sciurus Vulgaris Wendelin Kretzschnuss wäre dieses Buch nie entstanden. Darum gilt ihm mein erster Dank: Denn er hat mir diesen Tatsachenbericht von der ersten bis zur letzten Zeile diktiert.

Ermutigt haben ihn dazu vor allem die »neugierigen Weiber«, wie er sie nennt. Julia Brawand war nach dem ersten Abtippen seines Diktats auf meinen handgeschriebenen Zetteln begeistert, Marlis Böcker-Hahn feuerte ihn mit ihrer kreativen Leselust unermüdlich zum Weiterdiktieren an, und Susanne Krones adelte seine literarische Bestrebung nach der Lektüre seines Manuskripts: Das drucken wir!

Erscheinen darf *Tage in Vitopia* aber unter meinem Namen. Das haben mir Autor und Verlag erlaubt. Dafür gewähre ich Wendelin Kretzschnuss und seiner Familie lebenslangen Zutritt zu meiner Bibliothek samt hochwertiger ökologisch wegweisender Rundumversorgung. Und ich bedanke mich, auch in seinem Namen, bei allen Mitarbeiterinnen und Mitarbeitern des Verlags, die geholfen haben, aus unserem humanimalen Traum ein handfestes wunderschönes Buch zu machen.

Inhalt

Ulla Hahns berühmte Romanreihe über ein Frauenschicksal im Wandel der Zeit

»Ein imposantes, autobiographisch gefärbtes Epos.«
DER SPIEGEL

»Einer der schönsten Beweise dafür, dass Lesen das Leben
verändern kann.« *Brigitte*

**Ein Roman über die Frage, die in jeder
deutschen Familie irgendwann gestellt wird:
Was hast du im Dritten Reich gemacht?**

Katja glaubt, auf einem Foto der Wehrmachtsausstellung
ihren Vater zu erkennen. Sie weiß, dass er als Soldat
in Russland war. Inzwischen ist er 82 Jahre alt und
verbringt seinen Lebensabend in einer Senioren-Residenz.
Der Oberstudienrat galt den Kollegen und Schülern als ein
Humanist alten Schlages. Für Katja war er ein vorbildlicher
Vater. Nun, fast sechzig Jahre nach Kriegsende, sieht sie
dieses Foto. Es bleibt nicht mehr viel Zeit, um ihn nach
seinen Erlebnissen im Zweiten Weltkrieg zu befragen …